U0913065

绿 宝 石

Fall into your light

Mirror.
鸟与荆棘
NIAO YU JING JI
一只小火腿
—著—
北京联合出版公司
Beijing United Publishing Co.,Ltd.

contents 目录

但鸟终将振翅前飞。

楔子

“你还想他吗？”

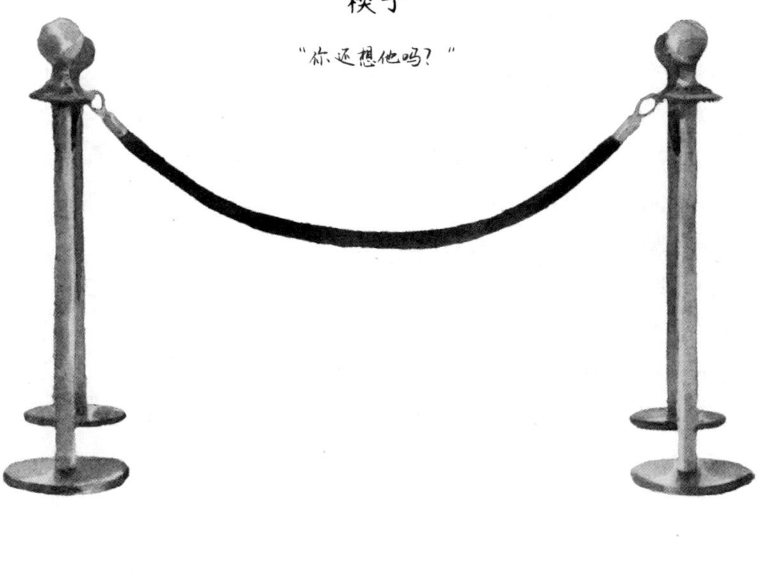

8月的倒数第二个星期六，气温38.5摄氏度。

柏油路被烤得半化不化，一股土腥味飘浮在空气中，呛得人鼻子疼。

按理说，这样的天气，最好哪儿都别去，就躲在家里吹空调。但高温橙色预警也不能阻挡十班聚会的热情，因为自十年前从附中毕业，好多同学都再没见过面，这次算是难得地叙旧。

老友重逢总是有讲不完的话。

从基金炒股聊到孩子的双语幼儿园，又扯到西城十五万一平方米的学区房，不知不觉几近傍晚，大家依旧有些恋恋不舍。

临近散场的时候，班长曲哲随口提了一句："李彦诺要回国了。"

一石激起千层浪。

"真的假的，李彦诺去美国好久了吧？"

"对，听说混得挺不错。说是当初JD（法学博士）毕业就留在纽约的律所，现在好像是合伙人了。"

"哇！这么牛吗？那他这次回北京是做什么，纯探亲吗？"

兴致勃勃的议论声里，有个人一直没有开口，清秀的脸上看着有些出神，就连唇边那颗小痣都像是用笔点上去的，乖巧又规整。

老同学们倒是不奇怪她的沉默。因为上学那会儿温梦就这样，人一多，她就不爱说话，宁可猫在一旁看书。书看得多了，成绩自然拔尖，她成了老师眼中最放心的三好学生。

有人形容温梦，说她是标准意义上的“好人”，是狼人杀游戏里疯狂跳反都不会被怀疑的那种。

但正是这样一个让人放心的温梦，在第三次听到“李彦诺”这个名字时，握着酒杯的手轻轻颤了下，殷红的葡萄酒一圈又一圈荡开，碰到玻璃杯壁上，似撞得头破血流。

四周嘈杂，没人察觉出她的异样，除了她身旁坐着的那个男人。

廖维鸣突然伸出手揽住了她的腰，另一只手从她指间接过将要倾斜的酒杯，就着她留在杯缘红艳艳的唇印，把酒一饮而尽。

这亲昵来得有些令温梦猝不及防。她回过神来，不大自在地咳嗽了一声，看向廖维鸣。

那是张见过一次就很难再忘记的脸，面相漂亮又单薄。尤其是那双眼睛，色泽是温柔的浅棕，看什么都是含情脉脉的，看什么都像坠入了爱河，恨不得营造出下一秒就要接吻的氛围，甜津津的。此刻，这双眼睛的主人明显感受到了来自温梦的注视。

廖维鸣却压根儿没打算松开温梦，反倒一脸坦然地询问曲哲：“我怎么不知道彦诺要回来了？”

廖维鸣就是有这个本事，干什么都理直气壮，脸皮比故宫的城墙还要厚。

“我统计聚会人数的时候，发邮件问了下李彦诺参不参加。他说暂时赶不回来，下个月会回北京，到时候再聚。”曲哲满脸都写着好奇，“我以为你们一直有联系呢。”

要知道以前上学的时候，廖维鸣和李彦诺可是形影不离的好哥们儿。如今李彦诺难得回一次国，怎么会不通知廖维鸣呢？

餐布轻微震荡，是温梦用高跟鞋抵住廖维鸣的脚踝，在桌下不安地一磕。

廖维鸣吃痛，这才松开她，回复曲哲：“不是不想联系，主要是最近要忙的事情太多了。”

“这么一说我倒想起来了，你是不是又要开个人画展了？”

“对。”廖维鸣微笑着开口，“不过，还有另一件更重要的事情……”他转动起无名指上的白金戒指，“我和温梦要结婚了。”

后半句话让现场顿时一片哗然，好像平静的海面上激荡起一道道波纹。大家的视线都投向了温梦，有意外，有艳羡，或许还有几分酸溜溜。

廖维鸣的油画不久前才在保利拍出高价，他绝对算得上是这两年班里混得最好的。虽然大家都知道他和温梦在交往，但没人想到他们会这么快结婚，甚至说得直白一点，就没人认为他们真的会结婚。毕竟按现在这个社会风气，有钱又帅气的男人大多都被宠坏了，不好好玩几年通常不会收手。

而这场出乎所有人意料的婚礼就定在两个月之后，马尔代夫五星岛——拖尾沙滩、孔雀蓝海水、All-inclusive度假酒店、全年无休的阳光。光听这个豪华的婚礼配置，就得几十万元起步。

“欢迎大家来玩，我请客。”廖维鸣这话是对同学们讲的，多情的眼神却粘在温梦身上，像在等待一个答复。

温梦动了动嘴唇，像是想说些什么，但最终选择了沉默，只是露出标准的笑容。

这一画面落在同学们眼里，就是情投意合的最好证据。

这下饭店里彻底炸开了锅。

马上有人端着酒杯起身祝贺：“都要结婚了，你们怎么藏到现在才说？不行，必须罚一杯！”

“就是，给维鸣杯子里多倒点酒，让他一口干了！”

喜庆的话语把宴会厅包成一团，絮叨又混沌。

廖维鸣把这些祝福全盘收下，表情很是心满意足：“好，我都干了。”

他要举杯时，温梦拦住了他：“我来吧，维鸣刚刚喝得不少了。”

她来挡酒不要紧，大家被强行塞了一嘴狗粮，开始起哄。

温梦一连被灌下三四杯，实在酒力不支，才被勉强放过。

她刚要落座，曲哲又感慨起来：“李彦诺这次回来的时间正好，没准儿能赶上你们的婚礼呢。”

“是啊。”廖维鸣笑得无比自然。

温梦跟着含糊地应了一声，坐了下来。她捏着空杯的指尖因为太过用力，透出些许青白色。残存的葡萄酒液从圈口处往下流，在杯壁上拉出一道漫长的泪痕，似掉非掉。

北方的夏天黑得晚。

夜里八九点钟，太阳看着是落下山去了，却还留着一线光。这光从没拉严实的窗帘往里透，勾勒出两个纠缠的轮廓。

被单柔软，被挤压得变形了，像一条蜿蜒的河。温梦坠在里面，却并不能像鱼一样呼吸，只觉得刚刚喝下去的酒精往上翻腾，让她缺氧、干渴。

一滴汗落在她的肩膀上，又很快被空调的冷风吹散，带走了一点热度。温梦不自觉地收紧皮肉，轻轻打了个哆嗦。

“冷吗？”身后的男人敏感地察觉到了，轻声问她。

温梦点了点头。

于是廖维鸣像是要共享一份体温一样，紧紧把她搂住，力气大到要勒进她的骨头。

温梦同学聚会时穿的真丝连衣裙早就被扯了下来，凌乱地搭在椅背上。布料上残留的香水味往外散，缓慢但坚定地侵占了整间卧室。

La Vierge De Fer，香水的名字和味道一样——灰烬中的百合。

百合羞怯地开着，不自知地诱人。

把花吃进嘴里、吞下肚去，就能成了他的，只能是他的。

明明身体已经这么亲密了，呼吸在热切的吻中交融，姿势都不知道换过多少，廖维鸣却依旧觉得不够，怎么都不能满足。因为温梦丰润的唇紧紧抿着，身子在发抖，脸上带着献祭式的忠诚。这让廖维鸣感到失落。

汹涌的爱意到不了对方心里，再惊涛骇浪，也是白费功夫。

廖维鸣最终喘息着松开温梦，拉开床头柜的抽屉，在黑暗中摸索起来。

“找什么呢？”温梦坐起来，靠着枕头开口，声音有点沙哑。

廖维鸣没有回答。

几秒之后，啪的一声，黑暗中突然闪出一点亮光，红得刺目。打火机的火苗跳动，烧焦卷烟外缘，腾出一缕稀薄的烟雾。

“你疯了？”温梦一愣，反应过来之后欠起身，把烟从廖维鸣手里夺了下来，“不是让你戒了吗？”

“就抽一根。”

“一根也不行。”温梦斩钉截铁地说，“忘了医生是怎么讲的？”

须臾的停顿后，廖维鸣合上眼睛，低声道：“可我有点头疼。”

温梦把碾灭的烟头丢掉，开了台灯，伸手探上他的额头：“抽烟又不治头疼，你这属于心理作用。我摸着没发烧。家里还有止疼药吗？”

“不用吃药，我缓一缓就好了。”

“真不用？”温梦见他态度坚决，也有些迟疑了。

廖维鸣有点艺术家性格，做事随性极了。这么些年，他经常冒出些心口不一的话。

这次廖维鸣回答得倒是肯定。

廖维鸣只管拉着温梦，不想让她走开：“真的不用，我好着呢。你要是不信，一会儿我下楼给你跑两圈去。”

这就有点吹牛了。但他总不能说，他在贪恋她的温度。

“好吧。”温梦嘟囔了一句，重新缩回被子里。她躺了一会儿，渐渐有点酒意上涌。

半睡半醒间，有人在她耳旁开口。

是廖维鸣问了一个突兀的问题：“你还想他吗？”

寥寥五个字，音量也不大，却像一记重锤敲在温梦头上，让她一下子清醒了。她睁开眼，轻声说：“你说什么？”

“我刚刚问，你还想不想他。”廖维鸣重复了一遍，看着温梦的脸，眼神专注。

屋内安静得似乎落了灰都能听见。有那么几秒，温梦没有作声。然后她回答：“不想了。”

廖维鸣笑了，把视线从温梦脸上挪开。浓密的睫毛垂下，在脸上投出一圈阴影。

“那就好。”他说。

话虽如此，空气却如同化不开的胶水，凝成玻璃瓶口黏腻的一团，艰涩地往下流淌。人被胶水粘着，动也不能动。

温梦觉得自己理应解释一下，又不知道该如何开口。其实细想想，她也没什么好解释的。

温梦和廖维鸣从高中开始就是最好的朋友，彼此太过熟悉，什么秘密都藏不住。有些谎话心照不宣，讲上一百次，就成了真的。

最后，她说道：“头疼就早点睡吧，别胡思乱想了。下周我请个假陪你去复查，看看医生怎么说。”

廖维鸣似乎也没有继续讨论下去的打算。

“晚安。”他侧过脸，虔诚地吻在温梦唇上，好像无事发生过。

啪，台灯被关上，没过多久，廖维鸣的呼吸就逐渐变得绵长，应该是睡着了。

他是睡着了，但温梦睡不着。她在一片漆黑中重新睁开眼睛，盯着黑暗中的天花板，突然有点恍惚。

廖维鸣那个问题的宾语虽然含糊，但里面的“他”指的是谁，屋里的两个人都非常清楚。

有个名字不能提，它像一根长进肉里的刺，这么多年扎在她和廖维鸣身上，把它拔出来就是一个血淋淋的洞。

他是在说李彦诺。

旧事

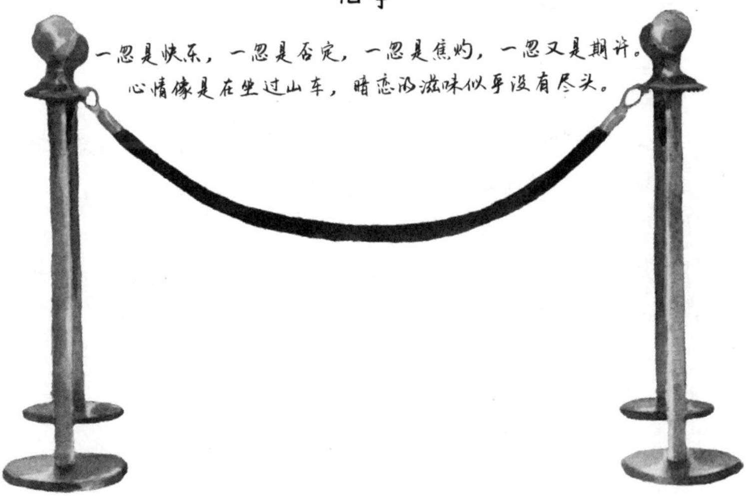

一忽是快乐，一忽是否定，一忽是焦灼，一忽又是期许。
心情像是在坐过山车，暗恋的滋味似乎没有尽头。

Chapter 1　初遇

再坚硬的人，遇见阳光美好的一天，
也会有心软的时候。

每个故事都有开头。

时钟的指针一圈圈往回倒转，停在一切刚开始的时候。

温梦记得很清楚，那是2008年的9月1日。

彼时奥运会刚结束不久，家家户户的电视机里还在单曲循环着《北京欢迎你》。大街小巷国旗迎风招展，一派红火。

早上五点五十分，和平里小区的职工宿舍楼上，一盏小小的台灯已经亮了起来。

十七岁的温梦朝卧室的窗外望去，发现天阴沉得很，云里滚着水汽，好像随时要掉雨点子。就连楼下的煎饼车都没有出摊，估计怕被淋在半路。这让她有些犯难，回头看了眼书桌。

桌前的椅子上端正地摆着一双运动鞋，是上个学期温梦考进年级前五名，妈妈奖励她的。整整一个暑假，温梦一直把它藏在鞋盒里，一次都舍不得穿。

2008年，学校里最流行三样东西：松松垮垮的校服、卡西欧Baby G手表，还有带着粉色对钩的耐克鞋。基本上有了这三样就等同于拿到了社交密码，可以在附中畅通无阻。

不过，这样的时髦，温梦从来没有赶上过。

因为那阵子事业单位改制，做会计的母亲一个月也就挣四千五百块。要花六百块在一双鞋上，是件想都不敢想的事情，太奢侈了。温梦打小就懂事，不可能提这样的要求。

女儿越是乖巧，当妈的越不想让她受委屈，生怕自己孩子比其他孩子少点什么。偷偷问过同事之后，温梦妈妈在一个炎热的午后去了商场，回来时衣服已经被汗浸湿，手里拎着崭新的鞋盒。

这双来之不易的鞋，是绝对不能浸水的。但此时台灯照出一团柔和的暖光，映得耐克纯白的皮面闪闪发亮，像在冲人招手。

“快来穿我。”鞋子说。它就跟诱惑夏娃的苹果一样，真缺德。

今天和平时不一样，是温梦高二分班之后的第一天。进了新的实验班，面对的都是新同学，谁不想打扮得漂漂亮亮的呢？再说秋天本来就阴天多，也许一会儿并不会下雨——温梦突然有了冒险的念头。纠结到眼看早读时间要赶不及，她最后穿着新鞋子上学了。

街边的树叶沙沙作响，有些耐不住寂寞，落了下来，踩上去脆生生的，如同温梦此刻的心情，有点微小的雀跃，也有点忐忑。

她走了十来分钟，天还是阴的。看来偶尔大胆一次，确实没什么。

只可惜，人是不能抱有侥幸心理的。

老天好像故意要和温梦作对，她还差几百米就要走到112路公交车站时，天空竟然开始下起雨来。

雨下得密且急，一丝丝、一条条，那架势恨不得把整座城市都淹没。人行道上不平整，很快就积出深浅不一的水坑。

完了。温梦担心迟到，又怕新鞋踩进水里，只能像走钢丝一样沿着道边的小条砖块前进。地面湿滑，新鞋又不合脚，她深一脚浅一脚，走得很不稳当。

一阵大风蓦地刮过，温梦的伞被吹得跑偏，突然脱了手。她着急去捡，结果脚下一滑，不小心失去平衡，眼瞅着她要摔到自行车道上。

几乎是与此同时，吱——她耳旁响起自行车尖锐的刹车声，有人从后面骑车过来了。那一瞬间，温梦感觉后背都麻了。

按电视剧里演的，这应该不只是摔一跤的问题，下一秒她怎么也会被自行车撞倒，再飞出去几米远，来个受伤、失忆什么的。

生活毕竟不是电视剧，温梦幻想的剧情并没有发生。

疾行的车轮骤停，激起一阵水花。伴随着链条从轮轴上滑脱的咔嗒声，一个高个儿男生从自行车上跳了下来。他刹车及时，不仅没撞到温梦，还顺手拽住了她的书包带子。他像提溜落水的小猫似的，一把将她从倾倒之势拉回。

这下可好，人没摔死，尴尬死了。

温梦站稳之后，连伞都不想去捡了，血液呼呼地往脸上冲，此刻她只想换个地球生活。

那个男生似乎没有意识到她的尴尬。他松开温梦的书包带，弯腰捡起湿淋淋的雨伞，递给她。透明雨披下面是和她一样颜色的校服，应该是同一个学校的学生。

“谢谢。”温梦出于礼貌从嗓子里吐出一声，“对不起，刚刚是不是吓到你了？”

“没有。”对方一板一眼地回答。他的样貌是介于少年和成年人之间的英俊，眼尾很长，眼皮内双，看上去有些高冷。他说完就蹲了下来，很显然，刚刚的急刹车让他的自行车链条掉了，卡在转轴上没办法移动。

“需要帮忙吗？”

“不用。”那个男生拒绝了，转动起脚蹬。他空手挂了两次链子，但并没有成功。

两人说话的工夫，112路公交车来了。

排气筒刺地喷出白茫茫的烟，车门打开，撑伞的人流涌下来，眼瞅着车门要关上，往下一站开去。

那个男生察觉到温梦没有要上车的意思，抬起头。他的声音像玻璃，平直又冰凉，没什么情绪：“你不走吗？”

再不走，会迟到的。

温梦扭头看了一眼要离站的公交车，心里的天平剧烈摇摆，最后她艰难地摇了摇头——好人就是有良心，沉甸甸地坠着，叫她没办法离开。

那个男生没再多说什么，重新低下头来，继续专注地摆弄链条。

温梦观察了一会儿，小心翼翼地靠近一步，指着轮毂想伸手帮忙：“我之前看别人修车，好像是要把自行车倒过来，再往这里挂——”

话没讲完，就被那个男生打断了。

“别碰。”对方冷淡地吐出两个字。

果然是被讨厌了。也对，下大雨，又是开学第一天，谁遇到这样烦心的事情都不会高兴的。温梦尴尬地收回手，原本就没有多少的勇气也被打散了。她留在这里，别人当她是多管闲事，早知道这样，她还不如上了那辆去学校的公交车。

就在她默默后悔时，那个男生继续行动着。虽然没有让温梦插手，但他意外采用了温梦的建议，把车座朝下，自行车被翻了个个儿，他尝试往对角线上挂链条。

咔嗒。

嗒。

时间在焦急的雨中滑过，连温梦这个唯一的旁观者都跟着紧张起来。

嗒。

第三次尝试过后，链条竟然真的挂上去了。

“太好了。”温梦短暂地忘记了不愉快，不自觉地说出口。

那个男生扬起脸，扫了她一眼。

温梦立刻警觉起来，一连被拒绝了几次，她总觉得他又要说些不好听的。

不过这次那个男生倒是没有讲话，只是站起身，从雨衣下面解开书包，似乎想要翻找什么。

温梦这才发现他两手黑乎乎的，沾满车链条上润滑用的机油。

“你需要纸吗？”她看见那个男生的书包带子都被蹭脏了，犹豫了一下，最终试探着开了口。

“嗯。”

温梦从校服裤兜里掏出一包纸巾，鼓足勇气递了过去：“我这里有。”

“谢谢。”那个男生擦起手，态度也缓和了些，“下一趟公交车是几点的？”

温梦默默算了下时间：“还得再过十五分钟吧。”

不算等红绿灯的时间，坐车到学校还得十多分钟。这么加起来的话，估计赶不上早读了，但眼下也没有其他办法。

雨下得更密集，丝丝缕缕地打在地面上、伞上、透明雨披上，沙沙作响，让人心烦，让人着急。

新鞋进了水，连同袜子一起被浸湿，这会儿粘在脚上，温梦感觉又冷又难过。

那个男生没吭声，把纸巾沾了油污的那一面冲里，整整齐齐叠好，装进校服口袋里，然后又抽一张，把车后座上的雨水擦干净。

“走吧。”他踢开自行车的脚蹬，回过头对温梦说。

走着去学校的话会迟到，等公交车的话也会迟到，但是坐自行车的话，也许能卡着点到。所以那个男生示意温梦上车。

温梦没想到这人会突然这么好心，一下子愣住了。

“要来不及了。”那个男生见她不动，再次开口。

“啊，好。”温梦一手举着伞，一手握住自行车后座的金属杆，摇摇晃晃地坐了上去，她还有点发蒙。

那个男生踩动了脚蹬。

风夹带着雨吹过来，除了淡淡的水汽，还混杂着一点残留在他校服上的洗衣粉味。

摇摇欲坠的不安、鼻腔微妙的刺激、沁了寒气的车后座、后悔和尴尬，林林总总的感受交融，复杂极了。

车子就这么骑过一个路口，遇见红灯，停了下来。骑车的和坐车的都没说话，一起干等着，氛围有些局促。

好在这样的安静没有持续太久。

两人正在等待的时候，街边突然响起一阵短促的“嘀嘀嘀”汽车鸣笛声。

温梦微微扬起伞，疑惑地向马路旁看去。

一辆颇为惹眼的亮红色路虎正缓缓向右并线，打着双闪靠在道旁。

车窗降下来，有个帅气的男生从副驾驶位探出头，大声问道：“哎，李彦诺，你这是干什么呢？”

原来骑车载着自己的人就是李彦诺。温梦记得这个名字。上学期他得过学校的奖学金，公布的名单上有。李彦诺不是第一次上榜了。事实上，高一的两次期末考试，他就没掉出过年级前三名。

大家都在传李彦诺是天才，是特别会考试的那种，这让温梦对他多少有点好奇。

只可惜附中一个年级有六百多名学生，她和李彦诺的班级分别在走廊的两头，课间操时隔着半个操场。李彦诺又特别低调，要把名字和脸对上号并不容易。没想到今天她会以这样的方式见到他本人，还蹭了人家的自行车，真够倒霉的。

雨越下越大。李彦诺的刘海儿被淋湿，垂了下来，搭在额头上，鼻梁显得越发高且挺。

“正要去学校。”他回答路虎车上那个男生。

那个漂亮男生笑了，带着不由分说的热情：“你可真行，大雨天还骑车载人，小心一会儿被交警叔叔抓住。得了，别磨叽了，坐我家的车走吧。”

“好。”李彦诺很干脆地答应了。

看来这两人关系不错。

一分钟之后，才修好的自行车被司机架进后备厢，温梦和李彦诺坐进了路虎的后座。四个轮子跑得快，转眼间，公交车站已经彻底消失在雨中。

车厢里熏着一种香料，和潮湿的水汽混在一起，刺鼻、辛辣。

温梦在陌生的环境有些局促，后背挺得很直，都没敢挨着靠背。和她相比，坐在副驾驶位的男生显得游刃有余。他欠着身子，把松松垮垮的书包从后座上拿过来，试图让温梦的位置宽敞一点：“同学，你也是附中高二的吧？”

那个男生语气笃定。

温梦觉得他应该是从校服颜色和款式上辨认出来的，于是点了下头。

但对方接下来又问：“这个学期你在十班？”

温梦愣住了：“你是怎么知道的？”

那个男生的一双桃花眼弯起来：“因为我也在十班，之前从马老师那儿看了名单。不光我在，李彦诺也在，咱们三个这回被分在一个班了。哦，对了——我叫廖维鸣。”

其实不用他自我介绍，温梦也知道他是谁。

廖维鸣在学校里特别出名，美术特长生，家里有钱又有关系，才上高一家里就给他开了个人画展，横幅都恨不得拉到校门口了，谁能不认识呢？

“上次春季运动会的时候咱们见过的，你记不记得？”廖维鸣问。

温梦根本不知道他在说什么。

春季运动会她倒是参加了，跑800米。当时是这个比赛项目缺人，她被体育委员临时拖上去的。因为之前没练过，结果她跑得稀烂，用了3分40秒，差点被第一名落下一圈。回想起那一天，她的记忆里全是累得汗流浃背和气喘吁吁的画面，根本没有和廖维鸣的交集。再说了，她又没失忆，要是和这么有名的同学说过话，难道还记不得吗？

但温梦不想和廖维鸣争论。

张扬的香氛，漂亮到无法忽视的样貌，一连串不停歇的问题——廖维鸣虽然行为和善，但是存在感太强。尤其是他说话的时候喜欢盯着人，是温梦最不擅长应付的类型。

温梦犹豫了一下，最后还是拘谨地点了下头。

“记得就好。”廖维鸣笑得露出一口白牙，“说起来，我都不知道李彦诺和你认识呢。你们今天怎么会一起上学？”

温梦攥住书包带的一角，语塞了。这该怎么回答，难道要把刚才发生的事情的前因后果都说出来吗？简直太尴尬了。

为了躲避来自廖维鸣的视线，她只能窘迫地朝旁边看过去。这么一来，她的目光就刚好和坐在身旁的李彦诺撞在一起。

短暂的安静后。

“刚刚我的自行车坏了，她路过，留下来帮我。”

李彦诺这句话让剩下的两个人都有点诧异。

温梦是意外于他会帮自己解围，而廖维鸣的注意力则是被转移到了朋友身上：“你怎么不给我发个短信，我顺路就能接上你们，比骑自行车快多了——”

他的碎碎念到一半，被李彦诺截断了：“这个时间段应该有英语广播可以听，FM93.7。”

廖维鸣啧了一声，深感无语：“就这么一点路，你也要学习吗？”

嘴上邦硬，最后他还是听了朋友的，伸手把车上的音响打开了。

“ICRC Director of International Law and Policy，Rebecca McCarthy，recognizes……”

车窗外雨丝顺着车窗玻璃滑落，和着新闻里抑扬顿挫的女声，噼啪作响。

学校就在这样密集而嘈杂的声音中越来越近，操场上的国旗被风吹得猎猎飞舞，红且鲜明。

高二十班在教学楼的四层，是最靠北的一间教室。

雨天光线暗淡，大白天教室里也开着灯。雨伞滴落的水珠把瓷砖地板淋得湿漉漉的，再被鞋子踩上去，看着脏兮兮的。

虽然新同学间彼此都不认识，但教室里依然很热闹。一聊起刚过去的奥运会和中国奖牌数，大家很快就熟络起来。

座位表贴在讲台上，是按分班考试成绩排的。温梦不出意外地和李彦诺成了同桌，廖维鸣离得也不远，在她正后面。

这个位置不错。

廖维鸣一坐下来，立刻满意地拍了拍桌子："以后考试就靠大家了。"

他是一点也不见外，特别自来熟，愿意交朋友。

返校第一天就闹出这样的乌龙，新鞋也湿乎乎的，不大舒服，似乎预示着新学期不会太顺利。而换到实验班之后，温梦确实感受到了不同以往的压力。

同学们都很强，学习态度又都比高一时积极。有时她能考进前三名，有时一道函数题没做对，就可能直接掉到第六名了。

这让她很难不去羡慕李彦诺。

一个多月的同桌做下来，温梦发现传闻都是真的，李彦诺简直就是一台缜密的学习机器。

十七八岁的男生荷尔蒙多得没处释放，特别热衷于玩"阿鲁巴"，把同学扛到墙角来回锯。而十七八岁的女生可以将一本《昕薇》传遍整个班级，对着藤井莉娜的脸仔细研究，隔天眼皮上涂点浅棕色眼影，被班主任看见之后，心虚地一笑，用手使劲往下蹭。

暗涌的水面下，是躁动的青春。

但李彦诺和其他的男生不大一样，他的心思好像全在功课上，从来没有为这样的游戏分过神。再枯燥的课程，他都能聚精会神地听，再烦琐的作业，他都能完成得很好。从周练到月考，再到摸底考，他从来没有失利过，总是第一。怎么会有这样的人？温梦不懂。

按理说近水楼台先得月，如果能和李彦诺在学习上取取经，进步得会更快一点。但温梦和李彦诺都是算不上话多的性格，哪怕座位挨着，一天也聊不上几句，最多是考完试对一对题，或者确认一下当天的作业有哪些。

“完形填空第一篇，ACDBBD。”周练后，李彦诺照例分享一下草稿纸上的答案。

曲哲听完，垂头丧气：“不会吧，最后一道明明C选项最长啊，三短一长，不是应该选长的嘛。”

有人吐槽：“你这个症状有多久了，医生怎么说？”

还有人一声哀号：“啊！我好像把答题卡填串行了！”

教室里热闹得像是快要煮沸的开水壶。

往往这个时候，李彦诺已经收拾好书包，准备转身离开了。他很少参加接下来的讨论，虽然态度没有初见时那样冷冰冰，但依旧给人拒人千里之外的感觉。

天才有天才的骄傲，人家有资本。可他这样还怎么叫人向他请教呢？至少温梦做不出这样自讨没趣的事情。卡在青春期的尾巴上，她特别要面子，宁愿和同桌维持并不亲近的关系。

时间就在不间断的考试和作业中往前走，一转眼，到了10月底。

周三，下午第一节课。政治老师抱着书本进来，推了推眼镜，宣布体育课被占了。

嗡嗡作响的抗议被无视之后，同学们只能认命地掏出课本。教室里挤了五十多个人，呼出的二氧化碳浓度过高，再加上枯燥的世界观和方法论，让这个午后变得昏昏沉沉。

温梦刚吃过饭不久，在座位上听了一会儿就觉得血液从脑子里全速撤退，一股脑儿涌进了正在消化的胃里。她捂着嘴，无声地打了个哈欠，头不由得往下耷拉。

讲台上，政治老师在黑板上写：“遵循客观规律，在实践中检验真理。”

雪白的粉尘洋洋洒洒，像温梦的疲倦一样打着旋，飘得四处都是。

真是下一秒就能睡过去。也是在这个时候，温梦的后背被人轻轻戳了一下。

“哎。”有人说。

温梦吓得一激灵，扭过头，发现后座的廖维鸣正歪头看着她，一脸憋不住的笑意。他手里握着个小巧的铁盒，盖子绿油油的，上面写着一串德文。

“怎么了？”温梦压低了声音。

“薄荷糖。我看你快睡着了，别忍着了，来一颗吧。”

糖盒打开就是冲人脑门地凉，好像夏天呼呼作响的空调冷气。

别看廖维鸣跟个散仙似的，没见他在学习上下多少功夫，吃的喝的倒是备得很齐全，还都是些在进口超市才能买到的东西。

温梦其实不馋，也不太好意思吃廖维鸣的糖，但她更不想睡过去。

“谢谢。”她顿了顿，刚准备伸出手，余光扫过李彦诺。他正从书上抬起眼睛，看向他们这边。大概是因为坐得近，他被这点动静干扰到了。

廖维鸣也察觉到了。

“你要吗？”他轻声问李彦诺，把糖盒冲着他扬了扬。

“上课不要吃东西，好好听讲。”李彦诺简短地拒绝，继续做笔记。黑色圆珠笔在纸页上滑动，流出一串串工整的字迹，好像不知道困倦似的。

“不吃算了。”廖维鸣耸耸肩，对温梦笑笑：“咱俩吃。”

但温梦停下了要拿糖的手。

“好好听讲”这四个字一下子让她想起了雨天里那句“别碰我的自行车”，让她听出了隐隐的嫌弃。温梦觉得脸上有点发烫，不用吃薄荷糖，她也清醒了。

“我不困了，你自己留着吃吧。”她低声对廖维鸣说，把身子转了回去。

比自己聪明的人都在用功，她有什么资格犯困？从这个论点再延展开，简直可以写出一篇议论文：都是一样上学，李彦诺能做到的，自己为什么不行？

敏感又要强的人就是这样，嘴上不说，内心永远在反省，再无限“内卷”下去，光是自己和自己较劲，就足够上演一场旷日持久的战争，让人精疲力竭。

讲台上，政治老师说：“人要充分发挥主观能动性。”

这句话被温梦写进了当晚的日记。

2008年10月28日，阴。

今天有点难过。

李彦诺也许只是好意提醒我，是我自己想得太多了。不过，确实不能再这么懈怠下去了，不然只会被人看不起。

还有两周就要期中考试，从现在开始定个目标，充分发挥主观能动性。

一定要考过李彦诺。

想要考过李彦诺，不是不可能，但是很难。毕竟两个人在同一条赛道上奔跑，你动，对方也动。要弯道超车，温梦只能额外多花工夫。她几乎是从早到晚地学习，看书看得头都发昏。题做得太多，一根笔芯撑不了多长时间就空了，刺刺啦啦几乎要划破纸张，留下些深浅不一的印子。

那阵子女生间最常见的社交是手拉手一起去上厕所。温梦连这项活动也舍弃了，每天进了教室就像被钉在椅子上，除了升国旗和课间操，她一步也不离开，只是读书。

偶尔李彦诺会沉默地看过来，他显然不能理解她为什么会突然这么拼命。

温梦不准备解释。

这是一场比赛，是战争。

还有五分钟就到中午十二点，教室里很多人已经有点心不在焉。

附中食堂最近换了新师傅，做什么都很难吃，经常搞出些类似火龙果爆炒圣女果这样的艺术融合，咸得能齁死，淡时又淡得无味。只有每周四的水煮肉片还算说得过去，可惜也就几十份，得跑得快才能抢上。

今天大家的运气还算不错，老师没有要拖堂的意思，估计讲完最后几句就能准时下课。

还剩三分钟到十二点。

还剩一分钟。

体育委员乔婕看了眼手表，低头把鞋带系紧。她做好准备，从前桌扭过头，冲温梦比了个无声的口形："一起吗？"

温梦摇头："我不去食堂了。"

"又不去？"乔婕本来就长了双圆眼睛，一使劲睁得老大，像非洲瞪羚似的，"你都好几天中午不吃饭了，是要绝食修仙吗？"

她的惊讶还没持续多久，丁零——

下课铃响了。

桌椅一阵乱动，人流一窝蜂往外冲。乔婕生怕抢不到水煮肉片，顾不上多说什么，也跟着跑了出去。

少了热乎的人气，教室里一下子安静下来，风透过窗户缝往里刮，呜咽，缠绵。

一进11月，北京就是这样的天气。来暖气之前最难熬，哪怕校服里面套上毛衣秋裤，还是不暖和。

温梦从书包里掏出一个豆沙面包，默默啃了起来。面包放了一上午，被书压得很扁，又干又凉。即便这样，也比吃食堂划算很多。因为温梦算过了，节省下排队打饭和找座位浪费的时间，一来一回光是一个中午，她就能比别人多学将近一个小时。

这个"别人"，如果特指一下，就是她的对手李彦诺。"勤能补拙"这个词不知道可不可信，但不试一试怎么知道呢？况且距离期中考试不到一周，自己已经坚持了这么多天，再咬咬牙就过去了。

温梦一边大口地把面包往下咽，一边摊开书，默默背诵课本上的内容。

高领毛衣有点扎脖子，一阵阵地刺痒。起初只是轻微地不舒服，她背了十来分钟之后，刺痒变成了疼。疼的倒不是脖子，而是胃。

也许是最近一直吃得太凉或者太潦草，温梦的胃突然开始隐隐作痛。她起身去讲台旁的饮水机那里接了杯热水，期待着喝下去就会好起来。

一杯水灌下去，冷的和热的在肚子里打起仗，不仅不管用，反而像哪吒闹海一样越演越烈。温梦只好合上书，用手按着胃，缩成小小的一团，试图缓解疼痛。校服挂在她肩上，一副瘦弱模样，可怜又无助。

教室的门开了。

有人走了进来，看到她整个人趴在桌子上，有些诧异："你还好吗？"

温梦头埋在臂弯里，外面的声音都像隔着雾传来，她听得不大清楚。应该是乔婕从食堂回来了，不过是谁并不重要。

"我没事，趴一会儿就好了。"温梦回答得含含糊糊，声音粘在一起，成了软化的牛筋糖。分明是状况不大好，她却在硬撑。

对方听出来了，建议道："不舒服就请假吧。"

"不行……不能回家。"

"为什么？"

温梦头也没抬，断断续续挤出话来："要考试了，绝对不能缺课。"

理由和她的决心一样充足。

椅子滑动的声音传来。

对方没有继续和她争辩，而是起身离开了，不知道是去做什么。几分钟之后，脚步声再次响起。这次那人拍了拍她的后背，让她抬头。

温梦撑着桌子直起身，这才惊讶地发现，刚刚一直和她说话的人根本不是乔婕，而是李彦诺。

"医务室的老师说，要是吃了药还是不好，就去找她开假条。"他递过来一板药，平静地说道。

温梦愣了一下，没有伸手去接。如果此时出现的是另外一个人，她根本不会迟疑。但李彦诺不一样，如果麻烦他的话，就好像她是在认输，这些天的坚持就白费了。她不想在李彦诺面前显得脆弱。这样想也许有点矫情，可温梦确实是这么想的。说到底，还是自尊心的问题。

李彦诺肯定不懂，他也不需要懂，因为这是属于温梦一个人的战争。

空气凝滞。

直到李彦诺突然开口："就一次，没关系的。"

偶尔接受一次来自他的帮助，不算认输。

李彦诺竟然读懂了温梦的潜台词，还尝试开导她。这一幕都不是太阳从西边出来，而是地球决定自己更改公转角度了。他怎么会懂？温梦感到错愕。她理智上觉得自己应该继续拒绝，可是此刻大风刮走了教室外的阴霾，阳光正好。阳光透过教室玻璃，照在李彦诺身上，给他整个人镶上一层沉甸甸的金边。就连平时冷峻的轮廓都被照得柔和了些，看上去莫名柔软。

黑板上的时钟在走动，距离午休结束还有四十分钟。这个时间，大家都在食堂吃饭，教室里除了李彦诺和温梦，再没有其他人了。

清新的空气在密闭的屋子里聚拢，成了暖洋洋的云朵。在这样柔软的气氛里，李彦诺再次向她伸出手："给。"

温梦愣了一下，最后把那板药接了过来。胶囊裹在热水里，顺着食道往下滑，逐渐熨平了蜷缩的胃，好像一切真的会好起来。

她重新趴回桌上，侧过头轻声问："你刚才是自己吃的饭吗？"

"嗯。"李彦诺一边翻书，一边回答。

廖维鸣最近时不时地请假去上油画大师课，李彦诺只能自己去食堂。

因为和其他人聊不到一起去，他回来得比平时早很多，才会第一个看见温梦胃疼。出于同桌的情谊，帮忙去医务室领个药，也许算不上什么。所有这些都合情合理，唯一解释不了的是李彦诺为什么会理解她，甚至安慰她。大概人就是复杂的动物吧？再坚硬的人，遇见阳光美好的一天，也会有心软的时候。

"你额头上有点东西。"隔了一会儿，李彦诺主动开口道。

温梦用手背蹭了一下，没擦下什么来："没有啊。"

"刚才看错了，好像是校服硌出来的印子。"

安静的教室里响起这样断断续续又漫无目的的对话。

这也许是温梦和李彦诺第一次真正意义上的闲聊。而让温梦意外的是，并没有预想中艰难，挺顺利的。

走廊里传来纷乱的说话声和脚步声，应该是大部队从食堂折返回来了。

李彦诺听见响动，合上书，好像要说点什么。

"不要自己跟自己过不去了。"这句话，他用的是说正事的口吻，有点不合时宜的郑重。

教室门被打开，随着越来越多的同学走进来，李彦诺恢复了平日的沉默。

温梦起初是诧异的。等到这种强烈的感受退去，她突然意识到李彦诺刚刚那一句与其说是讲给她听，不如说是在自言自语，就好像这里面多少也有一点他的感同身受。

校医开的药很对症。虽然胃里还是有点抽搐着疼，但是坚持到放学没问题。年轻人恢复得快，回到家后，温梦喝了一碗白粥，第二天早上再起来时，就感觉自己已经痊愈了。

今天教室里有些叽叽喳喳的，是廖维鸣短暂地停了一天集训，回学校取书。他的出现也意味着附近这一片都会热闹起来。

"维鸣，下午放学去打球吗？"

“别去打球了，跟我们去网吧怎么样？”

“疯了吧？下周期中考试呢，咱们找个地方上自习啊？”

廖维鸣身边永远围绕着各式各样的人——这大概就是出名的烦恼，朋友太多。而他似乎习惯了这样的生活，坦然又自信，像被蜜糖包裹着。

温梦是没办法融入这样的场合的。她在座位上坐下，默默掏出MP3，试图用音乐隔绝后排的吵闹。在解开缠绕的数据线的时候，她发现李彦诺也戴着耳机，两耳不闻窗外事，只是用心读书。从某种程度上来说，他们俩其实挺像的。这点奇怪的默契让温梦想到了什么。她放下打结的耳机线，拉开书包外兜拉链，拿出一瓶在上学路上买的维生素饮料，朝李彦诺的方向推了过去。

李彦诺摘下一边的耳机，侧过脸，神情有点疑惑。

“给你的，谢谢你昨天的药。”

李彦诺看了温梦一眼，然后说：“不用了。”语气礼貌却疏离，就好像昨天两人的闲聊压根儿没有发生过。

但温梦现在有法子了。

“就一次，没关系的。”她把李彦诺昨天说过的话，又原封不动地送了回去。她唇边扬起浅浅的笑，就连那颗小痣都看着都有点调皮了。

李彦诺没出声，视线在饮料瓶上停顿了一下，又挪回温梦脸上。

下一秒。

温梦发誓，真的是下一秒，李彦诺竟然也笑了。

他伸手把饮料接了过去：“好吧。”

李彦诺笑起来的时候，眼睛和平时看起来很不一样，会弯出一个迷人的弧度，如同河上坚硬的冰面一道道裂开，露出奔涌的春流。

瞬间，温梦的呼吸像是被人攥住。她突然莫名其妙地仓皇起来，扭头不去看李彦诺。过了很久，这种不知从哪里冒出来的情绪才消失。她开始回忆刚刚李彦诺的那个笑容，总觉得很熟悉，又不记得是在哪里见过。

等到早读开始英文听写，温梦终于想起来了。

那个笑容有一点像她小时候最喜欢的那条史努比毯子。那条毯子是珊瑚绒材质，结实、柔软，又有些毛茸茸的，温梦睡觉时都舍不得撒手，非得紧紧攥着。

Chapter 2 朋友

眼睛好看的人就是有这个毛病，
看谁都是无差别的含情脉脉。

拜占庭的溃败始于一扇没关上的门。而有时候一扇门打开，却不一定会通向坏的去处。

自从闹过一次胃疼，温梦吸取教训，不敢不正常吃饭了。每天一到午休时间，她就乖乖跟着乔婕往食堂走。

廖维鸣被美术集训搞得焦头烂额，照旧缺席学校的课。李彦诺一个人打好饭，随便找了个位置坐下，看上去已经完全习惯了独来独往的生活。

温梦端着餐盘从他身边路过，两个人视线对上又错开。就在这转眼的瞬间，温梦突然听见了吱呀的开门声。她觉得自己有必要问上一句："我能坐在这里吗？"不然李彦诺孤零零的影子映在桌上，太可怜了。

李彦诺没有拒绝，把盘子往自己的方向挪了挪，腾出一小块地方，冲温梦点点头。

有了第一次，就有第二次。吃饭的组合就这么慢慢固定下来，当然不光他们两个，乔婕也在。

李彦诺咀嚼时总是很安静，他默默地把餐盒里的每一口饭菜都消灭干净，好像他的人生里就没有"不好吃就不吃了"这个选项，吃什么都无所谓。

乔婕两手托腮坐在桌子对面，兴致勃勃的样子简直像在看《走近科学》："你不觉得今天的油菜炒煳了吗？"

李彦诺举起筷子，把最后一口米饭送进嘴里："有点。"

"原来你能尝出味道啊，我还以为你舌头坏了呢。你和温梦可真像，她也是什么都吃，怪不得你们能做同桌。"

乔婕其实没什么坏心眼儿，就是说话一根肠子通到底，既不瞻前也不顾后。不过有一点她讲得没错，透过李彦诺，温梦确实像看见了另一个自己，同样游走在社交圈边缘，同样有点格格不入。

期中的成绩条是在考完试第三天发下来的。

温梦紧张地咽了下口水，把成绩条攥在手心，成绩条很快就被汗打湿了。

想看，又不敢看，又不能不看。纠结了好半天，成绩条最后还是被她一点点展开。语文，数学，英语……罗列的学科后面，是班级排名。

当那个小小的"2"出现时，温梦被复杂的情绪击中了，说不上是失望、不甘心还是其他。她明明已经这么努力了。

"要是能考一次第一就好了。"温梦喃喃地说。

这句话落在桌面上，被李彦诺捡了起来。

李彦诺展开卷子，没有询问，只是陈述："你这道题算法好像有点问题，我们一起改了吧。"

温梦怔住，点了点头。

红笔圈出卷子上的答案，写下端正的"改"字——就像李彦诺之前说过的那样，不要自己和自己过不去。做错的题记住了，改对了就行，在心里较劲没用。

舒适圈是个很奇妙的东西，看着像一堵密不透风的墙，一旦外人踏进来，之前彼此的隔阂就都能被一笔勾销。

李彦诺会毫无预兆地走进自己的舒适圈，是一个月前温梦想都不会想的事情。可眼下这件事自然而然地发生了。

一周大概有一两个清晨，温梦会在112路公交车站前遇见骑车路过的李彦诺。每到这个时候，她都会抬起手，小声打个招呼。而李彦诺会放慢车速，说一句"早上好"。又或者是李彦诺先看到她，他会摇一下车铃，丁零零的金属撞击声响起，惊动树上的麻雀。车轮碾过深秋破碎的落叶，又带起初冬的寒风，一路向前走。

除了改卷子、做题、温习功课，他们依旧很少闲聊。但温梦并不讨厌这样的相处方式，她本身也没有那么多话可讲，这样反而更自在、更舒服。

现在的李彦诺与其说是她的同桌，不如说更像是她的朋友。

朋友，多么宝贵的词语，简单两个字，包含着熟识、了解，再到相互关心，讲出来的时候在舌尖跳一下，都让人觉得满足。能有李彦诺这样一个踏实的朋友，真的挺好的。

放寒假前一个礼拜，北京下了第一场雪。

说是下雪也许有点夸张，叫作雨夹雪更准确些。白沫般的雪掉在地上转瞬即逝，融进土里，空气又湿又冷。

廖维鸣是在这天结束美术集训的。他走进早读前的教室，看见白炽灯灯光融融地往下洒，照在两个挨得很近的身影上——温梦和李彦诺不知道在讨论什么，笔尖在同一页书上滑动。

“从MF1这里做一条线，连到MF2。”

“我觉得应该在这里做辅助线。书上第78页那道例题，就是这么做的。”

“这两道题的变量不一样……”

廖维鸣表情里有点难掩的惊讶。他顿了一下，把书包扔到座位下面：“你们这么早就来了啊。”

这一声不算小，正在学习的两个人同时抬起头。

“你今天不用去上油画课了？”李彦诺问。

“以后也不用去了。一个多月差不多了，不敢上太久，怕学校这边的课程跟不上。”廖维鸣笑了笑，一边脱羽绒服，一边凑了过来，“你们在做什么题呢？”

他才从室外进来，身上还带着未被驯服的凉气，寒冷有点刺骨。

温梦被冻得缩起脖子：“在算椭圆的焦点坐标。”

廖维鸣看看她，又看了看李彦诺，然后开口：“都学到椭圆了？上次还在学导数啊。你们以后讨论问题也带上我吧，好不好？我落的课太多了。”

他的语气有点委屈，像是真的在为课程发愁。

曲哲一听，也过来了：“哎，再加我一个呗，我有的地方也没弄明白。”

廖维鸣和李彦诺不大一样，特别合群。不光是班上同学希望和他熟络，就连高年级的学生也经常来找他。

比如高三的学生会会长有时候就会特意下楼找他，两个人在走廊上站着聊上一会儿，临走前会长拍一拍廖维鸣的肩膀，看上去两人关系很不错。

有这么个“名人”加入，原本只属于温梦和李彦诺的学习小组就莫名其妙地壮大起来。

“咱们几个一起学吧？”廖维鸣又问了一遍。

李彦诺很快答应了，他在分班之前就和廖维鸣很要好，会同意自然是顺理成章的事情。其余的人看向了温梦。

温梦绝对不是不愿意——和同学共同进步，有什么不愿意的呢？

“好啊。”温梦对廖维鸣说。只是答应过后，她心里有一丁点微妙的不自在，可能是一下子涌进来太多嘈杂的声响，叫她感觉陌生。

“寒假你出去旅游吗？”排球发到手里时，乔婕问温梦。

“不了，估计要补课。”温梦用力把球传回去，“你呢？”

“我妈也给我报名了，但是我一点都不想去。好不容易放个假，还得上课，真讨厌。”乔婕噘起嘴，使劲颠了一下球，“对了，李彦诺寒假肯定也得上辅导班吧？你们关系不是还不错嘛，知道他去哪家辅导班吗？”

“不知道，为什么问这个？”

乔婕露出谜之微笑：“不是我要问，是曾可欣在打听呢。”

温梦的手慢了半拍，排球擦着手腕滑开，咕噜噜地滚远了。

“哎呀。”乔婕叫了一声，“好可惜，差一点就接到了。”

温梦醒过神，转身去捡。排球才不会等人，一路直直地往前跑，最后停在一个梳着高马尾的女生脚边。她就是乔婕嘴里的曾可欣，也是校舞蹈队的成员，头发拉直过，穿耐克鞋，简直是照着审美模板长出来的。

此刻曾可欣也发现了脚边的排球，帮忙踢了过来。练舞的人形体好，简单的动作也能做得漂亮、舒展，像是在跳《天鹅湖》。

温梦道谢之后把球抱起来，扭头轻声问乔婕：“曾可欣要和李彦诺上一个辅导班？为什么？”

乔婕露出点“懂的自懂”的表情：“这还用我说？你猜不出来嘛。”

哔。

体育老师吹响口哨："别聊天了！"

话题被迫戛然而止，排球被重新颠了起来，四处传来稀稀落落的噼啪声。

"我得去趟洗手间。"乔婕消化能力太好，运动一下就想上厕所。

她离开不到五分钟，下课铃就响了。

体育委员不在，器材总得有人收。温梦端起盛满球的塑料筐，跟着体育老师往器材室去。

一路走，温梦脑子里还在回想着刚刚乔婕说的话，一个字一个字跟筐里的球一样，上上下下浮动。

学校那阵子正在严抓"男女不正常交流"，就怕学生早恋，耽误高考。即便如此，曾可欣还是想和李彦诺更亲密些，还能是什么原因呢？如果不是乔婕在瞎八卦，那么就是曾可欣……喜欢李彦诺。

兴许是中午吃得太多，这会儿米饭坠在胃里，温梦感到沉甸甸的。

"应该是十九个球，数完了就放在右手边架子上面，早点回家吧。"体育老师的一句话，打断了她没来由的纠结。

"好。"温梦乖巧地应了一声。

按老师说的那样，排球被温梦一个个数好放回架子上，组成一道规整的墙，红得暗淡，摇摇欲坠，却又保持着微妙的平衡。

整个过程有点枯燥，温梦花了不少时间，等一切做完已经六点过五分了。

体育馆里除了两三个留下打篮球的学生，其余的都走了。温梦决定先去洗洗手，毕竟摸球时手上沾了土，她怕一会儿把书包蹭脏了。

洗手间很小，凉的水珠从龙头里往下淌，打湿了皮肤。

空荡荡的回音，场馆木质地板特有的油蜡味，哗哗的水声。温梦在不安中抬头看了眼镜子里的自己，像是在确认什么。

五官是清秀的，唇边小痣平添一点俏皮，算得上赏心悦目。只可惜这张脸的主人并不这么认为。温梦觉得自己和曾可欣比起来，不仅长得不够好看，性格也太沉闷，两人简直是天壤之别。如果她是李彦诺，一定会更喜欢会跳舞的女生。可为什么要和曾可欣比？退一万步说，李彦诺会喜欢谁，又和自己有什么关系呢？温梦想不清楚。

即便如此，她又在真实地烦恼着，就像鞋里进了一粒细小的沙子，明明根本看不见，却硌得难受。焦躁感蔓延，毫无理由。

不能再想了，头疼。温梦关上水龙头，从兜里抽出一张面巾纸，把残留的水分擦干。纸张细软，粘在皮肤上，有种被束缚的紧致。她努力把濡湿的纸巾从手背上撕下来，团成一团扔进废纸篓，转身往外面走。

体育馆有些年头，当初修的时候欠了点考虑，男、女生厕所就隔着一道墙。

推开洗手间的门时，温梦迎面撞见几个高个子男生。其中一个正向其他人显摆手里的黑色手机，是刚出的iPhone。

旁边的同学艳羡极了："这是你新买的手机？我听说只有香港才有啊。"

在市面上全是直板诺基亚和翻盖摩托罗拉的2008年，全触屏的iPhone一代显得格外新奇，比任天堂的游戏机还要贵重。

拿着手机的男生很得意："不是我买的，是找高二那个廖维鸣借的。"

"你都用了一个多月了，一直不还给人家，人家能乐意吗？"

"怕什么啊，廖维鸣那么有钱，不差这一两千的，坑他一下怎么了？再说，我看他都买新手机了，没准儿这个都不用还了。"

"你可真行，我还以为你们是朋友呢。"

那群男生爆发出一阵意味不明的笑声。

温梦原本已经走出一点距离，突然听到"廖维鸣"这个熟悉的名字，于是竖起耳朵。她回头时，那几个男生已经进了洗手间，她只来得及瞥见对方红色校服的一角，是高三的学生，好像是之前的那个学生会会长，一扫而过得太快，她实在没看清楚。

温梦想着，进了教学楼。

今天难得没有小测，又过了值日的时间，十班本来应该空无一人，但此时教室的灯还亮着。

空荡荡的椅子中间，有个人趴在桌上玩手机，神情有点懒洋洋的。他的校服是敞开的，露出里面的黑色羊绒毛衣，大概是体育课上打球出了汗，有点热。毛衣材质柔顺、服帖，印着温梦不认识的标识，看着是名牌货。

什么叫说曹操，曹操到？刚刚才听见别人在背后议论廖维鸣，转眼就在教室里看见他本人，温梦一下子有点蒙。她脱口而出："你怎么还没走？"

廖维鸣也没想到会有人这么晚回来。他愣了一下，暂停了手机游戏："家里的车堵在路上了，晚点来接我。你呢？"

"我刚刚帮乔婕还器材去了，现在就回家。"温梦收拾好课桌，套上外套，背上书包。

廖维鸣冲她挥挥手："拜拜，明天见。"

距离门口不过几步之遥。

温梦眼瞅着快要踏出教室，临了又驻足，转过身子。

皮肤白的人通常发色和瞳孔颜色都会很浅，反正廖维鸣是这样的。此时他继续玩游戏，眼珠在屏幕映衬下发亮。光和影被单薄的鼻尖错开，泾渭分明，漂亮得具有攻击性，却也有点脆弱。也许美的事物总是如此，易碎，需要精心照顾。

温梦扫过那张脸，又停在廖维鸣握着的手机上。她犹豫了一下，开口问："你是把另外一部iPhone借给高三的同学了吗？"

廖维鸣头也没抬地回答："对，怎么了？"

"刚刚在体育馆，我听见……"温梦突然有点说不下去了。说这件事其实很讲究语言艺术。

廖维鸣诚心诚意地把高三学长当朋友，对方显然只把他当提款机。事实虽然如此，但如果她说得太直白，廖维鸣不仅丢面子，心里估计也会难受。

温梦决定委婉一点："东西借得太久的话，还是早点要回来吧。"

廖维鸣放下手机，扬起脸："为什么？"

这句话把温梦问住了。她一口气卡在喉咙里，最后只好被迫直接了些："那个人不太厚道。"

片刻沉默。

"是因为他图我的钱吗？"

温梦震惊地反问："……你知道？"

"嗯，我知道。"

"那你为什么还和他一起玩？"温梦就差把"我不理解"写在脸上了。

廖维鸣没有回答这个问题。他只是看着她，把话题岔开，目光浸了蜜似的："谢谢你提醒我，你真好。"

眼睛好看的人就是有这个毛病，看谁都是无差别的含情脉脉。

温梦被这么一盯，突然有点忘记自己的初衷："那个……没什么，都是同学，应该的。"

廖维鸣笑了。他低头瞥了一眼手机，拎起椅背后面的书包，站起身："好巧啊，我家的车也来了。我们一起走吧？"

走廊很长，从教学楼里出来，空气很冷。温梦把脖子缩进围巾里，鼻尖被冻得通红。

学校在胡同靠里的地方，距离能进车的入口还有百十来米。原本这点路，温梦是想默默走完的。但是廖维鸣不是那样的性格。两个人一路往前走，怎么不讲话呢？他非要聊点什么。

"感觉集训回来，好多东西都听不懂了。"廖维鸣用手搓了搓露在冷风里的耳朵，"心里有点没底。"

谈别的不行，谈学习，温梦还是在行的。她悄悄松了口气："不用太担心，还有时间呢。可以借之前的笔记来看，实在不明白的就问我们好了。"

"我们"，温梦指的是她和李彦诺。

廖维鸣敏锐地从这句话里挑出了这个关键词。他侧过脸，状似无意地说："感觉你和彦诺最近关系挺好的。"

"是还可以。"温梦顿了顿，觉得应该解释一下，"主要是经常一起复习。"

"这样啊。"廖维鸣呼出一口气，没有把话接下去。冷雾凝在他的睫毛上，湿漉漉的。

话题尴尬地停在这里，其实温梦心里也有点不是滋味。因为一说到她和李彦诺关系不错，她又毫无理由地想到了曾可欣，胃里那种沉甸甸的感觉又回来了，真是莫名其妙。

两个人肩并肩走着，各有各的心思，都不再吭声。

夜里温度很低，初冬的雪融化得没有那么快。

雪一层层盖在地上，踩上去咯吱作响，在安静中显得格外聒噪，就像被赶鸭子上架的鼓手，坐在台上心虚极了，胡乱敲出些鼓点，没有一个在节拍上。

进车的路口不远，走几分钟就到了。

双闪灯忽明忽暗，这回来接廖维鸣的车变成了奔驰，漆面锃亮，在夜里都发着光。

“已经很晚了，我送你吧？”廖维鸣要拉开后座的车门。

温梦指了指近在眼前的公交车站，连忙拒绝：“不用，我坐112路回去，很方便的，不麻烦你了。”她说完，扔下句“再见”，就裹紧围巾一路往前跑，以示决心。胡乱跑出几米，她却又停了下来，回头看去。

廖维鸣还靠在车边，两只手插在兜里，不知道在想什么。一轮明月在天上挂着，照得他发丝都泛着银白，像个雪人。

“那个……”温梦喊了他一声。

“怎么了？”廖维鸣抬起头，有点疑惑地问。

呼吸声压过了雪声，车流从身边驶过。温梦清了清嗓子，说得很慢，但很认真：“我觉得……高三的那帮人不值得你对他们好。”

提醒是多余的，搞不好还让人觉得自己啰唆，但刚刚在教室里被岔开的话，温梦还是想再重复一遍，就当她多管闲事吧。

廖维鸣微垂的眼里先是闪过一点意外，之后露出柔软的笑意：“是吗？”

“嗯，真正的朋友是不会那样利用你的。”

“我知道了。”廖维鸣回答的声音很轻，像是怕打碎一个小心翼翼维持的幻境。

温梦见他真的听进去了，便放心地舒了口气，转身准备离开。

她刚走出两步，突然听见身后有人开口。

是廖维鸣问了一个问题：“那我们能做真正的朋友吗？”

这句话廖维鸣问得突兀，恨不得直接撑到温梦脸上，语气却很诚恳，叫人根本没办法拒绝。

温梦一时语塞。

雪花往下落，簌簌落满羽绒服，她的嘴张了张又闭上，灌了一肚子风。

廖维鸣等了一小会儿，见温梦迟迟没有回应，于是略带伤感地开口：

"没事，不愿意就算了，不用勉强。"

话都到这份儿上了。

"没有不愿意。"温梦像是要验证自己说话的可信度一样，又重复了一遍，"绝对没有。"

一点星火投进廖维鸣的眼里，呼地爆开，成了灿烂的笑容："那我们说好了，可不能反悔啊。"

"好。"

"既然成了朋友，从今往后，在学校里，我罩着你。"

温梦已经开始后悔了。

廖维鸣这人说话水分太大，简直比马苏里拉芝士的水分还要多，甜甜润润能拉丝，快要滴答到雪地上了。

兴许是温梦把怀疑写在了脸上，廖维鸣看出来了。他的眼睛轻微地眯起来，鼻梁皱出一道褶："你是不是不信我？"他像只张牙舞爪的猫，挠不着人，嘴里只管气呼呼的。

"信信信。"温梦可不想和他掰扯，"你不要生气。"

"我没生气，逗你玩呢。"廖维鸣重新笑起来，浅褐色的眼珠里溢出温柔，"快回家吧，天太冷了。"

公交车确实进站了。

温梦一路小跑着上了车。112路公交车开着暖风，内外温差极大，玻璃上蒙着一层雾。她用袖子擦干净一小块，努力往外看。

模糊的视线里，廖维鸣在奔驰车边上站着，笑眯眯地冲她挥手。

随着"车辆起步，请扶稳坐好"的声音响起，公交车往前开去。男生的身影缩得小小的，渐渐隐匿在漫天的雪中。

怎么会有人能够当着对方的面直接把心里话讲出来呢？一点不会迟疑，一点不会胆怯。

摇晃的车厢里，温梦被挤得东倒西歪，还热出一鼻尖的汗。她十分疑惑。她不能理解廖维鸣，他和她的差距太大了。

廖维鸣的本领远不止于此，温梦和他接触多了才发现，有了这位自说自话的新朋友，生活简直变得异彩纷呈。

廖维鸣有一套自己的生存之道，几乎是踩在学生守则上行走。比如食堂的饭难吃，他就打电话叫人“偷渡”肯德基快餐到学校，甚至把聚餐的地点选在距离打饭窗口最近的那张桌子。

“汉堡，你要板烧的还是劲脆的？”廖维鸣侧头询问温梦，要真实地履行照顾朋友的承诺。

食堂师傅从未见过如此嚣张的挑衅举动，拿着餐勺探出头朝这边看过来，一脸不耐烦，像随时要赶他们走。

“咱们要不换个地方吧？”温梦有点紧张，“一会儿该挨训了。”

廖维鸣才不在乎：“怕什么？我这是解决民生问题。鲁迅都说了，吃饱穿暖才有力气干活儿。”

他这是将一口锅扣在鲁迅头上，鲁迅先生明明没有说过这话。廖维鸣对知识点记不清，歪理倒是很多。

温梦还是犹豫，刚要继续劝他，坐在一旁的李彦诺说：“没事。”

这两个字好像船上压重量的石头，立刻稳住了晃动的节奏。

温梦突然觉得踏实了，因为李彦诺说在这里吃没事，那肯定没事，她是信任他的。

“那我要板烧鸡腿堡吧。”温梦没有再提换地方的要求。

不知道为什么，廖维鸣的声音有点沉下去了：“哦。”

不过这点沉闷没有持续太久，他很快恢复了精神，露出招牌式的笑容：“都决定好了吗？那我可下单了啊。”

“快点快点。”周围一圈同学比他还着急，尤其是乔婕和曲哲。

现炸的鸡翅拿到手里时还热着，外酥里嫩，一口咬下去，满嘴流油。几个人吃到把骨头都吸吮得干干净净，谁都顾不上多说什么。

那天下午的英语周练，温梦拿了满分。卷子出分的一瞬间，她对廖维鸣都有点佩服了。这人虽然看着不靠谱，但偶尔还是有点生活的智慧的。确实，吃好喝好，才能好好干活儿。

和廖维鸣成为朋友，还有一个温梦意想不到的好处，那就是天气不好的时候，她不用再坐公交车回家。

往常北京的天气是很干燥的，那一年天却像被捅破了窟窿，从夏天到冬天，一直没完没了地降水。

放假前的最后一天，又开始下雪了。

银白的雪花连成一片，铺天盖地地倾泻下来，盖住路灯和井盖，连马路的分界线都变得模糊不清。

温梦刚睡醒就收到了廖维鸣的短信："今天天气不好，咱们一起走。我已经接上老李了，你在路口等我们，五分钟就到。"

她赶紧爬起来洗漱，收拾好书包就火速下楼。等她穿着羽绒服跑出来时，那辆熟悉的红色路虎已经停在小区门口。

车门一拉开，音响的声浪几乎刺穿耳膜。

廖维鸣不光擅长画画，还热爱其他一切艺术，最近特别沉迷重金属摇滚。

"这是Rammstein（德国战车乐队）的歌，Industrial Metal（工业金属曲风）的代表作。"他煞有介事地向朋友们介绍起来，"听到金属撞击声和电脑音效了吗？有没有一种鞭挞感？"

温梦没听出鞭挞感。她只觉得车厢里轰隆隆地直颤，吵得自己要聋了。

李彦诺明显和她的感受差不多："小声一点，头疼。"

"你俩真是的，缺乏欣赏美的耳朵。"廖维鸣见"曲高和寡"，只好叹了口气，把音量调小。

光是车在路上走着，一点意思都没有，温梦和李彦诺又不爱说话，他决定自己活跃气氛。

"对了，我昨天看了个笑话。"廖维鸣从副驾驶位上回头，兴致勃勃地说，"一个人被蚊子叮醒了，抓了大半宿才把蚊子抓住。当他正准备将蚊子就地正法的时候，蚊子求他：'别杀我，今天是我的生日。'——然后你们猜怎么着？"

"……"

没人接话，也不影响他的发挥。

廖维鸣干脆继续往下讲："那个人善心大发，把蚊子放在手心，一边拍手一边给蚊子唱生日歌，哈哈哈。"说完，他不仅自己笑出声，还要强迫围观群众也发言："听懂了？掌声。"

稀稀拉拉的掌声响起来——其实温梦没大听懂，但还是跟着李彦诺一起捧场地拍了两下手。

廖维鸣满意地做了个手势："收。"

"你是不是下周要过生日了？"李彦诺倒是从这个笑话中领悟到了什么。

"兄弟，还是你懂我。"

"打算怎么过？"

"准备办个聚会，你们到时候都得来啊，别找借口。"

下周放寒假，补习班又还没开始，时间上确实是可以的。但廖维鸣的生日聚会一定人声鼎沸，温梦光想一想就要"社恐"。她迟疑了一下没有回答。廖维鸣又喊了一遍她的名字，目光里有点孩子气的执拗。

温梦怕朋友伤心，于是答应了："我会去的。"

准寿星果然很高兴："温梦，你想吃什么？龙虾、焗饭还是火锅？我提前叫阿姨准备。"

李彦诺在一旁淡淡地接了一句："做题的时候可没见你这么激动。"

廖维鸣右边眉毛挑起来："那你别来了。到时候就我和温梦吃，发照片馋死你。"

还有几天就要成年的人，打起嘴仗来依旧不肯认输。

温梦没有参与这场辩论，因为她正在认真思索。

车子拐过几个路口，她终于想明白了："所以那个人本来没想杀蚊子，只是想把蚊子放在手心上祝它生日快乐，结果鼓掌的时候不小心把蚊子给拍死了？"

合着绕了半天，温梦才搞清楚那个冷笑话的意思，她的反射弧未免太长了。

廖维鸣克制不住地笑出声，就连李彦诺的眼睛也弯了起来。

温梦再次遭遇尴尬死瞬间，这回还是双重打击。她不好意思到把脸埋进手里，使劲搓了搓，面颊烫得快要爆开了。

而车窗外新鲜的雪粒压在道旁的冬青上，青绿和沁凉的白交错着，生机勃勃。

"我们是不是应该给廖维鸣买个生日礼物？"那天放学的时候，温梦在走廊里喊住了李彦诺。

"对。"

该买什么好呢？这简直是世界级难题。廖维鸣经济极其富裕，俨然已经脱离大众，什么都不缺。

“买书吧。”李彦诺想了一会儿，中肯地建议道，“他也该学习学习了。”

中关村图书大厦离得不远，从附中过去也就几个路口。新建的大楼足足有四层，音像、小说、教辅，一应俱全。

于是问题细化成了该给廖维鸣买什么书。

“送他一套《53》(《5年高考3年模拟》)。”

“送一套王后雄《教材》。”

温梦和李彦诺站在一层大厅里几乎是同时开口，声音撞到一起，两个人相视一笑，再稳重也不过是高中生，心里不知道压着多少恶作剧的念头。

“教辅好像在上面，咱们坐电梯上去吧。”

“好。”

一踏入三层，迎面就是小山一样的教辅书，封面花花绿绿，左边一本《冲刺真题500道》，右面一本《强化训练1000篇》，堪称廖维鸣的受难地。

温梦随手翻开一本，油墨混合的味道往上蹿，和她现在的心思一样，飘忽不定——李彦诺就站在她身边，低头认真挑选书籍，指头翻过书页，窸窣作响。这是她和他难得的独处时光。

而温梦很想问一下李彦诺，他是不是寒假要和曾可欣去上同一家辅导班，或者他对曾可欣是怎么想的。问题就在嘴边，她手指卷着裤兜，心脏因为紧张而蜷缩起来，有点疼。挣扎了好半天，她最后还是什么都没说。哪怕只是出于对朋友的独占欲，她也说不出口。

倒是李彦诺察觉到了她的忐忑：“你又胃疼了？”

“没有。”温梦慌乱地岔开，之后随便捡起一个话题，“分班之前，你就和廖维鸣关系这么好了吗？”话音落地，她简直想抽自己一巴掌，真是一紧张就乱说话，这问的都是什么，一点都不挨着。

李彦诺没有听出异样，把书放下，细想了想，说：“其实也不是一开始就这么熟的。是有一次生物课随机分组，我和廖维鸣在同一组。”

按他的讲述，那节课廖维鸣给他留下了很深的印象。

“他不敢解剖蟾蜍，是我动的手。他说，为了表示感谢，以后在学校罩着我。”

好家伙，台词都不带换的，廖维鸣可真是个人物。

“他挺有意思的，很自由。”李彦诺一语中的，停顿片刻又道，“你觉不觉得他有时候像只猫？”

温梦连刚刚的窘迫都忘记了，忍不住笑着点头。因为就在前不久，她也有过一模一样的感受。廖维鸣确实有点像猫，还是时不时奓毛的那种。

李彦诺见温梦认同自己的比喻，俯身继续挑选送给朋友的礼物，长且密的睫毛上沉着光，眉眼放松，神情短暂地少了些老成持重，多了点本应属于他这个年龄的快乐。

明明初次见面的时候，李彦诺是那么冷漠。

心里话不经意说出来的瞬间，温梦急忙捂住嘴，被自己吓了一跳。李彦诺该不会生气吧，毕竟一件小事被记了这么久，还要翻出来讲。可她真的不是故意的。

“冷漠？”李彦诺没有愤怒，只是疑惑，看样子他是根本记不起来发生过什么。

话讲出口是收不回来的，温梦只能硬着头皮继续：“当时我想帮你装链条来着，可你不让我碰你的自行车。”

李彦诺皱着眉头，认真回忆了很久。然后他言简意赅地解释道：“车链条上有油。”他怕同学脏了手，所以才不让她碰。

温梦压根儿没想到竟然是这个原因，顿时一句话也说不出来了。

那个满是水雾的雨天并没有走远，此刻水雾忽地腾起，四下蔓延，绞得她心发紧，甜蜜里夹着疼。

李彦诺就是这样，如果别人不问，他是不会解释的，哪怕有误会也不。

“我们买这本，行吗？”他征求温梦的意见，显然思路已经从刚刚的对话里跳了出来。

整个书堆里，李彦诺挑了最厚、最沉的一本，看样子是准备好好教育一下廖维鸣了。

温梦在点头的同时，倏地闪过一个念头：李彦诺刚才的自述是不公平的。因为切开自律和话少的表征，李彦诺明明也是个生动的人。至少温梦认为他很有意思，一点都不比廖维鸣差。只是李彦诺自己不觉得。

Chapter 3　秘密

温梦并不介意被这样一个人占据心思，
因为她喜欢的人值得。

一周后。

廖维鸣：“聚会下午五点开始，请各位同学准时参加，不要迟到，笑脸。”

温梦握紧小小的诺基亚，把短信重新读了一遍。之后，她从屏幕上抬头，谨慎地审视起眼前这幢三层别墅。

透过缠花铁门上的缝隙，能看到院子里干枯的草坪和没放水的游泳池。如果是夏天，这里一定绿草如茵，碧波荡漾。虽然都是生活在北京，这扇铁门后面对她来说却如同一个陌生的世界。这里没有叫卖的煎饼摊，没有贴满楼道的开锁小广告，更没有一梯八户的拥挤。一切都和她从小长大的职工宿舍迥异，有的只是无法言说的割裂感。

金钱是一条无形的线，活生生把城市分隔成块，又在她面前竖起一个“闲人免进”的立牌。

温梦后退两步，再次确认门牌号。

就是这个地址。

手机屏幕上的时间马上就要跳到五点。她深吸了一口气，小心翼翼地按响门铃。

门很快就开了，好像屋里的人一直在等。

廖维鸣气喘吁吁地跑了出来。不是上学的日子，他没穿校服，穿了宽松帽衫和浅色牛仔裤，颜色搭配得很好，简约、随意。

“你来了。”他热情地笑着冲温梦挥手。

“其他人呢？”

“还没到，你是第一个。”

廖维鸣的家很大，大到温梦站在玄关向客厅望过去，愣是没能一眼看明白结构，只觉得左边一个门、右边一个门，后面连着一道楼梯，有点像迷宫。

屋内所有家具都是红木的，明明应该走中式风，偏偏又全部描上了金线。墙角立着仿制罗马立柱，再配上一水儿的大理石地面，不土不洋，有一种乍富的辉煌。

最夸张的是，换鞋的地方还蹲着一尊半人高的貔貅。兽嘴里叼着铜钱，通体金灿灿的，几乎要闪瞎人的眼睛，生怕访客不知道这家人有钱似的。

“我爸妈迷信，觉得这玩意儿摆在过道上比较吉利。”廖维鸣随手把钥匙扔在貔貅脑袋上，发出哗啦一声，“能发财。”

即便早就知道朋友家富裕，可当真的眼睁睁看到这样的场景时，温梦还是觉得震撼。她努力克制自己东张西望的冲动，跟着廖维鸣走进客厅。沙发靠垫里填满羽绒，非常柔软，人一坐上去就被完全包裹住，像陷进水里。

“我喊阿姨给咱们拿饮料。”

“不用了，我不渴。”温梦拘谨地拒绝了。实在不知道该说什么，于是她干脆直奔主题，把书包从肩上卸下来，掏出用彩纸包好的盒子：“这个是给你的。”

“什么？”

“生日礼物。”

廖维鸣有些意外：“你能来我已经很高兴了，不用给我买东西的。”

“就是一本书，也不贵。”眼见他马上就要拆开包装纸，温梦赶紧拦住他，“一会儿再看吧。”

如果发现是教辅书，廖维鸣估计会当场暴走，她可承受不住。要是李彦诺也在就好了——明明是同谋，他倒好，独自迟到，把她自己扔在风暴里头。

廖维鸣不知道原委，听了温梦的劝阻，果真停下。他的指尖摩挲着包装纸破损的边缘，眼里闪着蜜糖似的光芒。

“谢谢。”他突然生出些感慨，笑起来，指了指彼此的距离，“感觉好神奇，就我和你，这样在沙发上坐着。”

平时连学习小组都是一群人，确实很难有像这样和廖维鸣单独相处的时候。“是啊。”温梦附和道。

廖维鸣对礼物表现得越是爱不释手，她就越是心虚，尴尬地笑笑，不再开口。

做饭的阿姨训练有素，听见有客人来了，都不用招呼就从厨房里走出来，端了两杯可乐放在茶几上。可乐冒出泡泡，争先恐后地往外涌，噼啪作响。

客厅里沉默下来，谁也没拿起来喝。

“是不是感觉有点无聊？”片刻后，廖维鸣放下礼物，“要不我带你转一转吧？”

这句话简直成了救命稻草，温梦马上起身：“好啊，我还没看过你的画呢。”她其实一直很好奇像廖维鸣这样的人物能创作出什么样的作品。

但廖维鸣脚步停了一下，神色中难得露出点迟疑。

温梦捕捉到了他的为难。也许是他觉得他的画拿不出手？该不会前阵子他是借着美术集训的幌子，逃课在家里打游戏吧？这倒像是他能做出来的事情。

毕竟是朋友的生日，温梦决定善解人意地替他缓解尴尬：“我就是随口一说，或者我们去院子里——”

“没事，来吧。”廖维鸣笑了笑，打断了她，“画室在二楼。”

顺着漫长的台阶上去，路过比温梦的卧室还要大的衣帽间。走廊尽头有一扇沉重的木门。廖维鸣用力一推，浓重的松节油味就像海浪一样拍打过来，瞬间把人淹没。

画室里有不少已经完成的作品。其中，大部分是素描，也有水彩写生，技法娴熟与否，先抛开不谈，不论是山涧中跳跃的一尾鱼还是夜里绽放的白檀，都是很有灵气的。

温梦边欣赏边赞叹，几乎要为自己先前小瞧廖维鸣而道歉。

除开立在地上的那些，桌上还摆着个速写本。摊开的那页上是个熟悉的人物——政治课马老师。

廖维鸣几笔就勾勒出对方一手拿粉笔一手叉腰的模样，为了强调马老师英年早秃的特点，他还特意在马老师头顶上加了三根线，那三根线雄赳赳、气昂昂，像灯泡一样闪闪发亮。

温梦被戳中了笑点："你这是什么时候画的，不怕被逮住吗？"

"我在桌子下面画，马老师眼神不好，发现不了。"

"真有你的。"

见温梦还要往下翻，廖维鸣突然紧张起来，按住了本子："后面还没画完呢，等画好了再给你看。"

温梦松开手，笑着抬起头："好。"

这么一来一回，温梦的注意力就转到落地窗边的柚木架子上去了。那上面摆着一幅完成一多半的油画，颜色颇为鲜艳，笔触锋利。

温梦好奇地走过去，在看清内容之后，话音被卡在嗓子里，随着惊讶的呼吸起伏。

画上是一只鸟，准确地说，是被夏日最后一场骤雨打落的鸟。它正张开明黄的嘴，用尽最后一点力气鸣叫。它的羽毛耷拉着，胸膛被荆棘贯穿，鲜血滴落一地。

"这也是你画的？"温梦提问时几乎要屏住呼吸，生怕一口气喘大了，这条无辜的生命就会立刻死去。

"嗯。"

"它怎么受伤了？"

"不小心撞到木刺上面了。"廖维鸣语气放得轻，说完侧脸看她，"画得还行吗？"

美是人类共通的感受。即便温梦不懂艺术，也不影响她从这幅画中看出正在凋零的美、濒临窒息的绝望、痛苦但无用的挣扎——所有这些情绪几乎要挣破纸面，直冲到她身上来。每一笔都是如此敏感而细腻，完全不像廖维鸣能画得出来的，至少不是她认识的那个廖维鸣画出来的。

"你画得太好了。"温梦喃喃自语，这朴实的六个字就是她的全部回答。紧接着巨大的疑惑开始膨胀："可为什么要画这个？"光是这血淋淋的色彩就足够让人不安了，更别提意味深长的选题。她看向廖维鸣，期待一个来自朋友的解释。

廖维鸣避开对视，若无其事地笑笑："哪有那么多为什么？纯粹展示一下本人深厚的艺术造诣。"像是怕温梦不相信似的，他又补上一句，"我也是第一次调出这样的洋红色，怎么样，冲击性够吧，是不是跟凡·高老爷子有一拼？"

哗啦，紧绷的气氛瞬间就地散架，就连原本那点要凋零的美感也没有了。

廖大师好像得了不嘚瑟就会死的病，自吹自擂到让人无话可说，令人唯有抱拳喊出一句"服气"。

"是，您说得真对。"温梦顺着他的话头往下顺。适度吹捧总得有，谁叫人家是寿星呢？看来艺术和生活是两回事，廖维鸣分得清楚，是她想得太多。

警报解除，暖风从中央空调里吹出来，徐徐落在鼻尖，柔软又蓬松，叫人心里也暖烘烘的。

廖维鸣用手抻了抻卫衣领口："这间屋好热，我都有点出汗了。"

温梦好奇心被充分满足，也开始惦记客厅茶几上那杯冰可乐："那我们下去吧？我有点口渴。"

廖维鸣爽快地答应了。

往楼下走的时候，温梦抬起腕子看了一眼手表："都快五点二十了，其他人怎么还没来？"

李彦诺是不可能迟到这么久的，这不是他的风格。

廖维鸣手放在楼梯把手上，说得含糊："不知道，可能是堵车吧。"

其他人是过了六点才到的。

在等待的半个多小时里，温梦和廖维鸣已经快要把一整部《安娜贝尔》看完了。

起初他们并不是想看鬼片，纯粹是温梦玩不明白游戏，电视上播的足球比赛，她也不感兴趣。两个人大眼瞪小眼了半天，总不能拆开练习册当场做题吧——虽然送给廖维鸣的生日礼物就是这个。

"要不要看电影？"廖维鸣蹲在电视前翻起蓝光碟片。

乱七八糟的光盘混在一起，外盒和里片都是错着装的，根本分不清是哪部片子。等碟片插进光驱里，阴恻恻的音乐响起来，两个人才知道这是大名鼎鼎的鬼片。

“你害怕吗？”温梦试探地问。

“怎么可能？我胆子大得很。你要是害怕就直说，我是不会笑话你的。”

话到这份儿上，温梦才不会服气：“我也不怕。”

一个赛一个地嘴硬。

吹牛一时爽，看片火葬场。家庭影院音效太好，经常在最要命的时候狠狠响上那么一下。温梦吓得紧紧抱着靠垫，整个人直往沙发下面出溜，连可乐都顾不上喝了。

廖维鸣比她稍微镇定一点，不过强得十分有限，脸白得都要透光。

恰逢此时，屏幕上安娜贝尔顶着斑驳的面孔咧着大嘴冲屏幕外的两人邪魅一笑。温梦生怕自己憋不住，尖叫起来，干脆把靠垫举起来挡在面前，闭上了眼睛。恐惧让少女的脸颊涨出玫瑰般的颜色，一两绺不听话的头发随着她的动作从耳后滑落，落在肩上，连同鼻息在空气里打转，咻咻的。

廖维鸣的喉结不自觉地滑动了下。他清了清嗓子，故作镇定地拍了拍温梦的肩膀：“鬼已经走了。”

“我不信。”

“真的，我骗你干什么？”

温梦才不会上廖维鸣的当，这人一点都不靠谱。她只抿着嘴摇头，一声不吭。

如果问十个人，也许十个人都会说温梦的嘴长得好看，嘴唇丰满，唇色是调色板上永不干涸的粉红，令人很想伸出手轻轻探一下，也只是探一下，去蘸取那一抹亮色。

而这时，叮咚，门铃声响了。

温梦获救了。她把遮住眼睛的靠垫一扔，几乎是从沙发上弹起来的：“我去开门。”

廖维鸣修长的手指张开，又蜷起来。电视的光打在他脸上，忽明忽暗。

和屋内的惊悚截然相反，门一拉开，屋外是宁静的夜。

凉风带来了访客，李彦诺就站在院子外，围巾和头发上落着层浅白，像没有胡子的圣诞老人。

温梦一瞬间觉得心静下来了。她看到他这副狼狈模样，话尾不自觉地带出上扬的笑意：“外面又下雪了？”

“嗯，所以骑得慢了一点。”

温梦一边往里走，一边说：“怪不得，我说，要不然你也不能迟到一个小时。”

李彦诺摘围巾的手顿了下：“不是六点开始吗？”

温梦一脸疑惑：“短信上说的是五点啊。”她掏出手机又查看了一遍信息。白底黑字写得清楚，不是她眼花了。

客厅里响起廖维鸣的声音，估计是听到他们在交谈：“老李，你可算来了，快过来跟我打盘游戏，这鬼片都要吓死我了。”

李彦诺应了一声。接着，他的目光扫过玄关貔貅的脑袋——那上面还大大咧咧地躺着被廖维鸣随手丢过去的钥匙。

李彦诺把车钥匙拿起来，整齐地拢好，拉开储物柜的抽屉，放了进去。

收拾妥当之后，他抬头平静地对温梦说：“估计是维鸣发错了。”

廖维鸣这么随意的一个人，搞出这样的乌龙倒也不奇怪。温梦冒出来的那点疑惑很快就被打消，她摇了摇头，围观朋友们打游戏去了。

李彦诺到了十来分钟之后，其余的人渐渐到了。有认识的，也有不认识的，乌泱泱挤在一起，少说得有二十个。

廖维鸣的父母好像特别忙，那天直到众人散伙也没有出现。没有家长的约束，大家更放得开了，年轻的声音吵着闹着，让别墅成了热闹的海。

生日聚会无非就那么几件事：敞开肚皮大吃一顿，把蛋糕往寿星脸上抹，最后一群人围着唱生日歌。

烛光在少年脸上跳动，这是他迈向成人的第一天。

“维鸣，你许了什么愿？”有人好奇地问。

廖维鸣笑笑，眼睛在屋子里扫了一圈，又从一个点上移开：“说出来就不灵了。”

“就是，维鸣，你别听他的。快，吹蜡烛！”

温梦站在人堆最外围，隔着嘈杂的声响，没有去看被簇拥着的主人公，而是看向李彦诺。因为此刻他在餐厅的另一头，身旁是一张熟悉的面孔——曾可欣——今天她也来了，不仅来了，还精心打扮过，穿了件米色开衫，漂亮得扎眼。她正侧身和李彦诺说着什么，脸上笑意盈盈。而李彦诺沉默了一下，点了点头，像是采纳了她的意见。看着天造地设、特别般配的两个人，眼前热闹的海顿时分成细流，又变成河，水流湍急，一股股往上卷，淹得温梦要窒息了。

“你尝尝这个和牛，好香啊。”乔婕端着小纸盘跑过来，打断了温梦的注视。

温梦被塞了满嘴肉，油脂糊着嗓子眼，她越发喘不上气。

“味道怎么样？”乔婕一个劲儿地问。

“不错。”温梦的声音是从喉咙里挤出来的。

不知不觉，快到九点了，大人们打电话来催促，生日聚会才算结束。曾可欣和另外两个同学住得远，家长提前过来把他们接走了。

临走前，曾可欣站在玄关，回过头，特意又嘱咐了李彦诺一遍：“我们说好了啊。”

说好什么了呢？倒好像有什么不能说的秘密一样。

十七八岁是最爱八卦的年纪。乔婕一听，立刻怪里怪气地拉长声：“哎，你们讲什么悄悄话了？我也要知道——”

“我也是！”

“给我也说一说！”旁边人都闹起来，屋子里响起一片乱糟糟的起哄声。

温梦低头拉起羽绒服的拉链，没有作声。

那年冬天比往年更冷。西伯利亚寒流过境，带来满地白雪。夹着冰碴子的风刮过，吸进鼻腔时像要割裂呼吸道似的。

从别墅区到车站还有一小段路。

大概是玩嗨了，也可能是喝苹果汁也上头，曲哲故意在雪地上踩出纷乱的印子，扯着嗓子唱起《私奔》：“把青春献给身后那座辉煌的都市——”

“跑调了，快别唱了！”

“就不——为了这个美梦我们付出着代价！”

鬼哭狼嚎的歌声和笑声在街上回荡，青春期的燥热压过了寒潮。

温梦没有开口，风吹得她额头生疼，思路混沌得好像一瓶糨糊。李彦诺也没有唱歌，只是推着自行车安静地走在她旁边。两个人渐渐落在大队伍的后面。

咯吱，咯吱，一路向前，一路沉默。

也许是夜太沉，也许是那首《私奔》太过火，温梦突然在焦灼中找到了一点勇气：“刚才你和曾可——”

偏巧李彦诺也在这个时候开口：“我——”

两人的话音重叠，看了看对方，都停住了。

“你先说。”李彦诺有意让她。

温梦很想问问他刚才他答应了曾可欣什么，可勇气一旦被打断，就很难再恢复原始的样子了。“车站还挺远的。”她最后轻声说，“我们走了得有十分钟了吧？”

“差不多。”

温梦抬头：“我是不是抢了你的话了，你要说什么来着？”

李彦诺推着自行车的脚步慢了些。

许久后，他低声回道：“没什么。”

茫茫的一片雪白中，车站到了。两人分别的时候，一片雪花飘落，恰巧落在温梦的嘴唇上。

很多人都用“甜且润”来形容雪。但在那片雪花融化之前，温梦不小心尝到了它的味道——骗人，明明是咸的。

剩余的寒假时光过得浑浑噩噩。

唯一意外的是温梦和乔婕报了同一家辅导班。于是每天除了上课，温梦就是听乔婕花式显摆自己的恋爱心得。

是的，乔婕恋爱了。不过，不是两个人相恋，而是她独自坠入爱河。

“就是那个人，你看帅不帅。”一大早乔婕就带着温梦在辅导班教室的窗户边蹲守，指着楼下一个人影说，“我打听过了，是三中的。”

温梦一点也没看出那人有什么奇特之处，不过顶着个黑乎乎的后脑勺罢了。但是寒冬腊月的，能让假小子一样的乔婕开始在羽绒服底下套裙子，可见爱情还是有它的神奇之处。

“你喜欢他什么？”

“说了你也不懂，好学生快做题去吧。”乔婕说完，重新趴到窗台上，继续欣赏她的心上人。

温梦听话地回到座位上，从书包里掏出手机，带着一丁点忐忑打开短信的收件箱，检查了一遍，又默默退了出去。

自从上次生日聚会之后，李彦诺好像消失了一样，再没有发来消息。

倒是廖维鸣会时不时冒一下头。他这两天回了老家，不忘发彩信过来，显摆自己吃到了满汉全席。照片上基围虾都成了边角料，要给海参、燕窝让位，脸盘大的红烧蹄髈占据核心位置，油光闪闪，光是看着都觉得腻。

“我在老家快要冻死了，屋里比外面还冷。”

“晚上睡觉得开空调，不然冷得睡不着。”

“开了空调，被子里倒是暖和了，就是早上起来鼻子特别干，今天都流鼻血了。”

“北京怎么样？是不是又在下雪？”

廖维鸣每次发消息，都是这样一发一连串，一口气不带停的。

一条短信要两毛，一条彩信要一块。一条条回复太贵了，温梦舍不得。所以她一般会把他所有的问题汇总一下，再集中回复。

“这几天没下雪，但是很冷。北京也降温了，还好有暖气。开空调太干的话，把加湿器打开吧，或者在屋里放盆水，就不会流鼻血了。”

隔了一会儿，手机又开始振个不停，还是廖维鸣。

“我刚刚在路上看到一只猫，长得好好玩，黄不溜秋的，我发照片给你。”

“一只大黄猫.jpg。”

“北京也冷，上海也冷，咱俩都够倒霉的，就老李舒服。我看洛杉矶现在有28摄氏度，羡慕死了。”

“高考完我请大家一起出国玩吧？”

消息进来得太密集，温梦瞥了一眼就把诺基亚放到书桌上，打算写几道题再回复。

过了几秒，她突然意识到了什么，慌忙抓起手机：“李彦诺在洛杉矶？”

五分钟过去了。

廖维鸣的回复姗姗来迟：“对啊，去找他爸爸过年了，你不知道吗？”

温梦不知道。她对李彦诺的了解太少了，不仅不知道他父亲在美国，也不知道他寒假的安排，更不知道他和曾可欣的秘密是什么。就连最近的短信都是半个月前的，是温梦询问李彦诺用彩纸给廖维鸣包生日礼物行不行。李彦诺说，行。

2008年没有微信，要是再没有对方的QQ和邮箱的话，想隔着太平洋沟通，成了一件极其困难的事情。美国显得无比遥远，更何况温梦也想不出该用什么理由和李彦诺联系——明明是朋友，她却怕招致反感，又怕显得突兀。

心事太重的后果，就是等车的时候爱走神。

温梦站在112路的公交站台上，看着乔婕的嘴一张一合，愣是一个字都没听进去。

“喂，你在想什么呢？”乔婕抬手在她脸前挥。

温梦这才掩饰地笑笑：“没什么。你刚刚说三中那个男生怎么了？”

乔婕原本觉得温梦有心事，话题一扯到自己暗恋的男生，马上又忘了这一茬：“我昨天和他搭上话了，他也喜欢周杰伦。哦，对了，他说他是10月生的，我算了一下，应该是天秤座。你觉得天秤男靠谱吗？”

好像陷入热恋的人就是这样的，会在听到关于爱的歌曲时立刻想到他的名字；会关注他的星座运势，把豆瓣上的性格分析全都读一遍，再默默计算彼此合适不合适；会把世间所有平凡但美好的事物赋予意义，想要第一时间和对方分享，哪怕只是早上的一缕阳光、冬天的一场雪，或是路上一只奇形怪状的小猫。

“看见什么都想跟他说。”乔婕揉了揉脸，嘿嘿一乐，“憋都憋不住。”

补习班一直上到大年二十九才停。

隔天一大早，温梦就帮着妈妈在厨房里忙活，到下午才休息。饺子饱满，煮熟之后没有一个破的，妈妈很得意。

“你吃这个，这个大。”妈妈特意把包得最好的那个拨到温梦碗里。

一口咬下去，温梦的牙被硌了一下，吐出来一看，是馅里夹着一颗花生米。

“闺女运气真好，一下子就吃到幸运饺子了。”妈妈高兴极了，“今年走一年大运，明年高考肯定没问题！”

想尽一切办法也要让孩子考出好成绩、上好大学，可能是所有准高三家长的期许，即便为此花再多钱、再多心力，也在所不惜。

桌上饺子冒着的热气徐徐上升，逐渐充满不大的客厅。

电视机里热热闹闹地播着春晚，节目每年都差不多。等赵本山卖完拐，冯巩说上那句“我想死你了”，楼道外头也就差不多该响起鞭炮声了。

妈妈第二天还要去厂里值班，早早就睡了。温梦一个人守夜没什么意思，干脆也进了卧室，在狭小的单人床上躺了下来。

她摸出手机，越过同学们拜年的短信，一条条往下翻，停在李彦诺那里。

“祝你在新的一年……祝你……祝。”字打了又删，删了又打。温梦纠结了很久，手心出了层薄汗，最后屏幕上只剩下“新年快乐”四个字。她点击了“确认”。

“发送中”的小小图示开始在手机界面上滑动，过了足足五秒钟，屏幕上终于显示“已发送”。

温梦提着的那口气却不能彻底归位，因为等待远比发消息要煎熬得多。她每隔几分钟就去看一眼手机，心像被悬在小火上烤着。李彦诺会不会看不到信息？他那边是几点？会不会已经睡了？

不知道过了多久，嗡的一声。

她握着的手机再次振动，跳出一条简短的回复。

李彦诺：“新年快乐。”

这条短信像是有重量一样，让温梦的手抖了一下。她一下子从床上坐起来，盯着那几个字，嘴角不知不觉弯了起来。

是真的。远在美国的李彦诺回复她的短信了。明明只是一个再简单不过的问候，却让空气荡起甜蜜的气息，像是被糖水泡过。

温梦正准备再发点什么，“啪！啪！啪”，窗外突然响起清脆的爆裂声。

一过十二点，楼下开始有人放烟花了。绚丽的光冲上去，炸开，落下来，满地星星点点的余烬。

温梦立刻改变了打字的主意，转而举起手机，对着窗外拍了一张。洛杉矶没有中国年，她想让李彦诺看一看北京的烟火。

手机一振，李彦诺说："很好看。"

温梦得到了肯定，胆子大了些："你在做什么呀？"

"我在Santa Monica（圣莫尼卡）。"李彦诺发来一张照片。

她的夜晚是他的白天。北京已是隆冬，洛杉矶还是入夏的温度。Santa Monica海边熙熙攘攘，有卖热狗的小推车，有穿着比基尼的游客，还有高高扬起的冲浪板。

温梦把那张照片看了好几遍，微笑着打下："热狗看着很好吃。"

李彦诺："买了两个，还不错。"

"洛杉矶是不是很热？"

"要穿短袖。"

一条接着一条，全是没有意义的对话。直到李彦诺说："太晚了，早点睡吧。晚安。"

"晚安。"温梦回复完，把手机扣在胸口上，朝床上扑倒。

被褥柔软得像棉花糖，把她紧紧包裹。而隔着吵闹的鞭炮，温梦真切地听见了自己怦然作响的心跳声。明明才联系过，想念却像潮水一样拍打过来。已经一个月没见了，她好想李彦诺。自己这样的行为和乔婕有什么不同呢？都是想和对方分享自己度过的每一分钟，问问他好不好、正在做什么。

就是在这个瞬间、在2009年的大年夜，温梦突然明白了一些长久以来困扰她的事情，比如自己为什么会那么在意曾可欣、会那么不希望李彦诺和其他人拥有秘密。因为她也有了一个秘密——她喜欢李彦诺。

这是一个有温度的秘密。

每次光是想起李彦诺的名字，温梦心尖都会像被烫到似的，微弱地抽一下，再涌起点酸胀的甜蜜。

这又是一个独属于温梦的秘密。

人生第一次体会这样陌生而汹涌的感情，就好像站在涨潮的海岸线上，血管里饱胀着兴奋，又有些手足无措，呼吸间全是水汽。

温梦并不打算和第二个人分享这份心意，甚至不打算让李彦诺本人知道。因为她太胆怯，太害怕会失去好不容易获得的朋友，太害怕被拒绝。况且下学期开学之后，功课变得更加紧张，她学到几乎不能喘息的地步，留给心事的时间都被压缩得扁扁的。

一摞卷子砰地落在课桌上，同学们才做了一半，新的又发了下来。

模拟考试几乎每天都有，晚自习从最开始的六点延到七点，最后要到九点才能结束。墨水一行行洇在纸上，成了青春里抹不掉的痕迹。

“听你黄阿姨讲，下半年有自主招生考试。是不是需要提前准备，报个班什么的？”下夜班的妈妈顶着熬红的双眼问。

“学生的任务是什么？是学习！”教导主任在国旗下发表讲话，铿锵有力的声音顺着话筒传出来，嗡嗡作响，“游戏、小说这些都收一收，精力放到正事上面去！”

压力像山一样大，温梦懂事，不想让关心她的人失望。可她又时常怀疑自己。她毕竟不是机器。再克制、再压抑，爱意依旧会挤破层层重压，生出稚嫩的芽，让温梦不自觉地去关注她喜欢的那个人。

有时候是在体育课上。

男生和女生分别做两个项目。李彦诺在打篮球，一眼望过去，他是那堆人里最显眼的。

“别传了，投！”曲哲喊道。

李彦诺抬手，三分不中；再投，中了。

“好球！”队友跑过来和他击掌。

李彦诺跟着拍了下手，把T恤撩起来擦汗，腰部紧实的轮廓一闪而过。温梦连忙回过头，不敢再看，心脏跳出慌乱的节奏。

有时候是在发卷子。

班上那么多人，唯独李彦诺的试卷错发到她手里。卷面干净，147分。温梦见了简直比自己考好了还要高兴，急着往座位上走，要和他分享这个好消息。可临到座位边上，她又停住了。因为她刚巧听见曾可欣问李彦诺：“午休的时候要不要一起去图书大厦？那下面新开了家拉面店，比食堂好吃很多。”

“不了。”李彦诺淡然拒绝，“时间来不及。”

曾可欣哼了一声，有些沮丧地走了。

看来他们的关系不过如此。就是嘛，李彦诺才不是那种轻浮的性格，不可能对方勾勾手指，他就上钩。温梦悄悄松了一口气，心里一阵微小的雀跃。她怕自己表现得太明显，于是在递卷子给李彦诺时故意敛住笑，装得很镇定。

有时候是在上晚自习。

北京没有春天，从冬天一步就能跨到夏天。五一还没过，天气已经热到人一动一身汗的程度。教室外新种了一排杨树，知了趴在上面撕心裂肺地嘶叫，音浪一股翻着一股，直拍到玻璃窗上。

温梦被吵得心烦，目光从练习册上移开，小心翼翼地往右看去。李彦诺正专心学习，校服袖子挽起来，露出打篮球时晒黑的腕子，只留给她一个英俊的侧影。空气因为他的存在而静下来，像是小时候奶奶家床上铺的竹凉席，给她一种古旧的安心，令她心口簌簌震动，和上了窗外的蝉鸣。

砰，一团纸正中温梦后脑勺，打断了她羞涩的注视。温梦疑惑地回头。

后座的廖维鸣问："最后一道大题怎么写？"

这是那天晚自习上他第三次问同样的问题。

都说事不过三，前两次温梦还耐心解答，等发现廖维鸣是在莫名其妙地没事找事，她也来了脾气："自己想去。"

"小气鬼。"廖维鸣碰了一鼻子灰，嘟囔着踹了一脚李彦诺的椅子："喂，好哥们儿，帮帮忙。"

李彦诺停下手中的笔。他看了看廖维鸣，又看了看温梦。最后，他的目光落回眼前的书上，嘴里没说什么，他只是把写着详细解题步骤的练习册隔着过道递了出去。

暗恋是一件微不足道的小事。

感情长久地积累下来，独自在温梦心里掀起涟漪，每一天加上一点砝码，沉甸甸地坠着，让她的整个少女时代都布满李彦诺的印子。不过温梦并不介意被这样一个人占据心思，因为她喜欢的人值得。

能有几个人宁可在考试之前不复习，也要专门花时间一道一道地给同桌分析错题呢？

李彦诺就会。

“这道和昨天的附加题是一个类型。”他说得简略，下笔解答时却详尽，生怕对方错过一个知识点，这是一种无声的热心。

温梦默默听完，叹了口气：“当初算的时候，明明思路是清楚的，结果写的时候就做不对。”

话少如李彦诺，也愿意在必要的时候给朋友安慰：“别着急。”

简简单单三个字，撞进温梦心里。她好像一下子缩得小小的、低低的，恨不得抬着头仰望那双坚定的眼睛。

怎么会有这么完美的人呢？每一句话、每一个眼神、每一个动作，都合她的心意。

偶尔失眠的夜晚，温梦从枕头底下掏出手机，把和李彦诺的短信一条条看过去，再回忆一下白天的对话，然后产生一点大胆的错觉——好像他是懂她的，只是不说而已。

“……在想什么呢？温梦，别太自作多情。”她急着拍了拍脸，把自己蒙在被子里，直到呼吸不上来，才探出头换口气。

在学业无比繁重的当下，这份心意确实是无论如何都不能被发现的。越是宝贵的东西，越要珍藏起来，不能着急。

相比温梦的慢吞吞，乔婕的感情来得快去得也快。5月中旬的时候，她就和辅导班认识的那个三中男生彻底分手了。

“天秤男果真不靠谱。”等车回家的时候，乔婕又恢复了短袖短裤的打扮，就连头发都剃成了毛寸，俨然一副封心锁爱的样子。

温梦不想陷入无谓的争论，尽心尽力地附和：“确实。”

只是刚巧马路上有几个穿着校服的男生骑自行车经过，让她突然想起李彦诺，脸上不自觉地流露出一点笑意。

乔婕狐疑地看着她：“你在高兴什么？”

“没什么。”温梦赶紧否认，生怕她看出来，然后拿着大喇叭在班上广播——这绝对是乔婕能干出来的事情。

“你是不是有事瞒着我？”乔婕有点疑惑，“不会是谈恋爱了吧？”

“胡说什么？”温梦赶紧扯着她往前跑，把话题岔过去，“快点，车来了。”

跑出几十米，两人终于气喘吁吁地在公交车上站定。此时，温梦的耳机里恰好循环到《暗涌》这首歌。嘶哑的嗓音，缠绵的歌词。

温梦抓着摇晃的扶手，突然有些心领神会。那个“命中人”从前在她心里只是个模糊的影子，但现在它有了具象——冷淡的内双，修长的个子，话很少，永远用最高标准要求自己。每一项都写着他的名字。

一忽是快乐，一忽是否定，一忽是焦灼，一忽又是期许，心情像是在坐过山车，暗恋的滋味似乎没有尽头。

直到5月底一个平淡无奇的周五。

无非又是上课和考试，和以前的每一天都一模一样。

最后一节音乐课难得没被占用。音乐老师带着大家唱了半天《黄河大合唱》，不光风在吼、马在叫，人的嗓子也要喊劈了。

温梦喝了很多水，下课之后先去了趟洗手间，耽误了一点时间。等她拿着书从音乐教室出来的时候，走廊上已经没什么人了，估计都一窝蜂地往食堂去了。

踩在空荡荡的瓷砖上，温梦的脚步是轻快的。今天作业不多，昨天的周练发下来，她考得也不错。如果妈妈轮休的话，明天也许她可以吃到炸茄盒。全是好事。喜悦的心情冒出头来，止都止不住。然后她听到了说话的声音。

走廊尽头的拐角连着楼梯，墙面凹进去一块，圈出个隐秘的角落。有人在交谈，音量很小，像是在分享一个不能说的秘密。

温梦随意听了一耳朵，是一男一女。

“这周六几点去你家呀，还是下午吗？”女生问。

男生想了下：“五点吧。”

“好。那记得帮我留个门啊，上周等了好久呢。”女生撒娇，是恋爱中的语气。

“嗯。”男生答应得很沉稳。

温梦听到这里，脚步霍地顿住，整个人僵在走廊上，腿像灌了铅，一动也不能动了。因为这声音太熟悉了。

在那一刻，温梦无比希望是自己的听力出现了问题，但说话的两个人并没有给她机会。他们从拐角里出来，又往前走去。像是有意避嫌似的，两人离开时还一前一后隔了些距离。

走廊上玻璃擦得铮亮。透过傍晚的余晖，温梦清楚地看到了李彦诺和曾可欣的背影。那对影子拉得很长，渐行渐远。整个画面和谐而优美，像是一场缠绵悱恻的爱情电影，只不过电影的主人公不是温梦。

是怎么离开空荡荡的走廊，又是怎么走进楼梯间的呢？温梦记不清了。等反应过来的时候，她已经在台阶上坐下，头埋进肘弯。校服布料粗糙，脸颊被磨得刺痒。台阶的地砖很凉，凉到她心里去。

不过这些都不重要了。唯一重要的是温梦觉得自己成了个傻子。李彦诺已经和曾可欣在一起了。而她不仅不知道，甚至在傻傻地幻想一些幸福的可能，惴惴不安地揣测李彦诺的心意。属于她的玫瑰色城堡还没搭建就已然轰然垮塌，连碎片都捡不起来了。什么李彦诺也懂她，什么别着急，现在看来，纯粹是她自己给自己加戏，可笑至极。

嗡，兜里的手机振了一下。

乔婕："梦，你怎么上厕所上了这么长时间，不会是掉坑里了吧？？？一会儿直接来食堂，我占了座位。"

距离晚自习开始只有不到十分钟了，是应该去食堂的，不然该来不及吃饭了。但温梦被钉在台阶上，提不起一点力气。

又过了一会儿。

乔婕："您老人家又修仙，不吃饭了？那我可先回教室了。你快点，要打铃了。"

几乎是与此同时，晚自习的铃声应景地响了起来。不过，温梦并不打算回教室，因为那里有太多她不想见的人和她失去的自尊。也许哭一哭就好了，不会再这么难过。可她一点都哭不出来，只是眼睛干涩，脑袋昏沉。

嗡——手机再次振动，这回从短信声变成了来电铃声，绵长、恼人，一刻不停。温梦看都没看就把来电挂断了，少有地果断了一回。

时间就这么往前走，失去了明确的意义。一分钟，五分钟，也许是半小时。但这对她来说都无所谓了，她只想就这么坐在这里。

晦暗和沉寂中，隐约有脚步声传来。

嗒，嗒，嗒，从很小一点到清晰可闻。

楼梯间和走廊隔着一道铁门，上课时间是关起来的。按理说这个时候不应该有人经过，但眼下确实有人过来了。

门被打开，紧接着一阵风涌来，还有一个划破宁静的问题："你躲在这儿干什么？吓我一跳。"

温梦扭头，扬起脸，意外看到了一个熟悉的身影。

廖维鸣站在楼梯口诧异地望着她。他手里拎着书包，看样子正准备逃掉今晚的自习。

温梦猝不及防，她没吭声，也没解释。有什么好说的呢？全都是她自作多情，讲出来怪丢人的。

"刚刚给你打电话，你怎么没接？"廖维鸣没有等到她的回应，干脆一边顺着楼梯往下走，一边继续问，"为什么不回教室？"

温梦只是把胳膊撑在膝盖上，头低垂着。

接连碰了两次壁，她以为廖维鸣会就此离开。但他经过她身边时随意地把书包往地上一扔，反倒大大咧咧地坐下了："出什么事了？"

温梦向右边挪了挪，给他留出一点空间："没出事，就是想坐一会儿。"

廖维鸣压根儿不信，眉毛挑了起来："是昨天没考好吗？别哭丧着脸了，放心，有我给你垫底呢。"

"……"谁想跟廖维鸣比成绩啊？温梦都不知道该做出什么反应了。

她的沉默让廖维鸣有点无计可施。他看着她，放缓了语气："心里有话就要说出来，你不说，别人怎么知道呢？憋在肚子里，来年也不能结个大西瓜，对不？"

话糙理不糙，这条建议戳中了温梦。

"真的吗？"她哑声问。

"当然。"廖维鸣一脸自信，伸直蜷着的腿，大有要在这级台阶上和温梦消磨一整个傍晚的架势，"说吧，我听着呢。"

温梦还是犹豫，几乎要痛恨自己的纠结。她想，廖维鸣肯定已经不耐烦了，也许下一秒就会起身离开。可他没有。

"我嘴严得很，肯定给你保密。"廖维鸣为了说服她，抬起手，在嘴边做了个拉拉链的动作，看着是有一点靠谱的意思。

温梦太需要倾诉了。各种情绪翻江倒海，把她往水下拖去，几乎要淹死她了。

隔了很久，她终于下定决心，吭哧出这么一句："我有一个朋友。"

——"我的朋友就是我。"

廖维鸣的眼皮掀了下，他极力克制自己想要吐槽的冲动："行，然后呢？"

半晌后。

"她好像……喜欢上她的同桌了。"温梦断断续续地说，"但是对方不喜欢她，喜欢另外一个女生。"

楼道里一下子静了，只有呼吸声交错。

廖维鸣突然不再说话，也不再提问了，变得前所未有地安静。

温梦没有察觉出异样，思绪全被心事占据。难堪的话一旦开了个头，后面的话自然而然就被捋顺了。她清了清嗓子："你刚刚说，心里有话不讲出来的话，对方是不会明白的。可事情已经到这个地步了，还有必要让那个男生知道吗？"她是真心实意地在向廖维鸣请教。因为她是第一次处理这么复杂的情感问题，而在她的认知中，廖维鸣朋友满天下，在社交上比她强太多了。

廖维鸣并没有回答她。顶灯照在他的脸上，光顺着茸茸的睫毛滑下来，抖了两下，碎成斑驳的影子。

"维鸣？"温梦开口唤道。

廖维鸣蓦地回过神来，敷衍地笑了一下："不行，这种事绝对不能和那个男生说。"

温梦两只手交握，喃喃自语："我也觉得，毕竟人家两个已经在一起了。"

"就算他们没在一起，也不能说。"廖维鸣一改往日的懒散，突然板起脸，义正词严教育起温梦，"马上要高考了，绝对不能谈恋爱，得好好学习。老马前两天不是还在班会上训咱们吗？一分一操场，分数才是硬道理。"

廖维鸣在劝学，这效果堪比夏天捂上几层大棉袄再跑去吃烧烤，实在是不可思议。

温梦有点奇怪地看了他一眼。

廖维鸣把脸转开，莫名心虚："反正听我的肯定没错，千万别去向那个男生告白，知道了吗？"

"知道了。"温梦老老实实地点头，继续向她信赖的朋友请示，"那之后应该怎么办呢？都在一个班上，总是要和那个男生见面的。”

廖维鸣迟疑了一会儿，回道：“这事再议，容我好好想一想。”

温梦感觉，只要给他几天时间，他就能向她汇报出A、B、C、D、E五套解决方案。可见他在别的方面随意，作为狗头军师倒是很合格的。

“维鸣，真的谢谢你。”温梦发自肺腑地感激道。

“不客气。”廖维鸣捂嘴咳了一声，像是被呛到了。

过了两三分钟，他又开口，声音很轻：“对了，问你个事。”

“嗯？”温梦侧脸看他。

“你……的那个朋友，她喜欢那个同桌什么？”廖维鸣的关注点似乎完全跑偏了，眼神却又是前所未有地认真，“是因为人家成绩好吗？”

温梦也说不清楚，只能给出一个模糊的答案：“可能吧。”在她心里，李彦诺就没有不好的地方，成绩好只是他诸多优点的子集。

“哦。”廖维鸣没话说了。他和温梦肩并肩坐在楼道里，从一个傻子变成了两个傻子，沉默着一起呆坐着。

眼下是夏天，楼梯间不见太阳，依旧阴凉，坐久了还有点冷，叫人皮肤上冒出一小片鸡皮疙瘩，又痒又麻。

温梦抬手搓了搓胳膊，顺便看了一眼手表。时针滑过六点二十分，她已经在这件事上浪费了半个多小时。喜欢李彦诺这件事明显是个无解题。心还是沉的，坠在身体的最深处，时不时抽动一下，疼得要命。但廖维鸣的开解确实起到了一点作用，至少把烦恼讲出来之后，她真的得到了一些安慰。随之而来的，是逐渐恢复的理智。

还是回去上自习吧，不然明天的考试怎么办？她不想也不能再承受更多的打击。

温梦站起身，拍了拍裤子上的土，往台阶上迈去。她准备离开时，听到边上有脚步声响起来。是廖维鸣拎起地上的书包，紧紧地跟在她后面。

她疑惑地回头：“你跟着我干什么？”

既然商谈结束，廖维鸣难道不应该继续逃他的晚自习吗？

“我也回教室。”

“你刚才不是要回家吗？”

廖维鸣闷声回答道：“突然想学习了。”

Chapter 4　三个人的教室

“给我的朋友们。祝前程似锦。”

临到入伏，气温毫无征兆地往上蹿，直逼39摄氏度。教室里电扇从早吹到晚，呼啦啦的，一刻不停，却依旧酷热。

而比气温更高涨的是廖维鸣突如其来的学习热情。

“咱们一起过一遍昨天的内容？”每天早读一碰面，他都要对温梦说上这么一句。

要是自习课老师不在，他还会自顾自地把椅子从后排拖到温梦桌边。两个人将练习册摊在一块儿，头挨着头，嘀嘀咕咕地做题。

如果温梦有余力思考，她一定会怀疑那天楼梯间是不是藏着什么小妖怪，把廖维鸣给“夺舍”了，才会让他突然洗心革面，专心学习。但她当时没有精力想这些。

因为中午铃声响起时，李彦诺会在她旁边把课本收拾整齐，然后站起身等她。

“去吃饭吧。”他说。

之前他们总是一起去吃饭。

不过这次温梦拒绝了，她轻声回道：“我今天不去食堂了，要去趟老师办公室，马老师找我。”

这个借口有点牵强。

李彦诺皱起眉头，明显是想起了上学期温梦自虐式的学习方式，觉得她又要躲在教室里一个人偷偷啃冷面包。

“你这样不——”

啪，廖维鸣从后桌探身过来，用力拍了一下李彦诺的肩膀，把他的话截住了：“让温梦去吧，不然马老师该发飙了。”

他这边劝完李彦诺，那边又询问温梦：“一会儿给你带点包子，还是点个麦当劳？”

“包子。”温梦马上说。

“没问题。”廖维鸣笑得很甜，比出个OK的手势。说完，他顺手推着李彦诺往教室外面去：“走了走了，再晚食堂该没饭了。”

他这一通操作流畅无比，压根儿没给人留出拒绝的机会。——这就是廖军师想了整整两天，最终给出的解决方案。

“如果面对那个人很痛苦，倒不如避开。”那天放学路上，廖维鸣抱着篮球边往前走边说，“我来帮你打掩护。”

温梦勒紧书包带，恍若不可闻地嗯了一声。对于廖维鸣的建议，她虽然难过，心里却是认同的。喜欢的人不属于你，你还能怎么办呢？只好逃避。可这样的日子什么时候才能结束？换句话说，她什么时候可以不再喜欢李彦诺？

廖维鸣听到这一连串的问题，把篮球抛向地面。柔软的球弹起又落下，最后被他心不在焉地接住。然后，他说：“总有一天会的。”

温梦从这话里听出了一点确信的意味。她点了点头，向前走了几步，突然意识到了什么，于是欲盖弥彰地解释起来：“关于喜欢同桌的那件事，我说的一直都是我的朋友，不是我。”

暑气蒸腾，尘土裹挟着热度往上翻涌，让廖维鸣单薄的轮廓看着朦胧。

“我知道。”过了一会儿，他低声回答，“没说是你。”

“……”

既然道理和方案都很明确，那么剩下的就只有执行了。

温梦觉得自己已经做足了面对困难的心理准备，可当李彦诺被廖维鸣推着走到教室门口的时候，她还是差点缴械投降。

因为李彦诺做出了一个有些出人意料的举动。他没有直接出去，而是停了几秒，回过头，深深地望了一眼温梦。

就这一眼，让温梦的心脏立刻变得不听话起来，怦怦狂跳，震耳欲聋。

喜欢一个人的心思是克制不住的，多么可悲。温梦能做的只有强迫自己低下头，不去看李彦诺，假装翻找要交给马老师的作业本。

脚步声终于远去。

松了口气之余，温梦更难受了。这是怎样的一种折磨呢？不是惊天动地的大伤，而是一种长久的、埋藏着的隐痛，像是得了久治不愈的口腔溃疡。别人从表面一点也察觉不出来，只觉得温梦身体健康，随时可以拉去长跑。只有温梦自己知道，在和李彦诺对视的时候，她的牙齿会磨过患处，神经抽搐，疼痛处血肉模糊。

附中是市重点，每年都能分到些“985”和“211”院校的自主招生名额。从月底开始，就断断续续地有招生组来学校宣讲。老师们把材料发了下去。课间和放学后，同学们讨论的也都是这个。考哪一所大学这件事变得具体起来，不再是一个虚浮在空中的话题。

“你成绩好，肯定报P大吧？”乔婕翻着手头的小册子，回过头对温梦说。

温梦犹豫了下：“想报，但是得看自主招生考试的结果，现在心里有点没底，挺担心的。”

北京考生一直都是考前报志愿，就连平行志愿也是2008年才有的。一旦招生院校断档，考生就要掉到下一个梯队，所以填报志愿时得特别谨慎才行。

乔婕得到了这样中规中矩的答案，不大满意地噘起嘴，凑过去问李彦诺：“你呢，你准备考哪所大学？”

李彦诺还没回答，已经有人替他说了：“学霸肯定要上P大啊，不然要去哪里？”

“可以考T大，你是不是看不起‘五道口职业技术学院’？”有人回撑。

温梦翻卷子的手顿住，嘴上没吭声，耳朵却在听。不管承不承认，她身上的每个细胞都在叫嚣，想知道李彦诺关于未来的选择。她明明应该避开才对，但如果与李彦诺不在一所大学，那么就是四年见不到面。光是想一想这个假设，她心里就空落落的。人真的是太矛盾的动物。

李彦诺似乎察觉了什么。他沉吟片刻，侧过脸，想要开口。

“彦诺，你现在有没有空？我有事和你说。”曾可欣隔着半个教室，插了一句。

尚未出口的话被李彦诺咽了回去，化成一个字：“有。”

人要是没长耳朵就好了。那样的话，不想听的话，就一点也听不到。

温梦的口腔又开始隐隐作痛，黏膜破碎的不适感蔓延，快要把她逼疯。她的舌头抵着牙龈，试图自我麻痹，可还是感到好疼。她在挣扎中刚巧看见廖维鸣要往外走。经过她身边时，他不经意间掀起一阵自由的风。

温梦像抓住海上浮木一样，扬声喊住他：“你去哪里？”

“去趟小卖部。”

“等我一下。”温梦慌忙起身，一路小跑地跟上去，“我也去。”

不落单就不会胡思乱想，更不用面对自己不想看到的场景，在温梦看来，这是最朴素的道理。

廖维鸣靠在门边，懒洋洋地回道：“慢慢来，别着急。”

还好有他这么个朋友，不然该怎么办？看来得在小卖部多给廖维鸣买点零食和饮料，好好犒劳一下他。温梦这么想着，伸手摸了摸裤兜，这才发现自己的钱包还在书包里：“糟糕，我忘记拿钱包了。”

她正准备掉头回去时，廖维鸣啧了一声，从后面拽住她的校服领子：“你跟我瞎客气什么？无语。”措辞有点嫌弃，眼睛却弯了起来，语气亲昵。

“那怎么行？”温梦还要坚持，领子倒是被廖维鸣松开了，头顶又被他拍了一下。

“天天操心，怪不得长不高。”廖维鸣故意拉长声音。

这人就没个正形。

温梦把廖维鸣的手拨开，不好意思地笑了笑，到底是被这位不着调的朋友拉着出去了。

小卖部在教学楼外面，要到达那里，需要横穿整个操场，三五分钟的路程。

两个人一路走，一路闲聊。大多数时间都是廖维鸣在说，温梦在听。偶尔她会接上两三句，甚至大着胆子反驳廖维鸣——可能是这段时间打掩护打出了感情，他们的关系比之前亲近多了。

天已经完全黑了，教室的灯成了混沌天景里唯一的光亮。

有人在楼上推开窗户，让风进来。

“彦诺，这周有朋友约我出去，我就不去你家了。你帮我保密，千万别告诉我妈，行不行？”曾可欣一直没等来回应，着急地问。

李彦诺收回望向操场的视线，把窗户拉上了。他没作声，点了点头。

夏天最爱下暴雨。

雷声滚过去，雨滴噼里啪啦地砸下来，满街尘土飞扬。不过，这样的雨往往下得不久，很快就会停住。闷热散开，留下一室潮意。

轮到温梦留下值日那天，又是这样的坏天气。

“完了。”乔婕接了个电话，着急得恨不得打转，“我妈刚刚说，我弟弟发高烧了，这会儿正要去三院看急诊。”

温梦听了，赶紧从她手里接过墩布：“那你快回家吧。”

“你自己能行吗？”

“没问题，就差黑板和两行地了。”

“真的？”

温梦催她：“快走。”

乔婕抱歉地背着书包走了，教室里空下来，就剩温梦自己。

墩布吸满水，沉重地往下坠。从教室一头拖向另外一头，像在瓷砖上写大字。不大一会儿工夫，地面就变得湿漉漉的。

教室门把手转动的时候，温梦听见了。只是她当时正在和最后一行地板“厮杀”，实在不想分神，于是头也不抬地说：“你怎么又回来了？地上滑，小心别摔倒。”

进来的人没有回答她，倒是板擦滑动的声音响了起来。看来那人是看见黑板还脏着，打算顺手帮忙擦了。

“你快别动了。”温梦直起身子，想让乔婕赶紧回家，别再磨叽。但话到一半，她没说下去，因为她抬起头来才发现正在擦黑板的根本不是乔婕。

李彦诺抖了抖板擦，平静地对她说：“就差一点了，没关系。”

粉尘随着他的动作簌簌下落，掉在板槽里，成了一条雪白又洁净的河。

温梦哽住，半响后试图表现得若无其事：“那辛苦你了。”

最近她和李彦诺的对话一直是这样的，语气礼貌但生疏，以“麻烦你了”开始，再用“谢谢”或“辛苦了”结束，好像一切又退回到两人初见时的样子。她没有去问为什么李彦诺明明早就骑车走了，为什么会折返回来。因为多问一句，都显得她自作多情。

温梦的内心戏太复杂，李彦诺是不可能读懂的。他个子高，很容易擦到黑板的最高处。他一边干活儿，一边开口陈述一件与当下情形完全不相干的事情：“我去找招生组的老师问过了，刚刚得到回复。”

这话没头没尾，让温梦愣了下。她把墩布竖起来，等待他接下来的话。

“P大这次估计会给附中三个自主招生名额。我按之前的成绩算了一下，你应该没问题，不用太担心。”

轰隆隆。

外面的雨明明已经停了，但此时此刻，温梦又真实地听到了雷声，就响在她的心里。几天前她随口表达出来的不安，李彦诺听进去了。不仅如此，他还专门去找人询问，甚至在得知结果之后第一时间赶回来告诉她，生怕她多担心一分钟——哪怕是在如此糟糕的天气。

李彦诺释放出的温柔与善意像蝴蝶扇动翅膀一样，在温梦心里造成海啸般的连锁反应。她说不出话，成了彻头彻尾的哑巴。一时间，气氛有点凝滞。

停顿须臾，李彦诺磕了一下板擦。

“我以为维鸣会留下来帮你。”他打破了安静，抛出意料之外的话。

虽然不清楚自己做值日和廖维鸣有什么关系，但温梦还是决定解释，因为她没有办法拒绝这样的李彦诺：“他被美术老师叫走了，好像是说特招的事情。”

李彦诺得到了想要的答案，把目光挪向窗外，岔开话题：“明天是不是也会下雨？”

“我看天气预报说，这周都是这样，出门要记得带伞。”

“好。”李彦诺答应了。今天似乎是特别的一天。他格外健谈，渴望倾诉。

而他们已经很久没有这样随意地聊过天了。

其实细算下来，距离撞见李彦诺和曾可欣的秘密才过去多半个月。只是时间的相对论充分发挥作用，这些天对温梦来说，漫长得像一个世纪。交谈的工夫，黑板已经被擦干净了。

李彦诺放下板擦，从讲台上下来："我来拖地，你休息一下。"

"不用，真的不用。"温梦连忙摆手，"就差一点了。"

为了证明自己所言不虚，她奋力地拖动墩布，恨不得把地板磨穿。那动作滑稽到把李彦诺逗笑了，眼里升起一点融融的暖。

温梦被气氛感染着，也有点想笑。只是她的笑容还没露头，就被另一种突如其来的情绪所取代。明明在最难受的时候她都没有哭过，可现在她却想哭。这太奇怪了。眼眶酸胀，压都压不住，只能吸鼻子，眼泪下一秒就要往下淌，她感到又委屈又心酸。

李彦诺没想到她会是这样的反应，愣了一下，走了过来。

温梦本能地往后退，下意识松开了手里的墩布。墩布自由落体般倒下去，眼瞅要砸到地面，温梦反应过来之后，急忙去抓。

而李彦诺说了一句"小心"，也伸出了手。

下一秒，温梦的手腕上传来李彦诺掌心的温度，不算太热，但温暖。在这一瞬间，身体的感觉被无限放大，好像整个世界坍塌成一个白茫茫的点，然后全都消失不见，只剩下指尖略显粗粝的触感。她似乎该说些什么，或是甩开李彦诺。但一切又是这么刚刚好，叫人留恋，叫人心动，叫人不舍。

这时，教室的门霍地被推开了。

"不是吧，温梦，你还没搞完卫生吗？"廖维鸣刚刚从老师的办公室里逃出来，大步流星地走进教室，"怎么这么慢，看来还是得靠我拯救你——"

等看清眼前的情形时，他停住了。

偌大的教室里明明只有三个人，却显得莫名拥挤。视线在彼此的对视中流转，共同沉进那条雪白的河。

那河水是冷的，让空气收紧，长满尖锐的荆棘。多说一句话，或是多往前走一步，都会打破微妙的平衡，让人撞到硬刺上，痛不欲生，鲜血淋漓。

片刻后，廖维鸣笑了，是他先开的口。

"是不是我打开的方式不对？"他边说边向教室外面退，看样子打算重新推开门，再进来一次。电影里不都是这么演的嘛，换一种方式，就能开启不同的故事线。

这个玩笑开得拙劣，但足够让剩下的两个人清醒过来。

握着温梦的手蓦地松开了。李彦诺顿了下，喊住要离开的廖维鸣："你刚刚是去和老师谈特招了？"

廖维鸣闻言站住，转过身子："对啊。"

"怎么样？"

廖维鸣说得很轻巧："我办事，你还不放心吗？稳得很。"

"那就好。"

话题回到报志愿上面，气氛变得正常许多，就是有些干巴巴的，像在冰箱里放了一夜的鸡胸肉。

"我看，已经打扫得挺干净的。"廖维鸣在教室里扫视了一圈，决定主动结束这场枯燥的对话，"是不是可以走了？"后半句话是在问温梦。

而被问到的人握着墩布站在一旁，眼睛低垂着，安静得有些异样。温梦皮肤上的触感，早就应该随着李彦诺松手而退去，但它偏偏又和此时她眼眶里的泪意一样，徘徊着，不肯走。

廖维鸣看出她的局促，提醒道："票上的时间要到了。"

温梦像是突然还魂一样，点了点头，一声不吭地拖着墩布走到墙角，然后回到座位上拿起书包背上了。

她还没走出几步，突然听见李彦诺问："你们要去哪儿？"

正准备离开的两个人都愣了一下。

廖维鸣回过头："我和温梦约好了要去看电影——美嘉的夜场，你要来吗？"

其实他问了也是白问，大家心里都有数，李彦诺是不可能去的。周四的晚上，他肯定是要好好学习的。

果真如同廖维鸣设想的那样，李彦诺拒绝了："我还有事，得早点回家。"

"行，那我们先撤了。"

两人临到门口时，身后响起李彦诺的声音："明天可能会下雨，记得带伞。"

"放心吧。"廖维鸣扬起手，随意地挥了挥。

而李彦诺的话语并没有停下来。他似乎积累了很多叮嘱，想要一次性说完："天气不好也不要逃课。文化课分数不够是上不了美院的，别抱有侥幸心理。”

“你被马老师附体了？”廖维鸣简直要叹为观止了，“37摄氏度的嘴是怎么说出这么冰冷的话语的？”

李彦诺没理他，看向温梦，顿了顿，说：“好好考，不会有问题的，相信自己。”

良言一句三冬暖。冷峻的冰山消融，使得温梦鼻子猛地发酸，泪水摇摇欲坠起来。

“你怎么突然这么肉麻？”廖维鸣不解。

为什么李彦诺要把每个人都特意嘱咐一遍？

李彦诺笑了笑，没有解释：“快走吧，电影不是要开演了吗？”

可当另外两个人真的要走出教室时，他却忽然改变了主意。

“温梦。”李彦诺喊出她的名字，“能不能多留一分钟？我有点事情想告诉你。”

但温梦不打算听。她必须立刻离开这里，不然随时就要哭出来，那样太软弱、太卑微，她自己都看不起自己——如果李彦诺不那么温柔就好了，如果她不那么喜欢他就好了。

“有什么事……明天再说吧。”

李彦诺听到她的回答，也就真的没有再说下去，可能刚刚几乎要冲出嘴边的不过是“今天语文留了什么作业”之类的问题。他冲温梦和廖维鸣摆手，和最好的朋友们道别：“路上小心。”莫名柔软，莫名贴心。

匆匆离开之前，温梦实在忍不住，回头看了一眼。

为了透气，教室窗户是大敞着的。风径直往里卷，而李彦诺就站在讲台边，校服下摆被吹得鼓起来，像即将远航的帆。

路上的小石子被人踢了一脚，咕噜噜地往前滚，碰到人行道的砖缝才停下。

月亮照在两个肩并肩的人影身上，一个低着头一言不发，另一个情绪也谈不上多高涨，只管闷声往前走。

看夜场电影当然是借口。明天还要上学，廖维鸣不过是打着幌子来解救温梦。

雨后空气沉闷，雾蒙蒙的。

“给。”廖维鸣憋了半天，还是决定从书包里掏出纸巾，给身边的人递了过去。

温梦摇了摇头，没有接：“不用了。”

“想哭就哭吧，眼圈都红了。”

“我不想哭。”

“嘴硬。”廖维鸣用两个字戳破。

温梦不吭声了。

道旁路灯昏暗，不识趣的飞蛾却偏要往上面扑，撞得灯罩铮铮作响。

快到岔路口的时候，廖维鸣停了下来。他站在亮光投下的地方，不再往前走。

“怎么了？”温梦跟着止步。

廖维鸣侧过脸，低声说：“我想看看你的手。”

温梦听话地抬起胳膊，手上干干净净，什么都没有。但廖维鸣像是不相信，握住她的腕子仔细察看起来。

廖维鸣的掌心很烫，时时刻刻在散发高热，覆盖住李彦诺刚刚握过的地方时，像火一样烧起来，几乎要点燃温梦的皮肤。

温梦被烫得打了个小小的哆嗦：“你在找什么？”

“没什么。”廖维鸣松开手，不再说话了。

当天晚上，温梦躺在床上，翻来覆去睡不着。她总觉得今天有哪里不对劲，怪怪的，至少李彦诺不应该那么健谈，廖维鸣也不该那么沉默。她想了很久，然后从枕头底下摸出手机，打算发条短信过去问问究竟。

“睡了吗？”她问廖维鸣。

对方很快回复，没有发文字，而是发来一张电影票根。

深更半夜的，廖维鸣竟然一个人跑去看夜场的《撞车》，真是发疯。不过温梦倒是松了口气。廖维鸣干出什么事情都不奇怪，他本来就不太好懂。能去看电影，还会回消息，至少就证明他心情还不错。

放下这边，就剩另外一个人了。而温梦想要发短信出去就困难许多。她把联系人界面一路往下滑，中间停过几次，才到李彦诺那里。

“睡了吗？你今天想和我说什么——”

温梦打字到这里时，曾可欣的面孔在她眼前一晃而过。于是，那些没有编辑好的文字又被她一个接一个地删掉了——这么晚发短信，影响不好，会被人传闲话的。算了，还是明天当面问李彦诺吧。

第二天真的下雨了。

雨丝密且急，和开学时那场雨差不多。太阳躲在乌云后面，一直没有露头。天阴沉着，像不会醒来的夜。

温梦心里有事，很早就坐车到了学校。她放下书包时，李彦诺还没有来，他的座位空着。也许是天气不好，骑车不太方便，所以他被困在路上了。

但这个揣测到了中午就被戳破了——直到午饭时间，李彦诺都没有出现过。

“李彦诺去哪儿了？”乔婕好奇地回头问，“怎么没来上学？”

温梦也不知道，把同样的问题扔给廖维鸣：“他是不是生病了？联系过你吗？”

廖维鸣也是一脸疑惑，他把手机掏出来，把短信从头看到尾：“没有啊，什么都没说。别着急，我给他打个电话试试。”

电话没有接通，留给他们的只是茫然而漫长的嘟声。

温梦急了，编辑了几条短信发过去。但李彦诺一条也没有回复，就好像整个人凭空消失在空气中。

这场不告而别，在两天之后终于有了答案。

周一课间操结束的时候，有个中年女人来找马老师。她个子很高，戴着眼镜，看着严肃、不苟言笑，有一点像李彦诺。或者应该说，李彦诺像她。

“实在抱歉，给您添了这么多麻烦。主要是他父亲……”那个女人客气地说。

有好奇的同学躲在走廊里，想听听到底是怎么回事，结果还没得到什么具体信息，教师办公室的门就从里面关上了。

十五分钟之后，马老师离开办公室，进了班，喊温梦和廖维鸣过去。

“李彦诺的妈妈让我把这个给你们。”

温梦疑惑地接过来，发现是几本厚厚的笔记。每一本都按科目分门别类整理好，一页页写得很清楚。其中有不少是之前温梦和廖维鸣讨论不明白的问题，还有一些是李彦诺觉得特别重要的内容。他专门把那部分用荧光笔标记出来，再用红色小字在旁边做注释，写上自己的理解。

“给我的朋友们。”笔记第一页的边角上，李彦诺是这么写的，“祝前程似锦。”

没有更多华丽的话语，有的只是一片真心以及对温梦和廖维鸣朴素的定义——朋友。这两个字凝结在沉甸甸的笔记里，不知道李彦诺花了多少时间、精力和心血，熬过多少个不眠的夜晚，更不知道他在整理这些烦琐且枯燥的资料时抱着怎样复杂的心情。

“李彦诺的妈妈今天来，是替他办退学手续的。”马老师示意温梦和廖维鸣回座位，同时对着班上其他同学说，“他已经去美国读书了，希望大家能继续好好学习，不要为这件事分心。”

教室里顿时响起一片嗡嗡的议论声。

马老师这句话里一共没有几个字，内容并不复杂，温梦却像丧失了理解能力，一点也听不懂了。那些笔记本成了千斤顶，她再也握不住，哗啦啦地掉在地上。

2009年的夏末，大雨倾盆。

李彦诺谁也没有告诉，就这样毫无预兆地离开了北京。

“生前何必久睡，死后自会长眠。”

“宁可血流成河，也不落榜一个。”

“提高一分，超过千人。”

高考越来越近，教学楼前新种的杨树终于派上了正经用场——教导主任利用午休时间，组织学生往上面挂横幅。

标语写得铿锵用力，布料是大红色的，字被染成亮黄色，凑在一起像盘西红柿炒鸡蛋，生怕别人看不见。

廖维鸣满脸嫌弃，表示自己的审美被狠狠地伤害了：“不是学校先疯，就是我先疯，反正总得疯一个。”

“真的，我也快活不下去了。”乔婕愁眉苦脸地附和，“好羡慕李彦诺啊，不用高考了。”

“他得考SAT，一样的。谁也没比谁强多少，快别抱怨了。”曲哲冲乔婕翻了个白眼。

刺啦，温梦撕下一块胶带：“维鸣，左边那里要开了，你粘一下。”

廖维鸣接过透明胶带，闭上嘴继续干活儿，一点心照不宣的默契。

李彦诺离开之后，生活仍然在继续。他的座位空了，曲哲搬了过来，填上缺口。时间一天天往前走，除了上课就是考试，看起来一切照旧。

只是太过仓促地分别，像在台阶上一脚踏空。温梦知道，有什么东西不一样了。路过操场时，篮球依旧凌乱地堆在篮圈下面，那道打球的身影不见了。遇到不会做的题时，她习惯性地朝右看，那个解答困惑的人不见了。公示的奖学金名单上，她终于考到年级第一，激动地想找人分享时，突然意识到那个熟悉的名字不见了。

暑假过去不久，112路公交车改变线路。

整个城市都被时代裹挟着，在以超常的速度建设着。新的钢筋水泥建筑拔地而起，无数条线路被重新规划，其中就包括这趟老112路公交车。

112路新车条件比之前好很多，空调很足，也不那么拥挤了。可当温梦坐在座位上往车窗外看时，心里空落落的。因为那个会骑自行车经过的少年不见了。秋天、冬天、春天、夏天，一年能有多少天呢？为什么漫长得好像永远也过不完似的。

“老李估计是刚换环境，需要适应。等他安顿下来了，一定会联系我们。”廖维鸣叼着冰棍儿，含糊地说。

讲出这句话的时候，他正坐在温梦家的客厅里，脸上带着亲切的笑容。

高三这一年，廖维鸣几乎每个周末都会来温梦家报到。原因很简单，通过美术联考之后，他唯一的任务就是冲刺文化课，和温梦这个学霸一起复习，颇有些事半功倍的效果。

温梦也愿意帮他。朋友之间，当然要互帮互助。况且廖维鸣知道她全部的喜怒哀乐，有个人一起分担这些情绪，总归是好的。

对于廖维鸣的安慰，温梦轻而浅地应了一声：“嗯。”说完侧过脸，询问起朋友，“等雪糕吃完了，咱们就开始学习吧。”

廖维鸣刚要点头，温梦的妈妈恰巧从厨房里走出来。她甩了甩手上的水，在围裙上擦了一把："维鸣，一会儿留下来吃晚饭吧。"

锅子里正在炖一只小黄鸡，肉特别肥嫩，特别值得一吃。屋子里飘着浓郁的汤味，香得叫人忍不住吸溜起鼻子。

廖维鸣不见外，马上就答应了："好啊，谢谢阿姨。"说着，他好像想起了什么，把手里剩下的冰棍儿迅速吃完，站起身，"哦，对了，我有点东西忘在车里了。您稍等一下，我下去取。"

他噔噔噔地跑下楼，不大一会儿工夫，又噔噔噔地跑了上来，手里拎着满满两箱野山菌。礼盒包装很讲究，不仅缠着丝带，正面还开着一小方透明塑料窗，证明盒子里每一颗菌子都饱满、圆润。

温梦妈妈有些不好意思："你这个孩子，来就来吧，还带东西干什么？"

廖维鸣笑得很甜："也不是什么贵重的，就是一点蘑菇。"

就算是蘑菇，也是精挑细选的好蘑菇。抛开东西贵重与否，能炖汤、能食疗的野山菌，一向是长辈们最喜欢的礼物。

"你父母也太会教育孩子了——梦梦，你得多跟维鸣学着点，学学人家说话办事。"

"阿姨，可不能这么说。您教育得才好呢，要不是温梦一直给我补课，我上次月考又要垫底了。"廖维鸣的小嘴最会说话，哄得温梦妈妈笑容满面。

温梦实在听不下去这样的互吹了，忍不住咳嗽了一声，说："妈，我们要去复习了。"接着拉了一把廖维鸣："你，跟我进屋。"

两人离开之前，妈妈把两只沉甸甸的白瓷瓶交到温梦手里："把酸奶拿进去，一会儿吃饭了我叫你们。"

砰，卧室的门关上了。

廖维鸣好奇地打量起书桌上的两只白瓷瓶："我只见过纸盒装的酸奶，真没见过这样的，这是在超市里买的吗？"

温梦扯着椅子拖到书桌前："不是，是订的，每天早上会有人送到楼下奶箱里。你没喝过？"

"没有，很神奇。"

"神奇的话，你就把两瓶都喝了吧，正好我不饿。"

廖维鸣笑了，眼光像融化的棉花糖一样柔软："你真好。"

温梦感慨道："哪有你好？我妈妈还说呢，让我学学你说话。"

“但我说的每一句话都是出于真心。你家真的很好，阿姨是，你也是。”

“那也比不上你家的大别墅。”哪怕时隔很久，温梦再次想起在廖维鸣生日时见到的那幢三层小楼，还是觉得很震撼。

廖维鸣从笔袋里拿出圆珠笔，笑了笑：“房子是房子，家是家。”

这句话说得太轻，温梦可能听见了，也可能没有听见。因为当时她正拿起桌上的诺基亚，控制不住地又看了一眼。

未接来电：无。

未读短信：无。

明明心里对这个结果是有预期的，可为什么还是会觉得沮丧、难过呢？温梦不懂。

空气安静了一小会儿。

几秒后，廖维鸣摊开卷子，低声问：“我们开始吧？”

温梦被唤得回过神来，点了点头。

几道题过去，廖维鸣似乎是想安慰她，再次开口，一个字接着一个字，说得肯定：“别太担心，你还有我。”

温梦不想多说什么，冲他笑笑：“知道了，做题吧。”

“好。”

屋里只剩一片唰唰的写字声，以及翻动卷子的细碎响动。

温梦学习得很认真，没有发现廖维鸣握着酸奶瓶，一直舍不得喝。白瓷瓶子最不耐热，在表面凝出一片水雾，湿乎乎的，沾了他一手。

2010年6月8日。

教学楼外：“终于解放了——”

温梦迎着欢呼声从考场里出来，走进酷热的暑气里。

“一起出去玩吧？我请客。”廖维鸣招呼身边的同学，得到一片响应。

他问到温梦这里时，她摇了摇头。不论是青海的油菜花田还是云南的香格里拉，都不能让她提起兴趣。她似乎决心要把时间荒废在狭小的家里，谁劝也不管用。很多之前没时间看的书被捡了起来，她翻到其中一页，塞林格是这么写的：“Love is a touch，yet not a touch.”

真是奇怪的形容。但可能爱就是个奇怪的东西吧，让人小心翼翼，想要触碰，却又缩回手。

那本故事集陪着温梦度过整个暑假，直到6月底高考出成绩那天。她的成绩和预估的相差不远，再加上自主招生的加分，过了P大的录取分数线。招生组老师早上来了她家里，确定了志愿。

他们走后整整一个上午，家里的座机铃声没有停下来过。亲戚们纷纷打来电话祝贺，温梦妈妈守在沙发上一个接一个地回复。

电话那头中气十足，声音从听筒漏了出来："大姐，要不说还是咱梦梦争气，给你长脸！这么多年你自己拉扯着，没白辛苦……"

温梦妈妈撂下听筒，进屋独自待了几分钟，出来时眼圈发红，语无伦次地对温梦说："咱们中午出去吃，吃好的，想吃什么就吃什么，去全聚德。"

温梦当然也高兴。只是相比亲人的激动，她的快乐来得有些不真实。努力了三年，只用了两天时间就交了卷，令她有些失去实感。就这样结束了吗？

成堆等待被称重卖掉的课本和练习册好像在对她说，真的结束了。

那天下午，温梦把不用的杂物全都整理好，拖到楼下去。把所有资料都清掉之后，只剩下一摞精心保管的本子。是李彦诺留下的笔记，被翻看的次数多了，边缘打起卷，其中几页被摩擦得有点模糊，字迹依旧清隽。

自从李彦诺去了美国，温梦发过好几次短信询问他的近况，但都没有得到过回复。也许是他国内的手机号不用了，换了新的，又或者是全新的生活让他自顾不暇，没精力和过去联系。

碰了几次壁之后，温梦决定把想念藏在心里。但眼下这几本笔记突然让她有了不一样的想法。

"你最近还好吗？我考上P大了。"温梦还是向那个沉默的号码汇报一遍好消息。

发送成功。她把手机放下，和往常一样没有期待回音。可过了大概三分钟，突然有消息进来了。

温梦愣了下，急忙抓起手机。在看清楚发件人之后，很快她就失望地放了回去。

不应该有期待的。

"十班同学注意，谢师宴下午五点开始。"是班长曲哲群发的短信。

谢师宴的地点定在东来顺。大热天跑去吃铜火锅，这样的提议也就曲哲能想得出来。

“班长，你这饭店选得也不行啊。”大家假模假样地抱怨着。

“你们懂什么？这是咱们班主任挑的地方。”

大家立刻闭嘴了，生怕被马老师听见，又要像上政治课那样，一套接着一套讲起世界观和方法论。

不过，那天晚上的老马格外随和，一点架子都没有。他甚至摸了摸自己的“光明顶”，开起玩笑来：“终于把你们送走了，明天我就植发去。这工资挣的都不是钱，是精神损失费！”

“马老师，不要！您现在这样最帅了！”

“谁要说您秃，我第一个揍他。”

“你刚刚就说了。”

“我没说！”

大家东一句西一句，笑着闹着，热烈又混乱。

在马老师为了接孩子提前离开之后，现场的气氛到达了高潮。老师不在，乔婕提议喝啤酒，用她的话说：“都是成年人了，多少得整两盅。”

这个建议马上得到了响应——卡在十八九岁的分界线，每个人都跃跃欲试。

而酒精是个神奇的东西，一杯两杯下去，催化出很多情绪。话题从“食堂大叔什么时候能做出橙汁藕片”开始，一路不受控制地跑偏，逐渐变得走心起来。

曲哲放下杯子，喃喃地说：“下次再见面，都不知道是什么时候了。”

再亲密无间的伙伴，也会被时间冲散，走上不同的路。

“还下次呢，今天人都没来齐。”乔婕开始盘点包厢里的人头。她数来数去，最后说出这么一句感慨：“要是李彦诺也在就好了。”

温梦手边摆着啤酒杯，一直没碰过。当这个熟悉的名字冒出来时，她突然觉得渴了，端起来试探性地喝了一口。

麦芽味道苦涩，在舌尖蔓延开，让人皱起眉头。为什么大人们都喜欢酒，还说一杯解千愁？明明越喝越苦。

“咱们是解放了，也不知道他怎么样，是不是还在上课。”有人好奇。

原本这是一个没人回答的问题，但曾可欣开口了：“他在申请藤校，之前特别忙，差不多是随时要猝死的节奏。”

饭桌上炸了窝："哇，你和李彦诺还偷偷联系着呢？"

"不是……"

没人想听曾可欣辩白，围观群众的八卦之魂已经熊熊燃烧了："说，你们是什么时候在一起的？"

不知道是空调开得太小还是光喝啤酒也能让人心里着火，包厢的温度骤升，温梦握着半满的玻璃杯，手心出了点汗。

身旁的廖维鸣看了她一眼，放下筷子，准备把饭桌上的讨论岔过去。

曾可欣抢先了一步："我没有和李彦诺在一起，你们不要瞎说。"

"都毕业了，老师不会再训人的，别装啦。"同学们继续起哄，"不然你怎么会知道他在忙什么。"

曾可欣着了急："刚刚那些都是他妈妈来我家做客的时候说的。"

像是怕其他人不相信一样，她继续解释起来："他妈妈早先也是文工团的，和我妈是同事。我和李彦诺什么关系都没有，就之前去他家补过一段时间的课。哦，对了，有个假期好像是要一起上辅导班来着，但他去洛杉矶找他爸了，就没上成。"

乔婕不信："你们两家这么熟，也没见你和李彦诺在学校多说话啊。"

曾可欣脸上升起难言的红："我男朋友会误会的。"

群众的注意力一向很分散，总是跟着热点跑："等等，你有男朋友？？？"

"对呀，一直都有，比咱们高一个年级。"

"是谁？"大家立刻不再关心李彦诺，开始追问起曾可欣的男朋友是何方神圣了。

一片混乱中，没人察觉温梦放下了玻璃杯，匆匆起身，离开了包厢。

火锅店临街，门外就是热闹的马路。

温梦只是走着，茫然地走着。那个困扰了她一年多的问题，那个她自以为是的猜测，竟然全部只是误会而已。怎么可能？她像发疯一样回忆之前推断的过程。

"这件事我们说好了啊，你答应了。"

"这周六还是一样的时间去你家吗？记得给我留门。"

"你现在有没有空？我有事和你说。"

回忆汹涌而来，太多、太乱，涨得温梦的脑袋快要裂开了。但细细捋下来，她突然发现确实每一点都对得上曾可欣刚才的陈述。

人的判断太主观。巴别塔倒塌之后，再没有共通的语言。那些当初在温梦看起来是恋爱中的语气、少女的娇嗔、少年的回应，现在站在截然不同的角度去审视，似乎又有了全然不同的解读。怎么会这样呢？

最后一次见到李彦诺的场景又再次浮现。他站在讲台边喊住她，希望她能多留一分钟。可她拒绝了。李彦诺是不是察觉到了什么？他当时有什么话想说？为什么她当时不停下来？为什么不多留一分钟？为什么要转头就走？

后悔是最凶猛的情绪，潜伏在暗处一声不吭，只等猎物经过，咬住其喉咙，一击毙命。

活到这么大，温梦从来没有体会过这样窒息般的后悔。她艰难地喘气，靠着饭店外墙，从兜里掏出手机，想要再次尝试联系那个无法接通的号码。可她手上全是汗，界面不停地调错，屏幕都变得湿乎乎的。

呼，火锅店的门被人从里面推开，冷气从身侧涌过来，凉得温梦胳膊上出现一粒粒小疙瘩。眼前突然投下一片影子，有人走过来，挡住了路灯。

温梦抬头，发现是自己的朋友。

“维鸣。”她语气急切，“你知道刚刚曾可欣说的那件事吗？”

兴许是喝了一点酒的缘故，廖维鸣下垂的眼尾有些发红。

“我也不知道。”他顿了顿，低声说。

他的回答让温梦更沮丧了：“怎么会这样呢，是哪里出了错？”她不明白，也想不通，只能问她的朋友，好像多问其他人一遍，她心里的后悔就能减少一分。

可廖维鸣帮不了她。他神情疲惫地按着太阳穴：“先回去吃饭吧，其他的事明天再说。”

温梦没有听到他说话。一个更强烈的念头冒出，占据了她全部的心思，压都压不住，冲动、大胆、荒谬，甚至完全不像是她会做出的决定，但此时此刻偏偏在她的脑海里沉浮。

“不行，我得去找李彦诺，把话当面说清楚。”

廖维鸣愣了下，抬起眼皮：“去美国？”

“对。我之前存了些奖学金，一直没花，本来是想开学买笔记本电脑的。

不过那个不着急，暑假还有一个多月，我找点事情干就能把钱凑出来了。”温梦一笔一笔地认真盘算起来，“签证费先按一千块的话，机票——”

话还没说完，被廖维鸣突兀地打断了。

“不要去。”

“你说什么？”温梦怔住，下意识反问。

“不要去美国。”廖维鸣重复了一遍，专注地看着温梦。

他这一年长高了不少，再加上备考辛苦，也瘦了很多。原本面相很单薄，现在少了脸颊上那些嘟嘟肉，漂亮得更具有攻击性了。

温梦隐约觉出气氛有些异常，想往后退一步，但她后背已经抵住墙，再没办法退了。

酒精烧着了长久以来紧绷着的弦，火光往上爬，啪的一声，弦断了。

今天晚上的廖维鸣和平时太不一样，少了洒脱和不羁，多了锐利的棱角，让她不安，甚至有些惶恐。

“维鸣，你别这样看我。”

但廖维鸣没有移开视线，只是重复了一遍：“不要走，不要去美国，不要离开我。”

声音很轻，落在温梦耳朵里，令她轻微地战栗。

“我不明白你的意思。”

廖维鸣没有解释，伸手拉住她的手腕。温梦被惯性扯得往前一步，额头抵在他的肩上。

男式衬衫上带着古龙水味，铺天盖地地罩住她，连呼吸都变得逼仄起来。而廖维鸣常年握画笔，虎口有一层薄茧，摩擦着皮肤，像尖锐的刺。但这些和廖维鸣接下来要讲的话比起来，都不算什么。

“不要喜欢李彦诺了。”他轻声说，“喜欢我吧。”语气恳切，甚至带了点哀求之意。不是恶作剧，不是愚人节，更不是真心话大冒险输了随便抓个人告白。

廖维鸣也许是个随性的人，但在这件事上他没有开玩笑。因为隔着衬衫柔软的面料，温梦真切地听到了他杂乱的心跳——敏感、纤弱，却又固执地不肯放手。

突如其来的爱意让夜里蒙起一层滚烫的雾，太烫了，连呼吸都成了一件小心翼翼的事。温梦觉得自己的嘴唇像被粘住了，吐不出一个字。

焦灼中，她的手机振动了。

太平洋阻隔了时间，让温梦的那条“我考上P大了”有了延时效应。

屏幕亮起，一个失联快一年的名字突然出现在上面。电话没有接通，于是对方接着温梦先前发送的短信，回了过来。

李彦诺：“祝贺你。”

7月的北京街边种满柳树，风刮过时，叶子都在窃窃私语。而蝉爬上树梢，冷眼旁观后，讥讽地拉起长声：“知了——知了——”可它明明什么都不知道，只会刺耳地尖叫。

新事

他有很多很多苹果，可她只想要一颗梨。

Chapter 5 吻

“你好，李彦诺。”

太吵了。

真的太吵了。

知了的尖叫一声盖过一声，好像它们不是趴在树上，而是贴着人的耳朵拼命呐喊，恨不得把人的鼓膜震碎才罢休。

可明明已经过去这么多年了。

廖维鸣从梦里惊醒，猛地睁开眼，然后坐了起来。他朝右边伸手，确认温梦在他身边睡着，这才冷静下来，沉重的呼吸声逐渐平复。

此时卧室是静谧的，旖旎的气息未消。月亮爬上来，透过窗帘缝隙照在椅背上。男人的衬衫和女人的真丝裙凌乱地堆叠在一起，有一点暧昧的暖。

廖维鸣下床的动作很轻，生怕惊动枕头另一边的人。他走到落地窗边，认真检查了一下。

窗户是关好的，隔音效果绝佳，连三环的车水马龙声都透不进来，更别提几只虫子的叫声了。况且这套为结婚准备的公寓在市中心，位于38楼，树根本长不了这么高，他又怎么可能听得到蝉鸣？

但廖维鸣确实听见了。

“知了——知了——”嘹亮、刺耳，不断回响，如同重新走进2010年的那个夜里。

隔了太久，记忆应该变得模糊不清才对，可其中一些片段如同被小刀刻过，留下了深且密的沟壑，他再也忘不掉了。

那天，东来顺饭店外，骤然响起的电话铃声惊醒了温梦。她回过神来，推开了廖维鸣，从他的怀抱中挣脱，匆匆地点亮了屏幕。在发现是李彦诺的来电之后，她举起手机，颤抖着回拨。

对方很快接了起来。

那句“喂”隔着太平洋和十五个小时的时差响起，温梦脸上露出快要哭出来的神情。她一边对着听筒讲话，一边下意识往前走去，渐行渐远，好像要彻底从廖维鸣的世界离开一样。

而廖维鸣被独自留在树下，站在凝聚成团的空气里。酒意上涌，柳树叶被晒得打卷，和尖锐的蝉鸣一起剥夺了最后一点氧气，令他干涩、窒息。

哪怕此时是在38楼的崭新公寓，哪怕此时温梦就在不远处的床上沉睡着，那种干涩的感觉还是逼真到令廖维鸣难以置信。他喉结滑动了下，不敢再回忆了。他走了几步，绕过落地窗，推开卧室通往阳台的门，渴望新鲜的空气。

国贸的夜景总是很美。

阳台下面是京城繁华的灯火，星星点点，悬浮在晚风里。不远处CBD大楼闪过彩色飘带，晕出玫瑰色的光景。

这套房子贵，因为地段好。

新建成的小区紧邻两条地铁线，哪怕遇到车辆限行的时候，出行也很方便。抛开这些，当初廖维鸣看上这套房子，还有一点考虑：这里比别墅更靠近商业区，去温梦的单位走路过去只需二十分钟。不用赶北京的早晚通勤高峰，简直是所有通勤人的终极梦想。

不过在选定这套公寓时，温梦是极力反对的：“还是找个四环外的地方吧，我早上坐公交车就行。也别买这么大的，这样还贷的压力能小一点。我到年底估计能存六万块——”她有她的考量，不想欠廖维鸣太多。

廖维鸣打断她，若无其事地耸耸肩：“不用你给，也不用贷款。你还不知道吗？我有钱。”

他这么自吹自擂，温梦有点被逗乐了，忍不住吐槽他两句：“你这也太‘凡尔赛’了。这么直接夸自己，是不是看不起劳动人民？”

不是看不起劳动人民，也不是吹牛，是除了钱，廖维鸣有时候觉得自己什么也没有，什么也给不了温梦。当然，他还有爱——多到让人沉溺的爱。但那不是温梦想要的。就好像他有很多很多苹果，可她只想要一颗梨。能怎么办呢？该怎么办呢？

廖维鸣倚着阳台的栏杆，眺望夜景的同时，突然有了抽烟的冲动。他摸了摸睡衣裤兜，发现里面是空的，这才想起最后一支刚才也被温梦碾灭，扔进了垃圾桶。

夜里风紧，站了没多久，睡衣就被寒意打透。他回到床边时，温梦像是感受到了他身上的凉气，不安地动了动，脸皱起来，梦里也在发愁。

廖维鸣想伸手抚平她眉间的褶皱，又怕会惊醒她，最后默默地躺下了。

屋里若有若无地浮着香水味，百合烧尽，余留点点星火。

那一晚温梦过得不太踏实。她被沉甸甸的回忆坠着，熬到后半夜才勉强睡着。等真入睡之后，大脑又异常亢奋，开始做梦。

天上游来巨大的鲸鱼，张嘴吐出一个白胡子老头儿。他举起两只手，问她掉的是金斧头还是银斧头。

“都不是。”温梦迷迷糊糊地说。按童话里的说法，她掉的应该是铁斧头。

诚实的人会有礼物。

隔天起来，温梦对着洗漱台上的镜子照了一下，发现自己成功收获了一对黑眼圈。情况之惨烈，要是被廖维鸣看见，估计他要大笑着说上一句：“哟，咱们家里什么时候养起熊猫了？”

但他一大早就走了，只留下一条微信：“有个客人来画室，我先过去了。”

只要默契地避开，谁也不谈昨晚的那场同学聚会，就好像什么都没有发生过——成年人有时候比少年更像鸵鸟，活得越久，越害怕失去稳定的生活。

而微信里紧挨着廖维鸣的是同事小常发来的消息。

“梦姐，刘主任说上面刚刚把选题批了，问你能不能来一趟单位开个会。”

大学毕业之后，温梦进了一家老牌媒体。从社会热点报道到人物专访，一连五年，她勤勤恳恳地干下来，内容做得扎实，职称也上去了，基本连年评优。唯一不太好的就是工作时间不太固定，经常要出差，时不时还要加班，比如眼下这个周末。

“没问题，我一会儿就到，二十分钟。”温梦快速回复小常，把最后一口面包塞进嘴里，起身就准备往外走。

临到玄关的时候，她像是想起了什么，又转回洗手间，拼命往黑眼圈底下涂了好几层遮瑕霜，这才出门。

新文媒占了国贸文创大楼的整个三层，设计走的是极简风，工位都是敞开式的。一眼望过去，电脑前面坐满了加班加点工作的人。

自动玻璃大门在温梦眼前滑开，她前脚踏进去，后脚就听见有人喊她。

“梦姐，你来了？”小常抬头，把椅子滑过来，热情地冲她打了个招呼。

小常不过二十出头的年纪，格子衬衫搭配牛仔裤，做事还像个大学生。他大学一毕业就在温梦手底下做实习生，转正之后又跟着她做内容，所以对温梦很有点孩子气的忠心。

温梦点了下头，把包放下，往领导的位置看过去：“刘主任呢，不是说要开会吗？”

“已经在会议室了。今天不光咱们，还有其他组的，说是要做专题。”

会议室里的人确实很多。

温梦挑了张椅子坐下，发现桌上已经摆了些纸质材料。她随手翻了一下，是关于这次专题的人物。

是一位叫王宁德的旅美画家。王宁德，生于1937年，卒于2006年。2003年，他迁居洛杉矶，也是从那年开始，接连创作了数十幅画作。

“他就是《春潮》的创作者，那幅画，大家应该都清楚吧？就是去年在香港拍出880万美元天价的那幅。最近嘉城秋拍要上他的另外一幅作品《夏归》，在北京做预展。所以咱们要做一个系列专题，配合宣传一下。”

任务交代完毕，刘主任清了清嗓子：“针对这件事，我简单强调几点。”

会议室里的人对视了一下，在彼此眼中都看到了同一个信息：“救救我。”

老刘这人不坏，就是啰唆，如果不是科技水平达不到，温梦真的要怀疑他是不是政治课马老师的变身。

“首先呢，王宁德这个画家，虽然之前很多媒体都报道过，但都流于表面，做得不够深刻。我认为，他和其他人不大一样，因为他的创作高峰不在壮年，而是在去世前，也就是他去美国之后的那三年。这是为什么呢？依我看，这个部分明显就很值得深挖嘛。其次呢——”

什么事一经老刘讲起来，就没完没了。

嗡，温梦放在桌面上的手机振了一下。

四周的目光投过来，她连忙调成静音：“不好意思。”

话音刚落，有人生怕大好的机会溜走，冲她挤了挤眼睛：“温主编，是不是有客户找你？是的话快过去吧，别耽误事。”

温梦还没张嘴，又有人补上一句：“对的，我看，大家也都听明白要干什么了，不如今天就先到这儿吧？”

“就是就是。刘主任，您也辛苦了，说了这么多话，快喝口水，润润嗓子。”

会议室里响起一片稀稀落落的掌声和赞同声。刘主任被架在高位上，憋了半天，吐出两个字：“散会。”

推椅子的声音呼啦啦地响起来，一群人迫不及待地撤退。经过温梦身边时，一个接一个地给出“谢谢你”的眼神。

温梦简直哭笑不得，心想，这都是什么事啊。她收拾好材料，一只手拿着文件夹，另外一只手解锁了手机。在往工位走的路上，她随意看了一眼屏幕。等把一连串消息读完，她脸上的笑容凝固了，脚步不由自主地停下，人也愣住了。

因为刚刚的微信提醒，全部来自一个新建的小群，群名简明扼要——“北京小聚”。

屏幕闪烁，三分钟前。

“您已被邀请加入‘北京小聚’群”。

曲哲：“同志们，特大喜讯！”

乔婕：“？”

曲哲：“彦诺说他回国的时间提前了一点，下周三的飞机，所以我火速拉了个群。”

几秒之后：“哇！！！欢迎！！！”

一连串礼花特效在手机屏幕上刷过去，热闹得好像微商在搞十周年店庆。

曲哲：“咱们班这不是才刚搞过聚会嘛，我估摸着也别再大范围组织了，太费劲。要不就咱们几个小聚一下？大家下周末或者下下周有空吗？”

乔婕：“行啊，没问题。都叫上谁？你、我、温梦、廖维鸣？”

曲哲：“对，题目我都想好了：‘惊！十班学习小组再聚首。’呵呵。”

乔婕：“……你能不能跟上点年轻人的节奏，别老发‘呵呵’的表情包，都说了那不是微笑的意思。”

曲哲：“呵呵。”

乔婕：“……行吧。怎么就你和我在这儿聊天。其他人呢？”

曲哲：“维鸣和温梦估计在忙着准备婚礼吧，没时间看手机。不像咱们两个孤寡老人，二十四小时在线。”

乔婕：“请不要把我和你混为一谈，谢谢。我不是没人追，只是喜欢独自美丽。对了，记得把李彦诺也拉进群里，听听他的意见。”

曲哲：“你再仔细看看群成员，我已经邀请彦诺进来了。他没说话是因为美国现在不是白天，是后半夜。”

乔婕：“哦，对不起，是我眼花。主要是最近见你见得太多，影响了我的智力，呵呵。”

后面就全是些没价值的互撑了，开玩笑之余，气氛倒是很热烈。

温梦花了一分钟读完全部聊天记录，之后指头在屏幕上滑动，像是有了自己的意识一样，不自觉地点开了群成员名单。

一共五个人，除开三个早就躺在她通讯录里的头像，还有一个是全新的。

那个人大概是不想多花心思在社交上，用的不是自己的照片，而是微信系统自带的白底小灰人，就连朋友圈都是空空如也，只有一道横线。这道横线像根柔软的绳子，缠住了温梦，叫她心脏微妙地收紧，泵出些血液，又蓦然松开。

时间在她身边短暂地止步。曾经以为再不会出现在她生活中的人，此时就在手机的另一端。她只要轻轻点击一下那个名字——

“您还不是李彦诺的好友，请先添加好友，再开启聊天。”

现实呼啸而至，温梦伸出去的手像是被烫到，又缩了回来。

“梦姐，是出了什么事吗？”走廊的不远处，小常开口喊她。

“没什么。”温梦一下子回过神来，把手机锁屏，匆匆装进裤兜，“没事。”

面对小常的疑惑，她顿了下，又开口道：“刚才刘主任发的材料太简略了，扩写有难度。要不我们先把任务拆解一下，汇总之前关于王宁德先生的报道？”

话题被生硬地扯回工作上，语速快且话语密集，就好像但凡说得慢一点，小常就不会相信她真的没事一样。

“好。”小常搔了搔脑袋，将信将疑地答应了。

温梦催促：“快走吧，我们一起。”

老同学时隔多年再次造访，本就应该是生活中最平常不过的事。北京这么大一座城市，光是首都国际机场，每天都不知道要起落多少架飞机，更不用说忙碌穿行的旅客了。人来人往，有来就有去，这有什么？没什么。

廖维鸣的微信是在那天晚些时候发过来的。

“怎么没在家？”他问得简略。

温梦正在整理繁杂的报道信息。她从电脑前抬头，揉了揉酸胀的眼睛：“来单位加班了。你见完客人了吗？”

这条信息发过去，廖维鸣没有再回复，兴许是去忙他的画展了。

创作是一种沉浸式体验，像无底洞一样吞噬着创作者的精力和情绪，再靠灵感一点点把颜色和结构从晦暗中扯出来，整个过程痛苦且艰辛。每次展出之前，廖维鸣都会把自己关在画室里，一待就是一整天，与外界彻底失联。

大四毕业那年，温梦是第一次真正意义上陪着他办了一场独立画展。

当平日里恨不得一天发一百条消息的廖维鸣突然没了踪影的时候，温梦是感到诧异的，甚至一度觉得他是不是出了什么意外。她着了急，下课之后坐车跑去美院。等她气喘吁吁地推门一看，廖维鸣正蜷在画架边上的小沙发上，累得睡着了，呼吸起伏，轻且浅。

“别在这里睡，会着凉的。”温梦松了口气，立刻拍了拍廖维鸣的后背，“快起来。”

廖维鸣迷糊地应了一声，半睡半醒间拉住她的手，毛茸茸的头凑上去，在她掌心留下柔软的颤动，像只打呼噜的猫。

温梦整个人僵住，想把手撤走，但廖维鸣握得太紧，不肯松开。谁会跟熟睡的人过不去呢？最后她只能在沙发边上将就着坐下，单手脱了半边外套，盖在他身上。画室里颜料浸泡在空气中，闻久了有点涩鼻子，却又有点刺激性的甜。

这样的场景发生过几次，温梦也就习惯了，不再担心他失联——备展的特殊时期，偶尔一两条消息被他漏掉，并不奇怪。

但今天，廖维鸣并不是没看见她的微信。

因为温梦从文创大楼走出来的时候，他的车就停在楼下，打着双闪。车窗降下，男人漂亮的面孔探出来，冲她招手："这里。"

"你怎么来了？"温梦愣了下。

"来接你。"

温梦拉开车门，坐进副驾驶位，有点蒙："就几站地，干吗还专门跑一趟？我回去二十分钟就到，都不够堵车的。"

廖维鸣笑笑，回了两个字："顺路。"说完，他发动了汽车。引擎声轰鸣，车子并进主干道的滚滚车流。

天还没完全暗下去，余晖漫无目的地散射，落在马路上再弹起来，显得格外刺眼。副驾驶位前面有遮光板，拉下来之后，车内暗了些，也静了些。

"今天累吗？"等红绿灯的时候，廖维鸣侧过脸，随口问道。

温梦在电脑前面坐了一天，脚在高跟鞋里胀着，磨得疼。她把腿朝前伸，鞋跟轻轻翘起来，感受空调带来的沁凉："还行，就是突然发下来一个专访任务——对了，你听没听说过王宁德这个人？"

廖维鸣在画圈有点名气，认识的人也多，没准儿会有新的发现。

"有点耳熟。怎么了？"

温梦赶紧把今天得到的信息复述了一遍。

廖维鸣指尖在方向盘上敲打起来，思索了好一会儿才说："香港那场拍卖，我知道，其余的，我还真不了解。他是画国画的，和油画差得有点远。"

温梦叹了口气，有点发愁，丰润的唇抿起来："我整理了之前的报道，确实像老刘说的那样，主流媒体做的都是王老先生的生平概括，太潦草了。"

“能不能直接采访他？”

“不行，王宁德已经不在了。而且我今天查了一下，他在国内也没什么亲戚，就剩一个远房侄子。我和小常讨论了一下，目前有两个切入口：最好是写人物，要是这里破不开，就只能从作品入手了。”

后半句话倒是提醒了廖维鸣：“你刚刚说，他的《夏归》是在嘉城办预展？”

“对，但下个月才办，等那时候再看展品，时间拖得有点久了。”

车流涌动，廖维鸣踩下油门。他左手扶着方向盘，另一只手把中控台打开，从里面摸出手机，扔给了温梦。

“你在我的微信里找一下美术协会的马会长，看看他有没有办法提前带你去看一下画。”

廖维鸣交际圈广，这种时候确实能派上用场。马会长很快回信，说下周正好还有其他人要来，可以一起安排一下。

棘手的事情有了点进展，温梦长舒一口气，皱着的脸终于舒展开，眼里隐隐带出些笑意。

“现在高兴了？”廖维鸣侧脸看了她一眼，笑起来，“刚刚一见面跟苦瓜似的，切下来能凉拌一盘。”

这人一天不损上两句，心里就不舒服。温梦送给他一个小小的白眼，把手机递过去：“给你。”

廖维鸣在开车不方便接，下巴扬了下：“放台子上就行。”

就在温梦要把iPhone物归原处的时候，屏幕再次亮起，一条新微信冒了出来。

曲哲：“呼叫温梦！呼叫廖维鸣！你们结婚是结到外太空了吗，怎么一天都没回消息？”

就在一刹那，温梦突然意识到一件之前被忽视的事情——廖维鸣也在曲哲新建的那个微信群里。而他什么都没说，甚至没有提起过一句，只是专注地开车，视线集中在路面上，好像平安到家是眼下最要紧的事。温梦怔住了。在她愣神的时候，手机从她松开的指间往下滑，磕在膝盖上，造成了一点轻微的响动。

“怎么了？”廖维鸣随口问。

温梦张了张嘴，话没吐出来，腿上的手机仍在响个不停。

曲哲："速速回复，我要提前定饭馆了。"

"曲哲"拍了拍"廖维鸣"。

曲哲："不回复就是默认会来，我数3、2、1。"

动静闹得太大，这下开车的人也看到了。

廖维鸣瞥了一眼手机，方向盘朝右打，一脚油门下去，车子迅速驶出主道，拐进小巷子，吱地停在路边。

随着车子静止，空气也变得凝滞。微妙的沉默蔓延开来，直到廖维鸣问温梦："你想去吗？"

温梦没有作声。

廖维鸣看过来，褐色的眼珠被余晖照得通透，像闪闪发亮的琥珀。

哪怕相处了这么多年，温梦有时候还是不能适应这样的注视，总觉得自己像被叼住脖颈儿的猎物，上不来气似的。她不安地低下头，想把手机递给他，让他答复。

但廖维鸣没有接过手机，而是解开安全带，隔着中控台探身过来，吻上温梦。他的舌尖抵住她的上腭，用力吮吸湿润的轮廓。最开始他只是报复，报复爱人的沉默，好像这样亲密无间的吻能化解他心里所有的不安。但他很快尝出了甜。太甜了，像结在雪上的枫糖，含在嘴里一阵子，就会化成蜜滋滋的糖浆，让人舍不得松口。

这个吻太深，氧气的来源都被攫取。除开口腔的刺激，剩余的感官都变得迟钝。会窒息的错觉让温梦觉得眼前发黑。她一度想推开廖维鸣，但犹豫了一下，手停住了，最后只是虚虚地环着他的肩。

很久之后，廖维鸣停了下来。他揽着她的腰，低声说："我不想去，你也不要去，好吗？"

承诺是最容易的事，只要掀开嘴唇，声带振动一下，一个"好"字就可以从舌尖滚出来，热气腾腾，瞬间满足身旁人的所有渴望和期许。

温梦的确是这样做的。她打开挎包，从里面拿出自己的手机，编辑了一条微信："抱歉，我下周要出差，不能去聚餐了。你们好好玩，我们有机会再聚。"

婉拒很快得到了谅解。

曲哲："没问题，咱们婚礼上见！我泳衣都买好了，就等马尔代夫之行。"

乔婕："梦，你多注意休息，和廖大师悠着点，别累坏身体。嘿嘿。"

曲哲："呵呵。"

乔婕："都说了不要再发呵呵了！"

吻的余温逐渐退去，剩下的只有苍白的灰。温梦放下了手机，空调的风有点冷，吹在胳膊上令她不大自在，她伸手把温度调高了。

一切做完，身边的人依旧异常安静，没有行动的意思。于是温梦侧过身，帮廖维鸣把他那头的安全带扯过来，重新插进驾驶位的按扣里。

"走吧。"她说，"回家。"

廖维鸣双手搭在方向盘上，却没有启动引擎，反而把额头靠在手背上，胳膊肘处的衬衫皱起来，堆叠出纹路，像一双半笑半哭的眼睛。

温梦敏锐地觉出些不对劲："怎么，是不舒服吗？"

廖维鸣摇了摇头，迟疑了一下，又点了点头。

"又头疼了？"

"嗯，就一点，不严重。"

温梦愣了下，急忙伸手帮他按摩太阳穴。

一两分钟之后，廖维鸣从方向盘上扬起脸，轻声说："我好多了。"

温梦松了口气，总算有余力去探讨一些疑惑："你是不是还没挂复查的号？"

廖维鸣说得含糊："太忙了，没顾上。"

"廖维鸣。"温梦严肃起来，身子离开靠背，坐得笔挺，"钱什么时候都可以赚，画什么时候都可以画，身体才是革命的本钱。这都耗了好几年了，再这么拖下去，什么时候能好？"

小孩子都知道，一旦被人叫了全名，基本就是要完蛋的节奏。可廖维鸣已经是成年人了。

他试探性地看了温梦一眼，嘟囔着辩解起来："我没大事，你当时也听见医生说了，就是有点小焦虑，才偶尔头疼。"

见温梦没吭声，廖大师的厚脸皮升级了："你别太担心，艺术家都会焦虑的，这属于天才病。爱德华·蒙克当年之所以能画出《呐喊》，就是因为他得了焦虑症，在奥斯陆海边听到超自然的尖叫声——”

他的文艺理论讲到一半，就被温梦无声的动作打断了。

“故事，一会儿再说。”她抬起手，竖起三根指头，表情认真，“你先回答我，在候诊室里你答应过我哪三件事。”

“不熬夜、不抽烟。”

“还有呢？”

“……遵医嘱。”

“不按时复查，是不是没有遵医嘱？”

“……嗯。”

“做不到怎么办？”

“……写检讨书。”

温梦很有点当年教导主任的架势：“明天给我交三千字，少一个字，我就不理你了。”

此时几近傍晚，太阳早已落山，路灯亮了起来。小巷子里有一群熊孩子一边跳绳，一边挨着车门奔跑过去，噼啪声里尘土飞扬，像晚自习老师的教鞭敲在讲台上。

所谓卤水点豆腐，一物降一物。能把温梦这么一个老好人逼到这个地步，也就廖维鸣这样的人物干得出来。

而挨了两句训，廖维鸣反倒不再打蔫，精神头也比刚才足了。他难得老实地直起身子，默默发动汽车，不敢再头疼。他生怕温梦真的生气，三千字变六千字，最后检讨书变成一部长篇小说。

三环的交通晚高峰照例是很拥堵的，哪怕是周末。

要是走路的话，估计他们早就到公寓了，没准儿这会儿已经瘫在电视机前喝上冰可乐了。可廖维鸣多此一举地开了车，于是现在只能左一脚油门，右一脚刹车。交替间，车厢摇晃，好像行走在让人不安的水上，起起伏伏。十五分钟，他们才过了两个路口。

等待的时候是焦急的，融在局促的空间里。廖维鸣想说点什么缓和一下气氛，但又自认理亏，最后默默叹了口气。

而让他意外的是，温梦听到了这声叹息。她开口了，话里带着点走心的意味："维鸣，你不要生病。"

停了很久，温梦又喃喃地续道："我真的不想再看到任何人生病了。"

这两句话接连落在廖维鸣的耳朵里，让他怔住了。片刻后，他反应过来，伸出手握住了温梦的手，试图传递给她一些滚烫的温度。

温梦的掌心很软，老话说，这样的人心肠好。只要认真对她，两个人就能长长久久地在一起，不会分开。但她的掌心又很凉，老话又说，这样的人意志都坚定，心眼儿很实。哪怕过了这么多年，她还是念旧。怎么会这样呢？欢喜和忧愁掺半，叫人撒不开手。

廖维鸣指尖摩挲着温梦手上的皮肤，她觉得痒，想要往回撤。她刚动了动，被廖维鸣牢牢扣住。

他笑着安慰她："放心，我不会生病的。我会活很久，然后变成一个让你嫌弃的糟老头儿。"

温梦侧过脸，认真打量了廖维鸣一番——如果廖维鸣变老，估计也不会太难看，会是一个美丽的老头儿。

美丽的老头儿……这个描述未免太怪异，让她也忍不住有点想笑。不行，不能笑。廖维鸣最会给点阳光就灿烂，至少今天晚上绝对不能让他翘起尾巴来，不然这家伙一定会想办法赖掉检讨书。不让他长点记性可不成。

成年人有一套通用的社交潜台词，比如出发之前问"我们还去吗"，那一定是不想去，而"有机会再聚"，那就是没有机会了。

不知道曲哲和乔婕是不是也深得这套理论的精髓，至少在温梦发出那条婉拒的微信之后，"北京小聚"这个群彻底安静了。就连一直没有出现的李彦诺也没有在这个群里回复过。大概是他们三个又在背后偷偷拉了新的小群，出于成年人的礼貌，没有通知廖维鸣和温梦。

沉默的头像、沉默的朋友圈、沉默的对话框，三样加在一起，树成坚不可摧的堡垒。

有没有人在李彦诺到达北京的那天晚上骤然惊醒，再也睡不着，然后走到38楼的阳台上，点亮手机，去查看一条不可能出现的消息呢？有没有人从床上坐起来，想要从抽屉里摸一支烟，手伸出去又收回来，最后重新躺回黑暗中呢？也许有，也许没有，没人知道。

因为天亮之后，廖维鸣和温梦，谁也不会说，也不会承认。那些发生在前一天夜里的事情，无人知晓。

旧事缠人，工作也不轻松。

王宁德的远房侄子沾了这位亲戚画家的光，这两年分得不少钱，因此颇有几分名人家属的架子，档期排得很满，采访都不好约，得一竿子支到月底。

反倒是马会长那边更靠谱些，答应廖维鸣的事情立马落实，把看画的时间定在下周的星期六。

那天早晨起来，天是阴的，看起来又要下雨。

廖维鸣对着镜子打领带，他全身衣服都是高定，看上去就很贵。

“怎么穿得这么精神？”温梦挤过来漱口，嘴里都是牙膏沫子，含含糊糊地问。

“我要回趟美院，约了和高教授见面，谈点事。”廖维鸣手上没停，还在和领带较劲，额上冒出一层很薄的汗。

温梦默默叹了口气，叼住牙刷，抬手三两下就帮他打好了。

廖维鸣笑起来：“谢谢你。”

温梦没空多说什么，洗漱之后胡乱在脸上化了妆，就急着往展馆去。

在她临出门之前，廖维鸣大发慈悲地拿起车钥匙：“走，我顺路带你。”

北京的路况还是老样子，停着的时候永远比走着的多。

路过呼家楼地铁站时，温梦抬手看了一次表：“你和高教授约的几点？”

“十点。”

现在已经九点十分了。

“不行，这会儿路上挺堵的，你送完我再去美院，肯定会迟到。不如把我放在地铁站边上吧，我坐两站就到了。”

“没事。”廖维鸣还想坚持，“来得及。”

温梦没听他的：“就停在这儿。”

正好是红灯，车子不停也得停。温梦说了句“晚上见”就解开安全带，匆匆推开车门，往人行道上去。她走得很快，步履坚定，不大一会儿就拐了个弯，头也不回地消失在蒸腾的暑气里。

四周空气暗沉，连树叶都不再抖动了，是那种要下雨之前、山风未至的宁静。

也许是气压很低的缘故，廖维鸣坐在车上隐约有点呼吸不畅。他总觉得眼前这个场景看起来莫名熟悉，让他心里不安，想要推门跟上去。

但这时车后的鸣笛声骤起。

一个光膀子的的哥把车窗摇下来，对着廖维鸣大声吆喝："快点走啊，我这正着急接活儿呢！"

奔驰停了一下，再次发动，开走了。

周六是闭馆日。展馆里除了工作人员，四处空空荡荡，走路都带着回音。

"温主编，欢迎。"兴许是受了马会长的委托，负责人杨女士格外热情，"这边请。"

展馆C区还在为预展做准备，除了少部分雕塑，其余展品都没有进来。脚手架拆得不大完全，让路途显得有点艰辛。一行人绕过略显凌乱的布置，经过一道保险门，最后进了后台的展品存放区。

"这幅就是王老先生的《夏归》。"杨女士指着一个半人高的画框说。

保险罩后面，是一幅黑白水墨画。

既然画的名字叫夏归，那么内容是夏天才对，可王宁德的这幅画里只有纯粹的光与影，没有一点热闹与鲜活。甚至画面主人公也不是归来的游子，而是一只落单的燕子。它没有选在萌芽的初春回来，而是比旁人晚了一季。它独自归来时，老宅已是砖瓦散落一地，于是它只能仓皇地绕着门楣飞起飞落，找不到落脚的地方。错误的时间、错误的地点、错误的命运。这座城市走得太快，摩天大楼拔地而起，再没有它的归处了。

温梦接过白手套，戴好之后小心翼翼地靠近些。

"您慢慢看，不用着急。"杨女士解释道，"今天还有一个客人，估计快到了，正好等他一起。"

"他也是来做专访的吗？"温梦好奇地问了一句。

"不是，说是王老先生的代理律师，好像是关于遗嘱的官司，具体的，我也不清楚，都是马会长介绍来的。"杨女士往远处看了一眼，蓦地笑了起来，"哎呀，真是赶巧了，人家说来就来。"

温梦听见这句话，把视线从画上收回来，礼貌地转过头，准备和正从不远处走来的律师打个招呼。

哗啦，温梦听见了下雨声，不是初春或者入秋的牛毛细雨，而是夏日里最猛烈的骤雨，被疾风席卷，让空荡荡的展馆里轰鸣。

这场雨憋得太久，如今一股脑儿地倾泻而下，看那架势大到下一秒就要把整个世界击碎。水雾完全覆盖住了展品存放区的白炽灯，撕破了时间的阻隔。一切都被缩小了，揉成一团，扔进雨里。写满少女心事的纸张被溶解，纤维化成柔软又脆弱的一团。

初见时的公交车站台、雨伞的塑胶把手、摇摇晃晃的自行车后座……所有这些零散的意象拼拼凑凑，成了温梦眼前这张熟悉又陌生的脸。说熟悉，是因为那个人在上学的时候就比同龄人稳重些，现在看起来也是，一身笔挺的西装，态度从容。说陌生，是在他们没有见面的这些年里，那个人从男孩长成了男人。英俊的脸上彻底褪去那一点青涩和稚气，鼻梁高挺，角度精确得像美学书上的雕塑。

他走近，目光扫过温梦，冷峻的眼睛里一闪而过些讶异。呼吸在彼此的对视中瓦解，消散在似有似无的水雾里。

许久后。

温梦开口，嗓音有些干涩："你好，李彦诺。"

Chapter 6　暗潮汹涌

懵懂的爱情总是让人心软，
让人情不自禁地为对方寻找借口。

这五个字结结实实地掉在地上，轰的一声激起无数尘土，回忆飞溅起来，落得到处都是。

2010年的那个夏夜，十八岁的温梦在火锅店外接起他的电话时，也是这么说的。

“你好，李彦诺。”

而电话那头的李彦诺跟着回道：“你好，温梦。”

一来一往间，好像编程代码里的“Hello World”：小心翼翼推开一扇门，再向新世界迈出崭新的一小步。

一直以来压抑的想念顺着电话信号涌出来，击中了温梦。而刚刚廖维鸣告白所带来的尴尬与困惑，也在这个瞬间被这通电话挤掉了。

树上蝉鸣太吵，让李彦诺的话变得有些听不清楚。于是她把诺基亚紧紧贴在耳边，下意识抬脚往前走。

“你怎么一直不回我的短信？我还以为你换号码了。”温梦语气里不自觉带上了一点少女的嗔怒，“哪有就这么突然走掉的？一点都不够朋友。”

这番话里有一些是在发火，有一些是在撒娇，想要引起对方的关注。情绪来得太复杂，兴许说话的人自己都没察觉到。

而李彦诺停顿了很久，低声道歉："对不起。"

这三个字说得认真，只是没有解释他为什么不告而别，也没有解释失联将近一年的缘由。

如果换作另一个人，听到这样含糊的回答，一定会大为恼怒。可温梦没有继续发火，甚至不想再追问下去。实际上，在李彦诺道歉的瞬间，她脑子里就已经完成了接受、理解、忘记愤怒的全过程。懵懂的爱情总是让人心软，让人情不自禁地为对方寻找借口。

"是不是上课太忙了？得好好吃饭、注意休息才行。"温梦忍不住关心地说，又怕自己表现得太过明显，不好意思地补上一句，"我也是听别人说你在申请藤校，过程很辛苦。"

片刻后，电话那头传来一句简短的回复："还好，已经适应了。"

李彦诺不爱诉苦，永远是等事情办完了才讲，连困难和曲折都是一句带过。

温梦听了，心里倒是松快许多，再开口时话尾隐隐上扬："不管是哥大还是斯坦福，你肯定都没问题的。你想想，我都能考上P大呢。"

看着是在自我否定，实则有那么一点等待被喜欢的人夸奖的小心思。

而李彦诺果真听出来了。像她预想中的那样，李彦诺说："做得好，我知道你能行。"

温梦的嘴角悄悄扬了起来："你也要加油。"

"嗯。"

夏夜的风是令人醺醺然的，吹多了让人脑仁发烫，又或者不是风在作祟，而是刚刚在火锅店喝下去的啤酒的错。

温梦漫无目的地走着，不再开口，只是倾听电话那头的呼吸声。明明只是枯燥的响动，她却像听不腻似的。

一下，两下，三下……两个人的胸膛同时起伏、共振，交织出和谐的节奏。

过了一会儿，温梦快到路口了。马路上有摩的驶过，不耐烦地按起喇叭："嘀嘀！"

李彦诺此时开口："你在外面吗？听着有鸣笛声。"

"嗯，今天办谢师宴，就来东来顺吃饭了。不过我现在没在饭店里面，在街上溜达呢。”

“谢师宴是咱们班办的？”

“对，曲哲组织的，很热闹，同学们都在。”

“要是你也在就好了。”这句话在温梦嘴边徘徊，在听到对方体贴的回答之后，被她咽了下去。因为李彦诺说：“既然这样，你赶紧回去聚餐吧，别因为打电话耽误太久，让同学们着急。”

温梦知道他说得有道理，可她不愿意挂断。李彦诺这么忙，要是现在就挂断电话的话，再打来又不知道是什么时候了，她舍不得。

酒精在温梦年轻的血管里燃烧，让她生出难以置信的勇气。眼瞅着通话就要结束，她突然大着胆子喊道：“等等，先别挂。”

“嗯？”

温梦握紧手机，掌心出了点汗：“我过几天能不能去……”——去找你。

李彦诺等了一会儿，没听见这句话讲完：“去干什么？”

温梦迟疑了。在这通电话接通之前，那个直奔美国的疯狂念头还有几分合理性，而现在再看，实在是冒进。一来，开销，她不一定承担得起；二来，还会耽误李彦诺的学习。既然如今李彦诺肯回复消息，那她最好还是慢慢来，至少等他申请到大学之后再见面，才比较合适。她不能给李彦诺惹事。已经等了一年，她等得起。

于是温梦略加思索，清了清嗓子，试图让话更顺畅些：“今天招生组的老师和我说，P大一般大二会有交换项目。我到时候想去美国交流，能不能提前和你请教出国的问题？”

对方答应得很快：“可以。”

“那以后我给你打电话，你都会接吧？”温梦确认了一遍，特意说了附加条件，“当然是在你不忙的时候。”

这种小心翼翼打补丁的方式让李彦诺笑了，气流顺着电波传来，震得温梦耳旁一片温热。

“我会接。如果上课没接到，下课就再给你打过来。”他说。

空气因为他的保证而变得松快。

街口路灯闪烁，刚好一路走过来，温梦已经有些累了，便背靠着灯柱。水泥表面粗糙，隔着衣服磨人，但她觉得心里踏实。

“那我们说好了，你不许骗人，不许再不理我。”

“不骗人。”李彦诺低声回答，停了下又劝道，“快回去吃饭吧。”

“其实还有件事，我一直挺好奇的。”气氛实在太好了，好到电话挂断之前，温梦还是决定问出那个困扰她已久的问题。

“什么事？”

“你出国之前不是有话想对我说吗？是什么呢？”

电话那头安静了。

很久之后，李彦诺的声音隔着一万多千米再次响起，低沉且柔和：“等你来了美国，我就告诉你。”

“好，一言为定哦。”

“一言为定。”

那个夏夜很长，间有不和谐的蝉鸣，但承诺会闪光，明灿灿的未来在温梦眼前展开，布满柔软的玫瑰花蕾，一脚踩上去，全是数不尽的馨香与甜美，让人沉醉。不管别人怎样，她一定会信守约定的——谁不信守诺言，谁就是小狗。温梦才不要做小狗呢。

进了P大，只要好好学习、维持接近4.0的GPA，就一定能拿到交换生名额。而对温梦来说，学习是她最擅长的事情。明年，或者最迟后年，她就可以再次见到李彦诺了。到时候他们一定会骑着单车去Santa Monica海边。夕阳下有苏打汽水的味道，快乐地冒起泡泡。沙滩边上照例有叫卖的热狗车，而烤肠和面包被架在炉子上，油脂直往木炭上滴，滋地冒出很多白烟。温梦会被呛得咳嗽起来，而李彦诺会伸手把她拉得离炉子远一点。“风是从东北方向刮过来的，站在上风向，才不会被呛到。”学霸就是学霸，连约会时都要讲些枯燥的知识点，怪没劲的。可温梦却觉得很有意思，甚至光是想一想，都要微微笑起来——那时她是多么喜欢李彦诺啊，盲目地崇拜关于他的一切。

而这样的场景是如此鲜活，就活在温梦的脑海里、日记里、听到的每一首情歌里、背过的每一页单词里。她日复一日地想着、记着、念着，之后内疚着、自责着、满怀歉意着。这一切渐渐成了没有信守承诺的那个人心里一道抹不去的沟壑。

此时此刻，空荡的展馆里，喧嚣的雨中。

当温梦时隔多年再次说出“你好，李彦诺”时，她总觉得对方会质问一句：“你为什么没有像答应好的那样，来美国找我？”但李彦诺没有质问她，只是沉默。似乎回忆被经年的水汽裹住了，藏在庞杂的线索里，叫他一时有些理不出头绪。

半晌之后，水汽散去。

李彦诺抬眼望向她，礼貌地开口：“好久不见。”

初见时那一瞬的震惊已经不留痕迹地散开，此刻他的眼里平静无波，态度淡然到好像过去的事就这么过去了，不管从前多么失望，现在都没必要再提了。

也对，忘掉才是正常的，忘不掉的是傻子。

“您二位认识？”展馆里突然响起第三个人的声音。立在一旁的杨女士左看看右看看，神情有些好奇：“难不成李律师和温主编是朋友吗？”

温梦看了一眼李彦诺：“我们是——”

李彦诺顿了下，接了两个字：“同学。”

这个称呼一下子将两个人的距离推得极远，却叫人挑不出一丁点错来。他们确实是同学，只是同学而已。

雨真的下起来了。

高教授的办公室在美院小红楼顶头那间。那一片都是教授办公区，建筑物年代久远，还保留着20世纪50年代的方正。

廖维鸣和老师谈完事出来，刚好赶上下雨。

本来就是一个关于国际奖项投递参选信息的小事，他预计半个小时就能聊完，所以下车的时候没有拿伞。结果现在雨下起来了，他只好贴着小红楼往前跑，急匆匆地冲着美院停车场而去。

“这破楼红不红黄不黄的，颜色忒丑。等我毕业了，一定夜里溜回来，把墙上都喷满涂鸦。还得是Banksy那种，巨牛的，让院里这帮老头儿都开开眼！”

当年念书的时候，廖维鸣身旁有不少这样离经叛道的朋友，每次喝了酒就开始吹牛，又是唱摇滚，又是在雪地里撒野，恨不得把嗓子喊破。

只不过这么多年过去了，小红楼依旧是那样的砖红。反倒是因为搞艺术不挣钱，那位吹牛的文艺青年不再画画，改行卖起了保险。逢年过节联系的时候，他发过来的微信都是：“不买不是中国人！ ABC人寿最新推出重疾理赔……”

可见比起恒定的理想，人才是最善变的动物。

离开小红楼之后，上车之前的最后一点路是没有遮挡的，少了楼房和树木，跑得再快，衣服也会被雨水打湿。

廖维鸣坐上驾驶位的时候，头发已经被淋得垂下来。他顾不得擦，从兜里拿出手机，给温梦发了一条微信：“雨下得太大了，不好打车。你那边结束了吗？我去接你。”

等待对方回复的时候，他顺手查看了一下其他消息。然后突然想起了什么，他拨通了一个号码。

短暂的嘟声后，对方接了起来。

“马会长，是我，维鸣。”廖维鸣笑着说。

对方回应得很殷勤：“廖老师，您好啊，有什么事找我？”

“没什么事，这不我太太今天托您的福去展馆看画了嘛，前阵子我瞎忙，一直没能好好感谢您。所以今天打个电话，想和您说声谢谢。”

廖维鸣会交朋友、会来事，说的话让人舒心。

马会长立刻爽快地笑了：“哎呀，多大点事。和您之前给协会捐的款比起来，我这简直是举手之劳，小到不能再小了。”

“话不能这么说，要不是您安排，《夏归》也不是一般人能看得到的。”

“说来还不太好意思，本来想着给您太太安排VIP的，结果正好有个律师朋友从美国来，也很着急，就安排到一起了。和陌生人一块儿看展，您太太不会觉得不舒服吧？”

“怎么会呢？”廖维鸣随口问，“律师去看画干什么？是想到时候替人竞拍吗？”

“不是，那个律师说得怪严肃的，又是遗嘱又是协议，我也没听懂。”

“这么夸张？”

“对，不过，听说人家在美国那边很有名，叫什么李彦诺，来头还不小。我干脆就让他直接去展馆了，那边资料全。”

“这样啊。”廖维鸣漫不经心地回道。

等等……

“不好意思，马会长，您刚刚说……”

“嗯？”

“那个律师叫什么？”

马会长知无不言，言无不尽：“李彦诺，木子李，颜料的‘颜’去掉‘页’，承诺的诺。怎么了？”

三个字被一个接着一个掰开了、揉碎了，落进廖维鸣耳朵里。

“没什么，我知道了，谢谢您。”廖维鸣笑着挂断了电话。

此刻车窗玻璃被暴雨击打，溅满水痕。雨渍直溜溜地往下滑落，拉出一道道泪痕。

大概是刚刚淋了雨的缘故，温梦早上打好的完美领带此刻有点变形，湿漉漉地贴在廖维鸣脖子上，勒得他喘不上来气。他随手把领带扯了下来，扔在副驾驶位上，发动了汽车。

展馆里。

“您二位也太有缘分了，看个画都能遇上同学。”杨女士听了刚刚温梦和李彦诺的对话，不禁笑起来。

温梦试图跟着露出微笑，只是嘴角扬起时牵扯神经，看上去多少有点僵硬。

李彦诺将视线从她脸上移开，言简意赅地把话题引到正事上：“目前这幅《夏归》还是走常规拍卖流程吗？”

杨女士点了点头：“对。”

“已经有人询价了？”

“当然，不过，具体多少，我不能透露。可以说的是，不止一个。”杨女士显得很有信心，一只手握拳，朝另一只摊开的掌心上砸下去，做出个一锤定音的姿势，“《春潮》都能拍出880万，这一幅我们预计一定会更高些，翻倍都不止。”

温梦回过神来，从这句话里面嗅出些有价值的信息。专业性短暂地战胜了复杂的情绪，她拉开挎包，从里面拿出录音笔：“能不能麻烦您展开讲一讲原因？”

“根据我们目前拿到的资料，还有鉴定中心给出的鉴定，《夏归》是王老先生去世前创作的最后一幅作品，时间比《春潮》要晚上几乎整整一年，无论是技法还是题材，都更加成熟。最重要的是——”

杨女士走得离画近些，特意指给温梦：“您看这里。”

刚刚在审视这幅画的时候，温梦几乎完全被画中的燕子和砖瓦所吸引，观感太过震撼，她根本顾不上细察其他地方。而眼下顺着杨女士指着的方向看过去，她才发现落款处有些玄机。

根据温梦先前的了解，王宁德似乎没有盖闲章的习惯，除了平铺直叙写下名字，偶尔连日期都不会标注。

但这幅画有些不同。落款处紧挨着“王宁德”名字的地方竟然画着一朵梅花，而且用的不是水墨，而是细调的殷红。那朵梅花形制很小，没有指甲盖大，不过栩栩如生，乍一看，倒像是宣纸里渗出的一滴血。

“是不是很特别？”杨女士说，“开在夏日里的一朵雪梅。”

确实很有话题性。

温梦征得同意之后，给那朵梅花拍了照片。她隐隐觉得有什么故事藏在画纸里，就躲在那滴红色里。可她缺少一把剪刀，割不破这页纸，解不开这个谜题。

而在她思考的时候，李彦诺继续和杨女士交谈，无非是关于竞拍的问题。

温梦听了一会儿，思路又转到专题上，干脆借步从展品存放室里出去，到信号比较好的展厅C区给小常打了个电话。

“梦姐，有进展吗？”对方马上就把电话接起来了。

温梦把刚刚的发现一说，电话那头炸开了：“哇，这不是迷雾剧场的剧情吗！‘一幅国画背后，竟然隐藏着这样的秘密，是凶杀，还是——’”

温梦无奈地打断了他：“你少看点网剧，行不行？”

小常嘿嘿地乐了：“遵命。不开玩笑了，说正事。我这边目前整理之后——”

交谈中，嗡，温梦的手机短暂地振了一下。

电话那头的小常听见了，停下讲述："梦姐，是不是有人找你？"

"应该是条微信。没事，你先说吧，我一会儿再看。"

"行。"初入职场的年轻人总是热情充沛，小常又兴致勃勃地说了起来。

天上的云聚集成团，在聊工作的时间里，云变成了雨。透过展厅的窗户，能看到积水漫得到处都是。

温梦把手机夹在脖子上，腾出手开始在包里找起雨伞来。一通翻找过后，她得出一个结论——伞还在家里。

所谓屋漏偏逢连夜雨，不仅没找到伞，电话打到一半时，小常的声音随着短暂的嘟声一起消失了。手机没电了。

温梦拍了拍黑漆漆的屏幕，实在没办法，只能返回展品存放室。

李彦诺那边的谈话刚好结束。

"充电宝？"杨女士在听见温梦的问题之后，摸了摸口袋，抱歉地说，"不好意思，我今天也没带。存包处那边原本可以借，但是您也看见了，现在还在装修呢。"

没有手机就打不了车，而没有雨伞就连跑去地铁站也成了一项挑战，看来只能等了，等雨停了再走。可这么大的雨，什么时候能停呢？

温梦情不自禁皱起眉头，犹豫着要不要借一下手机给廖维鸣打个电话。

也是在这个时候，她突然听见李彦诺说："我开车了，可以送你。"

他的语调平淡，甚至听上去有一点冷，内容却是热心的，就好像初见时用纸巾把自行车后座的水擦去，要载她去附中。

温梦愣了下，奇异的熟悉感浮了起来，但很快又沉了下去。她清了清嗓子："谢谢，不用——"

"哎呀，温主编，既然都是同学，这么客气干吗？"杨女士有点不解，"我看这雨不知道要下到什么时候，要是顺路的话，就一起走呗。"

这话在理。既然李彦诺能够提出邀请，就证明他已经不再心怀芥蒂。如果温梦继续推拒，反倒显得她不够坦荡了。此时此刻，温梦急切地需要展现坦荡来维持她摇摇欲坠的自尊心，好证明不是只有她纠结过，不是只有她痛苦过。

"那就麻烦你了。"她最后冲李彦诺点了点头，声音很低。

李彦诺的车是一辆深灰色SUV，低调、朴素，内饰是全皮的，质感很好。

“这趟回来，律所给租的，办事方便一点。”他似乎看出温梦的疑惑，在系好安全带的时候解释了一句。

“原来如此。”温梦有些拘谨地回道，措辞文绉绉的，好像在写应试作文。

尴尬顺着汽车的空调风往外爬，不知不觉侵占了整个车厢。车里安静极了，甚至能听到轮胎碾过水面的唰唰声。

时隔多年，老同学再次相见，其实是有很多话可以聊的，比如问一问对方过得好不好、这次他回国会待多久，或者至少解释一下自己当初失约的原因。

但真的面对李彦诺本人时，温梦心里的很多话都说不出来了。她的喉咙哽住，如同坠着石头，最后能说的只有：“你怎么今天也来看展？”

和同学谈工作，总是不会出错的。

李彦诺果然礼貌地解释道：“王宁德在洛杉矶的房子上个月卖掉了，保险柜里发现一封公证过的未公开遗嘱，和现行这份有冲突，里面涉及《夏归》这幅画，可能是要赠予第三方。我们所代理了这起纠纷，有些细节需要验证。”

“这幅画，王宁德要送给谁？”温梦一愣。

“现在还不能确定。”李彦诺回道，“得等查证。”

果真是律师，说话严谨到一点都不出错。

温梦轻轻哦了一声。

沉默了一会儿，倒是李彦诺继续往下问了：“你在写人物专访？”

“对，我现在在新文媒工作，下期要做关于王宁德的内容。”温梦顿了下，“现在可用的资料很少，如果你那边有进展的话，麻烦告诉我。”

“好的。”李彦诺答应了。

工作聊完，似乎再无话可说。

温梦小心翼翼地侧过脸，又小心翼翼地看了一眼驾驶位上的李彦诺。他神情平静，手放在方向盘上，熟练地驾驶着汽车。只是不知道是哪里不对劲，让她感到淡淡的违和。

在温梦的记忆里，李彦诺永远是个骑自行车的少年，经过公交车站前时，校服下摆会被风吹得扬起来一点。

记忆中的人和现实的样子重合，又分开，好像两条曾经相交、如今又毫无干系的平行线。

在李彦诺发现之前，温梦把视线移向窗外。雨中的街景一闪而过，和平里大街的路牌滑了过去。再往前走，就是她曾经住了二十多年的职工宿舍小区。

而当车子将要拐弯时，温梦突然意识到一个问题："等一等，快停下。"

刹车牵动引擎，车辆顺畅地并线，稳妥地停了下来。

"怎么了？"李彦诺看她。

"我已经不住在和平里了。"

上车之后李彦诺并没有问过她去哪里就直接发动了引擎，动作太过自然，以至连温梦自己也没有注意到他会开去她高中时的住址。

离家的人可能都有这个毛病，总是下意识觉得一切都会停留在原地，和他走之前一样，什么都不会变。

李彦诺瞬间有些讶异："对不起，我不知道你搬家了。"

"这有什么可道歉的？"温梦笑了笑，努力让自己看上去随意些，"我又没告诉过你。"

"你的新家在哪里？"

"在大望路，SKP商场对面。"

温梦说了新地址，可李彦诺并不清楚怎样去那里。因为附中在海淀区，上学时大家的活动范围基本都集中在北边，两点一线。而那里距离温梦现在住的地方二十多千米。北京变化太大，李彦诺又离开了好多年。

"稍等，我调一下导航。"他最后说。

"不着急。"温梦轻声问道，"需要我帮你吗？"

"没关系，不用。"

闹出这么一出小乌龙，气氛反倒莫名缓和了许多，不再那么紧绷。

李彦诺办事靠谱，车子很快重新上路。

这次温梦把身子稍稍朝后靠去——刚刚她太紧张，一直坐得很板正，后背都没敢挨着椅背。

兴许是她的放松感染了李彦诺，驶过一片创业中心时，他突然不再沉默："这里原来是不是图书大厦？"

"对，好像是因为经营不善而倒闭了，现在看纸书的人太少了。"温梦顺着他看的方向望过去，“如果没记错的话，应该是2016年拆的，正好赶上那阵子宣传大众创业，就盖了新大楼。”

对着李彦诺讲解，奇怪的情绪同时在温梦心里浮了起来，像被踩碎的瓷盘子，脆生生地扎人。她觉得不舒服。

图书大厦虽然没了，但她还清楚地记得自己曾经和李彦诺在那里给廖维鸣挑选过一本练习册——很厚的那种，最缺德的生日礼物。

而话题一旦朝着过去前进，就再也刹不住车。

“我前天见了曲哲。”李彦诺顿了下，再次开口。

温梦故作轻松地回道：“是不是被他的变化吓了一跳？”

“有点。”

“他这两年应酬太多，喝酒喝得肚子都快成皮球了。大家都劝他养条狗，好歹每天出去走走。”

“马老师呢，还好吗？”

“他挺好的。之前十班同学聚会的时候还视频来着。马老师已经退休了，在家带孙女，植发效果挺不错，看着比曲哲的头发都茂盛。”

“那就好。”

“哦，对了，乔婕现在开了个体育用品店，卖篮球什么的。她吃饭的时候和你说了吗？”

“说了，还说能给我打八折。”

“她怎么告诉我的是打八五折啊？”温梦愤愤不平地嘟囔了一句，“这人怎么还杀熟呢。”说完这些，她以为李彦诺会附和自己，但一直没有听到答复。

温梦侧过脸，意外地发现李彦诺竟然在笑。是无声的微笑，眼睛弯起来，睫毛毛茸茸的。

人会变，又好像不会变。至少李彦诺笑起来的时候，看着不再生疏和冷漠，更贴近温梦记忆中的那个少年。

在等红灯的间隙，车子暂时停下。看似回到十八岁的李彦诺握着汽车方向盘，看向她：“那你呢？”

绕过恩师旧友，这句话落在温梦身上——“你过得好不好？”

温梦愣了下，第一反应不是回答，而是揉了揉眼皮，怀疑早上出门太着急，眼影没有涂匀。

因为很久之前，李彦诺就这样看过她一次。

那是高二的某个课间。

乔婕拉着温梦去了洗手间，从兜里掏出一个小塑料盒，神秘兮兮地递给她："你看，我昨天去逛街花二十块买的眼影。"

"你带这个来学校干什么？"温梦疑惑地问。

"咱们一起试试。"

温梦摇了摇头："不行，老师说了不让化妆。"

"不会被抓住的，马老师刚刚有事先走了，今天晚自习没人看着。"乔婕说着，把眼影盒掰开，"我看《昕薇》上的模特都涂这个。"

"我不……"

"舞蹈队的女生也化这个，可漂亮了。"

这句话戳中了温梦，让她推拒的手停了下来。谁不想变得漂亮呢？和舞蹈队的女生一样漂亮。或者……和曾可欣一样漂亮。

乔婕见温梦不再反抗，赶紧抓起海绵棒，兴致勃勃地在她的眼皮上涂了一圈，又给自己画上几笔。

眼影粉质粗糙，化妆师的技术也不高，一眨眼，棕色粉末就扑棱棱地往下掉，堆在上下眼睑上，好像乌眼鸡。

"这样真的行吗？"温梦一点也不想离开洗手间了。

乔婕推着她往外走，盲目自信："放心，好看极了！"

教室里人不多，李彦诺打球回来，正在喝水。看见温梦这副奇特的妆容，他没有被呛到，只是目光深沉地看着她，变得很沉默。

曲哲就直接多了。他瞅了瞅温梦的大黑眼圈，又瞅了瞅乔婕，瞠目结舌几秒后，正义感十足地说："说吧，谁打了你俩？我找他报仇去，绝对不能让咱们班同学吃亏了！"

这话说得还不如闭嘴。

温梦瞬间涨红脸，起身跑进洗手间，狠狠地洗起脸来，恨不得把脸皮都搓下来才好。等到打上课铃，她才磨磨蹭蹭地从洗手间出来，连头都不敢抬。

而她回到座位旁时意外地发现桌上摆着一包心相印。

"挺好看的。"李彦诺低声安慰她，示意她用纸巾擦脸。

直到现在，温梦还记得那种想哭又哭不出来的心情，刘海儿湿漉漉地垂在额头上，洇出一片印子，她难堪又心酸。

而当李彦诺坐在汽车上用同样的目光看着长大成人的她时，青春期那种微妙的不自信又回来了。为什么会有回忆这样的东西？人如果没有记忆，该多好啊。

温梦努力不再看向李彦诺，清了清嗓子，慢慢地回答："我过得挺好的。"要自信一些，她告诉自己。

下一秒，温梦说："我要和维鸣结婚了。"

这句话之后，车子轻微地颠簸了一下。正赶上红灯变绿灯，车子起步时，前方不平整，遇到一道小小的沟。

李彦诺把视线重新投向路面："我在群里看到了，恭喜你们。"

人的注意力一旦集中在开车上，表情就会不由自主变得严肃。微笑的少年变成了英俊但陌生的成年男人。

如果顺着前面的话往下说，下一个问题理应是询问李彦诺一个多月之后有没有时间，要不要来参加她的海外婚礼。但温梦犹豫了一下，说出来的是："你在美国这些年……过得怎么样？"

这个问题困扰了她太久。

李彦诺没有立刻回答。隔了一会儿，他点了点头，像是在说他过得很好，又或者是仅仅表示他听到了这个问题。

而这时，车子再次颠了一下。这回不是路上遇到了某个小沟坎，而是经过一条高高隆起的减速带。

"您的目的地已到达，本次导航结束，欢迎再次使用AB地图。"机械女声响起。

温梦醒过神来，侧脸往外望，看见了熟悉的街景。她住的小区就在眼前。

这一片环境和安保都很好，讲究人车分流。大门前围着一道雕花铁栅栏，车辆没办法再往前开，只能就此止步 。

可窗外的雨还在下，丝毫没有要停的意思。

“我走过去就好。”温梦说。

李彦诺看了一眼顺着风挡玻璃流下来的水柱，欠身从后座上取了件东西。是一把雨伞，钢骨质地精良，架子上蒙着一层结实的黑布。

他递了过来。温梦迟疑了一下，拒绝了：“别给我了，万一你下车的时候需要呢？就这么一点路，真的不要紧。今天已经很谢谢你了，你快回去吧。”说完，生怕李彦诺为难，她把车门推开，高跟鞋踩进水里。她做好了被淋成落汤鸡的准备，但雨一滴都没有落在她身上。

李彦诺熄灭了引擎，也下了车。那柄黑伞及时撑了起来，遮住了她的头顶。他个子高，步子理应迈得也大。但走在温梦身边时，怕雨伞顾不到她，他特意放缓了步伐，配合她的节奏。

哪怕是对着早已生疏的同学，哪怕是对着没有信守承诺的朋友，李彦诺还是会送一程。

再次被这样无声的温柔包裹住，是一种复杂的感受。温梦脸上没有露出异样的神色，心里却突然开始被情绪撕扯，让她讲不出话来。她不说，李彦诺也没有开口。两人一路走着，呼吸声伴着雨声起伏。

小区大门离公寓楼不算远，绕过一条林荫道，再路过一片小小的人工湖就到了。遇上这样的鬼天气，湖上的鸭子都要找地方避雨，更别提行人了。两人一路过来，连个影子都没有看到。

可临到公寓楼前的台阶处时，温梦却发现有个人在那里站着。

那个人后背抵着楼门，修长的指间握住手机，另外一只手插进裤兜，少了领带的束缚，衬衫领口略有些松散，露出一小片皮肤，看着苍白，没有血色。

“维鸣？”温梦在看清对方的面孔之后，诧异地问，“你怎么在这里？”

廖维鸣抬头，雨化在微垂的眼睛里。他没有解释自己出现的理由，只是漫不经心地抱怨：“你的手机怎么关机了？”

“对不起。”温梦磕磕巴巴地解释起来，掏出黑屏的手机，“刚刚没电了，又忘了带充电宝。”

这个解释，廖维鸣好像听见了，也好像没有。因为他的视线从温梦那里移开，向右挪去，停在她身旁的李彦诺那里。

刚巧李彦诺也在看廖维鸣。

旧日朋友相见，明明应该先有个人说句“你好”，或是至少客套一下。但廖维鸣眉头蹙起，浅褐色的眼珠盯着李彦诺，一言不发。而礼貌如李彦诺，也没有开口。

——不是曾经一个人耐心讲题，另外一个人不想听，故意趴在课桌上装睡，最后还是被一把拎起来，被迫老老实实地做完作业。

——不是曾经一个人在球场输了球，沉默地坐在台阶上，另外一个人走过去拍拍他的肩膀，安慰地说出一句“多大点事，周末来我家打游戏”。

——不是曾经一个人在食堂里偷偷分配肯德基，另一个人帮忙放哨，提防食堂大叔的偷袭。

——更不是曾经一个人拖着书包走在放学的路上，信口开河讲些鬼故事，而另一个人骑在单车上，有意放慢速度，侧耳倾听。夕阳照在好朋友身上，拉出一对长长的影子。

此时此刻，隔着漫长的时间长河和瓢泼大雨，两个男人再次相望。沉默中流逝的每一秒钟似乎都在说，有什么东西被放得太久，变了模样，而且面目全非。也许从分别的那一刻起，他们的命运就驶向了他们从未设想过的轨道。

廖维鸣和李彦诺彼此审视着，都从对方眼中读出了一点复杂的情绪。空气紧绷，像一张蓄势待发的弓。

温梦最不擅长应对紧张的气氛，只觉得喉咙里突然发痒，忍不住咳嗽了一声。这点响动打破了僵持。

廖维鸣重新看向温梦，轻声说：“是不是冷？快过来吧，我们回家去。”

“回家”，这两个字点醒了温梦。她愣了下，这才意识到自己还站在李彦诺的伞下，一直没有动过。她急忙抬步。而她身旁的李彦诺似乎也要跟着一起往前走，只是迈出半步之后，他又克制住了自己的冲动。整个过程来得快，去得也快，只有黑色伞面微微晃动。

温梦没有察觉，但廖维鸣站在台阶上面看得清楚。他面上没动，照旧走下去，朝温梦伸出手：“别跑，小心摔倒。”

“不会摔倒的，我又不是小孩子了。”

即便温梦这么说，廖维鸣还是牢牢地抓住她的胳膊，扶着她上台阶，生怕自己一松手，她就会滑向他看不见的地方。

短短几级台阶成了天堑，将他们和下面的李彦诺分隔开。

此时廖维鸣转过身，笑着问出一句："好久不见了，老李，都到家门口了，要不要上楼坐坐？"

完全恢复了热情，是廖维鸣一贯的待客风格。

而李彦诺顿了下，礼貌地回道："不添麻烦了，我接下来还要去其他地方开会。"

一来一往，都进入了老同学重逢的模式。

"那太可惜了。我们换个时间再见面吧，我请你吃饭。这么久没见了，有好多话想说。你什么时候回美国？"

"要看案子的情况，估计还有一阵子。"

"行，看你的行程，有空就随时联系我。"

"好。"

"回去路上慢点，雨天开车小心。"

随着廖维鸣这句收尾式的叮嘱，意料之外的碰面理应到此结束，再没有继续下去的理由。

李彦诺看了一眼站在楼门口台阶上的廖维鸣和温梦，准备转身离开。但黑色伞面向前几步，又停了下来。他想起了什么，回过头："等确定了《夏归》的受赠人，遗嘱真实性也没有问题的话，我会和你说。"

这句话是对着温梦讲的，接的是他们在车上聊过的话题。

温梦没想到李彦诺会把这件事放在心上，微微一怔，说道："好，麻烦你了。"

而此时握在她胳膊上的手收紧了。滚烫的热度袭来，让她不禁侧脸去看身旁的廖维鸣。他看上去一切正常，只是满脸笑意地对李彦诺挥手："路上小心，注意安全。"

公寓的窗子是密闭的，外面越是潮湿，屋子里越闷热。

进门之后，廖维鸣说他的衬衫湿了，不大舒服，他要去洗个澡。很快，浴室就响起水声，哗啦啦响个不停，几乎盖过了外面的暴雨声。

温梦原本是准备去卧室换衣服的，她犹豫了一下，又退回浴室门口，隔着门问："你今天是不是找了我很久？"

能把廖维鸣逼到在楼下等人的地步，一定是因为电话联系不上她、四处跑也没找到她，他真的着急了。

但廖维鸣说："没有，我也是才到，正好碰上了。"

他的回答夹杂在水声里，断断续续，听得不实。

廖维鸣在撒谎，情绪也谈不上多高，傻子都能听出来。温梦几乎立刻愧疚起来，自责是有重量的，沉甸甸地压在她心上，叫她坐立难安。

"对不起，我昨天晚上应该给手机充好电的。"

廖维鸣含糊地应了一声，很明显，他并不是因为这件事闹情绪。

温梦顿了下，清了清嗓子："刚刚我和李彦诺……"说到这里，她纠结于措辞，停住了。

廖维鸣没接话，但浴室里的水声似乎小了些。可能是洗澡的人停下了动作，侧耳倾听。

温梦想了很久，最后深吸了一口气，说："刚刚我和李彦诺在展馆里凑巧遇见，不是提前约好的。赶上雨大，我的手机又没电，就坐他的车回来了。他这次回国是为了处理王宁德的遗嘱，有很多一手消息，离开前说联系我，也是因为这个事情。"她怕自己有哪里描述得不明白，干脆从头到尾、不带断句，全交代了。

说完，她的心脏莫名其妙地开始怦怦乱跳——明明讲的都是实话，可为什么却有一种做坏事被抓了个现形的感觉呢？就好像她在心虚。

她等了一会儿，廖维鸣还是没有回答。

温梦有点着急："我说的都是真的，一个字不掺假，骗你是小狗——"

孩子气的赌咒没有说完，浴室的门突然开了。

廖维鸣探出手，一把将温梦拉了进去，抵在浴室的墙上。然后他吻她，不是吻在唇上，而是吻在唇边的那颗小痣上，一遍又一遍，恋恋不舍，温柔又热烈。

瓷砖是沁凉的，淋浴喷头涌出的水却是热的，一冷一热，令温梦的灵魂颤抖。她的头发被水冲得披散下来，紧紧贴住额头。

蒸腾的雾气笼着两个人，让他和她的影子都变得模糊，再分不出彼此了。

温梦先是被吓了一跳，明白过来之后猛地拍了廖维鸣后背一下：“放手，你发什么疯！”

好好的衣服被洗澡水浇透，这可都是只能干洗的真丝面料。早知道这样，她还不如当初淋雨。

而廖维鸣听话地松开她，突然笑得很开心：“好不好玩？”

他只当吓温梦一跳是游戏，这个疯子。

温梦伸手关了喷头，从架子上取了条浴巾，把自己严严实实地裹住。

浴巾蜷起的部分毛茸茸地盖在她头上，把她变成了一只小熊。就连她闷闷不乐擦头发的样子也显得有点笨拙。

廖维鸣看了之后笑得更大声，自顾自高兴了好一阵子，恨不得笑出几滴眼泪。

“打扰了，告辞。”温梦实在无法和这位艺术家交流。早知道就不和他道歉了，多此一举。

廖维鸣十分赞同，一边抹眼睛，一边轰她：“快走吧。我要洗澡了，不许偷看我。”

明明是他拉自己进来的，结果倒搞得好像是自己垂涎他的美色一样。温梦果断离开浴室，气鼓鼓地往客厅走。拖鞋才出了瓷砖框出来的范围，她忽然听到身后有人开口，声音很低，好像在说：“别走，我爱你。”只是这几个字夹杂在重新响起的水声里，模模糊糊，着实不大清晰。

“你说什么？”温梦愣了一下，转身问廖维鸣，怀疑自己听错了。

廖维鸣提高了音量，回答她的问题：“我什么也没说啊。”

确实是她幻听了。

“好吧。”温梦嘟囔了一句。

“你倒是提醒我了，我刚刚在网上买了个东西，同城速递。要是一会儿快递到了，我还没洗完的话，麻烦你开一下门。”

“你又买什么了？”

“充电宝。”

温梦有些不解：“家里不是有一个吗？”

“多买几个备着。”廖维鸣说得理直气壮。

行吧，人家有钱任性，再说，手机没电这事，是她理亏。温梦嘴上答应着，一边擦着头发，一边进了客厅。

此时窗帘大敞着，雨景清晰。如果站在38楼的落地窗旁往下看，不仅能将湖光和城景看得清楚，就连小区外的马路都一览无余。

经过窗边时，温梦突然心念一动。她摸了下唇边被吻得胀痛的痣，定了定神，透过玻璃窗朝下望去。李彦诺的那辆灰色SUV刚巧开走不久，这会儿还能看见它的尾巴拐个了弯，彻底消失在温梦的视野里。车子驶过的地方，平静的水面被搅动，留下一圈圈的涟漪。雨水积成的河流依旧朝前流淌，底下却脆弱不堪，暗潮汹涌。

Chapter 7　他的罪

"你是不想让我买婚纱，还是不想和我结婚？"

雨下了整整两天。

直到星期一的早晨，太阳才从地平线上蹦出来，散发出无穷无尽的热气。四下晴空万里，除了道上坑坑洼洼的地方还有积水，几乎看不出之前下过这么大一场雨。

撕扯与牵引都被藏在心里，藏在被粉饰的平静里，旧的痕迹被抹去，就好像那场和李彦诺的邂逅从来没有发生过一样——如果周日晚上温梦放在茶几上的手机没有突然亮起，弹出一条微信好友申请的话。

当时她正蜷缩在沙发上有一搭没一搭地看电视里播的《十诫》。非常老的片子，讲的是《圣经·出埃及记》的故事。影片里，摩西正站在海岸边举起手杖，请求神带领以色列人前往西奈。神迹降临，红海沿着他指的方向应声分开，向两边退去。一道狭长通路出现在以色列人眼前，通向应许之地。

这部片子是廖维鸣选的。用他的话说，是为了"找点灵感"。因为他接下来画展的主题就是"神迹"。

作为20世纪50年代的老电影，实话实说，《十诫》的特效糟糕透顶。海水是直接从自来水管里浇出来的，一眼就能看出内景棚拍的迹象，就连台词也刺刺啦啦，半文半白，像是在念戏剧旁白。

温梦看得昏昏欲睡，头倚在沙发靠垫上，接连打了几个哈欠，问："你最近是在画摩西分海吗？宗教题材现在不好过审吧，会不会影响后面的交易？”

廖维鸣倒是聚精会神地看着。只要是和创作相关的事情，总能让他的眼睛闪闪发亮，他好像有使不完的热情：“我不画这个，我在画生活中会出现的那种奇迹。”

生活里能有什么奇迹呢？只可能是老天开眼，让刘主任突然嗓子发炎，一周说不出话来，不能每天在下班前扯着嗓子喊：“大家再努把力，多加一个小时班，就是多为国家出份力。”要不就是Word突然开发出了新功能，自动替温梦把稿子写完，顺带做出一整套翔实的专题方案。再不就是发放十三薪的时间突然从年底提前到明天，能在“双十一”之前让她的卡里多到账两万块钱。务实如温梦，哪怕是在幻想，也都是贴着现实展开的。

不过这些猜测都被廖维鸣否决了。

他忍不住大笑起来：“你一天到晚都在想些什么，怎么一点都不浪漫？”

浪漫不浪漫并不要紧，温梦不追求这个。她只是一下子好奇起来，从沙发上坐直身子：“那你最近到底在画什么？”

廖维鸣听见温梦的问题，只管摇头，就是不告诉她自己画了什么，神情里透出一点孩子气的调皮。

要知道，之前哪怕是再小的展览，廖维鸣都会把初稿和完稿拿给温梦看，甚至要和她一起讨论，征求她的意见。可这次他已经瞒了她快两个月，说什么都不让她去画室。他一个人神神道道，不知道在鼓捣什么。

“不说算了，下周我找个时间自己去看。”温梦学着他的样子摇摇头。

廖维鸣乐了两声，又一脸严肃地拒绝了：“你不许来画室，来了我也不会开门。开幕当天再带你去展厅，在这之前——保密。”

场景莫名有些似曾相识，从温梦的脑子里滑了过去，就好像很多年之前也有过一次，她要看一幅画，但廖维鸣偏偏不给她看。是怎么一回事来着？过了太久，她记不清了。

恰好此时，茶几上的手机响了起来：“您有一条新的微信好友申请。”

温梦随手点开，看清内容之后愣住——申请添加好友的人竟然是李彦诺。她没有直接确认“通过”，而是扭头看向廖维鸣，心里莫名忐忑。

廖维鸣感受到她的视线，顺着她手的方向垂下眼皮，看见了屏幕上那个熟悉的名字。

温梦以为廖维鸣多少会说点什么，比如“不要加他，我会在意”，或者“既然是工作上的事情，那就加吧，我理解你”。可廖维鸣没有。他只是拿起遥控器调大了音量，恨不得调成满格，注意力全都集中在电视屏幕上，显得坦然，甚至有点漫不经心。

温梦犹豫了很久，最后还是在“新添加的好友”那里点击了确认。

哗啦，电视上突然响过浪花拍打礁石的巨大声响，以色列人终于在摩西的带领下通过了红海，而在他们身后，神迹消失。海水轰然闭合，滔天的浪把埃及追兵吞没。

暗流是蛇，撕裂一切和平的伪装。气氛瞬间微妙起来，一直持续到周一。

没有争吵，也没有冷战。吃早饭的时候，廖维鸣还讲了个冷笑话，虽然没有成功把温梦逗笑，但两人是一团和气的。只是气氛有点不对劲，像是鞋子里进了一粒很小的沙子，不痛不痒，就是走路时硌着，叫人不安地蜷起脚趾。

“要我送你上班吗？”廖维鸣看见温梦背包往外走，顺口问。

“不用了。”温梦挥了下手，匆匆往单位去。

“难得遇上这么好的天气，要是不用来公司就好了。”才进新文媒的办公区，温梦就看见小常趴在办公桌上哼哼唧唧，“好想去约会啊！”

接连两天的暴雨停了，外面确实风和日丽，气温算不得很高，适合野餐、踏青，是恋爱的好季节。

温梦在工位上坐下，开导了这位思春青年几句。聊完之后，时间还早，她干脆把廖维鸣新买的充电宝拿了出来，准备研究一下。

不知道廖维鸣是不是在这上面花了很多钱，这个充电宝设计得有些高级，功能要比普通的充电宝复杂不少，接口特别多，简直千奇百怪，什么样的都有。

温梦拿着数据线一连试了几次，都没找到正确的那个。

充电灯没亮，倒是有人给她打电话了。

“到单位了吗？”是廖维鸣。

二十分钟之前两个人才见过面，这会儿他又突然来电，应该是有重要的事情要说。

所以温梦回道："刚到，怎么了？"

"没什么，就是想问问你到了没有。到了就好，我先挂了，拜拜。"

通话结束时，温梦多少觉得有些莫名其妙——这么芝麻大的事情，有什么好专程打电话来问的？

那天廖维鸣的第二通电话是在午休时间打来的。

"在忙吗？"电话那头声音嘈杂，廖维鸣应该是在工作室。

温梦一手抓着手机，一手用把饭卡贴在机器上："在单位食堂呢，正准备吃饭。"

"和同事一起？"

"对，和小常他们，一共四个人。"

"记得吃点有营养的，要是食堂的饭不好，就去外面吃。千万别省钱，不够，我打给你。"

"知道您老人家富裕，但是不用了，今天食堂的菜还行，有卤肉饭。"

"好——小赵，先别动那两桶颜料，是之后要用的。"廖维鸣中途扭过头去和其他人交代工作，忙过一阵才重新对温梦说，"我还有点事，得先挂了。"

"你快去忙吧。"

放下手机后，温梦坐在食堂的餐椅上认真思考了一下。

明明忙到焦头烂额、自顾不暇，廖维鸣还是要抽时间打电话过来，问的都是些"到了没""吃了吗"之类的琐碎问题。剖开问题看本质，她觉得自己找到了答案。

临到下班前，当温梦第三次接到来电时，她停止打字，抢先一步开口："维鸣，我没有生气。你生气了吗？"

对方顿了下，这次是真的笑了："我也没有。"

"那就别再打骚扰电话了。"

"遵命。不过我这回是有正事找你，你是六点下班吗？"

温梦往刘主任的座位上看了看，对方已经开始收拾包了，应该是没有要留人加班的意思。

"对。"

"好，那我和婚纱店约七点，应该来得及。"

“你说什么？”温梦有些诧异。

“七点去试婚纱，我接你，我们一起去。”

“可今天是礼拜一啊。”

哪有工作日去试婚纱的？再说，距离婚礼还有一个多月，完全可以等到周末再去，时间上来得及。何必要挑个她忙、他也忙的日子呢？

但廖维鸣说：“就今天。”他一天都不想再拖，一天都不能再等，语气少有地坚决，不容拒绝。

总不能把才和好的气氛搞砸了。温梦便点了点头：“行。”

借着尚未落山的太阳，车子一路从城东开到城西，最后停在商业街繁华的一角。玻璃门被推开，上面挂着的风铃丁零零清脆作响。

这是温梦第一次踏进婚纱店。目光所及之处是一片或深或浅的白，绸缎、蓬纱和珍珠被甜蜜的玫瑰熏香包围着，像沉甸甸的云朵。云朵在天上待腻了，打个滚落在店里，变成绵延的裙摆、精美的刺绣和闪亮的施华洛世奇水晶珠。

“这边是最新的款式，二楼是独立设计师品牌，我都带您看看。”穿深灰色制服的店长热情地介绍起来，“您对样式有什么偏好吗？”

婚纱样式多得让温梦眼花缭乱，她顿时有些手足无措，回身征求廖维鸣的意见：“你觉得呢？”毕竟他是学艺术出身，审美一直是可以的。

廖维鸣果真靠谱了一次。他在店里走了一圈，仔细看过之后，拎起其中一件：“要不试试这件？”

这件婚纱上身设计简洁，露背抹胸掐出纤细的腰线，下身华丽繁复，奶油色绸缎裙摆层层叠叠，温柔得像卡布奇诺上漂浮着的雪，太漂亮了。

“您先生眼光真好。”店长马上对着温梦夸赞起廖维鸣。

“先生”，温梦觉得这个称呼太新鲜，令她紧缩起来。

廖维鸣倒是很适应，一秒进入角色，笑着把她往试衣间里推：“别愣着了，廖太太，去穿穿看吧。”

温梦的脸瞬间涨得红起来，她嘟囔出一句：“知道了。”

不光她一个人纯情得像个小孩。廖维鸣看着温梦消失在试衣间尽头，便挑了张沙发椅坐下。手边的杂志翻来覆去，他一页也没看进去，隔上几十秒就要看一次关着的黑色木门，心情也莫名紧张起来。

店员察觉出他的焦躁，端来一杯橙汁，放在茶几上。

廖维鸣不渴，不想喝。

店员又笑着恭维道："您太太可真漂亮，人看着也和气。我每天接待这么多客人，也没见过像您和您太太这么般配的。"

这顿马屁拍得恰到好处，让廖维鸣改变了想法。他回了句"谢谢"，端起果汁喝了一口。滋味非常不错，冰凉润口，喝下去心里特别舒服。

十五分钟后，试衣间的门打开了。温梦走了出来，裙摆沉甸甸地落在地面上，雪浪似的。她头一回穿这么隆重的衣服，有些不自信地询问廖维鸣："你觉得怎么样？"

此刻店里的柔光毫无保留地倾泻在温梦瘦削的臂膀上——润白的、奶白的、莹白的、玉白的，很多人也许分不清这些相近的颜色，但廖维鸣从小就对色彩敏感，一眼就能认出。在他看来，就像松节油融化了凝固的颜料，一笔笔地描绘，好像埃德加·德加画中的芭蕾舞裙，全是跳跃的风情。他一时失语，只能贪恋地看着。

温梦摸了摸自己完全露在外面的肩膀，小声问："是不是不太好看？"她肩胛骨的轮廓很清晰，从背后看上去像一对鸟的翅膀，翩跹得好像随时能挣脱婚纱的束缚，从层层叠叠的丝绸中飞走。

一只自由、不受控制的鸟，不是被钉在画板上、一动不能动的那种。瘦弱的外表下，她有她的力量，有她的意志，让人着迷，移不开眼睛。

廖维鸣低声说："很漂亮。"

"我也觉得特别适合！"店长听出客人的意思，一拍手，马上笑着附和道，"这件尺寸也刚刚好，简直就是为太太量身定做的，都不用再从总部调尺码了。要是咱们追求完美，最多就是在腰线这儿往里收个一厘米。您觉得呢？"说着，她就拿出软尺，一副要帮忙修改的样子，下一分钟就可以量体裁衣。

廖维鸣见温梦没有反应，刚要替她说出个"好"字，袖子突然一紧。

是温梦探身拉了他一把，小声说："那个……你先和我进来一下，我有点事和你说。"

廖维鸣一愣，被这么她拽进了更衣室。

门关上，四周是纯黑的墙壁，水晶灯明晃晃地垂下来，映在顶天立地的镜子里，把人变成小小的一团，像是掉进了爱丽丝的暧昧洞窟。

“怎么了？”廖维鸣疑惑地问。

温梦压低了声音：“我刚刚问了一下价格，你猜这条婚纱多少钱？”

“？”

“八万八。”温梦生怕被试衣室外的店员听见，几乎是贴着廖维鸣的耳朵说的。热烘烘的气息喷在男人耳边，令他心里痒痒的。

“然后呢？”

“这不会是家黑店吧？他们是不是在洗钱？什么布能缝出八万八来？”

廖维鸣被这个结论逗笑了：“应该不是黑店，我来之前问过了，这里的婚纱一个尺码只有一件，是私人定制，所以价格高一点。”

“不行，就在婚礼上穿那么一小会儿，私人定制不值得花这么多钱。”温梦的实用主义冒出头来，战胜了追求美的本能，“还是换一家吧，或者租一条也行。”

“这有什么？我来买就好。”廖维鸣漫不经心地回了一句，“又不用你出钱。”

温梦没有被他说服：“那怎么行？婚礼和婚戒的钱都是你掏的，婚纱要买也是我买，怎么还能再让你花钱？”

廖维鸣听到“婚戒”这两个字，若有所思地垂下眼皮，扫过温梦的手。她指间空落落的，没有戴之前定好的白金对戒。她很久之前洗漱的时候摘下来，放在卫生间的台子上，就忘记戴回去。戒指忘了戴，连婚纱都要抢着付钱，生怕再多欠他一些——每次遇到这样昭然若揭的暗示，廖维鸣就很难再欺骗自己。温梦爱他吗？做朋友做了快十年，感情肯定是有的，也很深厚，不然也不会关心他生没生气、有没有好好看病，更不会盯着他把烟戒掉，陪他一起熬夜探讨绘画创意。只可惜人都贪心。这一切距离廖维鸣想要的或许还差那么一点点。就差这么一点点，却欲壑难平。不是朋友的时候，想要成为朋友。等成了朋友，又想要再进一步，成为恋人。可真的成为恋人之后呢？他还想要她心里那个独一无二、只属于他的位置。

“维鸣？”温梦见廖维鸣没反应，轻声叫他的名字。

弗兰克·考珀有一幅画叫《蓝鸟》，鸟依偎在矜贵的少女身旁，头戴金冠，仰头轻声鸣叫。如果画会说话，那一定是恬静的、温柔的，是温梦的嗓音。她叫他的名字，是世上最动听的声音。

但她又说："这裙子不能买，你花钱也不行。我真的欠你太多了，还不清。"

蓝鸟的鸣叫变得刺耳了。

如果此时此刻站在试衣间里的不是自己，而是李彦诺，温梦还会想着用一切去偿还吗？廖维鸣觉得自己知道答案，但不能再细想下去了，浓密的睫毛垂下，遮住眼里晦暗不明的情绪。

停了片刻，他抿出一个笑容："温梦。"

"嗯？"

廖维鸣顿了顿，语气很轻："你是不想让我买婚纱，还是不想和我结婚？"

太阳并没有晒到暗流，它就藏在水下面，时不时翻起来，带着尖利的石块，冷不丁给人一击。

温梦完全没想到廖维鸣会问出这么突兀的问题，一时大脑空白，睫毛也随着呼吸抖了抖。

廖维鸣耐心地看着温梦，数着，一下、两下、三下、四下——眨一下眼，往往是说真话；眨两下眼，通常就是要撒谎了。温梦偶尔会冒出来的这个小毛病，可能连她自己都不知道。但作为旁观者，廖维鸣看得很清楚。毕竟他认识她太久了。

有一年夏末，还是朋友的两个人站在美院新开的奶茶店前。

廖维鸣研究完菜单，侧脸问温梦："要不要加奶盖？"

温梦摇头，犹豫着答道："不了。"

廖维鸣扫过她挣扎的神情，想了想，转向店员："麻烦来两份半糖的，都加奶盖。"

温梦非常轻微地拒绝了一下："我不要吃奶油，热量太高了，会长肉。"

"你看见那个东西了吗？"廖维鸣指着被北京的狂风刮得满街乱跑的小石子，"再瘦下去，你就要跟它一样也被风吹走了，到时候我可不救你。"

连哄带骗一番话讲下来，他还想着要不要再劝温梦两句，结果一扭头，就听见咕咚咕咚的声音——温梦一个没忍住，已经抱起刚做好的奶茶喝了半杯，嘴边沾着奶盖沫子，成了一层白胡子。

廖维鸣顿时噗地笑了。

温梦不好意思起来，心虚到脸蛋都红扑扑的："我不馋，就是有点渴。"嘴上很硬，就是睫毛簌簌地颤动了两下。

这是廖维鸣第一次观察到眨眼与撒谎之间的关系。

当然，如果有科学家在场，一定会反驳说，这种生理联系实在太微弱，完全是玄学之说，甚至都比不上星座说。对于这一点，廖维鸣也认可。因为今年过完1月，和平里那套老职工宿舍房被卖掉了。温梦带着她的全部家当搬来了国贸，衣服一件件挂进崭新的衣橱。

行李箱空了，露出被压在最底下的几个本子。有人曾经一遍又一遍地翻阅过它们，纸张的边角都卷边了，写在纸面上的清隽字迹变得模糊不清。

廖维鸣路过时无意间看到了。他弯腰随手捡起一本，读过几页之后，明白了这些笔记来自哪里："这不是彦诺留下来的吗？这么多年你一直留着？"

温梦停下正在整理衣服的手，表情很惊讶："我还以为早就弄丢了。怎么会在这里？"这回她的眼睛瞪得圆圆的，连眨都没有眨过。

但在廖维鸣看来，温梦讲的分明是假话，足以证明之前他那套判定真伪的理论也有行不通的时候。

眼下，婚纱店里灯火通明。更衣室里悬着水晶灯，造价不菲，一个个透明珠子被灯泡的光照得通透，映出钻石似的火彩。

温梦的眼珠微微转动，不知道是被这灯光晃的还是她正准备要开口，睫毛成了蝴蝶的翅膀，飞累了，要往下落。

片刻后。

"维鸣，你不要怀疑我。"她一字一句地回应廖维鸣的问题，"我答应过你的，就一定会做到。"她的手抬起来，主动挽住廖维鸣的胳膊，一副柔软和退让的态度。

温梦一向把承诺看得很重，从廖维鸣刚认识她那会儿她就是这样，说要考第一，就要铆足劲儿考第一，宁可中午不吃饭、晚上熬夜，也要加班加点做题。既然她答应过他，就一定会竭尽全力完成，无论是否违背自己的心意。

这算不算是爱的另外一种表达形式？廖维鸣也不清楚。他感受着皮肤相接时的那一点悸动，把目光从温梦脸上移开，不再去细数她睫毛抖动的次数了。因为无论她吐出来的话里到底有几分是真情流露，又有几分是内疚与配合，他只能全部当成甜蜜的果实，一口吞下去。他太渴望被爱、太渴望被需要了。这种渴望越涨越满，在他身体里横冲直撞，一天天磨下去，早就溃烂得不成样子。这是他的报应。

笃，笃，笃。

就在这时，更衣室的门响了。

“里面还好吗？”店长在外面等了半天，没见到他们出来，也不知道里面发生了什么事，有点着急，“有没有需要帮忙的？”

温梦提高音量回道：“不用，我们马上就出来了。”她松开身旁的男人，而对方回过神，跟着推开门。

更衣室的门一被打开，就撞上了店长殷切的眼神：“您二位刚才讨论得怎么样？”

温梦和廖维鸣对视了一下，同时开口。

他说：“不好意思，我们再考虑考虑。”

她说：“我们买。”

两个人的结论截然相反，弄得店长有点蒙——进更衣室之前，明显是做丈夫的一心要买，做妻子的觉得太贵，怎么两人猫在小黑屋里五分钟，情况反过来了？不过，甭管他们心里绕着什么小九九，生意总是要做的。

店长笑成了一朵花，带着他们往收银台走：“您真有眼光，我也觉得再没有更合适的婚纱了。”

廖维鸣只当作没听见这番恭维，扭脸认真地问温梦：“确定要吗？”

店长生怕客人改变主意，赶紧插了一句：“先生，这事您最好别提意见，应该听太太的。毕竟衣服由谁穿，谁才有发言权，您说，对不？”

“对。”温梦点了点头，神情严肃，“衣服是我穿，得听我的。”说出话的瞬间，她不自觉地眨了一下眼睛。

虽然腰间只差那一厘米，但是为了完美起见，这件婚纱还是要送去修改，正值结婚旺季，衣服裁剪也需要排期，要等到两周之后才能取。

付钱的时候，两个人都往前了一步。

廖维鸣个子高，胳膊也长，温梦到底没能抢过他，悻悻地收回了开着付款码的手机。她心里过意不去，就挂在脸上。和廖维鸣往商场走的一路，她面颊都胀鼓鼓的，像只肉嘟嘟的河豚。

“我现在挣钱了，已经不是上学的时候了。”温梦抱怨着，“你怎么就是不信呢？”

“我信。”廖维鸣拉着她在商场五层转了一圈，看到火锅店的大红招牌，说，“所以晚饭由你请。”

请客当然不成问题，问题是吃什么。

麻辣火锅是要被一票否决的，因为——“医生说了，你要少吃刺激性食物。我前段时间不是买了几本书来看嘛，不光西医这么认为，中医里面也讲头疼是气虚，得吃滋补的东西。”温梦讲解完毕，继续往前走，想看看前面有没有符合她养生哲学的店铺。

“您说得对。”廖维鸣懒洋洋地跟在温梦后面，故意唱起反调，“要我看，温太医，您明天就别去媒体上班了，找个药堂坐诊吧，我举双手双脚支持。”

温梦回头瞥了他一眼：“你刚刚说什么？”

廖维鸣立刻老实了，手往嘴边一划拉，牢牢闭住，表示自己什么也没说过，今日份嘴欠营业到此结束。

两人胡闹了一阵，最后终于达成统一意见，去吃花胶鸡。

金黄的汤在锅里咕嘟咕嘟滚着，既是火锅，也算是滋补。双方各退一步，在南辕北辙的生活态度里，勉强找到和谐的相处之道。

鸡肉炖得软烂，嘴一抿直接就能脱骨，从口腔顺着往胃里滑，吃得人身上暖和，想要打瞌睡。

温梦吃到一半，突然想起了什么，抬起头：“我答应你的事情做了，那你答应我的呢？”

廖维鸣放下筷子，从桌面上拿起手机，打开三院的挂号界面。

“您已预约后天的田玉林专家门诊。”

“后天？”温梦打开手机备忘录看了一眼，“我到时候可能要出外勤，还不确定。你等我明天上班和刘主任说一下，看看能不能调一下时间。”

“不用，我自己去就行。”

“我陪你吧。”

“你不是讨厌去医院嘛，别勉强自己。”

“偶尔一次，没关系。”温梦还是坚持。

廖维鸣夹了个鸡腿到温梦的碗里，大有占住她嘴的架势。之后，他用婚纱店店长的套路，把话头原样堵了回去：“我要自己去。是我看病——所以得听我的。”

两天后，三院专家门诊。

“既然药有效果，就不要停，再吃一个疗程巩固一下。”田大夫年纪大了，有点老花眼，看化验单时要把眼镜推上去，“你最近发作的次数多吗？”

“不太多，前几天稍微有点，不过不严重。”廖维鸣轻描淡写地说。

田大夫把眼镜放下来，对着电脑开始敲医嘱：“具体是什么场景，还记得清吗？”

廖维鸣当然记得。

下雨天，从美院通往展馆的路上，短短八千米，却像一直开不到头，轮胎不停在湿滑的路面上打滑，几乎抓不住地，空气里都是弥散的雾。等真的到了展馆，和负责预展的杨女士一打听，他才知道温梦已经在十分钟之前坐车走了。

“有人来接她？”

“不是，是和李彦诺律师一起走的。哦，对了，您说巧不巧，他们俩是高中同学呢。廖先生，您认识李律师吗？……廖先生？”

雨天路况不好，从展馆回家一路上异常拥堵。前方车辆的红色刹车灯一盏盏地亮起，是烧在廖维鸣心上的火。他看着看着，突然开始头疼，一阵接着一阵，从太阳穴辐射到耳后。衬衫湿乎乎地粘在他肩膀上，被空调吹过，变得很凉。直到回到家洗过一个热水澡，他才算感觉好了一些。

是什么时候彻底不再疼的呢？

是他从浴室出来，看到温梦正坐在沙发上。她一边皱着眉头读说明书，一边摆弄着新买的充电宝。面前茶几上躺着一个敞开的纸盒，边上是才拆开的包裹。

听见廖维鸣的脚步声，温梦停下手中的动作，抬头看向他，柔和地笑了笑：“我叫了比萨，把头发吹干了就过来吃吧。”

电视机亮着，电视画面打在墙上，光影交错，让窗外的雨声听上去都不那么骇人了。芝士的香气给屋子蒙上一层暖金的滤镜，绵软得能拉出丝，扯也扯不断。

这就是廖维鸣从小就构想的家——平静、柔软、温馨，是红海分开后的应许之地，是动荡不安中的理想乡，是他见过一次就再也无法割舍的地方。

“你和对方聊过吗？”田大夫的问题打断了廖维鸣的回忆，“你当时的心情。”

廖维鸣醒过神来，摇了摇头。

“这样可不行啊。”田大夫叹了口气，顺手拍了下打印机。

三院名气大，科室成立的年头久，办公设备也格外老，打印机成了传家宝，恨不得从新中国成立用到21世纪末。打印纸一放进去就被卡住，再也不肯吐出来了。

廖维鸣主动站起身帮忙：“我来吧。是拍这里吗？”

“对。”

廖维鸣年纪轻，力气自然要比田大夫大不少。啪，一巴掌下去，医嘱终于在一阵咔咔声里从打印机的出口往外吐了。

“我看，你是个很痛快的性格啊。”田大夫一边给处方签字，一边有些不解地说，“很少看见像你这样的患者。”

廖维鸣笑了笑，纤长的手指微微蜷起，没有作声。

再痛快的人，也有不能说的事，因为一旦说了，一切就都结束了。

廖维鸣去医院那天，温梦没有撒谎，也并不是不想陪着他去，她是真的要出外勤。

时隔多日，王宁德的远房侄子终于肯腾出档期，答应接受为期一个小时的采访，条件是必须得上镜。他在建设路上开了一间茶室，采访地点变过几次，最后就定在那里。

茶室铺面不大，柜台上稀稀拉拉地摆放着一些落灰的普洱茶饼。店员正在低头涂指甲，看见到访的温梦和小常，连眼皮都懒得抬。指甲油的刷头被从瓶子里拿出，空气里弥漫起一股辛辣的油漆味。

至于被采访的主人公，姗姗来迟，比约定好的时间晚了半个多小时。

“不好意思，实在太忙，抽不开身，都是好几个亿的生意。”王宁德的侄子五十来岁，看上去营养不错，polo衫紧绷在肚皮上，圆滚滚的。

一落座，他就把衣服领子一立，LV小包往腋下一夹，摆出一副成功人士的姿势：“我左脸比较上相，就这个角度拍吧。”

折腾了十来分钟，摄像机才调整到他满意的角度，可以进行下一个环节。

温梦的第一个问题：“能不能谈一谈您对王老先生的印象？”

“我叔这个人，怎么说呢？脾气有点怪，在一条街上住了几十年，除了平时和邻居讲两句话，基本就不怎么和街坊来往。要不是我心肠好，经常去看一看他……”王宁德的这个侄子滔滔不绝地讲起来，后半段基本都在夸赞自己人美心善，懂得关心孤寡老人。

温梦试图把话题扯回来：“那他为什么开始创作呢？您了解吗？”

“退休了没事干嘛，画画山水，修身养性。”

“我看王老先生不是绘画专业出身……”

这个侄子耸耸肩：“他早先在琉璃厂做学徒，后来就帮着装裱，也做点修复工作。每天照着描彩样，看也看会了。再说，不就是涂个鸟啊、描个房子的，也不是多么高深的学问，小孩都行，能有多难呢？”

温梦顿了一下：“那您知道……他为什么要去美国吗？”

这回这个侄子倒是想了好一会儿，才开口：“好像是邻居家那个老人病死了，他瞧见，害怕了吧？毕竟年纪大了都怕死——那句话怎么说来着，兔死狐悲？”

这倒是一条之前没人关注过的信息，温梦记了下来，接着问：“然后呢？”

“反正人家一死，过了没两个月，我叔就突然说要换个地方住一住，还说离北京越远越好。但其实当时院子才翻新过不久，这不是纯粹糟蹋钱嘛，没事找事。”

温梦思索了一下，提了最后一个问题——《夏归》落款上的梅花。

这个侄子听到这个问题，突然整个人从椅子上弹了起来，胀成了一个鼓鼓囊囊的球："你问这个干什么？！"

其余人都怔住，没想到他的反应会如此激烈。

温梦反应过来之后，赶紧试图安抚："我们是不是有什么误会？您先别激动，有话慢慢说。"

可对方根本不想听她解释，已经破口大骂起来："狗屁的误会！你们是不是和刚才那个律师串通好的？我已经跟他说过了，现在跟你们也再讲一遍。遗嘱什么的都是假的！假的！假的！我和我叔是血亲，画就是留给我的！"

话不投机半句多。茶室的大门咣当一声关上了。

温梦和小常就这么被赶了出来，站在酷热的马路牙子上打车。

"梦姐，这人太不靠谱了，满嘴跑火车就算了，脾气还这么大。"小常把灯箱放在脚边，抬手擦了把汗，抱怨起来。

很显然，这个所谓的"亲人"并不理解王宁德，也压根儿不关心他的生活，只是一心想往钱眼儿里钻，出不来了。

温梦点点头，把挎包往肩上提了提，若有所思：又是遗嘱又是律师，八成李彦诺在不久前也找过这个人。不过这不是眼下最要紧的，当务之急还是另外一件事情。

而在她思考的时间里，出租车拐过一个弯，一脚刹车，稳稳地停在他们面前。

温梦拉开后备厢，把摄像机放进去，抬头对小常说："麻烦你先回单位，把机器还了。我还有个地方要去。"

小常疑惑地从副驾驶位探出头："梦姐，你要去哪里？"

"晚点再和你说。"温梦嘱咐他，"快把脑袋缩回去，小心别被撞了。"说完，她挥了挥手，在导航软件里输了一个地址，按照地图指示的方向，转身往南走。

从王宁德侄子的茶室到新厂街胡同，走路要二十来分钟。

温梦到的时候已经是下午三四点，太阳远没有中午那么毒。借着巷子里的树荫，她打开手机上先前汇总的资料信息，再次比对了一下路牌。

这一片早年属于毛纺厂和琉璃厂的交界地带，住户复杂，亟待拆迁。不少人家或是已经搬走，或是正打算挪动。过道上堆满杂物，越往胡同里面去，越是杂乱。而王宁德的故居就在不远处。

那座小院看着有些破败，木楣上堆满厚厚的灰，门上落着一把铁锁。一辆自行车倚着院墙，把手被链子胡乱捆住，因为太久没被骑过，生出一圈圈深褐色的锈。一切都还停留在主人走时的样子，等待故人归来。

倒是邻居家的门是新刷过的，过年的春联还没有掀下来，看上去仍然有人居住。

温梦在那户人家门前停住，犹豫了一下，刚要抬手，邻居家的门吱呀一声被打开了。

一个小女孩探出头："你也是来找隔壁那个老爷爷的吗？"

温梦愣了下，很快想明白了，问："是之前有个叔叔来过吗？"

"对。"小女孩七八岁，正在换牙，笑起来时露出几个小洞，"不过你们来晚啦，我妈妈说，那个爷爷早就搬走了。"

"这样啊。所以你妈妈认识那个爷爷，对吗？"

"对，他们可熟了，爷爷还教过她画画呢。"

温梦急忙问："那你妈妈现在在家吗？"

"不在，我妈出差啦，过几天才能回来。"

温梦想了想，从包里翻出一张名片递给小女孩："那等你妈妈回来的时候，能不能麻烦她打一下这上面的号码？我有些问题想问问她。"

"好呀。"小女孩接了过去。

天干物燥，小孩火气又壮，手里汗津津的，像个小火炉。温梦被烫了一下，于是问道："你是不是很热？"

小女孩乖巧地点了下头："平时妈妈都让我吃雪糕的，可是今天家里没有了。"

"我给你买吧。这儿附近有卖的吗？"

"前面有，不过不好找。有人去了半天还没回来呢，我带您去吧。"

小女孩说得没错，胡同里路线果然复杂，隔几米就有绵长的巷子横向岔开，不熟悉的人很容易迷路。

一大一小肩并肩走着，绕过好几户已搬空的人家，上了一道很缓的坡，走到温梦有点发汗，终于听见孩子喊道："我们到啦。"

是一家顶老式的小卖部，是十多年前开在小学边上的那种。窗框上的绿油漆斑驳，门前支着一个抽奖用的泡沫盒子，纸面被抠开一个个小窟窿。一等奖是塑料小戒指，二等奖是小画片，三等奖是一小包无花果。

温梦目光扫过靠墙摆放的冰柜，随手拉开了："你想吃哪一种？"

"都行！"

"绿舌头？"

"行！"

温梦挑了一根，要进屋去交钱。就在这时，哗啦啦，塑料门帘被掀了起来，刚好有个高个子男人从店里往外走，几乎和温梦撞了个脸对脸。他手上也拿着一支棒冰。

"你怎么也在这儿？"看清彼此之后，温梦几乎是和李彦诺同时开口的——她虽然知道他之前来过这条胡同，但万万没想到会在这里与他相遇。

在他们愣神的工夫。

"叔叔，你怎么去了这么半天？我还以为你丢了呢。谢谢叔叔阿姨！"

小女孩一口气说完，接过两支冰棍儿转身就跑，留下两个大人面面相觑。

她跑了不要紧，老板急了，探身喊了一声："哎，还有一根没给钱呢！"

温梦醒过神来，赶紧抬脚往里走："没关系，别喊她了，我来付钱吧。"

小卖部里没有装空调，落地扇呼呼地吹着，摇到左边时，温梦的衬衫被风吹得鼓起来，背上一点凉意涌动。风扇转头，她的衬衫又落了下去，紧贴着瘦削的肩胛骨。

李彦诺目光扫过，顿了顿，意外地跟着进来了。

店面不大，空间本来就局促，两个人被迫站得很近，简直近到能看清彼此脖颈上汗珠的程度，越发衬得环境逼仄。

温梦尴尬起来，胸口有点发麻，扫码付完款就借口出来了。她在门外站了好一会儿，才等到李彦诺出来——他应该是又买了什么。

温梦好奇地侧过脸，想看看大律师为什么会在这里购物。不看不要紧，她看过之后，整个人有点发蒙。

李彦诺手里拿着两只圆滚滚的酸奶瓶。瓶口处蒙着一层画有奶牛图案的蓝白纸，粗吸管噗的一声扎破纸面，浓郁的奶香瞬间冲了出来，直往鼻腔里钻。

这种酸奶在他们小时候很常见，甚至上高中时为了给温梦补充营养，温梦妈妈还专门订过好一阵子。每天上早读前，温梦都会一路小跑到楼下取。奶箱的钥匙挂在指头上叮当作响，是一种轻且浅的快乐。只不过再往后，住在职工宿舍的人越来越少，送奶的人也就不再来了，她只能去超市买纸盒装的。

李彦诺不知道她在想些什么，只是分给她一瓶，不打算吃独食。

温梦接过来握住。瓶身很沉，是白瓷做的，表面还沁着冰凉的水珠。她过了很久才说："好多年没见过这样的包装了。"

李彦诺嗯了一声，低头叼住吸管。虽然他穿的是正装，动作间却有一点少年时的影子。

"你见到王宁德的侄子了？"温梦声音很轻，好像陷在回忆里。

"对，上午见的。"

"是不是挨骂了？"

"还好，我说话直接了一点，他生气也可以理解。"

温梦有些难以置信，扬起眉毛："你？说话直接？"就算是想破头，她也不认为他能直接到哪里去。

李彦诺回复得很平静："可能是这两年的工作习惯吧，有点着急。"

对啊，他做了律师。这么沉默寡言的人，竟然最后读了法学院，实在让人有些难以置信。

"我还以为你会去学历史。"沉默了一会儿，温梦开口，"或者国际政治什么的……我也不知道，瞎说的。"也许是因为留在记忆中的刻板印象，她总觉得李彦诺会一路读到博士，再去大学里研究一门艰深的学问。

而李彦诺的答案简单到让她难以置信："是考虑过，但是觉得做律师赚得会多一些。"

李彦诺很缺钱吗？温梦疑惑地抬起眼皮。

李彦诺避开对视，把话题扯到正事上："我来之前查了一下，邻居家去世的老人之前也在琉璃厂工作过，应该和王宁德关系不错。"

"哦。"温梦随意点了下头，突然意识到了什么，"等等。你的意思是说，那个老人就是受赠人吗？她叫什么？"

这就是温梦认真想过几天之后粗略推断出的结果：王宁德之所以会在落

款处画上特殊的标记，一定是有他的用意。其中一种可能性就是，他想把这幅画送给一个名字里带“梅”的人。

很显然，李彦诺和她想到一块儿了。

“她叫宋春娥，名字和梅花没什么关系，所以还是等联系上那家人再看吧。”李彦诺说完，侧过脸。他目光扫过温梦，顿了顿，提醒道：“你的酸奶还没喝。”

温梦这才意识到自己思索得太过专心，瓶子都快被焐热了。她连忙低下头，猛吸了几下。酸奶很浓，几乎是扒着吸管往上爬，要花很大力气才能喝到一口。味道不好不坏，让人觉得不再那么燥热，就是心里莫名坠着。

两人站了五分钟，喝完了酸奶，太阳明显地西斜。

李彦诺抬手，看了一下腕表：“我们走吧？”

温梦点了点头，她也该回单位了。

两个人沿着来时的路慢慢往前行进，走过那条很长很长的街。遇到杂物堆积处时，他们就走得近些，等通过障碍，他们就再隔开半臂距离。

胡同是老的，灰墙灰瓦。空气里弥漫着怀旧的气息。

时间一点点流逝，见面以来的尴尬和生疏似乎略微退去了一些，因为怀旧的空气总是能唤起一些回忆。

而在那样的时光里，他们不仅仅是同学，曾经也是最亲密的友人，一个推着自行车，另一个跟在旁边。两人肩并肩走过附中门口的长街，一路到公交站台，再微笑着挥手告别。

“日子过得真快。”温梦喃喃地说，“总觉得还在念书，一转眼都工作这么多年了。”

话题不知不觉从一件无关的案子落在她和他身上，只关于过去。

李彦诺像是与温梦一同坠进往事的长河，有一阵子没有作声。之后，他开口，意外地接上了话头：“没想到连马老师的女儿都有孩子了。我记得高二那年她来学校看马老师，曲哲想给她递信，没有成功。”

“对啊，曲哲后来不是跑到阶梯教室里哭了嘛，还发短信让人给他送纸。结果话一传出去就不对味了，大家都说他是掉进坑里了，洗都洗不干净。”

有风刮过，树叶沙沙响。

温梦捋了下被吹得有些散乱的头发，继续道：“没想到你也知道这件事，我还以为你不关心八卦呢。”

“为什么？”

温梦嗯了一声，说：“你当时看起来很严肃，每天只是念书，没想到现在也是靠嘴吃饭的人了，时间真是个神奇的东西。”

停顿了很久。

李彦诺似乎也有些感慨：“你和维鸣在一起也很多年了。”

“是啊，快三年了。”

身旁的脚步声突然消失了——李彦诺在听到这个数字时停了下来，看向她，神情里先是疑惑，之后有些读不懂的含义。

温梦也跟着止步。但她还没来得及解读那含义是什么，思路就跳到另外一件事上：“完了！”

“怎么？”

她扬起手：“咱们忘记还瓶子了。”

瓷瓶酸奶喝完之后是可以还给小卖部的，一瓶能抵五毛钱，不还，血亏。

李彦诺看着她懊悔的样子，只是看着，眉眼间沉积的情绪逐渐退去，开始恢复冷静与自制。

“那要往回走吗？”他问。

温梦扭过头，望向身后那条绵长的巷子，最后摇了摇头：“要不算了吧，太远了。你说呢？”

“嗯。”

剩下的路，两人就再没有说话，沉默得恰到好处，好像找回了朋友般的默契。

温梦叫的车就等在胡同口。她站定，回过头，和李彦诺再次确认了一遍：“要是邻居家联系了你的话——”

“我就告诉你。”

温梦郑重地点点头，之后坐进出租车后座。

是李彦诺帮她关了车门。

温梦回单位的时候正赶上晚高峰，出租车半天都没怎么动过地方。

太阳透过车窗照进来，车里又热又闷，唯独膝盖上有点沉甸甸的凉，温梦低头，发现是那只喝空又忘记被丢掉的酸奶瓶。她突然想起了什么，掏出手机，调到通话页面，选中最近联系人。

短暂的嘟声后，电话接通了。

“喂？”廖维鸣的声音带着热情和笑意，“怎么突然给我打电话，是出完外勤了？”

“刚坐上回单位的车。”

“还顺利吗？”

温梦想了想：“有进展，但是没有完全解决。”

“有进展就行，哪能做什么都一帆风顺的呢？”廖大师别的不擅长，做思想工作还是可以的。

“你去医院了吗？”温梦问起最关心的事，“怎么都不给我发个消息？”

“我也是刚回来，才进画室。医生说我身体倍儿棒，已然痊愈。”

温梦对这种夸张的说法表示怀疑：“我不信，你还是要注意——”

“欸？风好大，我突然听不清了——挂了——”

温梦被廖维鸣那副耍赖的嘴脸气笑了。笑过之后，复杂的情绪淹没了她，让她发不出声音，只能一下接一下沉重地喘气。

廖维鸣也并没有真的要挂断电话，安静下来，倾听她的呼吸。

缓了很久，温梦终于能够开口：“维鸣，我有话想和你说。”

兴许是听出有什么地方不对劲，廖维鸣的声音变得严肃起来：“怎么了？”

温梦说得很慢、很轻：“我有点……想起那件事了。”说出来的瞬间，她心里突然变得轻松很多，好像沉重的担子不单压在她一个人肩上，有另外一个人一同与她承担。

而电话那头是长久的沉默。

廖维鸣似乎是在思考怎样回答比较好，最后还是选择了最质朴的那种：“别想了，有我呢。”

温梦很小声地说：“知道了。”

“真的知道了？”

“嗯。”

“那你跟我说一遍——我、不、想、了。”廖维鸣像在教她说话一样，一字一顿。

这句话好像有魔力，让温梦的嘴角不自觉地向上弯起：“我才不跟着你说，太幼稚了，又不是小孩子。”

廖维鸣没有苛责她的不配合，停了几秒，突然开口：“你为什么会突然想到那件事？是遇到什么人了吗？”

他敏锐的直觉像一把刀，刺中了温梦。她几乎要说些什么，可话到嘴边，到底还是犹豫了。

“没有，只是我今天喝到了那种瓷瓶酸奶。”温梦顿了顿，“就是……妈妈之前会订的那种。”

廖维鸣嘟囔起来：“哪家店这么讨厌，还卖你这个，速速倒闭算了。”这就有点孩子气了。

“干吗咒人家，再说我已经听你的，不再去想了。”

廖维鸣哼了一声，也承认自己是有点小肚鸡肠：“行吧，那还有别的话要说吗？朕日理万机，有事启奏，无事退朝。”

须臾的停顿。

“维鸣。”

“嗯？”

“你真好。”是那种让人心口发暖的好。

明明是夸奖，廖维鸣反倒不乐意了：“干吗给我发好人卡？”

温梦扬起的笑容扩大，终于变成可以被听见的笑声：“没给你发卡。算了，不和你贫了，我快到单位了。”

“快去吧。”虽然隔着电话看不见人，但廖维鸣的声音里也带着蜜意，就好像能看见她的笑容似的。

“好，你也别太累了。”

“知道了知道了。”

冗长的通话结束之前，廖维鸣突然再次开口，最后留下一句：“别郁闷了，来，给你一个月亮。”

月亮？温梦放下手机，疑惑地朝车窗外面看过去。夏天天长，六点钟还亮得很，太阳都还没下山，哪里有什么月亮？

而这时，嗡，手机振动，微信上传来一张照片，拍的是一幅画，更准确点来说，是画的一角。层叠的白堆在上面，再用刮刀一点点刮出一团朦胧的美，辉泽无差别地洒向人间，带着怜悯和慈悲。

那是一轮很小很小的月亮。

廖维鸣故意吊温梦的胃口，偏不肯把整幅画拍下来，只肯给她看最边角的光晕。

小气。可那又是多么好的一轮月亮啊，圆润、宁静、安详，叫人看了之后心底柔软，简直可以写一首诗了。

“梦姐，是不是有重大进展？”小常看见温梦进门时心情不错，激动地问。

温梦点了点头，又摇了摇头，把刚刚得到的信息和盘托出。

小常立刻把椅子拖到她桌边：“那咱们先捋一捋？”

“没问题。”

两个人对着电脑整理资料，一边写一边校对，直到入夜。

这是充满奇妙际遇的一天，自然也会以更奇妙的方式收尾。

沉迷于加班的人是不会查看手机的，自然不知道一个小时之后，有人不知出于什么原因，思考了很久，发了微信上第一条朋友圈。没有文字，只有配图，是一只被小心翼翼珍藏在他掌间的白白胖胖的酸奶瓷瓶。

而几分钟之后，另外一个人心念一动，想要再给爱人发一张照片。只不过他手上沾满颜料，点击联系人时不小心一滑，无意中点开了朋友圈，刚好刷到那条。他看见了那只瓷瓶，脸上满溢的笑容逐渐退去，只留下眼里一片阴沉沉的影子。油画笔被不小心甩了一下，才调好的洋红溅了几滴在画布的月亮上，像一场淅淅沥沥的雨。

Chapter 8 三人局

这就是温梦。她有她的残忍，也有她的温存。
这就是他的爱人。

那一晚很长，而新文媒的办公室里，键盘敲击声一直没停。

直到接近八点五十分的时候，温梦的颈椎实在太疼，她被迫停下来揉了揉，抬眼间才发现单位的人早就走得差不多了，四处只剩一片杂乱摆放的椅子。

“要不今天就到这里吧？”她扭头对小常说，“明天再继续。”

小常最听她的，秉承着忠心耿耿的革命友谊：“好嘞，没问题。那我走了。梦姐，咱们明天见。”

温梦点了点头，收拾好东西，锁上抽屉，打卡，起身下楼。白日里的暑气散去不少，哪怕只是单纯地往前走，呼吸里都饱含着一种轻盈。

走过几个路口之后，她突然想到了什么，脚步逐渐慢下来，抬起头。

天已经全黑了。夜垂下来，星星闭着眼睛睡了过去。天上空落落的，只剩一轮月亮，又圆又润。如果仔细去瞧，还能看到月亮上有些忽明忽暗的斑点，像坠在黑丝绒上的蛋白石。有人说那是吴刚在无休无止地砍伐月桂树，还有人说那是毛茸茸的玉兔在打盹儿，兔子睡得太熟，耳朵轻轻抖动，投下一小片温柔的影子。当然，这些都只是童话故事。按照地理书上写的，那些暗处不过是月海上的凹陷，像塔里木盆地和柴达木盆地。

但温梦依旧克制不住地想要微笑，大概是因为今晚的月色很美。

街口的连锁蛋糕店还没有打烊，店门大敞着，四散着甜腻腻的奶油和蜂蜜味，融进空气里。

路过时，温梦特意拐进去，挑选了一块她觉得最好看的蛋糕。结账之后，她拎着小小的纸盒继续走了十来分钟，才到了家门口。

可门一推开，屋子里却不像往常那样灯火通明，而是暗的，一片漆黑。

温梦打开玄关的壁灯，疑惑地冲里面喊道："维鸣？"

没人回答她。廖维鸣不在家。

"这么晚了，人跑到哪里去了？"温梦嘀咕着，把蛋糕放在餐厅的桌面上，然后从包里掏出手机，找出那个熟悉的号码拨了过去。

廖维鸣没有接，过了一会儿回了条微信："还没忙完。"

大概是画展在即，他实在有些分身乏术，只能被迫熬一次夜。

温梦想了想，回道："我买了蛋糕，早点回来吃。"发完之后，她换了衣服在沙发上坐下来，抱着笔记本电脑回复跟客户对接的邮件。等最后一点工作也搞定，实在没什么事做，她就干脆随手把电视打开了。

晚间节目就那几样，十个台里有八个在播仙侠剧，女主要跳诛仙台，身后一众大呼小叫哭成泪人，好一幅生离死别的惨烈场景。温梦没看过前面几集，一时有点代入不了剧情，只觉得脑袋被吵得嗡嗡作响，开始发沉。

其实今天累了这么久，应该早点去床上休息，但她又想等廖维鸣回来，嘱咐他把蛋糕吃了。他今天对她很好，她也想对他好一些。

等待是如此枯燥，工作了整整一天的人又是如此疲惫，温梦把头倚在沙发靠垫上，强打起精神，可眼皮偏偏不听话，渐渐往下垂，稀里糊涂地粘在一起，把她带进黑甜乡。不管愿不愿意，温梦是真的睡着了，没有做梦，睡得很沉。

直到很久之后，公寓的门被打开，脚步声传来。有人看见她蜷缩在沙发上的样子，愣住了。反应过来之后，他拍了拍她的肩膀："怎么躺在这里？"

温梦勉强睁开眼，睡眼蒙眬间看见一个人影，于是迷迷糊糊地问："你回来了？"

"嗯。"廖维鸣拿起茶几上的遥控器，关上嘈杂的电视，"快进屋吧。"

温梦应了一声。她实在是太困，没有追问他为什么回来得这么晚，就揉着眼睛从沙发上爬起来，趿拉着鞋进了卧室，一头栽进松软的被里。

片刻后，她身旁的床垫震了一下，往下沉了几厘米。

是廖维鸣在被子的另一端坐了下来，借着明晃晃的月光看向温梦，沉默不语。

她是背对着他躺下的，呼吸是那么平稳，仿佛坦诚得毫无秘密。乌黑的发披散下来，落在她薄而美的肩上。兴许是先前在沙发上迷糊得久了，睡衣被不小心蹭得有点乱，领口微微敞开一点，露出雪白的脖颈。饱满的唇微张开些，像是在等待一个吻，慵懒又漫不经心。

空气里隐隐有欲念团聚，说不清、道不明，最后全都沉在廖维鸣的眼睛里，让他心中突然燃起渴望，几乎要烧穿他的身体。他扯开衬衫领子，俯下身去，想要吻一吻温梦，哪怕只是吻一吻她背上那对马上就要飞走的翅膀也好。

但温梦困极了。她好像察觉到了他的想法，半张脸陷进松软的枕头里，连手都懒得抬，只嘟囔着拒绝："维鸣……别闹，今天不行，我累了。"

廖维鸣一下子顿住。然后，他觉得自己听懂了。今天不行。因为今天是个特殊的日子——她见到了特殊的人。

廖维鸣身体里的火瞬间就熄灭了。一盆冷水劈头盖脸地浇下来，淋得人透心凉，也不过如此。他自嘲地笑了笑，直起身子从床边站了起来，推门离开了卧室。

明明不渴，嗓子里却是干的，他迫切地需要饮水。

净水壶就放在餐桌上，廖维鸣没有来得及拿起来，注意力就被桌面上一个明黄色的纸盒吸引了。盒子半敞开，露出里面的一方鲜奶油蛋糕，最上面顶着颗红彤彤的草莓。塑料叉子一戳，草莓和奶油一起颤巍巍地抖动，柔软又生动。

温梦不吃草莓，所以这块蛋糕一定是专门买给他的，挑的还是他最喜欢的牌子。

这就是温梦。她有她的残忍，也有她的温存。这就是他的爱人。

廖维鸣在孤独的餐厅里坐下。忌妒和爱恋一起翻滚，拧成一条蛇，狠狠咬上来，疼得他心脏收紧。他想了很久，最后举起叉子把蛋糕分成小块送进嘴里，一点一点缓慢地咀嚼起来。他绝对不能失去这样的温存。

隔天闹钟第一次响起的时候，温梦没有听到。等第二次再响时，她一睁眼，竟然已经七点四十五分了。她急忙从床上爬起来，简直不敢相信昨晚会睡得这么踏实，如同被人灌了蒙汗药，整夜睡得沉沉的，一个梦也没有做。

大概这就是月亮的错吧，美得让人沉醉，差点醒不过来。

和温梦的慌乱比起来，廖维鸣那边要整齐得多。他的被子被叠成整整齐齐的四方块，压根儿没有展开过的痕迹，像是整夜都没有人在里面躺过。难道昨晚廖维鸣没有回来吗？

温梦恍惚记得不是的，他们明明说过几句话。

在疑惑中，她走进餐厅，发现了留在餐桌上面的明黄色纸片。纸片硬挺，是从蛋糕盒上撕下来的。

廖维鸣在上面龙飞凤舞地写了“先走了”三个字，并且随手画了一幅四格画。第一格是一个小人儿张着大嘴喊饿，第二格是从天上掉下一个草莓蛋糕，被小人儿一口气吞进肚里，第三格就只剩下两个夸张的大字：“好吃！”结尾是一颗热情洋溢的爱心和一个大大的笑脸，浪漫得有些单纯。

温梦忍不住微笑起来，把纸片收进衣服口袋。也是在这个时候，她的手机开始嗡嗡地振动个不停。

只不过时间太紧张，来不及看。她把手机揣进包里，急匆匆地出门，急匆匆地跑步上班，又急匆匆地进了办公室。她好不容易抢在迟到的前一分钟成功录入指纹。

一切安定，温梦终于能够喘着粗气在工位上坐下。她突然想起没来得及查看的消息，于是掏出手机。而这一看，她沉重的喘息瞬间止住了。

刚刚不是有人单独给她狂发消息，而是一个沉寂已久的群重新热闹起来。

十五分钟之前，“北京小聚”群。

廖维鸣：“大家最近过得怎样？”

曲哲：“哇，这不是廖大画家吗？好久不见啊！我还能怎么样，凑合活着呗。”

乔婕：“凑合活着 +1。”

廖维鸣："别凑合活着了，我们去吃点好的吧。前段时间一直瞎忙，没能参加之前的聚餐，挺不好意思的。这次补上，我请客。"

乔婕："我没看错吧，这是有饭可蹭了？"

曲哲："切，瞧你这出息——维鸣，咱们去哪里吃？"

乔婕："？？？老曲，你这也没比我出息到哪里去啊！"

等这俩人唇枪舌剑完毕，廖维鸣又问："这个周末大家有空吗？"

乔婕："当然有空。就算再忙，廖大师的面子总得给呀。"

曲哲："就是就是。"

廖维鸣："那彦诺呢？周六有没有时间？"

他这一问，另外两个人才发现李彦诺一直没有参与讨论。

曲哲："@李彦诺 速来，有饭局。"

乔婕："@李彦诺 就差你了。"

廖维鸣没有一起跟着他们轮番轰炸。只是等吵闹过后，他又发了一条："@李彦诺 我和温梦还没有给你接风呢，得给我们一个机会。"

五分钟之后。

李彦诺："好的，周六见。"

…………

温梦读完消息，把手机放在办公桌上，突然生出一种异样的感觉，就好像水汽从四面八方赶来，聚集在云里，酝酿着一场声势浩大的雨。

当天晚上吃饭的时候，她有意避开那个敏感的名字，询问廖维鸣："你之前不是不想去……他们的聚餐吗？"

廖维鸣只是笑了笑，简单地回应："突然想去了。"

他没有解释为什么，表现得也很平静，就连温梦的提问都显得有些小题大做——和老同学聚餐，有什么不行？

可明明大家心里都清楚，事实不是这样的。温梦没说话，埋头继续吃饭。

短暂的停顿后，倒是廖维鸣抬起眼皮："怎么了，你不愿意去吗？"

同样的提问像游走的球一样，被直截了当地打了回来。

温梦有点被噎住，摇了摇头，最后只能问道："我们去哪里吃？"

廖维鸣明显对这次聚餐很上心，特意选了个好地方。

京城新贵是有些约定俗成的做法的。如果是接待贵客，一般不会去连锁酒店，甚至不选择米其林，而是要约在只有熟客才能预定的私房菜馆，讲究的是上档次和私密。往往这样的菜馆大厨都是做宫廷菜出身，要不就是早年在法式蓝带厨艺学院学过法餐，手艺是极好的。

廖维鸣定的这家就是。

饭店开在安缦酒店的后身，早年间是个贵人府，闹中取静的三进院落，如今重新修缮之后，门脸看着虽然朴素，门内却别有洞天，端的是雕梁画栋、曲水流觞，别有一番闲情雅致。

院中花园里甚至养着一只孔雀。见到客人来，它骄傲地开屏，炫耀自己流光溢彩的尾翼。

乔婕拿起手机，边走边拍照，嘴里啧啧称奇："要不是跟着维鸣，还真不知道北京有这样的地方，真是长见识了。"

旁人兴高采烈，落在温梦耳朵里，又是别样的滋味。聚满水汽的云彩很沉，压在头顶上，让她裸露在外的皮肤都跟着紧张起来。她不由得深呼吸几次，努力压抑突如其来的情绪。

"在想什么呢？"身旁突然有人问。是走在右手边的廖维鸣侧过脸，探究她的神情。

温梦醒过神来，矢口否认："没什么。"

"看你好像在深呼吸。"

温梦没想到他会观察得这么仔细，微微一怔。之后，她像是为了证明自己的坦荡一样，抻了抻略显紧致的裙线："不应该穿这条裙子的，去年买的时候正好，今年再穿，就觉得有点紧。"

廖维鸣笑了，眉眼柔和下来："人都是会变的。"

"是啊。"温梦轻声附和。

"那要不要回去换一条？万一一会儿吃不下菜，我们岂不是亏了吗？"

廖维鸣的话音刚落，乔婕马上跟上一句："就是，你看我穿的就是运动裤，这样多松快，才能敞开肚皮吃回本。"

又不是吃自助餐，真不知道乔某人为什么要这么积极。

而在插诨打科的工夫里，预定的包间到了。

"廖先生，温小姐，请。"服务员推开包厢门。

两个熟悉的身影从梨花木椅上站了起来——李彦诺和曲哲离得近，到得比他们三个要早一些。

“不好意思，有点堵车，是不是让你们等了很久？”廖维鸣笑着寒暄起来。

“我们也是刚到。”曲哲展示半空的茶杯，“刚喝过一轮龙井。”

廖维鸣点了下头，视线从曲哲脸上移开，挪向他身旁的男人。他朝李彦诺伸出手，桃花眼微微眯起来，脸上依旧带着笑意：“有几天没见了，最近还好吗？”他顿了下，又说道，“兄弟。”

李彦诺听见这两个字，看向廖维鸣。一两秒的停顿之后，他握住了对方伸过来的手。

兴许是两个人衣服上都带着静电，接触时又使出一点力气，连这么简单的一个握手，也能掀起点噼啪的电光声。那响动极其轻微，旁人也许没有察觉，但温梦就在一旁，听得十分清晰。

乔婕和曲哲早就找了张椅子坐下，一抬头看另外三个人还直挺挺地站着，便疑惑地发问：“你们三个愣着干什么，是打算站着吃饭吗？”

一语惊醒局中人。

廖维鸣若无其事地笑笑，卸了些力，把手从李彦诺那里收回来，转而体贴地替温梦拉开他身旁的椅子，侧脸问：“坐这里好不好？”

“好。”温梦点了下头，语调很轻。

李彦诺也坐下了，在紧挨着曲哲的位置。

没人注意到他的手从另一张空椅子上撤了回来，落在膝盖上。整个过程悄无声息，就好像他从来没有试图做出和廖维鸣一模一样的动作，想要去替温梦拉开一把椅子。

服务员见客人们都落座，端来才从蒸笼里取出来的手帕。雪白的帕子浸了温水，热度正好，大概是淋了玫瑰精油的原因，光是展开来的瞬间，就有浓郁的香气扑鼻而来。

“好高级。”乔婕小声嘟囔了一句。

这家店确实高级，连菜单都不是印制的，而是用钢笔一个字一个字写在牛皮纸上的。

“为了保证食材新鲜，我们店的菜式每天都不一样。”服务员解释道，“所以菜单要经常换新的。”

曲哲顺着一溜“今日主厨推荐”看下来，有点挑花眼了：“维鸣，我们都没来过这里，要不你给推荐几个菜？”

廖维鸣一边擦手，一边随口给出建议：“我之前吃过他们家的清蒸石斑，味道还可以。剩下的还是大家点吧，我都随意。”

乔婕把菜单翻来覆去瞅了两遍，心里有点惴惴不安：“这上面没写价格，有点不敢下手。”

“没关系，随便点。”廖维鸣说得很轻松，“想吃什么就吃什么，今天我请。”

“哇，不愧是廖老板，太大气了！”

“谢谢老板！”

曲哲和乔婕一唱一和，配合得足够默契，努力想把气氛吵得热烈些。毕竟距离上一次几个人同时聚在一起，已经过去很多年了，要说彼此间完全不生疏，那是不可能的。

有了熟客的保证和推荐，菜很快就点好。五个人点了十个菜，绝对够吃。

后厨忙碌起来，菜一盘接着一盘地上。桌上的话题也逐渐从流量明星的八卦到一路变绿的基金，最后小心翼翼地滑到分享个人生活。

曲哲主动开了个头，拍了拍自己的圆肚皮：“我今年说什么也得跳槽，不然，再这么陪客户，脂肪肝都该喝成肝硬化了。”说完，他转向李彦诺：“我看你怎么一点都没发福，还是上学时候的样子，是不是美国那边不用应酬？”

李彦诺端起茶杯，喝了一口：“也用，但是不多。”

只要有人在，就要处理人际关系，更何况是律师这样的工作。

乔婕越发好奇起来：“对了，彦诺，上次吃饭太仓促了，都没来得及问你。你现在主要是打什么官司，知识产权吗？”

李彦诺把茶咽下去，解释道：“JD毕业之后做过一年in-house就去了现在的律所。独立接案之后，主要是一些刑事诉讼。”

曲哲插了一句：“律师是不是赚得特别多，一年得有七位数？”

“你这人怎么这么庸俗，掉钱眼儿里了。”乔婕不满地瞪了曲哲一眼，

“人家挣钱多也是应该的，上学的时候可比咱们辛苦，对吧，彦诺？听说美国那边的法学院一天得学十二个小时，是真的吗？”

“还好，不算太累，可以接受。”

乔婕简直佩服得五体投地：“这还不累？！我一天上八小时班，回家就只想躺着。对了，之前见面的时候，你不是说还没结婚嘛，这么多年就你自己在那边，是怎么熬过来的啊？”

李彦诺目光抬起，从温梦身上滑了过去，最后落在眼前的餐盘上，笑了笑，没有作声。

温梦夹了一筷子菜，放进嘴里。

这家厨师很会处理时蔬。百合是用水快速焯过的，淋上一层透亮的油醋汁，直接摆盘凉拌，口感脆生生的，还带着点甘甜。明明味道绝佳，但温梦吃过几口就不想再吃了，可能是裙子太紧，勒得她喘不上来气。

“是不是不合胃口？”廖维鸣放下筷子，言语里带着关切。

两个人挨得近，他的呼吸打在她耳旁，隐隐燃起一股暧昧的燥热。

温梦被痒得脖子往里缩了一下，很快速地摇了摇头，小声地回道：“没有。”

廖维鸣把手覆在她的手腕上，递给她一些滚烫的温度。接着，他扬声把服务员喊过来：“麻烦再加碗金丝汤面。”

“菜够多了，别加了。”温梦要拦他。

但廖维鸣说：“别吃凉拌的了，你不是前段时间胃不舒服嘛，吃点热乎的，省得晚上回去又疼，睡不着觉。”他看着温梦，漂亮的眼睛里含情脉脉，像斩不断的河，絮絮一番话讲下来，话尾蜷在一起，成了小猫晃动的尾巴，是一点撒娇式的叮嘱。

这种公开的亲昵虽然让温梦有些不大自在，但她想了想，没有抽回手。

于是围观群众受伤了。

“单身狗也是有狗权的。”乔婕故意捂住半张脸，哀号了一声，“我有罪的话，请让法律制裁我，而不是好不容易能吃顿饱饭还要坐在VIP席上看人秀恩爱。”

曲哲一脸“臣附议”的表情：“就是，太残忍了！”

一通胡闹下来，他倒是生出些别样的感慨：“不过，维鸣，你的变化真的挺大的，上学的时候可没觉得你这么细心。”

“都这么多年了，我还不能有点进步吗？”廖维鸣这句话是回复曲哲的，眼睛却看向李彦诺，脸上带着尚未退去的笑容，“过去的事情就不要再提了，对吗？”

李彦诺没吭声，从盘子里夹了些百合，平静地吃下去。

那个饭局临结束的时候，大家终于找回了上学时的节奏。乔婕敞开心扉，吐起开店做生意的苦水。她说，这两年实体店不好经营，但是要开网店的话，还得考虑成本和转化率。

“唉，都不容易。”成年人的世界，往往都以这句收尾。

“反正明天也不用上班，要不咱们喝点？”乔婕提了个馊主意。

温梦想起那篇一直没能解决的有关王宁德的稿子，默默点了下头。她一点头，廖维鸣也跟着同意了。

“少喝两杯。”

私房菜里没有啤酒，只有昂贵的五粮液和威士忌。乔婕心里有事，完全没有听从其他人的建议，咕咚咕咚独自灌了不少，很快就被放倒了。

曲哲被迫叫来出租车，把呼呼大睡的乔婕囫囵个儿塞进后排座椅。他自己钻进副驾驶位，扭头对剩下的三个人说：“谢谢维鸣请客，我先把她送回家，省得她一会儿吐在饭店里。咱们微信上保持联系，等你们婚礼的好消息！”

出租车的尾气筒排出一串白烟，开走了。

喝过酒就不能再开车，是小孩子都懂的道理。所以不论是廖维鸣的奔驰轿跑还是李彦诺的灰色SUV，此时都只能停靠在饭店门口，成了搁浅的船，没有办法再移动了。

夜静下来，困住了不能离开的三个人。

如果能像曲哲和乔婕在的时候那样随意聊些什么就好了。可李彦诺站在一步开外的地方把视线投向温梦，偏偏不肯开口。而廖维鸣也是。

在这件事情上，两个性格南辕北辙的男人突然难得地一致。

不知道风是什么时候停的，气氛僵硬。

干燥和酷热累积，在静谧中垂直降落在温梦身上。她被钉在审判架上，被困在岛的中央，酒精让她的身体发烫，血管一收一缩，心脏紧张得快要爆开，她迫切需要氧气和凉意。

停了很久，温梦艰难地清了清嗓子：“代驾什么时候来？”

廖维鸣看了一眼手机，回答她：“还有八分钟。”

周末夜间是下单高峰，代驾需要排单，要晚一些时候才能过来。

“我去下洗手间，马上回来。”温梦决定放纵自己，做一回逃离窘迫的胆小鬼。她需要洗一把脸，恢复理智和勇气。

而温梦的离开让空气骤然收缩，成了柔软藤蔓上的刺，看着不骇人，摸着却扎手，能够刺破血和肉。

男人之间的沉默变得坚不可摧。

有那么三四分钟，开朗如廖维鸣，也没有要打破沉寂的意思。

直到李彦诺做出了一个让人意想不到的举动——他从口袋里掏出一包还没有拆封过的万宝路。

“好学生也抽烟？”廖维鸣有些诧异地问。

“偶尔。”李彦诺回得简略。他撕开烟盒包装的姿势不太熟练，看上去抽烟这种行为确实只是在他苦闷无法消解的时候偶尔为之。但这足够让人惊讶了。

因为李彦诺明明最耐得住苦闷。

在廖维鸣的印象里，李彦诺一向是恒定的、守序的、自律的，如同湍急河流中的基石。就算第二天地球毁灭，恐怕他也会在前一天整理好文件放进公文包，或是把客户邮件全部回复。

高二的时候，国足意外晋级世界杯小组赛。

遇见这种奇观，十班男生决定冒着第二天写检查的风险，也要集体逃一次晚自习，找个网吧好好看一场比赛。

“我们走吧？”廖维鸣收拾好书包，转身问李彦诺。

可对方摇了摇头，继续做起练习题：“我不去了。”

“拜托，这可是国足，是世界杯小组赛。下次再看到这两个词挨在一起的时候，我们可能已经八十岁了。”

李彦诺依旧摇了摇头——他没有看球的爱好。他的爱好就是工作和学习。

就是这样一个沉默寡言的男人，此时此刻却在撕扯烟盒上的塑料纸，指尖绷着，像是要扯坏他一直恪守的秩序。这太矛盾了。

廖维鸣看了一会儿，突然开口："我们聊聊？"

"聊什么？"

廖维鸣抬起眼皮，直视这位老朋友："你这次是为了什么回来？"

李彦诺听到这个问题，停下手中的动作，扭脸看向他。片刻后，他说："为了工作。"

廖维鸣笑了，眼里却没有笑意："嗯，为了工作。"

做刑事诉讼一路做到合伙人，却专门跑回国处理一桩遗嘱纠纷，这就像体育老师改行去教语文，不是不行，只是有点荒谬。

沉默再次蔓延开来，隐约夹带着讽刺的意味。

廖维鸣突然伸出手，从李彦诺指间抽出那个一直打不开的万宝路盒子，三两下帮他把包装扯开之后，抽出其中一支，才把盒子还给他。

啪，打火机的火光亮起，空气中散发着纸被烧焦的气味。

"彦诺，"廖维鸣的脸隐匿在袅袅上升的烟雾里，看不清表情，"事情办完就早点回美国吧，这样我还当你是朋友。"

这是一个简单的选择题，答案只有两个：A.好；B.不好。

但李彦诺没有选择其中任意一个，而是向廖维鸣提了一个问题。

"维鸣，"李彦诺的语气很淡，像冬天的雪，"你在害怕什么？"

廖维鸣没有回答，指间的烟雾经不起风，消散在突然吹起来的晚风里。

而这时，嗒嗒，是高跟鞋踩在小石子上的细微响动。

李彦诺和廖维鸣都愣了一下，同时回过头去。

不知道什么时候温梦已经从洗手间回来，看起来才洗过脸，下巴和发梢上带着水滴。她就拎着挎包在他们身后不远处，站在这个看似温柔的良夜里。

对视是有重量的，会让被观察者的身子变得很沉，像被成吨的重物压住，无法移动半步。三个人一个接着一个僵成石头，笔直地立在悬崖边，等待美杜莎移开被诅咒的眼眸。

许久后，廖维鸣轻声问："你回来了？"

温梦醒过神来，没有回答，只是盯着他指尖一缕缕飘起的烟雾，重重地咳嗽了一声。

空气重新流动起来，廖维鸣突然反应过来了。他急忙把手里的烟碾灭，迅速扔进饭店门口的垃圾桶。回过身之后，他两只手摊开以示清白，一整套动作堪称行云流水、训练有素。

"我没有偷偷藏烟，这是老李的。"廖维鸣说这话的时候一双桃花眼往下耷拉，看上去无辜极了。

温梦听见了，没言语，扭头看向罪魁祸首李彦诺。她红艳艳的唇抿起来，表情异常严肃，明显不大赞成对方抽烟的行为。

李彦诺愣了下，把手里捏着的万宝路盒子递了过来。

温梦接了，塞进挎包里，直接没收。拉上拉链的同时，她认真普及尼古丁的危害："焦油是致癌物质，抽多了后果很严重。不光是癌症，还有慢性支气管炎……"

李彦诺瞥了一眼廖维鸣。刚巧廖维鸣也看过来，眼里意味不明。两个刚刚针锋相对的人，此刻成了难兄难弟，一起老老实实地站着听起养生箴言。

这个场面似曾相识，两人倒是找回点旧日友谊的感觉——当年要是班上有同学逃课去网吧，被马老师逮住了，也是要像这样全班开小会的，一通道理，马老师能讲上足足五十分钟，教室里全是暗戳戳的叹气声，谁也不敢吭声。

不过，温梦的这节健康课并没有上太久。

丁零零，代驾司机就骑着辆小黄车一路摇铃过来，成功地解救了廖维鸣和李彦诺。

"请问哪位是廖先生，尾号8688？"

"我是。"廖维鸣赶紧把车钥匙递了过去。

奔驰发动机被发动，轰鸣着吞进热烘烘的空气，再震碎了吐出来，瞬间打破微妙的僵持。

后座的门被拉开，廖维鸣侧过身子："上车吧？"

温梦点了点头。

车里的空调刚打开，凉爽得有限，真皮座椅被晒了一下午，一挨上去烫得大腿直打哆嗦。温梦小心翼翼地把裙摆往下抻，试图隔绝让人不适的燥热。

廖维鸣紧挨着她坐下，降下车窗，对留在外面的老同学说出一句："我们先走了，回头联系。"

而李彦诺挥了挥手，目光从车上离开，沉进黑漆漆的夜里。

机器是没有感情的，一脚油门下去，就能毫不留恋地往前蹿。冷气从车子的出风口吹出来，带走了温梦脸上的水分，才洗过的面颊变得紧绷起来，像变成了一层膜，有点干巴巴的，刺痒。她挠了两把，胳膊被身旁的男人捉住了。

"别抓了，都红了。"廖维鸣说，把她的手拉到自己膝盖上，用修长的指头牢牢覆住。

温梦想把手抽回来："有点热。"

可廖维鸣不肯。他不光不肯，还要凑得更近些，额头抵在她的肩上，含糊地撒起娇："开着空调呢，一会儿就凉快了。让我靠一会儿吧，今天好累。"

相处的时间久了，把彼此的命门都摸得清楚。这招儿百试不爽，对心软的人最好用。

温梦果真放弃挣扎，倚在后座上，努力放松身体。不一会儿，肩膀上传来震动，是廖维鸣再次开口，隐约含着点试探的意思："刚刚洗手间人不多吗？我看你回来得挺快的。"

温梦想了想，回道："人挺多的，要排队。我也是刚到，一出饭店的门就看见你在抽烟。"重点在最后四个字上。

"对不起。"廖维鸣自知理亏，火速闭嘴。

一路无话。

半个小时之后，车子驶进地下车库，两个人坐上直达的电梯，进了家门。

"我先去洗个澡。"温梦把包放下就进了浴室。水雾弥散开的同时，思绪也跟着一起蔓延——她刚刚在车上和廖维鸣撒了谎。他和李彦诺的对话，她其实都听见了。廖维鸣说，李彦诺不是为了工作而回国。而李彦诺说，廖维鸣在为一件事害怕着。他们为什么要这么说？有什么是自己不知道的？那段对话里的信息太多，完全超出了温梦的想象，像石头一样砸在地上，溅起无数她从未设想过的猜测和怀疑。也许应该直接和廖维鸣谈一谈，或者干脆去找李彦诺开诚布公地聊一下过去。可无论哪一样，都需要过人的勇气。而她偏偏是一个胆小鬼。

人的接受能力是有阈值的，一旦超出某个点，人就无法处理极端的信息。热水坦率地冲刷着温梦的身体，却迟迟不能给她一个正确的答案。

洗得太久，手指肚都变得皱巴巴的，温梦干脆关上水龙头，换好衣服，从浴室出来了。

客厅里很热闹，响起一阵接一阵的键盘敲击声，噼里啪啦个不停。廖维鸣抱着笔记本电脑坐在沙发上，正聚精会神地打字。屏幕的荧光映在他脸上，照出明暗交织的影子。

“你在干什么呢？”温梦一边用浴巾擦头发，一边随口问道。

廖维鸣忙碌得很专心，完全没有要回答她的意思。

温梦见他不吭声，于是走近些去看，发现屏幕中央是三个黑体大字——检讨书。下面是原文：“本人抱着不会被发现的侥幸心理，犯下了投机取巧的错误。经过认真反思之后，决定为自己的不当行为，向温梦同志道歉。并且保证从今往后……”

一篇思想汇报洋洋洒洒写出一千来字，深度剖析自己复杂的“犯罪”心理。

“这是从网上抄的？”

廖维鸣回答得很认真：“不是抄的，每一个字都是我自己写的，是我的肺腑之言。”停了一下，他看过来，小心翼翼地问，“能不能不要生我的气了？”他的眼睛在本能地释放爱意，想要拼尽一切获取爱人的谅解。

温梦看着那双眼睛，一瞬间想起了什么，微微怔住。然后她努力微笑起来：“我没有生气。”说着，她拍了下他的肩膀，“快别装模作样了。检讨书不用写了，洗个澡早点睡吧。”

一句话大赦天下，“罪民”说出一句“谢主隆恩”，马上啪地把笔记本电脑合上，逃之夭夭。

廖维鸣走了，温梦独自在沙发上坐下，占据了他的地盘。她的手指无意识地摩挲着浴巾边缘，感受粗糙的纹理，脸上的笑容渐渐落了下去——她又想起了刚刚廖维鸣的那个眼神。

廖维鸣会哄人、会看人眼色，是从小学会的本领。认识他这么多年，温梦也是直到今年年初才知道这件事情。

1月的北京银装素裹，远不是夏日般酷热难耐。地上一片积雪，晃得开车的人睁不开眼睛。

廖维鸣掏出墨镜戴上，侧过脸对温梦说："今年过年你就别留在北京了，自己待着多没劲。"

温梦当时正在忙着回复工作上的微信，隐约听出些不对劲，于是把手机放下了："你的意思是？"

"和我回上海吧。"廖维鸣说得有些漫不经心，"正好见一下我爸妈。"

正在交往的成年人一起回家过年，一起见家长，这是什么意思，不言而喻。

车内陷入漫长的安静。

温梦没有回答，看起来是不愿意。这个事实让廖维鸣有点沮丧，他打起精神，准备讲个笑话把话题岔过去。

可就在这时，温梦突然给出了回应。

"行。"她说。

轮胎在路面上侧偏了一下，又被快速扳正。一定是因为地面湿滑，而不是握着方向盘的人激动得手抖了一下。

既然定下要回老家见亲戚，总得采购点年货带过去。温梦是第一次见对方的父母，没有经验可以借鉴，只能按照网上给出的攻略拉出一个冗长的单子。

"我看大家都说要买稻香村的点心。礼盒装的那种样子好看，比较拿得出手。"温梦握着签字笔，一项一项和廖维鸣商量着，"你说是选枣泥加桂花的，还是干脆拼一盒京八件得了？"

廖维鸣凑过来看了一眼，有点震惊："怎么列了这么多东西？"

温梦嗯了一声，说："要见长辈，不能空手去啊。欸——你干什么？"

廖维鸣把单子从茶几上拿起来，方方正正地叠好，塞进兜里："不用买了。"

"为什么？"

"带钱去就行。"

温梦以为廖维鸣又和往常一样开一些她听不懂的冷玩笑。结果出发去机场那天，廖维鸣真的只带了个背包，里面装着些换洗衣物，轻装简行到了极致。

温梦有点不确信："这样真的行吗？"

廖维鸣一脸坦然："当然行。"

廖维鸣这人属实不大靠谱，说话办事不知道有几分可信。不过，后来事实证明，在对待家里人这方面，他是有发言权的。

下飞机之后，温梦先见到了廖维鸣的母亲。

一个非常美丽的女人，戴着海蓝宝戒指，戒指上的宝石太大、太沉，和温梦握手时，她的无名指颤巍巍的，像是要被戒指压断指关节。

"实在是对不住，我还有个应酬，都是维鸣爸爸的朋友，实在推不了。你们在家好好休息，缺钱的话就从保险柜里拿，维鸣知道密码。随便花，不要客气。"留下这番话之后，她坐车急匆匆地出门了。

温梦有点没反应过来，准备好的台词还有一半卡在喉咙里，一下子立在原地。

廖维鸣倒是早就预料到这样的情况，又或者说，他早就适应了这种被抛下的日子。他随手把背包扔到大厅的沙发上，拉起温梦的手："我带你转转。跟着我，别迷路了。"

廖维鸣的老家在上海市郊，是一幢四层的宅子。用"宅子"这个词绝对不夸张，因为眼前的房子真的不能称为公寓或别墅，规模大到只能被叫作宅子。

如果说廖维鸣在北京的住所已经足够奢华，那么这座本宅更上了一个台阶，简直堪称金碧辉煌。大理石地面如同镜面，从入户门厅一路铺到四层，层与层之间有电梯，每个房间都有电话和对讲机。二楼的博古架上全是廖父收藏的瓷瓶，不仅有乾隆时期的青花瓷，还有宋汝窑产的。更多的，温梦也不认识。

"叔叔是做文玩生意的？"

不然怎么有这么多藏品？

"不是，他是做工程的，铺路盖楼什么的，对艺术品完全不懂。这些都是别人欠了钱还不起，抵债给的。"廖维鸣解释完，关心起民生问题，"你饿不饿，我喊阿姨给咱们煮点面条吃？”

宅子里空荡、辽阔，除了负责打扫的阿姨和院外执勤的保安，几乎见不到什么鲜活的气息，走路说话时都带着回音。

一直等到大年三十当晚，温梦才终于见到廖维鸣的父亲。他个子不高，笑容满面，是个标准的商人模样。

“儿子，你要多照顾着点温梦，人家难得来一次，必须得招待好了。”廖父热情洋溢地寒暄起来，特意嘱咐温梦：“吃好喝好，就跟在自己家一样，千万别客气！”

这顿年夜饭没有在家里吃，而是在五星级酒店里包场。场内乌泱泱来了很多人，大部分连廖维鸣也不认识。

“靠窗的那个是远房的二伯父，他边上那个人，我也没见过，估计是我爸新认识的哪个朋友吧。”廖维鸣用公筷给温梦夹了一筷子菜，“咱们吃咱们的，不用管他们。”

话虽如此，有廖维鸣这个出名的画家在，旁人的话题总是免不了要绕到他身上。

“维鸣，最近忙不忙？我那个珠宝城要开了，大厅里留了个最好的位置，就等着你有空给我画一幅，我好叫人挂上去。”有人举着杯子过来敬酒，顺便提了要求。

廖维鸣还没开口，廖父先替他张罗道：“没问题，到时候让我儿子给你画个万马奔腾，图个好彩头。他水墨画画得特别好，画的大虾跟真的一样，虾须子都能给画出来。”

可廖维鸣分明是画油画的。

还有人说起场面话，恭维着：“老廖，还是你会培养孩子。当初你说送维鸣去学画画，我还觉得这玩意儿也不挣钱，学它干什么。结果没想到，嘿，还真行。现在维鸣一年光办展览就赚不少钱吧，不比咱们跑工程的差。”

廖父被夸得很高兴，转脸问起儿子：“你是不是又要办个什么展览？下个月吗？”

“不是下个月，是8月。”廖维鸣笑笑。

“哪个月都行——到时候我多叫几个朋友，去北京给你捧捧场。”话说到一半，廖父的手机响了起来，于是他扭头接起电话：“喂，张总，过年好！”

电话一个接着一个，杯盏撞击声不停。

酒店里全是说话和应酬的声音，本应该异常吵闹，但温梦看向默默吃饭的廖维鸣时嗅出了一丝孤寂。

上海的冬天一直下雨，屋子里比室外还冷。打开中央空调的话，温度倒是上来了，可鼻子干得要冒火，开加湿器也不管用。

温梦实在不适应这样的气候，犯了鼻炎，一到晚上就开始猛打喷嚏。她从茶几上拿起纸巾盒，想抽出一张面巾纸。没想到就连纸巾盒都是大理石材质，摸着凉到人心里去，温梦打了个小小的哆嗦，廖维鸣看在眼里。

“要是有那种毛线织的套子就好了。”他像是记起了什么，随口嘟囔了一句，“套上去就不冻手了。”

温梦顿了下：“我妈妈织的那种？”

“对。”

温梦的妈妈特别热衷于织毛衣，后来发展成给每样电器都套上用钩针织出的罩子。冬天一到，家里的空调、电视、洗衣机甚至纸巾盒都穿上花花绿绿的新衣服，温暖又惬意。

廖维鸣还是高三去温梦家补课的时候第一次见到这样的阵仗。他忍不住一脸新奇地打量四周，弄得温梦有点不好意思。

“是不是有点土？”青春期女生最要面子，总怕朋友觉得不上档次。

“完全没有，阿姨织得真好。”廖维鸣语气真诚地赞美，“红绿撞色非常大胆，极富冲击力。还有花边上的锦葵紫，今年巴黎高定都在用这个颜色。”

他的小嘴叭叭的，专拣好听的说。

温梦妈妈从厨房走出来，刚好把这顿吹捧听进去了，高兴得不得了，非要留廖维鸣在家吃一顿排骨。

那间小小的客厅有多么温暖，这间上海的卧室就有多么空旷和冷清。

阿嚏，温梦狠狠打了个喷嚏，用面巾纸擤了一下鼻子，不再出声了。

廖维鸣一下子明白过来，连忙道歉：“对不起。”

温梦笑了笑：“没事，不用道歉的。”

安静了很久，廖维鸣看向温梦，再次开口：“今天太乱了……我爸妈可能有点疏忽。”他在看她的眼色，在哄她，目光里有点小心翼翼。

就是这个眼神，让温梦把手搭在廖维鸣的手腕上：“叔叔阿姨人很好，只是今天人太多了，不怪他们。”

廖维鸣把掌心翻过来，用力握住她的手。

这间卧室有面巨大的落地窗，直对着室外空旷的花园。两个人相互倚靠着，望向院子里的雨，都没有再说一个字。

Chapter 9 《夏归》

我将用余生去忏悔。

啪嗒，那场淅淅沥沥的雨，成了此时温梦头发上一滴水滴。水滴滑落，砸在她的手背上，中断了回忆。

温梦抬起手继续擦拭潮湿的头发，目光扫过廖维鸣遗落在沙发上的笔记本电脑时停顿了几秒，思绪上下激荡，往从未涉足的水域流去。

而这个时候，浴室的门开了。

沐浴露的香氛随着水汽一起扩散出来，还有廖维鸣诧异的问题："你的头发怎么还湿着？"

温梦从电脑上收回视线，抬起脸："刚刚给刘主任回了一封邮件，花了点时间，所以还没来得及吹干。"

"你们老板可真行，黑心周扒皮，周六还让你们回邮件。"廖维鸣不满地抱怨了一句，用自己手上的浴巾罩住温梦，胡乱拨弄她的头发，"湿着的话，夏天也会感冒的。一天天光说我，自己反倒不注意身体。"他的手法有点粗糙，但他是好心，温暖得像4月的天气。

温梦莫名有些触动，又或者是刚刚的回忆给了她勇气。她想了很久，决定说点什么。她的声音被蒙在毛巾里，听上去有点瓮声瓮气："维鸣。"

"嗯？"

几秒之后，她问："我们之间是没有秘密的，对吗？"

廖维鸣的动作止住了：“为什么突然问这个？”

“只是有点好奇。”

浴巾被掀了起来，光明重新涌进温梦的眼睛里。她生得清秀，此时眼底被客厅的灯照得透亮，一览无余。

廖维鸣探究地看着，想从中看出自己想要的答案。

而温梦又说：“不许撒谎，我是认真的。”

廖维鸣的嘴唇很薄，微微张开，又闭上了。几次呼吸交错之后，他俯身在她的眼皮上印下一个吻，很热，却很浅，几乎是擦着皮肤吻的。

“用毛巾擦头发太慢了。”廖维鸣从沙发上站起身，“我去给你拿吹风机。”

温梦望着他远去的背影，怔住了——他避开了她的问题。

廖维鸣这个社交生活可以拿满分、一点就透的人，突然装作看不懂暗示，这让温梦的不安和疑惑涨得更满，几乎无法再忍耐下去。

信任是感情的基石，温梦对自己说。

可当天晚上她无论如何都睡不着，背后冒出一层细密的汗。翻过几次身之后，她干脆把被子掀开一半，可还是热。最后她从枕头下面把手机摸出来，打开通讯录，想要去求证什么。李彦诺的号码就在那里，点一下就可以接通。可接通之后又该说些什么呢？难道要贸贸然地问对方：“你回国是因为我吗？”这太自恋、太荒唐了。他们现在甚至连朋友都谈不上——她根本不可能对老同学问出这样的问题。所以温梦停了下来，手机被握到发烫，又被塞回枕头下面。

一切毫无进展，理智与冲动在心中打转。直到下周的星期三，温梦接到了一通来电。

“请问是温主编吗？不好意思，我才出差回来。孩子说您来家里找过我，是为了隔壁王叔的事情。”

“对，您这两天有没有时间？我最近在写王宁德老先生的专题，想找个机会和您面谈。”

“当然有，今天就行。”

和对方约好时间，结束通话之后，温梦像是突然开了窍，找到了一个契机。她点开通讯录，把联系人一溜往下滑，最后停在那个熟悉的名字上面，点进去，开始编辑一条微信。

她打字打到一半，刘主任从外面进来了："大家把手头的事情都先放一放，一起来开个会。"

其他人互相看了一眼，撇着嘴耸耸肩，被迫抱着电脑起身进了会议室。

会议的内容枯燥到有些难以置信。

刘主任去上级单位进修了三天，学习了一套崭新的创作理论，迫不及待地要跟大家分享。

"这次我去的进修很高端，请的专家都是在宣传部工作的。有一讲是专门分析如何在非虚构文学中深挖人物调性，我一看，这不就是我们组能借鉴的嘛。"他把小本本摊开，眼镜一推，对着学习心得喋喋不休起来，"所以下面我就根据前几天讲的，简单传达几点会议精神。第一……"

温梦有意找了个靠角落的地方，从兜里掏出手机，继续编辑刚刚没有写完的微信。内容很快就完成，可她真要点击发送的时候，手指却又像僵住了，弯下去都有点吃力。

这时有人捅了捅她："梦姐。"

温梦疑惑地侧脸。

坐在边上的小常凑过来，压低声音说："刘主任刚才在叫你。"

不知道什么时候刘主任已经分享完毕，突然点到温梦的名字："小温，你那个专题最近有没有进展？"

"有。"温梦条件反射般地回道，"我刚才已经和宋春娥的女儿打过电话了，下班之后就可以见面。"

刘主任不知道前因后果，有点蒙："宋春娥是谁？"

这就是一个很漫长的故事了。

温梦从王宁德那份新近冒出来的遗嘱讲起，一路说到他那个不靠谱的侄子，最后停在那户邻居上。

"邻居宋春娥是王宁德生前唯一的好友。从这个角度切入的话，我想，会让王宁德这个形象更鲜活一些。"

刘主任对这个角度表示高度赞扬："说得太好了，这就是我刚刚讲的人物调性，一看小温就听进去了。好好抓住这次采访的机会，把人物写活、写立体。"

大家稀稀拉拉鼓起掌，小常更是一脸崇拜地看向温梦，偷偷竖起大拇指。

什么叫瞎猫碰见死耗子，胡说都能对得上。

温梦没想到自己无意间被夸赞，局促地点了下头。见话题终于从自己身上移开，她便又重新拿起手机。

抓住机会。刘主任虽然絮叨，但这四个字好像有魔力，说到温梦心里去了。她不再迟疑，点击发送，把那条编辑好的微信发了出去。

温梦："我和被采访者今天下午六点见面，约在东直门，她公司附近。"她发完，正准备跟上一条"不知道你有空吗"，字还没打完，手机已经振动起来。

李彦诺回道："到时见。"

东直门，晚六点，拐角的一家咖啡店。

店里生意算不得很好，座位没有坐满。光线有点暗，老板无所事事地在柜台后面擦起白盘子，音响里在唱《加州旅馆》，烟嗓伴着咖啡豆烘焙过后的浓郁焦香一起飘荡在空气里。

温梦推开贴着印刷字的老式玻璃门，挑了个位置坐下。接下来第一件事是联系宋春娥的女儿："我已经到您说的那家店了，就在靠窗的位置。"

对方很快给出回复："我手头还有一些事情没有处理完，麻烦您和李律师等我十五分钟。"

"没问题，您慢慢来，不用着急。"

温梦把手机收起来，询问老板："是去柜台上点单吗？"

"不用，我拿菜单给你。"

菜单印在纸上，很轻薄的一张，才被老板放在桌面上，又被吹得摇晃起来。就像老胶片电影里演的那样，有人在这个时候推门走进来，带来一阵午后的风。

"不好意思，车子出了点问题，迟到了两分钟。"李彦诺在桌子对面坐下，抬手看了一眼表，低声道歉。

虽然是自己主动提出邀请，但对方的突然出现还是让温梦觉得有些口干。因为这几天积压心底的问题就哽在她的喉咙里，像卡着的木屑，随时等待被吐出来——只是现在还不是问的时候，至少要等今天的工作谈完。

这大概就是成年人的自觉和悲哀。

温梦清了清嗓子，不适感轻了很多："车子坏得严重吗？"

"不严重，已经解决了。"李彦诺把话题岔开，"你在点单？"

"对，你要喝什么？"

"都可以。"

他还是老样子。

如果不是宋春娥的女儿要约在这里，温梦是很少来咖啡店的。她好像天生就对咖啡因不耐受，一杯下肚，就能睁眼到天亮。所以在面对菜单上花样繁多的类目时，她一时踌躇起来，不自觉地征求李彦诺的意见："馥芮白……还是拿铁？这两样有区别吗？"

抛出这个问题的那一刻，其实温梦没有期待对方会回复。因为在她的记忆里，李彦诺喝什么都无所谓，在饮食上毫无追求。

但李彦诺意外给出了建议，而且很翔实："馥芮白奶泡要少一些，主要是Espresso。拿铁口感会更浓郁一点，奶味重。"

"那要两杯拿铁？"温梦见他点头，便把菜单还给老板的同时，顺着这个话题随口聊下去，"我都不知道你这么懂咖啡呢。"

"也不算懂，只是上学的时候在咖啡馆工作过一段时间。"李彦诺说完环顾四周的装潢，"这里有点像Santa Monica的一家小咖啡馆，我之前就在那里打工，干了四年。"

也许是熟悉的环境让人放松，他突然主动聊起分开的日子。

温梦听了，愣了一下，抬起眼皮："打工？"

李彦诺表情安静，英俊的脸被窗外的光线照出些棱角："嗯，助学贷款很多，不工作的话还不清。"

上课、打工、上课。自行车从大学骑到咖啡店，又从咖啡店骑回家，睡上三四个小时之后再去图书馆，写法学院那些永远写不完的论文，周而复始，枯燥又单调，没有尽头。

温梦从没有听李彦诺提起过这段往事，今天是第一次。她握住才端上来的咖啡杯，表情惊讶极了："我以为你当时只是念书，怎么还要工作？这样难道不是一天都不能休息了吗？太累了。"

"还好。"

这不是好不好的问题。

温梦突然想起乔婕在饭局上的话，迟疑了一下，轻声问："你是怎么坚持下来的？"

店里的音响在唱歌。

Welcome to the hotel California

（欢迎来到加州旅馆）

Such a lovely place

（多么美丽的地方）

Such a lovely face

（多么可爱的面庞）

李彦诺脸朝右偏，似乎在侧耳倾听。然后他开口，回答那个在私房菜馆里他回避的问题。

"因为也有很高兴的时候。"李彦诺像是想起了什么，突然微笑起来，"洛杉矶一直很干燥，但冬天偶尔赶上下雨，店里客人会少一些，那样就可以给手机充上电，躲进备餐室里，看一下QQ上别人问我的英语题。"

温梦握着杯子的手抖了一下。咖啡太烫，热度穿透了杯壁。

一时间谁也没有说话，空气中只剩下嘶哑的歌声在继续，回荡在这家小小的咖啡馆里。

Up ahead in the distance

（在遥远的前方）

I saw a shimmering light

（我看见一道微微闪烁的光）

杯子太烫，握不住，温梦干脆把它放回桌面上。拿铁咖啡在马克杯里震荡，轻巧地打起圈，腾起昭昭的雾。

“我当时很吵吧？”她缓缓开口，“每天给你发那么多问题。”

李彦诺回道：“不吵，毕竟是为了考托福，可以理解。”顿了下，他又补上一句，说得很慢，像是在思考措辞，“你当时……好像是很想去美国的。”

是啊，她是真的很想去。

2011年冬天，已经升到大二的温梦申请了UCLA（加州大学洛杉矶分校）的交换生。她辛苦学出来的GPA终于派上了用场，P大的审核顺利通过，只是美国那边还需要她提交语言成绩。托福机考一次，要一千多块钱，实在太贵了。她只能疯狂做模拟题，抱着一次必过的心态复习。

“我注册了一个QQ，号码是799××××。”她在发给李彦诺的短信里说，“你要不要也注册一个？这样我们交流起来会比打电话发短信方便一些。”

李彦诺没有回复那条信息，温梦还以为他不想联系得太过紧密。

沮丧的心情沉了好久，她没想到，多半天过去，一个小小的马里奥头像毫无预兆地出现在她QQ最新添加的好友里。

“你好，温梦。”马里奥说，“是我，李彦诺。”

哪怕是上网，他讲话还是这样沉闷的语气。

温梦却忍不住笑了，激动地发过去一整篇阅读，然后说：“快，帮我看看第三段，科学家破译象形文字那里。答案选的是Obscure，为什么不是Dubious？”

“对方正在输入中。”

然后李彦诺就消失了。

温梦：“……你怎么打到一半不说话了，又去上课了吗？”

很久之后。

“Obscure有模糊不清的意思，Dubious更多表示怀疑和犹豫。结合上下文来看，这个定语从句是在分析象形文字本身，而不是科学家的态度，所以要选Obscure。”

李彦诺回答了问题，却没有解释消失的原因。

温梦没有追问下去，转而继续讨论起学习：“明白了！我还有一道题，能不能帮我看一下？”她心里是有些疑惑的，只是不敢多问，胆怯得怕李彦诺生气。

没想到这么多年之后，两人能在这家咖啡馆接上那一段过去，把原委道明，简直让人觉得有些不可思议。

时间的鸿沟在这一刻被填平，无数条躺在黑名单里的QQ信息被一一重新唤醒。

温梦："我考过托福了！一次过的，112分！下一步就是去办F-1签证了。"

"洛杉矶那边是不是挺暖和的，用不用带羽绒服过去？"

"你到时候一定要来机场接我啊，千万不许反悔。"

之后。

李彦诺："我到机场了，B出口，就在Tom Broadley的那个牌子下面。有点雨，我举了黑色的伞，你一出海关就能看到我。"

"好像大家都在过关了，你是被留下审查了吗？"

"你的航班号是CA985，对吗？"

再之后。

"我刚刚问过工作人员，CA985的旅客应该都已经到齐了。"

"温梦，你在哪里？"

怀旧的音乐、熟悉的咖啡香气、被唤醒的等待。

林林总总，这些回忆让人丧失抵抗，以至连李彦诺自己都没有意识到，那些被他统称为"同学"的自持，在不知不觉间已经碎裂。他露出了他并不想展示给温梦的在意。他虽然没有直接说出来，但此时眼神分明在问："明明有过那么多次约定，你为什么还要做一个背信弃义的人？"

原来他并没有忘记。巨大的歉意和愧疚感击中了温梦。对于那个问题，她其实有一个准备了很久的答案。那个答案曾经在她心里演练过很多次，她设想着，如果再遇到李彦诺，说什么也得把前因后果全都讲述清楚，绝对不遗漏一点信息。

但真的面对面和他坐在一起，之前准备好的所有解释和辩白又都好像被时间洗刷得太久，变得有些苍白无力。她想了很久，最后说："对不起。"

这句迟来的道歉，显得毫无意义。

李彦诺的脸上失去了表情："没关系，都是很久以前的事情了。"

确实已经很久了。那他为什么又要突然回来，为什么不回答那天晚上廖维鸣问他的问题？

温梦再次举起杯子，咖啡的热气徐徐上升，熏得她的思绪有些混乱："你这次是为了王宁德而——"她要问出那个困扰了她很多天的事情。

但就在这个时候，桌旁传来了清脆的脚步声。

"不好意思，请问您是温主编吗？"一个四十出头的陌生女人走过来，试探地问。

在这一秒，所有与过去的连接都被生生切断了。

温梦回过神来，抬起头："对。"

"我是宋春娥的女儿，叫徐静秋。"陌生女人露出带着歉意的笑容，"公司刚刚临时有任务下来，所以到得晚了一些。我是不是打扰您二位说话了？"

温梦匆忙理了理衣服，站起身和她握了一下手："没有，我们刚才也是在随便闲聊，您请坐。"

徐静秋看向李彦诺："这位是李律师？"

李彦诺恢复了礼貌与客气，起身回道："对，我是之前和您通过电话的李彦诺，很高兴见到您。"

独属于青春期的故事止住，借位给成年人的理智与专业，一切如水过无痕，如同刚刚那场对话从未发生过，即便两人心中复杂的情绪仍在翻涌，也只能暂时放下。

三人落座，温梦拿出录音笔和笔记本电脑。她努力定了定神，打开机器，把话题往理应发生的方向引去。

"我之前听您女儿说，王老先生和您母亲曾经是好友。"

"对，他们算是忘年交，差了得有二十多岁，关系非常好。"

差了这么多，理应没什么共同话题，又怎么会成为朋友呢？温梦愣了一下："那他们是在琉璃厂工作的时候变得要好的？"

徐静秋想了想，笑了起来，眼角有些细细的皱纹："对。其实真要说起来，还是挺长的一件事。"

记忆的灰尘被一点点抹去，展开的是一幅20世纪80年代的图景。

徐静秋的父亲，也就是宋春娥的丈夫，因为车祸，走得早，给宋春娥留下三个孩子。徐静秋是其中年龄最小的那个。

当年粮票是按需供给的，不上班就领不到，即便拿到粮油票，想要吃个鸡蛋改善一下伙食也很困难。

“我母亲拉扯着三个孩子，一直打零工，特别不容易。她在供销社做过一段时间的售货员，算是帮忙的那种，因为没有编制，日子一直过得紧巴巴的。直到后来好不容易得到一个机会，能够去琉璃厂做学徒……”

也是在那里，宋春娥第一次见到了王宁德。

“王叔在那边算是老工，话不多，也不爱交际。别人都说他孤僻，但我母亲总是说，那只是他天生的性格，不怨他的。”

正说着，徐静秋点的咖啡到了。她端起来喝了一口，润了润嗓子：“我母亲到琉璃厂之后就跟着王叔学装裱，后来也学描花。靠着这两样手艺，我母亲最后留在琉璃厂，成了正式工，我们家的生活渐渐变得宽裕起来。”

“所以王宁德先生是您母亲的老师？”温梦一边记，一边问。

“算是吧？”

故事仍在继续。

“后来我母亲干了几年，厂子里有了分房的指标，我们就都搬去了新厂街，和王叔做起了邻居。刚去的时候还不太适应，冬天煤炉子堵住了，死活都燃不起来，急得我母亲围着灶台团团转。还是王叔下工之后帮忙给通的。为此我母亲把攒了好久舍不得吃的鸡蛋都给蒸了，做了一炉鸡蛋糕送过去。”

讲到这里时，徐静秋停了下来。

“然后呢？”温梦听得入迷，忍不住提问。

“王叔当然不肯吃呀——他背着我母亲，偷偷把鸡蛋糕分给了我哥和我。他说，他老了，吃了也没用，糟蹋粮食，小孩子要长身体，应该多吃些好东西。”

徐静秋说完，有些感慨：“他真的是个很好的人。”

在她的描述里，不一样的王宁德出现了。又或许不仅仅是她的看法，也是宋春娥的。因为徐静秋突然想起什么，抬头询问起温梦和李彦诺：“其实当时我年纪还小，对好多细节记不清了。还是在我母亲去世之后，我读了她的日记才知道的。”

“日记？”

“对，我放在家里了。你们要是感兴趣的话，要去看看吗？”

李彦诺和温梦对视了一下，同时点了点头，当然要去。

在这样一个工作日晚上，重新驱车前往那条狭长的小巷，是温梦从未想象过的。四周的景色依旧是破败的，甚至胡同里的路灯接触不良，忽明忽暗，看上去有几分骇人。但有些东西似乎不大一样了。

也许是因为徐静秋走在李彦诺和温梦的中间，一路讲解着。

“前面那户是邱阿姨家，她烙的饼特别香。一到饭点，小孩子们就都围在她家门口，分几块饼。不过，她脾气不大好，和王叔不对付。所以我都是偷偷拿了，再掰一半给王叔送过去。

“右手边那家原来是曲工住的院子。他家之前养了条大黄狗，有陌生人经过就会汪汪直叫。我上高中的时候住校，怕它不认识我，每次回来都会特意买点火腿肠扔给它吃，告诉它，我们是好朋友。”

随着她的讲述，新厂街胡同不再是高度发展的城市里即将被废弃的一角，而是徐静秋从小长大的地方，是她珍贵的记忆的一部分。

温梦顺着她指的方向看过去，此时不论是邱阿姨家还是曲工家，院门都是半敞着的，没有挂锁。

“邱阿姨已经去世七八年了，房子一直空着。曲工是去年搬走的，到玉渊潭那边新盖的楼房去住了。”徐静秋解释起来，“新厂街这边设施太老了，一直没通天然气，只能烧煤气罐，厕所还是公用的。所以，只要有条件，大家都想着早点离开。”

说话的工夫，那个熟悉的院落就在眼前，徐静秋的家到了。她推开门，回身冲温梦和李彦诺说：“请进。”

电灯啪地被拉开，照亮小小的客厅。沙发上铺着熊猫抱竹的白巾子，款待客人用的搪瓷缸子被沏上茶水，茶叶梗浮浮沉沉。

“稍等我一下。”徐静秋转身进了里屋。

温梦和李彦诺在沙发上坐下，一时相对无言，气氛显得有些冷清。好在取东西的人很快就出来，手里捧着一小摞册子。

徐静秋说：“这就是我母亲写的日记。”

温梦接过来，犹豫了一下，朝李彦诺的方向靠了靠。两个人靠得近些，一起小心翼翼地翻看这些日记。

这些本子被放得太久，已经有点发黄、酥软，蓝黑墨水被印在纸面上，有些地方变得模糊不清，查看的动作须特别小心。

在这些脆弱的纸张上，宋春娥写道：

1985年7月14日　晴

今天是个非常好的日子。街道给我开了介绍信，终于能够到琉璃厂工作了。柜台是崭新的，玻璃都擦得很亮。只是有些紧张，怕干不好活，不能留下来。

分配给我的师父叫王宁德，为人很严肃，戴黑框眼镜，一天都不吭一声，看上去很凶。

一起入厂的红姐和我说，王师傅手艺不错，但是出了名地不好相处。

我更担心了。

1985年7月18日　晴

今天第一次和王工学习了装裱。

是的——王工不让我叫他师父，只让我叫他王工。

他说他还不够资格做其他人的师父。

好怪的人。

还是多加小心吧，别惹到他才好。千万不能搞砸，那样孩子们就喝不上麦乳精了。

1985年7月26日　阴

装裱工作比我想象中的要复杂很多。

先用绢丝镶边，再安轴制版，一点都不能出错，否则就要全部重来，甚至可能污染本身的画幅。

忙碌了整整一天，腰酸背痛。

临了又听见店里有客人说，国外已经有了装裱机器。这项技能也许很快就不再需要人工了，心里有些沮丧，又累又想哭。

下工的时候，王工专门喊我过去。

我以为他要批评我。

但他告诉我：不管做什么，只要坚持下去，再小的火光也会发亮、发热，每个人都有光明的前途。

他好像人还不错。

1986年8月30日　雨

昨天女儿发烧了，在儿童医院排了一天的队，为此旷工一天。

回到厂子里，很担心组长会扣我工分——干了一年，就为了年底换一辆自行车，这样带孩子出行就会方便很多。要是扣上几分，不知道又得等到什么时候去。

但今天出乎意料的，有了好心人帮助。

——王工中午没吃饭，替我多裱了一幅，算在我头上了。

他真的是很好的人。

人得知恩图报，还好我攒了一些面票。

我换了半斤白面，烙了两张大饼，今天午休的时候带给他了。他好像很爱吃这个，一下子就吃光了，连咸菜都没剩下。

1988年10月12日　晴

搬到了新厂街的新家。

孩子们都有了自己的房间，还有一个很小的院子可以晾衣服，好像做梦一样，是几年前想都不敢想的事情。

院子里还没有通自来水，要去胡同口的水房打。不过不要紧——王工和我成了邻居，他有空的时候，会帮我多接一些存着。

还有，他说不让我叫他王工了，叫宁德就可以，因为我们是朋友。

有这么一个朋友，真的挺好的。

1990年1月2日　晴

厂子里最近很多人离职，跑到深圳下海，说是响应改革开放的号召。宁德问我要不要从厂子出来，也去南方单干。

我当然不能去，我还有三个孩子要照顾，要等他们上大学。

可宁德不一样，他没有结过婚，什么牵绊也没有。

年前我帮他介绍过一个毛纺厂的朋友，宁德没有去见——他这么好的人，就是脾气孤僻了些，一直不想找个老伴。

我问他去不去南方。

他好像有些犹豫，不想离开北京。

也对，他也是五十多岁的人了。老了，折腾不动了。

…………

1998年11月20日 阴

腰疼。

北京最近总是阴天，一刮风，腰就疼起来个没完。宁德催着我去医院看一看，可我还没有老呢，就是干活抻到了一点。

他总是小题大做。

我劝他先去体检，托人帮他买了个套餐。因为他退休之后有了新爱好，天天猫在屋里画画，说真的，比我辛苦多了。

2000年7月6日

医生说我不是腰肌劳损，是骨头里面长了东西。

女儿和儿子都不肯告诉我骨头里长的是什么东西，就连问宁德，他也不说。

那肯定不是什么好东西。

不然怎么会瞒着我？

我又不傻。

活到五十，好多事情也想明白了。老大结婚了，老二和老三都考上了大学，我没留什么遗憾。等回头死了和老徐埋在一起，我也有脸对他说。

二十年没见了，不知道老徐在下面怎么样。之前每年烧纸，都梦不到他，这两天倒是一闭眼就能梦见了。

女儿不让我说这个，我一说，她就哭。

可人都有死的时候啊。

宁德也不让我说。

他说，等我死了，他就离开北京，去远远的地方。

我不信。都七十的人了，之前连南方都不去，难道还会在这个节骨眼上折腾呢？

日记到这里就结束了。

宋春娥过得很忙碌，并不是每一天都会记录。甚至经常间隔上一年两年才临时想起来写上一篇。所以温梦花了十来分钟，把这些日记都看完了。

那些埋在往事里的线索被拧成绳、穿成线，把一段相差二十多岁的友情穿在一起。他们相互扶持，相互依偎，共同走过一段长长的日子。

温梦捧着这本日记，一时不知道该说些什么。

而徐静秋在此时开口："其实最初听到有人想要采访的时候，我还有点犹豫。毕竟现在做什么都讲究流量，媒体喜欢博人眼球的东西，观众们爱看的也是那些——万一接受采访的时候，我一句话没说对付，有人借着我的名字，对王叔或者我母亲胡编乱造些什么，那也挺糟心的。"

她停顿片刻，突然微笑起来，好像有很多感慨："但是后来我想了想。年底我们也要搬家了，搬去楼房里面住。有些事如果不讲出来，等明年新厂街一拆迁，谁还会记得这条胡同呢？"

又有谁还会记得这些人呢？

屋内陷入漫长的沉寂。

徐静秋想了很久，打破了沉默，对李彦诺说："我按您之前说的，在我母亲的遗物里找了很久。她小名里没有梅花，穿的用的里也没有。所以，《夏归》那幅画，应该和我母亲无关，是王叔画给其他人的。"

转过头来，她又对温梦说："其实遗嘱不遗嘱的真的无所谓，王叔辛苦得来的钱，我也不想贪。只是请你不要把王叔写成孤僻的怪老头儿，好吗？"

从宋春娥家出来的时候，天已经完全黑了。

车子依旧停在巷子口，出去要花上几分钟时间。而温梦每一步都走得很慢，像是踩在旁人的人生卷轴上。

"没想到会有这么一段故事。"许久后，她轻声开口，顿了一下，又道，"但我有一件事情想不通。"

"？"

"如果这样一段弥足珍贵的友情都不足以让王宁德画出《夏归》的话，那么那幅画又是画给谁的呢？"

李彦诺停下脚步。

温梦也跟着停了下来。

然后她听见李彦诺说：“《夏归》就是画给宋春娥的。”语气肯定，像是通过徐静秋刚刚的讲述，他已经摸到了事件真正的内核。

温梦怔住：“为什么？宋春娥的女儿刚才明明说……”

“那是因为她不知道，这个故事还有后半段。”

路灯闪烁，照出李彦诺明确的轮廓。他停顿了片刻，续道：“而那些内容，被写进了王宁德未公开的遗嘱。”

“王宁德在遗嘱里写了什么？”温梦几乎是第一时间发问，“难道宋春娥日记里的那些记录和他所想的不一样吗？”

“一样。”李彦诺起初想要点头。思考片刻，他又摇了下头：“又不大一样。”

因为王宁德留在保险柜里的遗嘱与其说是一份严谨的法律文件，不如说是临终的剖白和回忆，每个字都由他亲手写成，墨迹点滴，笔锋遒劲。而在那张按着手印的纸上，王宁德留下了一首内容并不算复杂的小诗：

雪梅

*

我于初秋时见她。

绢丝从她指间一寸寸滑过。

裱褙化在她专注的眼睛里，是一抹消不掉的愁绪。

*

我于隆冬时见她。

雪压弯了枝丫，孩子们拿起粉笔在门楣上乱画，吵闹着嬉戏。

而她坐在高高的台阶上面，肩上落着一朵艳红的梅，满脸笑意。

*

我于晚春时见她。

她踩着柳絮走过漫长的街巷，话声隔着院墙传来。

我多么渴望走过去，去敲响她的院门，去看一看她的笑脸，去帮她把那朵梅花拾起——

可我已经衰老得不成样子。

*

我于盛夏时见她。

她独自留在了那里，永远不会再凋谢。

而我懦弱的灵魂、腐朽的身体、仓皇的逃离，无时无刻不在折磨着我，让我无法喘息。

我将用余生去忏悔。

——谨以《夏归》送与我未能说出口的挚爱，送给我的缪斯，送给那朵盛开在夏日里的雪梅。

李彦诺的讲述停止了。借着昏暗的路灯，他看向温梦。胡同里有风刮过，树叶窸窣作响。

王宁德所写的内容确实与宋春娥的不大一样，因为他对宋春娥的感情远远要比朋友多得多。

在画与诗的背后，是一个沉默寡言的老人漫长的守候，是他离开故土的原因，是他不敢去表达的爱意，是在他人生最后几年里陪伴他的无穷无尽的悔恨与思念。他爱宋春娥，但他一辈子都没有说过。她是他灵感的来源，是所有创作的开始，也是最后一幅画作落款处的结尾。

这份感情太过沉重，压在温梦身上，让她有一两分钟无法开口。

李彦诺见她不动，继续解释起来："上个月初，王宁德在洛杉矶的房子被拍卖。人们打开保险箱进行清点的时候，才意外发现这封信。"

显然，直到去世之前，王宁德也没有想好是否真的要公开这份遗嘱。又或者说，直到生命的最后一刻，他仍然在犹豫要不要说出自己隐秘的爱恋。

"维鸣说得没错，其实按照常规流程，我做刑事诉讼，是不会处理这样的案件的。"李彦诺又道，似乎突然想要倾诉，"但在看过这首诗之后，我还是想停下手头的事情，回国一趟，把这幅画送到属于它的地方。"

话题忽然滑向另一个未知的领域。

温梦抬起头，有些不解："为什么要这么做？"毕竟对于李彦诺这样级别的律师来说，停一两个月的工作，损失的钱恐怕七位数都不止。

而接下来听到的答案，是她完全没有想到的。

“因为王宁德的遗憾，”李彦诺缓缓开口，他的声音坠进烟雾笼罩的时光中，“也是我的。”

2011年冬天，洛杉矶在下雨。

李彦诺站在咖啡馆狭小的备餐室里，从兜里掏出手机。

距离“温梦，你在哪里？”那条消息发出去，已经过去整整三天，对方依旧音信全无。他曾经尝试着拨打过一次温梦的电话，但她的手机一直处于关机的状态。

于是李彦诺犹豫了一下，不再打了。这不仅仅缘于他做事一向有分寸，不愿意逼问对方，更是出于一种微妙的预感：温梦也许不想来美国了，又不知道该怎么和他说，干脆选择不回复他的信息。

随着失联的时间越来越长，这种预感对李彦诺来说就变得越发肯定。所以当他在备餐室里拿起手机的时候，心里是没有任何期待的。

但让他意外的是，屏幕上面显示有一条未接来电——十五分钟之前，温梦给他打过一次电话。而他当时正在忙着替客人结账，没能成功接听。

李彦诺把那个熟悉的号码审视了一遍，迅速拨了过去。他的掌心紧紧握住机身，等待着温梦的回应。

这次电话接通了。

对方也如李彦诺所想的那样，很快就开口了，只是说话的人并不是温梦。

“彦诺，是我。”廖维鸣的声音在听筒里蓦地响起，“有什么事吗？”

李彦诺愣住了。

“喂？”廖维鸣又问，“怎么没声音了，是不是信号不好？”

李彦诺这才反应过来，慢慢回道：“信号还可以，我能听到。刚才温梦给我打了电话，所以我回拨了。”

廖维鸣好像身处在一个很嘈杂的地方，四周人来人往，几乎盖过他讲话的声音：“这样啊。梦梦现在有点忙，估计还得半个小时才能回来。等她回来了，我让她打给你？”他在谈起温梦的时候叫的是小名，用的还是一种远比高中时要亲昵的口吻。

几秒之后，李彦诺说："不用了，你们忙吧。"

预感被验证了，温梦果然选择留在北京，和廖维鸣在一起。

其实在出国之前，李彦诺就已经察觉到这个事实。所以他宁愿走得匆忙，把自己永远固定在朋友的位置。

不去联系、不去想念，就不会感到失望，这是最简单不过的道理。但那条"我考上P大了"打破了他的平静。一时冲动之下，他恭喜了温梦，意外开启了一段顶着"学习伙伴"为名、为期两年的联系。

温梦是如此热情，愿意和他分享她大学生活里的点点滴滴——从松林食堂一秒卖光的三鲜包子到三角地火热的社团招新，再到投影在未名湖上的那轮月亮。这让李彦诺产生了一些错觉，好像她就在他身边，他们并没有隔着太平洋，距离也不是问题。

而眼下，这种错觉被戳灭了，一切只是他自导自演的一场独角戏。

温梦做得没错。北京有她的亲人、她的朋友，现在还有她的爱人，以后还会有富裕的生活。这些远比孤身来异国他乡做交换生强得多，这才是理智又聪明的选择。

就在这个时候，咚咚咚，备餐室的门被敲响，店长隔着过道喊李彦诺，让他快点出去："你还在里面吗？别偷懒了，有客人来了。"

李彦诺平静地应了一声，放下手机。离开之前，他做了这辈子唯一冲动的事——他拉黑了温梦的联系方式。既然她已经做出了选择，那这件事理应到此为止。每道题都有最佳选项，而切断所有联系就是他抗拒思念的最优解。属于他的日子仍然需要继续。

法学院的同学问："后天要交论文，你写了吗？还有reading response（阅读心得）也是今天要完成的，这次有二十页，我们一个组，你能不能take lead（带头）？"

咖啡馆的老板问："这两天轮班的员工生病了，你能把他的班接下来吗？虽然忙一些，但是我一周可以多付你三天工资。"

熬到深夜才从公司回来的父亲问："我最近资金周转起来实在困难，今年恐怕只能给你出一半学费。早知道是这样，当初就不应该中了你母亲的激将法，着急把你接过来念书了——这女人，真是离了婚也不安生，干什么都想争第一，非得让孩子上藤校不行。剩下的两万美元，你看能不能靠助学贷款解决？”

对于上述所有问题，李彦诺的回答只有一个字：“好。”

生活是枯燥而乏味的，辛苦到让他抽不出时间去回忆，肉体累到极致，思想就能成为空荡荡的一片，不再陷进泥沼里。

只不过偶尔在夜深人静的时候，李彦诺放在枕头旁的手机会突然响起来：“您有一条新的好友申请。”

温梦在尝试联系他，而且尝试了很多次。而李彦诺犹豫了很久，最终拒绝了她的申请。不然呢？难道要听到她亲口道歉吗？与其收获一句会刺痛他自尊的“对不起”，他宁愿选择逃避，就像两年前他不想看到离别时朋友们的泪水，选择不告而别一样。

再后来，好友申请渐渐地少了，不再出现。

时间继续往前流淌，裹挟着无止境的忙碌。

毕业之后，李彦诺进了大公司，又跳槽去律所。和客户开会、庭审、写报告、调查案卷，年复一年，工作忙碌，让他抽不出身。很多事情变得不再重要，可以被忘记了——至少他是这么认为的。

直到今年6月一个周五的午后。

难得赶上一小时清闲，有同事提议去街角的意大利菜馆吃一顿：“那家店新来的服务员很漂亮，红头发，是个爱尔兰人。”

旁人纷纷响应。

而李彦诺打开公文包，从里面拿出一个被压得很扁的三明治：“你们去吧，我还有点事情没有处理完。”

这句话提醒了那位同事：“对了，你之前问过的那个案子，资料，我发给你了。”

“好，谢谢。”

出门之前，那位同事路过李彦诺身边，拍了拍他的肩膀：“你也别太拼了，不要自己跟自己过不去。”

这一刻，办公室突然变得很安静。

李彦诺在电脑上打开王宁德遗嘱的影印件，读过之后，在办公桌前坐了很久。此时的洛杉矶阳光正烈，照得屏幕有些斑驳。他摘下眼镜，揉了揉眼睛。

时隔多年，那个伏在课桌上的瘦削身影突然又在他的视线里冒出来，蓝白校服挂在对方的肩膀上，空荡荡的，看着有些可怜又有些无助。

可李彦诺知道，柔软的外表下面，温梦有她的坚持。他和她太像了。他也必须要做到最好，必须考第一，必须不能让任何人失望，这是自文工团退伍的母亲从小教育他的。他学会了无限度地退让和满足旁人的期待，至于他自己的需求，似乎变得无足挂齿。

所以，在那个午后，在那间只有他和温梦的教室里，他递给她一板药和一杯热水，对她说："不要自己和自己过不去。"像是在劝她，也可能是在劝他自己。

回忆纷至沓来，淹没了坐在办公桌前的李彦诺。他又想起了躲在友情背后的爱恋，想起了他一次都没有说出口的心情，想起了他从没有和其他人分享过的秘密。

理智回来的时候，订票软件上已经出现一张买好的机票——洛杉矶LAX—北京PEK。

原来做出一个决定，不再裹足不前，并没有想象中那么吃力。只不过思念与感情被压抑得太久，埋得太深，早就失去了本来的模样。所以当李彦诺对廖维鸣说他这次回来是为了工作的时候，他并不觉得自己在撒谎。他要替王宁德把遗愿完成，把《夏归》送到属于它的人手里，仅此而已。

可命运为什么总是喜欢在同样的地方重蹈覆辙呢？

为什么要让他意外地重新见到温梦，偶遇在似曾相识的雨天？

为什么要让他们一同看过那幅画，肩并肩走过漫长而幽静的小巷，一起解开王宁德留下来的谜题？

就在这里，就在这条新厂街胡同，温梦捧着已经喝空的酸奶瓶对他说："是啊，快三年了。"

三年。只有三年而已。这么推算下来，大二的时候，温梦并没有和廖维鸣在一起。

精密构筑的罗盘突然卡住了，从细小的地方开始崩塌，碎成粉末。

是什么地方出了问题？

那天晚上，李彦诺失眠了。他开始思考一些可能性，用逻辑把每一种构想都在脑海中重新构建、组合，却没有找出答案。他只是久违地感到忌妒，本能地感到后悔。

这种复杂的情绪在今晚完整听到王宁德的故事之后达到了顶点，从内到外撕扯他，几乎要吞噬理智和道德的边界。以至此时此刻，站在胡同边的路灯下，他看着一言不发的温梦，终于问出那个困扰他很久的问题：“你当初……为什么没有来美国找我？”

Chapter 10 命运

“维鸣，你在害怕什么？”

李彦诺刚刚的讲述，让周围沉寂了一阵。

温梦站在胡同里，忽然觉得此刻晚风开始呼啸，刮得她久久张不开口——李彦诺竟然是喜欢过她的。只是他和王宁德一样，从来没有说出口。这个事实是如此难以置信，又是如此尖锐，让黄且暗的路灯都变得刺眼起来，成了扎穿回忆的匕首。

温梦不再去看那张英俊的面孔。她低下头，审视起鞋边上的那一小块土地。过了很久，她才慢慢地说：“我当时不是不想去美国找你。”

李彦诺愣了下，打算再次开口询问。

但在那之前，温梦给了他答案：“是我家里……出了一点事情。”

2011年12月17日。

早上七点，和平里的职工宿舍亮起一盏顶灯。从衣柜里翻出来的冬装铺满了整张沙发，瓷砖地上摊着一只敞开的行李箱，让小小的客厅略显凌乱。

前往旧金山的CA985次航班，将于明天下午三点钟准时起飞。过海关时需要用的证件和I-20表格，都已经被温梦装进随身的小挎包。只剩下些零散物品，等待打包装进箱子里。

温梦蹲在一堆杂物的中央，一点点把衣服叠好，再一件件装进行李箱。

行李箱的空间逐渐被填满，带给她一种饱胀的幸福感。

马上就能见到李彦诺了，这是今年她最开心的事情。

家门在这个时候被推开，从外面卷进一阵凉风。

才下夜班的妈妈走进来，脱掉厚重的工装，挂在门口的衣架上："箱子收拾得怎么样了？"

"还差一点，马上就好了。"温梦抬起头，笑着回答。屋子里暖气很足，热得她脸颊红扑扑的，额头冒出些细密的汗珠。

"用不用我帮忙？"妈妈又问。

"不用了，妈妈，你快去睡觉吧，我自己能行。"

如果是平时，温梦的妈妈一定会留下来帮忙整理。但那天她兴许是熬过一夜，累极了，脸色有点发白，她一边拍着胸口，一边往卧室走去。

温梦独自留在客厅，嘴里哼着《牛仔很忙》，按照那张和李彦诺商量好的物品清单，继续收拾东西。

接近中午的时候，拉链滑动，行李箱被啪地合上了。她跑到厨房煮了两碗鸡蛋面，小心翼翼地端到餐桌上。接着，她敲响妈妈卧室的门："妈妈，吃饭啦。"

温梦妈妈没有应声，应该还没睡醒。

温梦没有继续叫下去——她想让辛苦的妈妈多睡一会儿。于是，在吃完自己那一碗之后，她又把剩下的面条放回锅里。

鸡蛋面放了太久，渐渐凉透，隔水热过一次，还是冷的。

客厅钟上的指针在一点点移动，逐渐滑向下午五点四十分。按理说，睡了这么长时间，妈妈怎么也该醒了，更何况马上就要到上夜班的时间了。温梦把电视关上，决定起身去看看。

卧室的门没有锁，灯是关着的，空气里浮着一股死气沉沉的气味。

"妈妈？"

温梦的妈妈在床上躺着，没有回答。

温梦试着摇了摇她："妈妈？"

温梦妈妈的手随着温梦摇晃的动作，从床上垂了下来，完全失去了力气。

"妈妈！！！"

后面的事情发生得太过迅速，几乎容不得温梦反应。120救护车到得很快，直接把温梦的妈妈拉去最近的急救中心。

诊断书上只有四个字——心肌梗死。

“我们做了溶栓处理，但最好是马上做冠状动脉介入治疗，减少心肌死亡的面积。”医生忙得顾不上多解释，只留下一句话，“你母亲的病拖得太久了，比一般病例复杂不少。快去筹钱吧，时间就是生命。”

温梦听不懂医学术语，但她明白后半句话的意思。时间就是生命——钱就是生命。

走医保要先垫付才能报销，一个心脏支架一万七千块，术后入住ICU住一天要一万块钱，急诊手术和术后昂贵的进口药物都需要用钱。而妈妈的银行存款再加上温梦手头余下的奖学金，去掉每个月的房贷，满打满算也就只有十二万块。

存了这么多年的钱几乎是一下子就被清空了。温梦缴完第一笔手术费和住院押金，站在人满为患的医院大厅里想了很久。然后她掏出手机，开始给认识的所有亲戚打电话。

在听到她的恳求之后，那些平日还算有些来往的人突然都变得为难起来，在电话那头支支吾吾。

“不好意思啊，梦梦，我们最近手头也很紧。”

“你表哥今年要结婚，你也知道，找个老婆不容易，买房得付首付……”

“您拨打的用户已关机，请稍后再拨。”

手机电量在一点点减少，没人能够借她一笔救命钱。

四周明明是穿梭不止的人群，声音嘈杂，温梦却像是被罩在玻璃罩子里，与这个世界隔绝了。她开始浑身发冷，感到从未有过的孤独与无力。

嗡，手机突然在这个时候振了一下。一个很久没联系过的名字冒出头，发来一条短信。

廖维鸣：“你是明天的飞机吗？”

其实自从高三谢师宴上的那场告白之后，温梦和廖维鸣的关系变得有些尴尬。

隔天醒酒，廖维鸣试图当作无事发生过，主动退回好朋友的圈子里，甚至为了表示自己并无二心，他还隔三岔五发来一些冷笑话，证明自己已然翻过这一篇，不打算再提。

可温梦不行。她每次想起他诚挚的表白，心里就有些微妙的别扭，浮起一些对朋友的过意不去。这种心态直接反映在她的行动上。她依旧回复廖维鸣的短信，只是渐渐变得不那么积极。

廖维鸣是敏感的，很快探出了原因。

大一入学之后，他干脆坐了一个小时的车，专程从美院跑来P大，美其名曰“要参观一下国内超一流学府”。

两个人在P大古色古香的西门前面照了张照片，又用温梦的饭卡蹭了一顿学五食堂的炸酱面。

临走之前，廖维鸣在成府路的人行天桥下面站定。他似乎想要说点什么，但温梦及时挥手拦住了一辆路过的出租车。她转头对廖维鸣笑了笑：“路上小心，到美院了告诉我。”

那些没有说出来的话，只能就这样被廖维鸣咽回肚子里。

北京很大，美院和P大又是毫不相干的两所学校，离得太远，各有各的圈子，各有各的风气。廖维鸣踏雪跑去看行为艺术展的时候，温梦在图书馆三层的自习室扎根，开始冲刺她目标3.85的GPA。老朋友之间的寒暄和交流越发稀少。

但在通过托福考试那天，温梦犹豫了很久，还是决定告诉廖维鸣她要去美国的消息。

“哦。”这就是廖维鸣在一个小时之后在短信上给出的回应——过分简短，不冷不热，十分不像他的风格。

又过了三个小时。

廖维鸣：“你准备哪天去？”

“12月18日。”

对话就截至那里。

一连大半个月过去，廖维鸣都没有冒过头，温梦以为他不会再联系自己了。但此时此刻，在三院的就诊大厅里，曾经戛然而止的对话框突然再次亮起。

廖维鸣：“我前几天去学车了。明天有空，可以送你去机场。CA985是T3航站楼起飞吗？”

而温梦握着手机艰难地打下这么几个字：“我不去机场了，我要留在三院。”

哔，手机电量在这一刻告罄，彻底黑屏。

冬天的夜总是来得很早，无垠的暗透过窗子涌进来，占据整个门诊大厅。纯白的瓷砖成了夜的眼睛，直瞪着无措的人群，凶狠又冷冰冰的。

温梦握着再没有用处的手机，在等候区捡了一把塑料椅子，茫然地坐了下来。

接下来该怎么办呢？

生与死这样的命题太过沉重，一下子压在二十岁的温梦身上，让她有些措手不及。思路是混杂的，似乎处处都是解决方案，但又没有一个能够真正走得通。

半个小时，一个小时，时间在漫无目的地前行。

有人推开了医院门诊大厅的门，有人在匆忙地跑着，有人不小心越过她，有人又发现了什么，喘着粗气折返回来。

廖维鸣停在温梦面前，出现在这个他本不应该出现的夜里。他跑得太急，额头冒出些汗，羽绒服在大冷天里敞着，说话时几乎捯不过来气：“温梦！你生病了？”

温梦愣了一下，抬起头。在认清他的面孔之后，她摇摇头，一言不发。

“那你怎么会在医院？”廖维鸣急了，摇晃她的肩膀，“你快说话啊。”

其实，事情真要讲起来，简单到不可思议。

廖维鸣听明白之后，松了口气，直截了当地问：“阿姨治病还需要多少钱？”

温梦复述医生的话：“保守估计还要二十万。”

“知道了。”廖维鸣马上起身，出去打了个电话。

五分钟后，他回来了，只有一个问题：“我拿到二十万了。刷卡可以吗，还是要付现金？要是付现金的话，我现在去找个ATM机取一下。”

瞧，对于一些人来说无法逾越的鸿沟，在另外一些人眼里，不过是一道小小的车辙。

钱能买来什么呢？

在妈妈生病之前，温梦一直活在象牙塔里，从来没有想过这个问题，但冷冰冰的现实抽了她一记耳光，告诉她，钱能买命。

“您已支付成功。”

医院缴费处打印出长长的单子，每一笔交易都以分钟计算，延续着一个人的生命。

“维鸣，我一定会还你的。”温梦把缴费单小心翼翼地收起来，轻声说，“连本金带利息。”

朋友肯在危急时刻出手帮助，已经是天大的恩情，她不能再欠他更多了。

“这么一点钱，还什么……”廖维鸣说到一半，看到了温梦坚持的眼神。于是他改变了措辞，闷声闷气地接上一句：“你愿意还就还吧，不过，利息就不用了，我又不是放高利贷的。”

“谢谢你。”三个字让大厅多了一些暖意。

廖维鸣从塑料椅子上站起身，环顾一下四周：“在这里过夜不行，太冷了。我去医院边上的酒店开个房，你去睡一会儿吧。我在这里看着，阿姨要是做完手术了，我喊你。”

温梦怎么可能离开，做手术的可是她的妈妈。她摇了摇头：“你不用管我了，快回家吧。”

廖维鸣看了看她，叹了口气，最后重新坐下了：“你要是不想动就算了，我陪着你。”

“不行，已经很晚了，你赶紧去休息。”

廖维鸣耸耸肩：“我可是熬夜型选手，你绝对耗不过我的。要不要试试？”

试试就试试。

两个人在等候区枯坐一夜，终于等到了温梦妈妈做完手术、转进ICU病房的消息。

“手术情况不大好。”医生说得委婉，“你们要做好心理准备。”

也正是从那天开始，一切变得混乱。

温梦记得一些事情，又忘记了一些事情。一天，两天，或者三天，她把一个曾经说过很多次的约定完完全全忘到了脑后，心思全都集中在妈妈的病情上。

手机时不时响起来，温梦无暇顾及，干脆直接交给廖维鸣处理。

而廖维鸣是可靠的、值得信任的。他向学校请了长假，从白天到黑夜，专心致志地陪着她。缴费、取化验单、中午订饭、挑选护工、打点关系——

廖维鸣竭尽所能地做着那些原本不应该由他去做的事情。

感谢的话说得太多，就失去了意义。不知从什么时候开始，温梦不再和廖维鸣说谢谢了。她决定把这份感激记在心里，刻进骨头里。

2011年12月26日，北京开始下雪。

温梦打开住院部洗手间的水龙头，迅速用冷水洗了把脸。一连熬了几个通宵，她实在困倦不堪，想用这种方法清醒一些。

她出来的时候，刚巧看见廖维鸣一路小跑上楼，手里拎着一袋包子。

“凑合吃一顿吧，医院附近实在没什么好吃的。”廖维鸣嘟囔着，“等阿姨出院了，咱们一起去全聚德大撮一顿。”

温梦试着弯起嘴角。她太久没笑过，此时的表情显得有些僵硬：“你买了什么馅的？”

“猪肉大葱、素三鲜。”像是怕她批评一样，廖维鸣说完还特意解释起来，“这回我可没多买，一样就买了二两，你不许再说我了。”

两个人的消费习惯差得太多，也是这几天朝夕相处之后温梦才知道的事情。廖维鸣大手大脚惯了，订个餐都要四样菜起，一顿就要两百多块钱。

“这样消费不行。”温梦对着一桌子菜，严肃地教育他，“点了这么多，我们又吃不了，浪费粮食可耻。”

不经意间的磨合，像藏在贝壳里的沙子，起初扎得彼此都有点疼，但几天下来，倒还真的有一点点成果。

比如眼下温梦看着廖维鸣手里的这四两包子就能赞许地说出：“你这次做得很好，值得表扬。哦，对了，都记在账上吧，回头我一起还给你。”

廖维鸣没有反驳。他只是抓起一个猪肉包子，精准地塞进温梦嘴里：“知道了，快吃吧，就你小嘴叭叭的。”

廖维鸣也有了对付温梦的策略，那就是少说话、多干事，用事实占领高地，打她一个措手不及。

温梦果然被逗笑了，嘴角和眼睛都弯起，表情自然了很多。

气氛渐渐放松下来，那场突兀的告白带来的尴尬与隔膜，似乎就这样消融在一天天的相处之中。

唯一不大顺心的是，温梦妈妈的各项生理指标都在往下走。

“只要继续治疗就有希望，你说，对吗？”温梦惴惴不安地问。

廖维鸣听了，肯定地点了点头。

不管是不是自欺欺人，至少当时的他和她都是这样认为的。

2011年12月31日。

一周里雪下得最大的一天，也是这一年的最后一天。

洁白的雪花成片落下，装点出一个纯洁无瑕的世界。从三院走廊的玻璃窗往外看，楼下是花园路拥堵的街道，汽车排成一团，喇叭声响个不停。除了天气差点，一切和之前别无二致。

廖维鸣看过短信，从手机上抬起头：“我得回趟学校，老师有急事找我。”

温梦正用保温杯喝水，急忙回了一句：“那你赶快走吧。”

廖维鸣显得有些迟疑：“你自己能行吗？”

“没问题。”

“你放心，我下午就回来，晚上跟你一起跨年。”

温梦笑了笑：“快别折腾了。”

“那可不行，生活得有点仪式感。你等我晚上定个大蛋糕，咱们就在医院大厅吃，馋死其他人。”哪怕是在医院里，廖维鸣依旧想维持一些无用的浪漫。

这个玩笑活跃了气氛，可命运并不想给人喘息的机会。

这边廖维鸣才披上羽绒服，下一秒，ICU的门就开了。穿防护服的医生走出来，沿着走廊一路喊道：“温邈的家属在吗？温邈的家属。”

温梦听到母亲妈妈的名字，突然心生一种不祥的预感。

“我在。”她站起身，回得很慢。

“麻烦跟我进来一下。”医生说。

ICU的那道门后面是一条长长的雪白通道。两侧有办公室，尽头是病房。医生带着温梦和廖维鸣进了右手边的一间屋子，指着板凳说：“请坐。”

那种不祥的预感在温梦心中扩大、膨胀，很快就变成了现实。

“对不起，我们尽力了。”医生说。

短短八个字，概括了温梦母亲的结局。

温梦还没有说话，廖维鸣就急了：“怎么会这样呢？麻烦您继续治吧，我们愿意花钱的。”

可现在已经不是钱的问题了。金钱已经多买了半个月光阴，再不能多留温梦的妈妈一天了。

“病人目前处于脑死亡的状态，再借由呼吸机维持生命体征没有太大的意义。当然，决定还是要你们自己做，我只是作为医生给出一些建议。”

空气瞬间凝滞，沉了下来，砸得温梦粉身碎骨。

有句话说，父母是横在我们与死亡之间的帘子。当他们离开之后，那道帘子会被彻底掀开，人生从此再没有来处，只剩归途。

从这一刻起，温梦不再是个孩子了。她感到一种茫然的冷，如同赤身被雪覆盖，孤零零的，找不到存在的意义。

从医生办公室走出来的路上，温梦整个人是麻木的。她好像听见有人在叫她，又好像没有。

“妈妈之前跟我说过的，说她最近有点胸闷，说了好多次。”温梦开始不停地重复，“可我当时没有在意，我以为她只是没有休息好，睡一觉就没事了。当时我为什么没有劝她来医院看看？我为什么不带着她来体检？我为什么——”

“温梦，别说了。”廖维鸣打断她的自责，“这不是你的错。”

可这是谁的错呢？总该有人为这场悲剧负责，如果不是她的话，还能有谁呢？

而此时廖维鸣又开口，声音很轻：“想哭就哭吧。”

人在悲伤到极致的时候是哭不出来的。温梦一滴眼泪也没有，只是呆呆地站着，脑袋里空荡荡的。

廖维鸣没有催促她，仿佛也被巨大的悲伤裹住了。

很久后，温梦喃喃地开口：“维鸣。”

“嗯？”

“我没有妈妈了。”

廖维鸣沉默地伸出手搂住温梦，把她朝自己的方向拉过来。而温梦像失去了全部力气一样，头抵着朋友的肩膀，闭上了眼睛。

“维鸣，我没有妈妈了。”温梦说得很轻，“我该怎么办呢？”

黑暗中，她听到廖维鸣说出了这样一句话：“你还有我。”

是啊，她还有廖维鸣，只剩下廖维鸣了。

离世总是简单的，只要闭上眼睛就不用再受尘世的纷扰。反倒是那些被迫继续留在世间的人要独自面对无穷无尽的痛苦和琐碎却亟待解决的问题。

医药费需要一笔一笔地整理，医保和商业保险的申报也要花费不少时间，计算欠款、处理火化和安葬的事宜，每一件都吞噬着温梦的精力。

那段时间她过得太混乱了，日夜都是颠倒的，差不多有一个多月耗在这件事上，几乎没有余力去思考她的生活。

直到有一天，所有该做的好像都在一夜之间做完了。外面的世界不再需要她，她终于能够重新回到小小的职工宿舍，回到那间小小的客厅里。

房子一个多月没怎么住过人，空气算不上多么清新。温梦把窗户打开，任由风涌进来，然后安静地坐在沙发上。

四周的事物熟悉又陌生。

茶几上依旧放着纸巾盒，上面套着毛线套，是妈妈走前亲手织的。只是碗里没吃的鸡蛋面早就腐烂变质，绿色的毛沿着碗边一路爬下来，蔓延到桌子上，骇人又脏兮兮的。

也是在这个时候，温梦发现了那只打包好的行李箱。行李箱立在客厅中央，把手朝外伸着，像是在默默等待主人归来。

温梦的视线顿时聚焦、紧缩、凝固。她突然记起了那个没有兑现的约定。

“我当时一下子就慌了。”温梦用这么几个字描述自己当时的心情。

讲到这里，她终于不再去看脚下的土地，转而抬眼望向路灯下的男人：“其实现在想想，还是觉得有点不可思议。我怎么会把那么重要的一件事忘得一干二净呢？”

现在的温梦在描述这段过去的时候，语气是平和的。但时间往回流转，二十岁的她坐在狭小的客厅里时，心绪却无比错乱，头皮紧张得都要皱起来了。她急忙掏出手机，想要联系李彦诺，解释自己失约的原因。可对方并没有给她机会。

QQ被拉黑了，短信也发不过去，之后接二连三的好友申请也全部被李彦诺拒绝了。

温梦不是不能理解李彦诺——整件事里最可悲的地方就在于，她和他太像了。看到李彦诺的行为，她如同看到了自己。几乎不用去猜测，她就能想象出，在约定好的那天，李彦诺一定独自在机场等了很久。一直等到进港的航班全部走空，一盏盏白炽灯亮起，保洁人员开始催促，他才一言不发地离开。

“是我自己说了那么多遍要去，结果一声不吭就消失了一个多月。”温梦轻声说，“换作谁都会生气的，拉黑是再正确不过的选择。”

所以她不怪李彦诺。她只是觉得不甘心、不公平，因为明明她已经往前走了九十九步，就差最后这一步，就差最后这一张机票，一切前功尽弃了。

为什么事情会变成这个样子呢？她不懂。遗憾和愧疚憋在心里，连同未曾说出口的解释一起，一日日膨胀成了一道过不去的坎，成了她午夜梦回时怅然若失的缘由。

现在，她终于全都说出来了。觉得解脱了吗？也许吧。毕竟那些话存得太久，已经和肉长在一起，哪怕眼下直接挖出来、抛过去，依旧会有种空了一块的感觉。

一片叶子被风刮了下来，落在胡同的土路上，似有若无的尘土在两个人中间飞起来，让人鼻子发痒、发酸。

温梦被这点动静惊醒，抬手看了一眼手表。她和李彦诺在这里聊得太久，竟然已经过去一个多小时了。

“时间不早了，我们走吧？”温梦问，“我明天还有王宁德的专题要写，你是不是也要回去处理遗嘱的问题？”

该说的事情都已经说完，两人理应回归平常的日子。

可李彦诺没动。刚刚温梦那番冗长的解释，他一字一句全都听了进去。眼下他被钉在地上，表情是肃穆的，看不出端倪，内心却被悔恨撕扯得不成样子。

温梦没有察觉，只是掏出手机，低头打开叫车软件。她要回家了。

这个时候，她听见李彦诺说："那几年你过得是不是很辛苦？"

输入目的地的动作停下，温梦轻声回道："还可以。"

"对不起。"

"这不是你的错。"

"是我的错。"李彦诺坚持道。是他不应该这么固执、逃避，像个傻子一样躲在自己一厢情愿的假设里。

"好啦。"温梦笑了笑，试图缓和沉重的气氛，"我道过一次歉，你也道过一次歉，我们已经扯平了，不用再提了。"

但显然李彦诺不认可她的说法："如果——"

"什么如果？"

"如果王宁德在认识到自己的错误之后还能够有机会再遇到宋春娥，你说会不会有不一样的结局？"

温梦讶异地看向李彦诺："不能这样——"

李彦诺打断了她，又问："温梦，你相信命运吗？"

曾经是命运让他们离散，而眼下又是命运指引着李彦诺回来，让他们在雨天里重逢，把该说的话说清楚。李彦诺迫切地想要弥补自己的错误，想要弥合那些因为误会造成的伤痕。如果这次换他走向温梦——

李彦诺朝温梦迈了一步，低声开口："我们可不可以重新开始？"（"让我陪着你。"）

刮刀落在布上，留下一条饱满的曲线。靠着对色彩的直觉和长久的练习，厚重的颜料被一点点铺开，成了雪白羽翼上小小的阴影。

廖维鸣后撤了点距离，仔细审视起画上的图案。他的眉毛不自觉地蹙起，似乎是对刚才那一笔很不满意。停顿片刻，他又抬手抹去了。

今晚不是很好的一夜，修修改改，反复涂抹，总是不能达到理想的创作状态——也许问题并不是出在技法上，也不是出在构图上，而是画画的人正在思考什么事情。

笃，笃，笃。

画室的门突然被敲响，推开一道小缝。助理从外面探头进来，手里拎着一个硕大的外卖盒子："廖老师，我定了晚饭。"

“麻烦先放在桌上吧。”廖维鸣心不在焉地应付了一句，“我一会儿再吃。”

“不行啊，温老师之前专门嘱咐过我，说必须得看着您把饭吃了。不然您一忙起来又忘了，回头再生病。”

廖维鸣握着刮刀的手略微停顿。静默片刻，他从画布前侧过脸，决定把刚刚一直思考的问题抛给对方：“问你一件事。”

助理回答得很快：“是问今天有什么菜吗？叫的是颐和居的套餐，都在温老师之前给的单子上。”

廖维鸣被逗笑了，摇摇头。他抛出一个与此八竿子打不着的话题：“小赵，你相信命运吗？”

这一句来得没头没尾，颇有点哲学高度，彻底把助理整蒙了：“……啊？什么意思？”

廖维鸣又重复了一遍。

这回助理听明白了。虽然没有跟上艺术家跳跃的思路，但他依旧有些犹豫地回答：“相信……吧？”

“为什么？”

“因为好多事情解释不了，只能用命运来概括了啊。”

“比如？”

助理看出廖老师是要讨论一会儿的架势，干脆把外卖盒子放下，搔了搔脑袋：“比如前段时间，我着急出门，就那一天没带伞，结果刚好赶上今年夏天最大的那场暴雨，好险被浇死在半道上。还有……昨天打游戏的时候，女朋友非要来找我。我一个小时没看微信，结果就挨了一顿骂。廖老师，您说这不是命运，是什么呢？”

廖维鸣点了点，像是颇为认可他的说法。他顿了下，转而开口：“筷子是在盒子里吗？”

哲学讨论总算结束了，助理松了口气，连忙拉开外卖的袋子：“对，就在这儿呢。”

“谢谢，我现在吃。”

画室的门被关上，屋里重新只剩下廖维鸣一个人。

今晚的主菜是冬瓜炖排骨，看着清淡，调料加得也不算多，肉炖得软烂，滋味很不错。这家店，他和温梦去过一次，之后得到了温梦的许可，被特许列入外卖备选范围。

温梦特别注重这样的细节——两人在一起三年，她是真的在规划他们的生活，管理他的健康。不管这里面有多少爱情的成分，她都是关心他的，毋庸置疑。

廖维鸣夹起一块排骨，缓慢地咀嚼起来，继续思索困扰着他的问题。

按他助理的回答，命运是存在的。更通俗一点说，生活中的一切只是巧合而已。他虽然没有反驳助理，但他想了很久，觉得这样说并不对。因为，如果出门之前选择看一眼天气预报，就不会被淋在半路上；如果多对女朋友上点心，选择玩上十几分钟游戏就退出来看一次微信，就不会错过女朋友的消息；如果……在拿到温梦手机的时候，不去主动拨通李彦诺的号码——哪怕初衷主要是告知对方，温梦的妈妈出事了，那么李彦诺也许就不会产生误解，因此拉黑温梦的联系方式。

甚至更早一些。

“你的iPhone能不能借我两天？”高三的学生会会长跑过来，气喘吁吁地问，“我的手机刚才被老师没收了，有急用，特别急。”

廖维鸣站在十班门口，随手把SIM卡退出来，接着把手机丢过去，笑着问：“这么火急火燎的，你要联系谁？”

学生会会长拍了拍他的肩膀，压低声音：“我女朋友。”

廖维鸣不感兴趣地挑了下眉：“哦。”

而对方又说：“我女朋友是你们班的。”

这回廖维鸣愣了一下：“谁？”

“曾可欣。”

廖维鸣听到这个和自己没什么关系的名字，悄悄松了口气。

“你要帮我保密啊。”对方又说，“我还没有告诉过其他人。”

廖维鸣并不是很关心对方的所作所为，敷衍地点了下头。如果不是为了开请假条方便，他也许根本就不会和这个学生会会长产生交集。

事情原本应该到此为止。

但不久之后，在那个空落落的楼梯间，廖维鸣意外听到了温梦的心事。少女把爱恋藏得很好，小心翼翼地捧到朋友面前。那是多么坦诚的一颗心。

而他是怎么做的呢？

时至今日，廖维鸣依然能够记起当时的那种心情。强烈的忌妒心击穿了他：温梦为什么会喜欢李彦诺？为什么她喜欢的人不是自己？明明自己对她更好，全心全意，从最开始就是这样的。

廖维鸣不甘心——他太需要这份爱了。于是他选择对一些事实缄口不言。

所以，命运的另外一面也许就是那些在当初看来微不足道的选择。

一旦一步踏错，一步选错，从此就会坠进无法自拔的不安，陷入无止境的自我谴责，哪怕日后真的得到了梦寐以求的东西，廖维鸣也不敢相信且不敢承认那确实是属于他的。这种感觉太痛苦、太煎熬了。可他没办法逃离，这是他自己犯下的错误。

“维鸣，我们之间是没有秘密的，对吗？”温梦问他，眼底一片诚挚。她一定听到了他和李彦诺的对话，才会这么说。

“维鸣，你在害怕什么？”老朋友李彦诺问他，站在温柔的良夜里。

对于这两个问题，廖维鸣都没有办法回答，只能任凭长久的积郁压下来，令他头疼欲裂，无法喘息。

眼前的排骨色香味俱全，也没有冷掉，廖维鸣却突然一口都吃不下去了。他放下筷子，从桌上拿起手机，拨通了温梦的号码。此时此刻，他无比渴望听一听爱人的声音。

漫长的嘟声响起。一秒，两秒……十秒，电话始终没有被接通。

廖维鸣想到了什么，眼神沉下来，转而拨打另外一个号码。

几秒后，李彦诺的声音在电话那一头响起：“喂？”

“温梦是和你在一起吗？”廖维鸣干脆地问。

而对方顿了一下，平静地回道：“是。”

手机开始在廖维鸣掌间发烫，变得很沉。静默片刻，他沉声说：“麻烦你把电话给温梦，我有事和她讲。”

李彦诺没有动，也没有出声，显然并不打算按照他的要求行事。

“那你们现在在哪里？”廖维鸣深吸了一口气，努力压住翻滚的情绪，“这总能说吧？”

他果真得到了一个地址。

“新厂街183号。”

画室的门被推开，带来一阵微凉的风。助理正在外面偷偷玩手机，看见廖维鸣突然出来，被吓了一跳："廖老师，您吃完饭了？这么快？"

廖维鸣随意地点了下头，手里握着车钥匙，匆匆下楼了。

Chapter 11　老友

原本只是一个人的错误，
却变成了眼下三个人的痛苦。

李彦诺回复完廖维鸣，放下手机，望向温梦，他在等待一个回应。因为五分钟前他问出了一个问题："我们可不可以重新开始？"

当时他一边说，一边朝温梦伸出手，鼓起从未有过的勇气，掌心朝上，像是张开一张满是诱惑的网。

温梦一下子就愣住了，万万没有想到他会提出这样的请求。

而李彦诺从她迷茫的眼神里似乎看到了希望，于是又说："跟我一起去美国吧。"

眼前的一切都好像童话故事里才会有的情节：不管过程多么曲折，王子总会骑着白马找到公主，带着她一同住进鲜花盛开的城堡。只要把手搭上去，就能开启温梦曾经梦寐以求的生活。他们可以在Santa Monica的海岸边散步，吹一吹来自太平洋的风。他们可以在路过李彦诺打工的那家小咖啡馆时点上一杯摩卡，一起喝完，再笑着抹去彼此嘴唇上留下的巧克力泡沫。他们可以在洛杉矶的后院里支起一张躺椅，躺在上面什么也不干，就这么懒洋洋地晒一下午太阳。养的小狗会跑过来，舔他们的手心，痒痒的。这样的生活，光是想一想，就觉得满足。

温梦当时是怎么回答的呢？她脑子里是乱的，完全说不出话来，她只好下意识往后退了一步，像是要避开李彦诺的邀请，又像是被吓到了。

两个人拉开一些距离，风便从彼此之间的空隙穿过。树叶沙沙作响，一点点填满难堪的静默。

李彦诺顿了片刻，把手收了回来，重新插进西装口袋："我知道我的提议有点突然，但我们还有时间，你可以好好考虑，不用着急。"

温梦没吭声。过了很久，她才轻声说："我们走吧。"

不是疑问，是陈述。

李彦诺点头。

他们谈话的地方距离能进车的大路还有些路程，走上三五分钟才能到。一路上，温梦的手机不停地振动。是廖维鸣找她。但她没有接听。因为今天晚上发生的事情太多，已经超出她能处理的范畴，她尽力了，只想任性一次，不想再和任何人解释什么。

胡同口有一家小酒吧，是最老式、最普通的那种。也是在这家酒吧门口，李彦诺接通了廖维鸣的电话。说完地址，他侧脸询问温梦："要喝一杯吗？"

温梦摇了摇头。

出租车随时会来，而在静谧的等候期间，沉默了很久的温梦突然开口："彦诺，其实妈妈刚走的头一年里，我有点沉迷于打游戏。"

话题是崭新的，吸引了李彦诺的注意。他看了过来，神情有些疑惑——温梦和他一样，明明都是不大喜欢多余的娱乐的。

温梦仍然在回忆："那段时间真的很夸张，一睁开眼就会上线，对着电脑熬上整整一夜才会关机。有时候甚至连饭都顾不上吃，随便吃点泡面就能应付过去。"

"是因为游戏很好玩吗？"李彦诺问。

温梦摇了摇头："不是游戏好玩，而是当时很想试一试那种可以随时存档退出再重新来过的感觉。"

李彦诺明白了，却不知道该怎么接这句话。此时此刻，任何安慰的语言都显得无力。

温梦继续讲下去，语气很认真："后来维鸣实在看不下去了，趁我不注意，把我的游戏账号注销了。我知道之后，在床上躺了整整一天，就喝了一点水。他又带着粥来找我，说，我要是不吃饭的话，他就和我一起绝食。"

顿了下，她又说，“这件事，我印象很深。”

温梦讲的是很多年前的一些场景，李彦诺却从里面听出了她真正的意思。

人生不是游戏，不可能因为一些关卡过得不尽如人意，感到后悔，就重来一次。她不能放弃廖维鸣，也不可能去洛杉矶。不然，廖维鸣这么多年的努力和陪伴又成了什么？

拒绝从来不需要语言，只需要一种态度。

李彦诺的词典里少了太多形容词，但这不妨碍他在这个瞬间感到痛苦。希望才升起来就破灭了，还不如从来没存在过。

离开的人也许总是执着于一些错觉，觉得一切都会与自己离开之前一样，不会改变。但时间长河在他没有注意的时候一直向前流淌，哪怕他再次踏进来，也不是之前的位置了。

两人交谈的工夫，一辆出租车绕过一道弯，开到了跟前。

温梦拉开车门，转过身嘱咐李彦诺：“今天太晚了，你也别喝酒了，早点回去休息吧。”

李彦诺想了很久，才应道：“好。”

一个字的承诺太轻浅，话音被风打乱，消散在空气中。

载着温梦的车辆启动，窗外的景色一晃而过。

“空调好像坏了。”出租车司机边说，边转动控制按钮。他拧了半天，愣是没能让出风口出一点冷气，只好询问后座那个自从上了车就一言不发的乘客：“天太热了，我想把窗户打开透透气，你介意吗？”

温梦摇了摇头。

于是车窗被迅速降了下去。

北方的夏天总是不愿意给人一个痛快。哪怕环路上的风已经吹进来了，四周依旧是热烘烘的。温梦胳膊上蒙着一层汗，和刚才李彦诺落在她身上的目光一样，压得她心里发慌。

其间，出租车离开等待被拆迁的胡同区，道路两旁的楼宇变得越来越密集。车辆穿梭在狭窄的道路上，走走停停，成了寻找回家路的小蚂蚁。

十分钟，二十分钟……半小时。

三里屯Village的标识终于出现在温梦眼前，在夜里格外显眼，亮闪闪的，晕出一片光圈。

司机看着水泄不通的前方，不耐烦地按了好几次喇叭，随口和温梦拉起家常："早知道去国贸这么堵，就不应该走白家庄路。"

敞开的窗户里，风停了下来。

而温梦的脑海里突然产生了一个新的想法——也许是刚才和李彦诺的对话让她记起了很多被刻意遗忘的事情，情绪有些无法自拔。

"师傅，我不去国贸了，想换个目的地。"

"你要去哪儿？"司机诧异地问。

"和平里。"

从东二环到北三环，一路上导航路线都是红色的，车子走了又停，停了又走。短短七八公里的距离，对于极度焦虑的人来说，却像车子开了一个世纪那么久。

红绿灯交错中，廖维鸣眼前的马路变得扭曲、狭长。

阴沉的云借着夜色往下垂，就垂在无尽的长街上。这条街通向未知的远方，如同列维坦画中那样，满是荒凉。唯一的区别是，道路的尽头并不是《弗拉基米尔之路》里的流放地，而是胡同口一家很小的静吧。

廖维鸣推开门，大步走了进去。

灯光昏暗，老板在断断续续地练习弹木吉他。工作日的晚上生意冷清，除了吧台边坐着的一个男人，再看不到第二个客人的身影。

廖维鸣环顾一圈，没有找到他要找的人，于是缓慢地开口："温梦人呢？"

"你来晚了一点，她刚刚走了。"李彦诺抬起脸，平静地问，"要喝点什么吗？"他面前摆着两个喝空的小口杯，还有两杯没有来得及喝，杯口闪着润泽的光，龙舌兰的味道沿着玻璃往外涌，辛辣、刺鼻。

廖维鸣顿了一下，才回答："不了，我是开车来的。"

李彦诺点点头，没有要留他的意思："好，那就早点回去吧，路上小心。"

既然此行是来寻找温梦，那么目的没有达成，理应转身离去，只是廖维鸣走出两步，脚步渐渐变得迟疑，最后停了下来。他在思考。

几秒之后，廖维鸣回过头，重新走向吧台，拉开李彦诺身边的那把椅子。

"一杯曼哈顿。"他坐下来，向老板点单。

黑麦威士忌和糖渍樱桃都是现成的，只是老板放下吉他之后说店里没有苦艾酒，能不能用杜松子酒替代。

廖维鸣不大在意地回道："都行。"他本来就是醉翁之意不在酒，喝什么都无所谓。

老板很快调好了一杯曼哈顿，端了上来。樱桃在殷红的酒液里沉浮，看着有模有样，闻着也是甘甜之气。

廖维鸣早有心理准备，也没有什么期待，但尝过一口之后，还是下意识皱起眉头。见李彦诺正疑惑地看过来，他想了想，还是决定解释一下："味道不大对，有点像……"

"料酒？"

"料酒。"

李彦诺和廖维鸣几乎是同时开口。

看，老同学之间就是有些默契。如果是心无芥蒂的两个人，遇到这样的巧合，总会笑一笑的。但此时不论是李彦诺还是廖维鸣，都没有微笑的想法。

沉默片刻，廖维鸣把酒杯往前一推，准备说些什么。

而这时李彦诺先开了口。

"维鸣，"李彦诺转动眼前的龙舌兰酒杯，"认识这么久，我好像一直没有告诉你一件事。"

话出有因，廖维鸣顿了下："什么事？"

"有时候我挺羡慕你的。"

气氛突然变得尖锐，简直要戳穿廖维鸣暗藏的不安。李彦诺之所以这么说，一定是因为刚才和温梦开诚布公地谈过什么，才会得出这样的结论。他们讲了什么？为什么温梦不接自己的电话？为什么她要先走？

廖维鸣坐不住了，有些后悔点了这杯酒。他想要马上离开，去找到温梦，想要去解释他能解释的一切。可即将要起身的时候，他又停住了。

在爱情面前，先动心的人总是会缩得无限小，变得无限低，以至直接如廖维鸣，偶尔也会有犹豫的时候。于是他扭过头，看向李彦诺，眼神锐利："你是不是和温梦说了什么不该说的？我不是告诉过你嘛，事情办完，就早点回美国。"他用的是警告的语气。

李彦诺没有回答廖维鸣的问题，似乎只是被很多话坠着，想把自己刚刚没有说完的话讲清楚："我羡慕你有很多勇气，知道自己想要什么，一直朝着一个方向努力。"

这句话让周围彻底安静下来。

李彦诺在直言不讳地剖白自己，讲出那些这么多年来一直在努力回避的心里话。说完之后，他抬手喝空了面前的酒。酒精顺着食道燃烧，让他闭了一下眼睛。

廖维鸣把他的行为都看在眼里。李彦诺是真的和温梦聊过了，而且结果是显而易见的——从刚刚那场谈话里，李彦诺收获了无穷无尽的痛苦和自责。面对这样的情形，廖维鸣应该松一口气才对。但不知道为什么，亲眼看到李彦诺这样，他却突然开始沉默，因为上一次见到李彦诺这样，还是在作为朋友相处的旧时光。

那天李彦诺坐在附中的篮球架下面无意识地拍着球，看上去在被什么事困扰着。

"怎么了？"廖维鸣在他边上坐下来，扔过来一瓶饮料。

李彦诺接了，低声说："我母亲在和我父亲协商，想让我去美国念书，考藤校。"

廖维鸣愣了："什么时候走？"

"不知道。"

"怎么能不知道呢，为什么不去问问你妈妈？"

李彦诺摇了摇头："我不能问。"他的脸色是平静的，眼神却很痛苦。

不去问，就不会得到严厉的教训和批评，不用去面对那些永远达不到的标准，从小到大，李彦诺都是这样回避问题的。

此时廖维鸣坐在酒吧里，如同很多年前一样，觉得自己被李彦诺的情绪裹挟了，这些挣扎太逼真、太直接，每一条都直白地指向他的罪。

共情是艺术家的本能。一些激荡的情绪逐渐被收敛，变得不再那么赤裸。过了两三分钟，廖维鸣深吸了一口气，突然慢慢地开口："我哪有什么勇气，你胆子可比我大多了。"

李彦诺否认。

于是廖维鸣又说："你不记得了吗？当初那么大的一个蛤蟆，你三下两下就给剖了。"

高一，生物实验课。

廖维鸣一刀下去，蟾蜍当场血溅四方。按理说，死了就应该老老实实闭上眼睛，可那只蟾蜍偏不肯，就要在不锈钢盘上狠狠蹦跶两下。吓得廖维鸣从塑料椅子上弹起来，惨叫道："啊啊啊啊——它怎么死了还会跳啊！"

李彦诺恰好和廖维鸣分在同一个组。他扫了一眼这个在当时还不算很熟悉的同学，平静地解释道："这是因为植物神经反射。"

"蛤蟆不是动物吗？为什么是植物反射？"

一看这位就没有好好听过生物课。

"首先，是蟾蜍，不是蛤蟆……算了。"李彦诺解释了两句，决定不再浪费口舌，干脆直接把解剖盘拉到自己面前，默默地完成接下来的工作。

廖维鸣隔着两米，小心翼翼地围观了一会儿，最后好奇地凑了过来，简直对这位学霸干净利落的解剖手法心悦诚服。

下课铃一响，他就大大咧咧地把胳膊搭在李彦诺肩上："兄弟，多谢你帮忙，以后咱俩就是朋友了。我罩着你，有事你说话。"

李彦诺可以甩开自作主张的廖维鸣，但他没有，因为对方是如此生动有趣，他自己又是如此枯燥乏味。高一时，除了廖维鸣，几乎没什么同学主动和他来往。

那廖维鸣为什么要和他做朋友呢？

此时坐在吧台前，廖维鸣听到了这个问题。不知出于什么原因，他重新举起装着曼哈顿的杯子，又喝了一口，单薄的面相皱起来："因为当时我也挺羡慕你的。"

卡在青春期的末尾，廖维鸣有太多敏感的想法、太多无法通过创作宣泄的情绪。李彦诺像一块稳定的基石，刚好压住了那动荡的船艉。

"今天的任务还差两页没有完成。"李彦诺检查过后，面无表情地把练习册塞回廖维鸣手里。

"明天再说吧。"廖维鸣捶了捶胸口，"你看，现在外面天好阴沉，总感觉心里堵得慌，很难受。”

“不行。”很显然，李彦诺在学习这件事上是不会让步的。他一把拽住廖维鸣的书包带子，把他扯回座位上，“快点写。”

廖维鸣长长地叹了口气：“苍天啊！这是造了什么孽啊，怎么就让我认识你了！！！”话虽如此，笔尖还是老老实实地在纸张上移动，直到填满练习册的最后一个空格。

性格如此南辕北辙的人可以做朋友吗？

答案是，当然可以。

至少当初他们就维持了两年的友谊，晴天时一起打球，雪天时一起放学，课业不忙碌的时候去廖维鸣家打游戏，课业紧张的时候去李彦诺家上自习。

彼此磨合到李彦诺能够一眼看穿生日那天廖维鸣是故意发错短信，提前一个小时叫温梦去别墅。而廖维鸣也能在捡起篮球时发现李彦诺正对着场馆另外一端走神。那是女生上体育课的方向，温梦正在一下接一下地用手腕颠球，想要传给乔婕。

廖维鸣把篮球抛过去，故意砸在李彦诺肩上：“喂，你看什么呢？”

李彦诺笑了笑，回身接住球，没有开口解释。

他们曾经是很好的朋友，是最好的朋友，是无话不说的朋友。既然如此，又怎么会走到今天这个地步呢？

此时两个成年男人坐在吧台边上，面前是毫不相干的酒，突然都失去了沟通的能力。

李彦诺把最后一杯龙舌兰酒喝光，抬手示意老板再添点。而廖维鸣没吭声，直接用掌心盖住了他的酒杯，不让他再续下去。

一些光暗淡地投下来，穿透酒杯的杯壁，在吧台上映出斑斓的色彩。

廖维鸣沉默地看着，如同在看一出哑剧。他突然觉得那些星星点点的斑痕很像小时候自己最珍视的万花筒里的图案。

那是廖维鸣父亲公司上市那年。

为了庆祝这件事，父母难得抽出一天时间来，陪着廖维鸣一起去公园玩。他母亲在纪念品商店给他买了一只万花筒。廖维鸣太喜欢了，无论去哪里都要带着，结果后来被邻居哥哥看到，一把抢走了。他哭得满脸是泪，跑去找他母亲主持公道。

而他母亲急着出去赴约，从他身边经过，神色匆匆：“没了就算了，多大点事。谁叫你拿着到处显摆的？”

廖维鸣那时候不过五六岁，不知道怎么辩解，只是伤心地哭。

“别哭了，吵死了。”他母亲随手拉开名牌包，从钱夹里抽出几张百元钞票，塞给他，“让阿姨带着你去商店，再买十个。十个不够，就买二十个。”

大人是不懂的。他们不明白，不是所有东西都能用钱换来，即便换来，也不是孩子想要的那个了。

“我才不要新买的……我要我原来——”

他母亲不耐烦了：“那你就去抢回来！喜欢什么就去抢，不就完了？”

当时的廖维鸣觉得，大孩子和大人的心都好坏，怎么能因为自己喜欢就去抢别人的东西呢？

现在的廖维鸣又和那些大孩子和大人有什么区别？因为自己爱温梦，就要想尽一切办法抢到，再藏起来，哪怕是用钱收买，不管温梦是不是出于偿还他的恩情，才自愿留在他的身边。他终于长成了小时候自己最厌恶的样子。

空酒杯在廖维鸣指间微微转动，流光溢彩。

而李彦诺突然在这个时候开口，打破了沉默：“我算了一下时间，《夏归》这件事下个月中旬应该可以处理完。”

廖维鸣抬起眼皮：“然后？”

“我这几天就订回洛杉矶的机票。”李彦诺像是想通了，说这话的时候很慢，是含着些歉意的，“你和温梦的婚礼……我恐怕来不及参加了，红包在微信上给你。”

廖维鸣没有作声。这次他没有用警告或威胁的方式，依旧从李彦诺嘴里得到了他想要的答案。但这一切并没有令他如预想中那么心安。那种如同刀尖划过心脏的感觉几乎要把他逼疯了，他抽搐、紧缩，坐立难安。

廖维鸣思索了很久，低声问：“你还喜欢她，对吗？”

这句话里没有明确点出那个“她”是谁，但在座的两个人心里都清楚。

李彦诺沉默了，答案是显而易见的。

不管是出于道义、理智抑或是其他原因，他突然做出了这个要离开的决定，他依旧是喜欢温梦的。感情不是纸张，一撕就裂，而是绵长又柔软的绸缎，看不见起点和终点，令深陷其中的人几近窒息。

如果没有一点良心，就不会感到愧疚，如果能够彻头彻尾做坏人，那么哪怕做出再多伤害朋友的举动，也不会感到痛苦。可不论是廖维鸣还是李彦诺，都只是普通人，他们有阳光普照、相互帮助的时候，也有被私心困住、雾霭沉沉的时候，就像天气一样。好的、坏的，刮风的、下雨的、晴朗的、落雪的，不管怎样过，都是一天。

“我要走了。”廖维鸣起身离开吧台之前，这么说。

李彦诺挥了一下手，给这场意料之外的会面留下一个潦草的结尾。

吉他声响起，昏黄的小灯里，只剩一个人的孤寂。

出租车在狭窄的小街上行进，最后停在有些暗的路口。

“这边灯不大灵光，你下车的时候小心，别扭到脚了。”司机特意嘱咐了一句。

温梦点头，下车，走进炽热的空气。她已经有多半年没回过和平里的职工宿舍区了。上一次，还是正月里。

那时距离她和廖维鸣从上海过年回来，不过一周左右。

两个人似乎达成了某种共识，于是赶在一个周末，廖维鸣特意来这套老房子里坐了坐，吃了晚饭，看了电视节目，顺便嗑了不少瓜子，磨蹭了好久，还是不肯走。他像是有话想说，又不知道怎么挑起话头。

这也太不像廖维鸣的风格了。

温梦等得有点困了，干脆温声对他讲：“老刘刚刚发了正月值班表，我被排在明天了，要早起去单位的。你今天晚上要是想留在这里，就快去洗漱。你要是想回别墅，就早点走，路上还得几十分钟。”

廖维鸣听见她的话，果真行动了。不过，他不是离开，也不是去刷牙，而是站起来伸手拉了一下沙发后面的窗户。老房子五金件生锈严重，插销闭合不好，他这么轻轻一动，窗沿就簌簌落下尘土。他借着这个机会回过头来，理直气壮地对温梦说：“你看这都老化得快要关不上了，夏天怎么防得住蚊子？”

“所以呢？”

“别坚持了，搬过去和我一起住吧。”

这就是廖维鸣刚刚一直磨蹭，想要说的话。

像是怕温梦反对，他又劝说道：“我知道你不愿意搬家，觉得麻烦。但是住在这里，天天睹物思人，多难受啊。都过去这么多年了，我们往前看吧，好吗？”

拒绝的词语原本卡在温梦嗓子里，在听到他的理由之后，又被她咽了回去。她被戳中了。

温梦思考了几天，也查阅了不少相关信息，最后决定就按廖维鸣建议的那样，找中介把房子挂了出去。

这套公寓虽然结构老旧，但好在占着附中的学区名额，很快就在正月结束之前成功出手。合同签好，温梦落下笔，啪嗒，清脆的一声，好像一桩心事终于被放下。自从那天过后，她就再也没有回过和平里。

而她这次回来，小区变化不算很大。楼与楼挨得紧密，路上停着不少共享单车。小区空地中央是一个广场，零散地立着些公共健身器材，还有一个椭圆形的大花坛。

温梦走到花坛边，坐了下去。这里角度绝佳，一抬头就能看到那幢她住过很多年的筒子楼。

读书时，偶尔赶上一次考得不理想，温梦就会揣着卷子坐在这里，一待就是一个小时。文艺一点说，她是在思考人生；直白一点说，她是不敢回家找妈妈签字。

从底楼一层层往上数上去，一、二、三。

此时亮着橘色灯光的那扇窗户后面就是原先温梦家的厨房。

不上夜班的时候，妈妈会在那里忙碌。她一边点燃煤气灶，一边扬声问：“梦梦，炒鸡蛋里要放葱吗？”

而温梦会扒着厨房的门，故意拉长声撒娇：“要，但是要切得很小很小很小的那种。”

妈妈无奈地笑笑，摇着头把葱花剁得很细：“知道了，快去学习吧，做好了我就喊你。”

“好哦，妈妈辛苦啦。”

旧日的场景在温梦眼前浮现，有些离开了，有些还没走。现在想想，当时她为什么不敢回家呢？哪怕挨两句骂也好啊，至少那个时候她还有家，还有妈妈。

过去永远伏在暗处。不管用过多少办法、不管经过多少时间，只需要一个小小的契机，它就会狰狞地跳回来，把怀旧的人整个吞噬。

嗡，嗡，嗡。

不知道过了多少分钟，不知道过了多少小时，温梦包里的手机再次开始振动。绵长的，短促的，绵长的……从电话铃声变成微信提示音，又从微信提示音变成电话铃声。

温梦的目光垂下去，这一次，她按下了接听键。

廖维鸣：“我刚刚到家，你在哪里？”

“我在外面。”

“哦。”电话那头安静下来，过了几秒，“你不回来吗？”

“一会儿吧。”温梦不想动，也不想离开曾经的家，她只想坐在这里，独自静一静。

廖维鸣听出来了。

此时的对话就像一条河，同时朝着不同的方向涌去。有的会驶向湍流，有的会撞上岩石，有的会并进和缓的小溪。只要廖维鸣愿意，完全可以顺着平静的支流往前走，把一些事情翻过不提。但他犹豫着，思考着。也许是刚刚小酒馆里的那场对话让他产生了新的感悟。最后他近乎绝望地决定坦白：“我刚刚去找你的时候见过李彦诺了。”

“嗯。”

“所以……你都知道了？”

温梦回道：“对。”

她不傻，一个故事里有对不上的地方，肯定是有人故意为之。

在医院的那几天，她忙得焦头烂额，根本没有机会给李彦诺打电话。她的手机一直放在廖维鸣那里保管，除了廖维鸣，还有谁会去主动联系李彦诺，事后又不告诉她？

李彦诺曾经问廖维鸣："你在害怕什么？"

答案已经不言而喻。

廖维鸣在害怕那些折磨了他很多年的选择，害怕失去温梦，也害怕面对不断质问自己、拷打自己的良心。

电话里，电波刺啦作响。

廖维鸣的声音再次传来时，变得有点小心翼翼："你是不是生气了？"

温梦想了想，认真地回了一句："没有。"

谈不上生不生气，只是有点失望，毕竟她是那么信任廖维鸣，对他没有一点保留，无论喜怒哀乐，都会和他分享。他怎么可以这样对她呢？只是有些事情已经过去太久，再追究也没有意义了。

温梦也许想要表现得大度一些，但廖维鸣从这句回答里听出了另外一层含义。在他的设想里，温梦一旦知道了所有错过与误会的原因，一定会痛斥他的卑劣行为，瞬间挂断电话，从此再也不理他。而这又是他承担不起的。可此时此刻，温梦并没有这么做。她表现得太冷静、太理智了，完全不打算对自己的未婚夫发火，就好像无论他做出怎样出格的举动，在她心里都掀不起一点波澜。也对。对一个有恩于自己的人，又怎么会生气呢？温梦只会感激他的付出，感激他的陪伴，仅此而已。

廖维鸣倚在38楼的落地窗边，俯瞰国贸的万家灯火。

玻璃窗很凉，寒意透过衬衫，彻底浸透他的皮肤。在这一刻，他甚至希望那些曾经让自己无比不安的假设真的发生。原来，比戳穿谎言更可怕的是对方根本就不在意。

"你为什么不生气？"廖维鸣低声又问了一遍，听上去异常固执，好像哪怕温梦表现出一点恼怒、一点憎恶，他就能获得一点安慰。

温梦不想再讨论下去，也不理解他的意思："先不说这个了，我今天会晚一点回家。你别熬夜，早点睡吧。"

此时的体贴与关心显得格外扎人。

静了许久，廖维鸣没有答应她。只是再次开口时，他聊起了完全不相干的事情：“你还记得我们是怎么在一起的吗？”

温梦当然记得。

三年前的一个夜晚，就在这个花坛边。

两个人看过夜场的电影，廖维鸣送温梦回家，走到楼下的时候，随意聊了几句。

温梦想起刚刚的剧情，对廖维鸣说：“今天那个男主，有点像你。”

电影里，主角和朋友们开着一辆老旧的二手车去西部掘金，恰巧遇见大雪封山，车子在半路抛锚。一行人修了很久无果，只能等待天亮之后的道路救援。只要有些野外求生知识的人就知道，在这样的时候，无论如何都不能睡过去，因为一旦睡着，就很容易造成失温，被活活冻死。眼瞅着同行的几个朋友开始犯困，男主掐了自己一把，强打起精神，像《一千零一夜》里那样不停地讲故事。那些故事有的俗套，有的无趣，但架不住讲故事的人热情、开朗，充满奇异的点子。伙伴们一边吐槽一边讨论，就这样熬过了黑暗，等来了黎明。

廖维鸣当然知道温梦想要表达的意思。但他还是故意问：“我怎么不觉得自己像那个男主？哪里像了，你展开说说呗。”他就是想听温梦亲口夸自己。啧啧，这厚脸皮。

温梦笑了，无奈地摇了摇头：“你就装吧，你明明就知道我要讲什么。”

廖维鸣也跟着笑起来，索要夸奖无果，于是换了话题：“你下周末是不是不用加班？我看又有新片子上映了，要不要再一起去看看？”

温梦刚要点头，喵，一只野猫突然从暗处蹿了出来，跑得飞快，几乎跳到她身上。

温梦被吓了一跳，整个人往后仰。

“小心！”廖维鸣急忙伸手，一把拉住了她。但他的力道没有控制好，用力过猛，温梦被扯得向前，一下子跌进他怀里。

扑通，扑通，心跳滚烫。

温梦直到现在都还记得，那是一个很好的春夜。

4月里，风都是微暖的，夹杂着暧昧的气息。月亮躲在云后面，不肯露头，羞怯地照着两个相拥的人影。

而廖维鸣被这种气氛蛊惑得不想松手，目光探寻地望向温梦。

温梦犹豫了一下，闭上了眼睛，纤长的睫毛微微颤抖，像是应允了什么。

于是廖维鸣吻了下来。

那是一个长长的吻，长到彼此呼吸的节奏都被彻底打乱，才恋恋不舍地分开。

廖维鸣拉着温梦的手，有点不敢相信似的："我们这是在一起了？"

温梦小声回道："嗯。"

不然呢？

"好像是在做梦，你掐我一把吧。"

这剧情太老套了。温梦笑了笑，突然起了坏心思，决定满足一下廖维鸣的愿望——她抬起手，在他胳膊上狠狠地拧了一把。

"咝——你还真下狠手啊！"廖维鸣一张脸皱起来，夸张地跳到两步外。

而温梦一脸诚恳地对他说："够吗？不够的话，我还可以再掐两下。"

"够了够了。"闹过之后，廖维鸣反倒美滋滋地笑了，"明明挺疼，怎么还是觉得跟做梦似的。"

确实是在做梦。温梦就是廖维鸣的一场梦。而只要是做梦，就总有醒来的时候。填不满的爱意会吃人，在心上豁开大大的洞，空落落地敞着，不光让廖维鸣头疼欲裂，连呼吸都变得艰难。

此刻他靠在窗边，玻璃太透明，好像下一秒他就会跌出去，跌进万家灯火。

李彦诺和温梦都是很好的人，他们都是他的朋友。回过头来看看，自己又对这两个朋友做了什么？

小酒吧里的龙舌兰酒，深夜不回家的理由，38层楼上孤寂的灯火。

原本只是一个人的错误，却变成了眼下三个人的痛苦。

李彦诺还没有买机票，一切都还来得及，都可以弥补。虽然廖维鸣并不想让温梦走——这不公平，他舍不得。可什么是公平？什么是舍得？人总得学着放手，总好过一辈子活得愧疚、不满足。

温梦早上出门前喷的香水还没有完全散去，让此时的卧室浮着一股淡淡的百合香，就好像她在他的身边，一直没有离开过。

廖维鸣深深吸了一口气，不知道是不是这个决定让他得到了解脱，他感到头没有那么疼了。之后他一个字一个字地开口，不知道用了多大力气，才说出这句话："温梦，我们分手吧。"

Chapter 12　分手

她出现在他的生活里，
就是这个世界带给他的奇迹。

温梦愣住了，下意识反问："你说什么？"

廖维鸣重复了一遍刚才那句话，语速很慢，声音很轻："我们分手吧。"

这是因为她不及时回家而在闹脾气吗？

"我马上就走，再过五分钟。"温梦没有领悟他的意思，开口保证道。

廖维鸣没有吭声。

于是温梦又说："我真的没有生气，也没有怪你的意思。事情都已经过去了，再纠结也没有必要了。"

这句话像一支箭，刺中了廖维鸣。一向开朗的他叹了一口气，很显然他提分手的原因并不是这个。那是为了什么？

燥热的空气在花坛边聚集，逐渐变得令人烦闷，让人焦虑。有些隐晦的含义就浮在滚烫的风里，可温梦却怎么也抓不住。越是思考，思路越混乱，她干脆站起身，扬声问："我不明白。相处得好好的，为什么要分手？"

廖维鸣起初没有回答，沉重的呼吸声顺着听筒传来，一下、两下、三下。然后他问："温梦，你真的爱我吗？"

"当然——"

廖维鸣打断了她："我指的是恋人的那种。先别着急回答我，好好想一想再说。”

温梦想了很久，突然陷入沉默。她当然喜欢廖维鸣，只是这种感情太复杂了。

两个人相处的时间太久，先是多年好友，又是唯一的家人，最后才是恋人。很多事情模糊成一团，根本拆不出里面有多少是出于责任，又有多少是出于爱恋。

“不是这样的，维鸣。你不能这么问——如果这么说的话，你又喜欢我什么呢？”温梦试图解释，试图反问，但有些话说出来，连她自己都觉得苍白。

廖维鸣笑了，语气平和：“你看，你自己心里也是清楚的。”

软刺卡在温梦喉咙里，让她没有办法再反驳。

“婚庆公司那边我会处理好的，你不用操心。”挂断电话之前，她听到了廖维鸣的最后一句话，“温梦，你不欠我什么。”

廖维鸣要离开自己？直到坐上回家的车，温梦还是不太相信这件事。毕竟他太爱开玩笑，经常想一出是一出，不靠谱的时候太多，很难让人把他的话当真。

但这一次，廖维鸣好像是认真的。

因为等温梦推开国贸公寓的大门时，屋子里是黑的。

衣橱里廖维鸣那一侧空了大半，行李箱也少了两个。洗手间的漱口杯虽然还是两个，可属于他的电动牙刷却消失了。

廖维鸣真的走了，带着他的生活必需品。

分手这件事发生得毫无预兆，也毫无实感，但是真实地发生了。怎么会这样呢？

很久没有体会过的孤独像涨潮的海水，一点点蔓延，不知不觉间，占满了整个屋子。温梦的胃蜷缩起来，身体和大脑一起停止工作。她在洗手间里站了很久，对着镜子里的自己，感到无比困惑。最后，她潦草地冲了个澡，顶着湿淋淋的头发出来，靠在卧室床头。

作为媒体工作者，她是习惯在睡前看一会儿新闻的。

今天的新闻说，国家展览馆下个月要展出意大利文艺复兴时期的藏品。

廖维鸣一定会对这个展览感兴趣，毕竟当年达·芬奇的素描来京展览时，哪怕大雨封路，他都要拖着温梦一起去看。

“注意肩膀那里的排线。”廖维鸣指着玻璃展柜，认真讲解着，“交接处画得特别生动。”

温梦看不出名堂，只是赞同地点头：“确实挺好的。”

廖维鸣笑了，眼睛闪闪发亮：“等回头给你看看我画的。”

“好啊，什么时候？”温梦很感兴趣。

“先不告诉你，这是个秘密。”

一晃好多年过去了，直到今天，他也没有给她看过那个秘密。

温梦想到这里，不自觉地侧过脸，想要和廖维鸣讨论几句。可枕头那一侧是空的。廖维鸣不在了。

这种感觉太奇怪了，以至温梦没有犹豫，打开微信把这条新闻转发给了廖维鸣。消息很顺利地发送过去，看来他并没有拉黑她。

只是十分钟过去，对话依旧停在那里——廖维鸣没有回复的意思。

啪，手机被扔到床垫上，弹了起来，又落了下去。温梦仰面躺到被子上，陷进松软的枕头里。

熬了很久，想了很久，思路像打结的耳机线，越发理不清，不知道什么时候，她才迷迷糊糊睡了过去。

隔天起来，也许是头发没有吹干的缘故，温梦的脑袋有点沉。不过，身体再不舒服，工作仍然需要继续。人总得有责任心。

温梦踩着点走进新文媒的大门，刚巧迎面遇见小常。

“早上好。”温梦说话时鼻子堵塞，带着点杂音。

“梦姐，你感冒了？”小常担心地问。

“没什么大事。”温梦不想把情绪带到工作中，清了清嗓子，“对了，王宁德的事情有眉目了。”

“真的？”

“嗯，我昨天去了一趟新厂街胡同，把前因后果弄清楚了。”

接下来，温梦讲述起来。故事不算长，几分钟就讲完了。最后，她总结陈词：“所以宋春娥就是《夏归》上那朵雪梅。”

小常听到这里，激动地狂拍大腿："妈呀，这情节也太曲折了！完全可以搞出一整套虐恋情深的剧情了。标题我都有了——'惊！知名画家客死他乡，竟是忘不了深恋的她'。"

很好，这回他不打算演迷雾花园了，改成"知音体"了。温梦端起杯子，默默喝了一口水压住咳嗽，然后打断小常的发言："不能这么写。"

"为什么？"

温梦没有立刻回答。因为在这一瞬间，她想到了很多，有徐静秋的叮嘱，有李彦诺回来的契机，甚至有廖维鸣离开的原因。种种思绪纠结在一起，缠出一个模糊不清的身影和一个没有被厘清的命题。

"让我这两天再思考一下。"温梦最后慢慢地说，"总觉得哪里差点意思，一定有更好的切入点。"

小常充满信任地附和道："行。"

椅子从桌前滑开之前，他像是想起了什么，突然嘱咐了温梦一句："对了，梦姐，你脸色看着真的不大好，要不今天请个假，早点回家休息吧？"

温梦想到那套空荡荡的公寓，停顿一下，轻声回道："不用了。"

上午，中午，下午。

时间在一点点流逝，手机屏幕上却再没有过来自廖维鸣的未接来电和未读消息。

说不出是失落还是不真实，哪怕过去接近一天，温梦还是没能适应这种沉默。终于，临下班时，安静了一天的手机再次振动，是一个陌生号码的来电。

温梦愣了一下，急忙接起来。

对方却不是廖维鸣，而是一个女声："请问，是温小姐吗？"

"对。您是？"

"您之前定的婚纱已经改好了，随时可以来取。"

原来是婚纱店的店长。

温梦握着手机，几秒之后低声说："知道了，谢谢您。"

通话结束之后，温梦一边咳嗽，一边给廖维鸣发一条微信："婚纱店刚刚联系我，说是衣服改好了。"

这次廖维鸣很快回复："糟糕，我只记得和婚庆公司那边说取消仪式，忘记告诉婚纱店了。不过，定制的裙子估计也退不了，你要是有空，就取了自己留下吧。”

明明每一个汉字温梦都认识，可她看着屏幕却觉得有些读不懂。

片刻后，她决定再问一次：“维鸣，你是认真的吗？”她是在说分手这件事。

隔了几分钟，廖维鸣回复：“是。”

手机自此安静下来，再没有回音。

夏天感冒真是最糟糕的一件事，外面天气炎热，身体里也在冒火。

温梦下班回来，吸溜着鼻子，随手打开客厅的灯，一个人坐在沙发上，茫然地看着电视屏幕亮起来。

电视上又在演《十诫》——上次两个人一起看完，廖维鸣忘记调换影片了。

客厅里的空气突然变得令温梦几近窒息，让她一秒都待不下去，这种感觉太讨厌了，就像此时此刻额头上冒不出来的汗，令她憋得难受。

温梦起身进了卧室，昏头涨脑地跌进床里。

她突然想起一个雨天。

当时她抱着笔记本电脑坐在床边，排风扇呼呼地往外吹热气，烫得人膝盖发疼。她在赶一篇急用的稿子，要赶下午五点前交给刘主任。

而廖维鸣突然在这个时候推门进来，兴致勃勃地问她：“最近天气好糟糕啊，我们别在北京待了，去撒哈拉沙漠骑骆驼吧。你看，下周怎么样？”

对于他异想天开的行径，温梦早就见怪不怪。她一边打字，一边应付：“不行啊，我下周没空。”

“那下下周？”廖维鸣认真计划起来，“我去问问那个做定制行程的导游。”

他真是疯了。温梦叹了一口气，从电脑上抬头：“维鸣，我不可能和你去撒哈拉旅游。第一，我们都没有签证——你先别和我说加急办的事情；第二，我不可能和老刘说，我要去骑骆驼，所以不去上班了。我要是真这么讲了，你信不信老刘马上就能被开除我？”

一通道理讲下来，她生出些感慨，又补上一句：“你一天到晚都在想些什么？我真是不能理解。”

“这有什么不能理解的？天气不好的时候出去走走，换一换心情，找点灵感。”

“想找灵感的话，在网上看看纪录片不行吗？”

廖维鸣见她态度坚决，勉强被说服了，嘟囔出一句：“好吧。”

“出去的时候记得帮我关门。”温梦把视线重新投回文档上，不是有意疏忽他，而是真的在为工作发愁。

砰，卧室门被廖维鸣拉上，这件事就这么过去了。

两人的行为模式差得太多，类似的事发生过无数次，简直不胜枚举。每次遇到温梦不能领悟的时候，她就会用“艺术家性格”来概括廖维鸣，好像这就是一切问题的答案。

早餐可以从豆浆变成咖啡，沐浴露可以从金盏花味变成马鞭草味，汤里可以不再放香菜，鸡蛋要吃溏心的——生活上的习惯最好是统一的，她愿意配合廖维鸣。

一切进展得如此顺利，以至温梦觉得他们在情感上的诉求也变得统一。他和她都清楚边界和禁区在哪里，有了说不出的默契。

如果真的是这样，廖维鸣为什么还是要提分手？

如果真的是这样，她为什么不能回答他关于爱的问题？

台灯关上之后，卧室变得很暗，四处黑漆漆的。温梦躺在床上，一边咳嗽，一边睁着眼看向雪白的天花板。她突然觉得，与廖维鸣认识这么多年，不光是自己有太多情绪没有和他分享过，也不光是自己太过沉溺于照顾他的饮食起居。她也许并没有真的尝试过去了解廖维鸣。

想要做到彼此理解，是一件多么困难的事情。

巴别塔倒塌之后，人类就再没有共通的语言，有的只是试探和猜疑。

温梦主动联系过廖维鸣，询问他的近况，试着关心他离开家之后住在哪里。对于这些问题，廖维鸣都一一回复了。

廖维鸣说现在是备展的最后阶段，这段时间他就住在画室，不回去了，让温梦不要担心。

话题到这里就没办法再进行下去。

如果想要和好，至少也要继续追问一些信息。可温梦在说出一句“注意身体”之后，就没有再给廖维鸣发过微信，不是她有意拿着架子，而是她也不知道他想要的东西自己到底有没有，又是不是给得起。

成年人之间分手，讲究水过无痕般的好聚好散，大多不会有激烈的争吵，甚至不会相互撕破脸皮，留下来的只有不再联系和很多年之后的那句“好久不见”。

没想到廖维鸣这样喜欢热闹的人也是这样的。

温梦心里很难受，是那种被针刺过的疼，疼到极致，眼睛却是极度干涩的，一滴泪也没有流过。仔细想想，自从妈妈去世，她就没怎么哭过。

活着的人总要找到属于自己的路，对她来说，成长是一夜之间的事情。只有把激烈的情绪埋进土里，才能冷静地继续活下去。

只是在分开后的头几天，她时不时还是会产生一些奇异的错觉。

比如每次坐在沙发上看电视时，她总觉得客厅的门随时会被推开。廖维鸣会懒洋洋地走进来，哗啦一声把钥匙扔到鞋柜上面。

温梦会板起脸：“东西要挂好，不然一会儿又找不见了。”

廖维鸣马上点头，把钥匙归位。只是十有八九他下次依旧会忘掉，屡教不改。

有的时候是在吃饭。温梦打开外卖盒子，发现炒肉里全是红辣椒。她会像平时一样，扭头询问廖维鸣要不要重新订一份。也是到这个时候，她才会发现他已经离开。

他们在一起的时间实在太长了。

不论是李彦诺出国还是妈妈去世之后，在每段困难的日子里，廖维鸣都一直陪在她身边。不论刮风还是下雨，抑或是炎热的三伏天，他总是充满热情与奇异的想法，偶尔也会嬉皮笑脸地讨人厌。他们似乎长在一起，让分离成为一件根本不可想象的事情。而分手又是一个拆解的过程，把身体切开，露出血淋淋的肋骨，再把这么多年长在自己肉里的人一点点拔出来。如同一个喝惯咖啡的人，突然有一天强迫自己不再摄入一点咖啡因，总要经过一个漫长的戒断过程。

需要多久呢？

也许是一天两天，又或者三年、五年，谁也不知道。

要是能见到廖维鸣就好了，她就不用独自忍受戒断反应，哪怕只是听一听他讲的冷笑话或是随便聊聊天也好。

每次在失眠的夜里，温梦都会条件反射般地想要拿起手机，去听听廖维鸣的声音。

往往也是在这个瞬间，廖维鸣的那个问题会在她脑海中浮起——“你爱我吗？”

温梦相信，廖维鸣在问出这句话的时候，眼神一定是无比专注的——“恋人的那种”。他想要的是纯粹的、确信的爱，不是出于责任，不是出于愧疚，更不含着哪怕一丁点补偿的感情。

温梦一想到这里，就会迟疑地把手机放下。她没办法回答这个问题。

一些迟疑、一些自责、一些思考，让时间被从天拆解成小时，又被拆成分钟，最后被拆成秒数。温梦甚至一度疑惑，觉得自己被什么东西定住了，动弹不得，又好像手里小心翼翼地攥着一块拼图却不敢轻易放下，生怕彻底弄乱图案，再也拼不回去了。

感情的事一团乱麻，生活倒是能理出些头绪来。换一个环境也许就会让饱受折磨的心好受些，况且不能总是让廖维鸣有家不能回，这样太不公平。

于是在分手的第四天，温梦做了一个决定，她得从这套公寓里搬出去。

“这一片治安挺不错的，离CBD也近。有直达的地铁，半个小时就能到，不用倒车。”租房中介擦着额头上亮晶晶的汗，向温梦介绍起来，“押一付三，半年起租。”

兴许是觉得屋子里太热，中介说完，找到遥控器，随手把墙上的空调打开了。

嘀，空调上的小红点亮起，冷风徐徐降落，吹进人心里。

温梦环视着眼前这套有些老旧的一室一厅，没多犹豫，咳嗽了两声，哑着嗓子回道：“就定这套吧。”

保洁、搬家、打扫卫生。衣服被一件件收进箱子，从国贸拎过来，又被一件件挂进新房子的柜子里，就和当初她离开和平里时一样。整个过程花了温梦一天多的时间。

“我搬走了，钥匙在餐桌上。你不用在外面住了，回去吧。”

温梦终于安置妥当，能够在新家餐桌前的椅子上坐下，给廖维鸣发出这样一条微信。她收起手机的时候，腰后面突然被硌了一下，有点疼。

温梦站起来，仔细查看了一番，发现椅背和椅座连接处有一颗钉子冒出了头。得找个锤子砸一下，不然每次坐下去都会硌得慌。她走到玄关，把行李箱打开，从里面翻找出在宜家买的工具箱，拿起那柄沉甸甸的锤子，在椅子前面蹲下。

啪，她砸了一下，手法不够娴熟，锤子直接从钉子上滑开了。啪，再砸一下，这回钉子彻底歪向一边，死活砸不进去了。

这场景就好像2月里刚搬进国贸的新家，温梦站在墙边钉钉子，如此这般捣鼓了好一阵子都没成功。

当时廖维鸣正在安置几个大件行李。等他忙活完，回头发现温梦正拎着锤子砸墙，顿时被吓了一大跳："不是吧，才搬进来，你就要拆家？"

"我想把你的画挂上去。"温梦无辜地回答。

廖维鸣长长地叹了一口气，说："你快把凶器放下，我来吧。"

画家的手很灵巧，廖维鸣三下五除二就搞定了钉子。油画被挂上去，雪白的墙上有些跳脱的颜色，看上去生机勃勃，很有朝气。

廖维鸣站在椅子上，得意地回过头来显摆："真不愧是我画的，效果是不是还不错？"

是挺不错的——能够离开满是回忆的和平里职工宿舍，到新的地方，和新的人一起展开新的生活。未来仿佛就在不远的地方向温梦招手，金光闪闪，连那些晦暗的往事都被照亮了。

而此时温梦摸了摸眼前被砸歪的钉子，边缘是硬的，有点扎手。

疼。肉体上的痛苦和精神上的感受突然同步，也是在这个时候，分手的真实感渐渐压下来，压在温梦肩膀上，让她直不起腰来。

想要接受一个预想之外的事实，总是需要一点时间。

温梦独自蹲在椅子前面，第一次意识到这个狭小的空间里真的只有自己。她是真的没有廖维鸣了。明明他说过那么多次："不管发生什么事，我都不会离开你的。"可他还是走了。

那些共同度过的时间、那些漫长的陪伴、那些哪怕在当初看来是烦恼的彼此的缺点，全都不在了，它们和无数不能回首的记忆一起，都变成了过去，再也回不来。

温梦的嗓子突然变得很痒，让她忍不住撕心裂肺地咳嗽起来。她的心是麻木的，就好像重新回到很多年前三院的等候大厅。她不想哭，只是感到茫然和孤独。

一天，两天，三天。只要是醒着的时候，她就在思考一个问题：事情怎么会变成这样呢？为什么会走到分手这一步呢？她不懂，但是她太难过了。

病的从来都不是人，是心。

年轻的身体很快就能康复，断断续续地咳嗽了一个礼拜，温梦就好得差不多了，上班时也不用再戴口罩，担心传染别人。

“嘉城那边的策展给我打过电话，说是《夏归》的归属权出了些问题，可能不能参与这次的拍卖了。所以王宁德的那个专题先缓一下，等消息都定下来再说。”开会的时候，刘主任专门和温梦提了一句，“我这边有个新项目，小温，你带着小常接过去吧。”

会议室里嘟嘟囔囔的议论声响起来：“怎么说不拍卖就不拍了？损失谁来弥补？”

相比其他人的不解，温梦倒是对这个专题的暂停早有心理准备。如果《夏归》最后真是要赠予宋春娥的女儿徐静秋，那么估计她和王宁德那个远房侄子之间少不了还有一场撕扯，是不是需要打上一两场官司，都不好说。

嗡，桌面上的手机振动。应该是那张椅子报修之后，租房中介那边给出了回复。

温梦把手机拿到膝盖上，偷偷解锁，屏幕上显示的却是另外一个名字。

李彦诺：“这两天你有时间吗？”

上次分别时的场景历历在目，微妙的气氛蔓延开来，以至温梦想了一下才问：“找我有什么事吗？”

几分钟之后，手机再次振动。

李彦诺：“《夏归》的事情有些进展，想在回美国之前和你见一面。”

“我明天下午有空。”温梦回道，把手机收了起来。

这次见面的地点，依旧是在东直门那家小咖啡馆。

温梦是按约定时间到的，反倒是李彦诺因为不堵车，来得早了一些。午后晴朗，照得桌旁男人的白衬衫一片明亮，袖口微微挽起，露出结实的腕骨，一如少年模样。

“还是喝拿铁吗？”李彦诺按照上次见面时温梦的喜好，想要点单。

温梦挑了他对面的椅子坐下，摇摇头：“不了，喝果汁吧。”刚换了新家，她还不太适应新环境，这两天的睡眠实在太糟糕，不能再承受一点咖啡因。

果汁很快就上来了，橙色液体在透明玻璃杯里微微晃荡，围着冰块荡漾，摸起来很清凉。温梦握住杯子，慢慢啜饮了一口。果汁漫过牙齿，留下一丝甘甜。

李彦诺果真如他在微信里所说的那样讲起了工作。他先是谈到下周要回洛杉矶草拟赠予协议，接着谈到王宁德侄子的愤怒，所述内容基本和温梦猜测的差不多。

等一切讲完，他停了下来，嘴巴张了张，又合上了。很明显，他是有别的话要问，却又不知道如何开口。

温梦看出来了，却并没有问。这几天她进行了太多关于爱的思考，觉得不解和疲惫，没有办法去回答这些试探。

气氛顿时有些紧张。

好在不久后电话铃声响起，适时地缓解了一些尴尬。温梦扫了一眼屏幕，抱歉地看向李彦诺：“实在不好意思，我有点急事，得先接个电话。”

“好，你忙。”

这次电话是租房中介打来的，修家具的师傅晚一点可以到，问温梦什么时候有空。

“我半个小时之后应该可以，咱们在小区门口见吧。”温梦迅速和中介约定时间、地点，结束了通话。手机放回桌面上的时候，她发现李彦诺在看她。

“你从之前的住处搬出来了？”李彦诺试探着问。

“对。”

李彦诺顿了下，缓缓开口：“你们真的分手了？”这才是他刚刚没能问出来的话，也是他今天要和温梦见面的真正原因。

而温梦在听到他的问题之后，突然意识到了一件事，慢慢地抬起头：

“是维鸣告诉你的？”

李彦诺手指转动玻璃杯，默认了。片刻后，他又说：“我之前提过的那个邀请……如果你愿意的话，还作数。”

时隔几天，同样的问题再次抛出来，听上去又有些不同。因为温梦已经和廖维鸣分手了，而李彦诺是在问单身的她想不想跟他走。不论是逻辑还是情感，这次都说得通，毕竟那些曾经束缚温梦的道德和牵挂都已经随着廖维鸣的离开而消失了。

空气和时间同时凝滞。

咖啡馆的音响依旧在唱那首《加州旅馆》，大概老板就是这个音乐品位。歌声嘶哑，从过去到现在，一直没有变过。

This could be Heaven or this could be Hell

（天堂与地狱一线之隔）

理解与隔膜也是的，有时候两个人每天面对面相处好几年，一天聊上一百句话，彼此的意思依旧含混不清，如同隔着楚河河界，但赶上一个恰巧的场景，好多事情就全都解释得通了。

比如此时此刻，温梦突然有一点明白廖维鸣为什么要在李彦诺往前迈出一步的时候提出分手。不全是他对爱的定义斤斤计较，也不全是他一定要追求最纯粹的爱，而是如果由他主动提出分开，那么她就不用有任何心理负担，只要她愿意，随时可以开始她想要的生活。

Some dance to remember, some dance to forget

（有些舞蹈是为了回忆，有些舞蹈是为了忘记）

音响里的歌好像永远不会终结，只是温梦嘴里的果汁彻底变了味，尝起来异常酸涩。她突然想起了什么。

廖维鸣说过：“不管发生什么事，我都不会离开你的。”但这个许诺明明还有后半句，那就是：“除非没有意义了。”

“为什么会这么说？”当时她放下看了一半的书，侧过脸来问他。

而廖维鸣靠在床边，只是笑笑，眉头不经意地皱起来，看上去又在为一些她不清楚的事情而焦虑，感到有些头疼。

话题就此岔开，转到健康层面了，以致后来她没有机会再问什么时候他的陪伴会变得没有意义。

也许不用再问了。因为现在就是那个时候——当他终于放下一些东西，想要成全他朋友的时候。

温梦沉默了很久，想了很久。最后她压着苦涩，把杯子里面残留的果汁喝干净了。她再开口时，态度是坦诚的："我确实和维鸣分手了。"

李彦诺握着杯子的手紧了紧，目光停在她身上。

"但是说起来也许会有点荒谬，这么多年来，我其实并不了解他。就比如他提分手这件事，我其实也是刚刚才想明白的。"

停了一阵，温梦徐徐地说："我好像忽视了太多东西，太沉溺于自己搭建的假设了。这种感觉……彦诺，你懂吗？"

李彦诺当然懂。他和温梦是一样的人，犯过一模一样的错误。甚至他宁愿自己少懂一些，这样就不用听明白温梦的选择。李彦诺很久不再开口，好像被突然冒出来的复杂念头扯着。

店里墙上的时钟不知道在什么时候停住了。咖啡馆老板从抽屉里摸出两节新电池，起身换好，指针嘀嗒作响，一格一格往前走。

温梦抬起头，看了一眼恢复正常的挂钟。

"我和中介约的时间要到了。"她轻声说，不知道这算不算告别的理由。

李彦诺没有点头，也没有要说话的意思。

温梦又坐了几秒钟，被无言的情绪牵扯着，觉得不能再待下去了。或许不说再见，就是最好的再见。她起身，要从咖啡桌前离开，而几乎与此同时，李彦诺突然开口："等一下。"

温梦停了下来。

"维鸣昨天约我见面，说你们分手的事情，是在他的画室里。"李彦诺说得很慢，像是一边说，一边试图厘清自己内心的纠结。

温梦不解地看向他，没明白他讲这句话的原因。

于是李彦诺又问："你最近去过那边吗？"

温梦摇了摇头——廖维鸣一直对这次画展的内容有所保留，说什么也不让她去。出于对他的尊重，她也就真的很久没有造访过了。

“去看看吧。”

“为什么？”

李彦诺低声回答她，用的是很多年前给她讲题的口吻：“去看看，我想，你会更了解廖维鸣的。”

出租车开得很快。大约是因为司机从后视镜里看出乘客表情紧绷，于是有意加快速度，免得被投诉。

拐过弯的时候，温梦给房屋中介打了个电话：“抱歉，我临时要去个地方，没办法和修家具的师傅见面了。我们能不能改个时间？”

“哎呀，你这个人怎么能这么办事呢……”在电话那头不满的抱怨声中，两侧楼宇一闪而过。

夏日夕阳下，车轮扬起的灰尘飘散在空气中，和刚刚李彦诺在告别时眼中流露的沉寂一样。

廖维鸣的画室离美院不算很远，是独栋的二层小楼。此时天色已晚，斜阳正落在白色楼顶上方，勾出一道绚丽的金边。

温梦没空欣赏美景，到了地方就急匆匆地下车，走到画室一层的大门口。她和之前每次来的时候那样，直接就要推门而进。可用力推了一下，门没有被推动，她低下头，这才发现入口是锁着的。

廖维鸣此刻并不在画室中。

温梦愣了一下，掏出手机，拨打了那个熟悉的号码。

“您呼叫的用户已关机，请您稍后再拨。”

廖维鸣的手机竟然关机了。

温梦只能继续在通讯录里翻找，最后联系上了廖维鸣的助理小赵。

这回电话接通了，而小赵的回答让温梦有点惊讶：“廖老师不在北京，说是要出去走一走，这会儿应该在飞机上呢。”

“他不是昨天还在画室吗？”温梦想起刚才李彦诺的话，疑惑地问。

“廖老师是早上才临时决定要走的。您可能不知道，昨天画室来了个客人。那个人走了之后，廖老师状态就挺不好的，晚饭也没有吃——哦，对了，我可不是和您告状啊！您千万别告诉廖老师，他不让我和您说的。”

小赵在保密工作上很是缺根筋，基本被人一问，就全都一五一十地交代了。

温梦顿了顿，只能退而求其次地请求：“维鸣不在就算了。我现在就在画室门口，想进去看一看，能麻烦你过来开门吗？”

“抱歉啊，温老师，廖老师嘱咐过我，画展的内容在开幕之前是不能给您看的。”这会儿小赵倒是想起廖维鸣的嘱托了。

不过，温梦已经从他的话里听出了什么。很显然，廖维鸣并没有把分手的事情到处说，以至他贴身的助理都不清楚。这样事情就好办多了。

“没关系，我理解你。不能开门就算了，我直接给维鸣发个微信吧，就说你刚刚特意和我告状，说他昨天没吃晚饭。”

小赵：“？？？”

人只要不是很讲道德，有些事总是很容易就能办成的。

十五分钟后，小赵骑着他的小电驴，一路火花加闪电地赶来了。

他一边哆哆嗦嗦地开锁，一边小声嘟囔着：“您可千万别给廖老师发微信啊，我不想再失业了。工作要是没了，女朋友肯定得和我分手……”

在说话的过程中，画室的声控灯一盏盏亮起，照出一条雪白的河。一层是会客厅，二层才是廖维鸣的工作室。想要看画，得上二楼。

温梦拍了拍小赵的肩膀：“你在这里等一下，我马上就下来。”

说完，她踩着那条“河”，一步步往上走，直到最顶头的那间屋子门口。手指放在门上，她深吸了一口气，一用力，拧开了门把手。

这间画室，温梦之前来过很多次，对每一处都很熟悉。只不过随着画展即将到来，之前那些常见的旧作被收了起来，只留下备展用的新作，按序号依次排好，贴着名称和标签。

温梦一边往前走，一边一幅幅看过去。这次要展出的画不少，内容也很庞杂。有些是具象的，例如别墅花园里中干涸的泳池，池子的蓝色菱格被土渍掩盖，好像蓄水期永远不会到来。有些是抽象的，例如风吹起窗帘，布料的边角被搅进扭曲的时钟与月亮中央，成了大天使加百利雪白的翅膀。有些是有寓意的，例如温梦曾经见过的那只鸟。时隔多年，不知为何，廖维鸣又画了一次。明知会遍体鳞伤，那只鸟依旧扑向锐利的荆棘，明黄色的嘴不停地歌唱。

温梦越看越觉得疑惑，因为廖维鸣明明说过，这次画展的主题是“神迹”。可是眼前的哪一幅油画都和这个主题完全无关。她细细审视着，反倒从这些作品里面体会出了不一样的含义。

廖维鸣似乎是在用画笔描绘曾经经历过的内心挣扎。而看画的人一路走来，就如同走过他被亲人遗忘的少年时期。

“我爸妈太忙了，要出差，来不及回北京。”又是一年生日，廖维鸣的父母照旧缺席，哪怕廖维鸣正处在高三学习最紧张的时期。而廖维鸣本人在说起这件事时用的是一种无所谓的语气：“都是小事。”

怎么能是小事呢？

“明年去我家过生日吧。”温梦认真地说，“我妈妈很喜欢你。”

廖维鸣马上美滋滋地答应了：“这可是你说的，不许反悔。”

温梦点了下头。她坐在别墅的餐桌旁，看着廖维鸣带着笑容把蜡烛吹灭，突然有一点感伤，好像有很多朋友围着廖维鸣，好像他确实是被爱意笼罩着，但那些情感填不满他心上的洞，他其实一直都是一个人。

这就是李彦诺所说的，来看一看画室，她就会更理解廖维鸣吗？

温梦几乎是这样认为的，直到倒数第二幅画出现在她眼前。

这幅画和其他的全都不一样，尺寸很小，是从水彩原稿上拓下来的，图形和色彩都不再扭曲，意外地明亮，而且生机盎然。

画的内容也很直白。穿着蓝白校服的少女刚跑完800米，正坐在体育馆前的台阶上休息，饱满的唇微张，脸颊因为刚刚的运动而变得红润。她手里拿着矿泉水瓶，侧过脸，不经意间对着画外的人微笑。神说要有光，于是那束光笔直地照进少女的眼睛里，点亮了另外一个人的世界。

这幅画和其他作品比起来，明显稚嫩不少，大抵是画得太早，创作者的技法还不够成熟。

温梦看着它，如同看到一个十七八岁的少年独自坐在画室里，对着有过一面之缘的少女，在速写本上一笔笔描摹、一点点完善，想要把他人生最初的爱恋完整地记录下来。

其实画是没有意义的，甚至诗歌也没有，前者不过是颜料的堆积，后者不过是文字的堆砌，是创作它们的人花费了无数心血与时间，让它们活了起来，有了不一样的意义。而眼下这张纸就承载了创作者的太多情感，变成了活的、会呼吸的故事。

它还有一个名字，叫作《奇迹》。

这张小小的字条就贴在画框边缘，上面的字迹是廖维鸣的。很显然，他是这么定义这幅作品的。

暴雨来临那天，廖维鸣坐在沙发上一边看《十诫》，一边和温梦解释道："我不画这个，我在画生活中会出现的那种奇迹。"

温梦好奇地追问过很多次那种奇迹到底是什么，可廖维鸣绕着圈子，就是不肯回答。

眼下这幅画给出了答案——她出现在他的生活里，就是这个世界带给他的奇迹。她填补了他心上的洞。

温梦一直不能理解廖维鸣骨子里的那种浪漫。她总是觉得他有太多常人无法接受的想法，太敏感，又极端。但这一次，透过这幅画无声却长情的告白，她像是被雷击中了，呼吸在此刻显得有些多余，爱的力量令她从发梢开始紧缩，大到她几乎喘不过来气。

慌乱中，温梦把视线投向最后一幅画。

而这一幅，廖维鸣叫它《未来》，布面是全素的，纯然的白，一笔都没有画过，就好像明灿灿的未来不需要描摹，也不用去设想太多。

等等，不对。

温梦走近些，突然发现边角有个很小的绿点。她看着眼熟，一些回忆慢慢涌上来，淹没了她，让她一动不能动。

这幅画不是廖维鸣画的，而是她画的。

那是一年前。

画室的边角有一张沙发，廖维鸣累的时候会蜷缩在上面休息。有一次温梦来看他，发现他睡着了，于是伸手帮他盖好被子。扭头时，她发现画架上的布面是雪白的，像是等着人落上几笔。

温梦看着摆在一旁的调色盘，突然手痒痒起来，很想学着廖维鸣之前的样子在画布上描两下。于是她抓起笔，轻声问："我要动手啦，你不说话就是同意了。三，二，一……"

廖维鸣睡着了，自然不会理会她的倒数。

只是笔尖落在布上之前，温梦又犹豫了，不知道该不该乱画。

而这时，她的皮肤上突然传来滚烫的触感。

不知什么时候廖维鸣醒了，不仅没有斥责她，反而站起身，从身后握住她的手："画画的时候不能犹豫，要往前看。"

油画笔落下，留下一个俏皮的绿点。明明是在说画，但却叫她觉得他是一语双关。

这么多年来，廖维鸣的确是这样做的。他一直努力拖着温梦，甚至是逼着她，让她朝前走。因为她活在回忆里太久了，那些遗憾、那些错误如同梦魇一样纠缠着她，让她没有喘息的时候。

温梦总是在自责，总是一遍又一遍地回想着，如果能够早点发现母亲心口疼、早点送她去医院，如果能够早点联系上李彦诺、早点解释清楚失约的理由，那么所有的悲剧与误会也许就都不会发生。一年又一年，她从来没有放下过，不断用这些念头惩罚自己，不肯原谅自己曾经犯下的错误。

可已经发生的过去就和诗歌与画作一样，都是没有意义的。有意义的是身旁的人，是正在经历的现在，是尚未发生的未来；是花坛边胆怯的吻，是三院大厅里坚定的拥抱，是落雨的别墅里彼此紧握的双手。

不论是《奇迹》《未来》抑或是整个画展，都是廖维鸣的剖白，是送给温梦的礼物。他小心翼翼地珍藏着、完善着，不敢在彻底完成之前给她看，而是等待公开的那一天。即便眼下两人不会结婚，即便分手之后，温梦有很大概率根本不会再去他的画展，廖维鸣依旧在好好准备这些东西，因为这是他的心愿。他希望她往前看，哪怕这样意味着要放手、要分开。这是他给她的奇迹。

画室里变得很安静，安静到只能听见温梦的呼吸声。长久维持的成人壳子终于被敲开，露出那个抱着膝盖默默流泪的小孩。她站着，想着，沉默着，渐渐觉得有些很凉的东西顺着脸颊滑下来，于是她伸手抹了一把。

直到看到手心一片湿漉漉的时候，温梦才发现，自己哭了。

Chapter 13　他和她的约定

对有些人来说，相守一生太长，太过枯燥，
但对他们来说，一辈子太短，不够挥霍。

这么多年来，温梦积攒的眼泪太多了，流下来擦掉，擦了又流，就没有停下的时候，好像憋着一口气，要把所有委屈和悲伤全都一键清空。她呆呆地站在画前，站了很久。

不论是《奇迹》还是《未来》，都是振聋发聩的提醒，震得她灵魂颤抖。

不知过了多久，笃，笃，笃，有人在敲画室的门。

温梦回过头来。

小赵见她一直没有下楼，等得有点着急了，于是上来一探究竟。在看到温梦满脸是泪的时候，他被吓了一大跳："不是吧，温老师，您怎么了？？"

温梦没有解释，也不知道怎么解释，只是哑声问："维鸣去哪里了，你能告诉我吗？"

从北京到马尔代夫，直飞需要将近九个小时。

廖维鸣坐久了有些疲惫，随手拉开飞机舷窗的遮光板，往外看去。窗外是层叠的云海，阳光在云朵间找到空隙，大咧咧地晒进来，不一会儿工夫就把头等舱座椅烤得温暖。

热度袭来，让人头脑逐渐昏沉。对于昨晚整夜未眠的人来说，此时应该好好睡上一觉。

廖维鸣放平了座椅，闭上眼睛，只不过翻过两次身之后，他的意识依旧是清醒的。因为有些事情在他脑海里坠着，让他无法入睡。

“你和温梦真的分手了？”昨天，李彦诺站在画室里，讶异地问道。

廖维鸣沉默了很久，点了下头。老朋友之间，很多事情不用多说些什么，只需要一个眼神，彼此的意思就都明了。

画室的门就此关上，李彦诺转身下楼。

而廖维鸣在画室边角的沙发上坐了下来，像被留在真空中。他在做着呼吸运动，胸口起伏，却无法把氧气吸进肺里，感到窒息又无助。

就如同命运安排好的一样，他的朋友、爱人依次离开了，身边又只剩下满满一屋子画陪着他，一切都回到了最初的起点。

就好像小时候。

廖维鸣小学三年级时，美术老师就发现了他的天赋。当时别的孩子都在按照要求乖乖地画长颈鹿和小马，廖维鸣却在描画一团混沌的事物。

美术老师走过来检查作业，对他的作品感到好奇：“你画的是什么？”

廖维鸣像模像样地解释起来：“我在画难过和不开心。”

简单的水彩笔在他的手里，竟然成了表达情绪的工具。形状和色彩在纸面上碰撞，让原本不可能描绘出的悲伤竟然一点点变得具象起来。

那天放学后，美术老师主动找到来接廖维鸣的保姆。

“和他的家长建议一下，让他去学画画吧。对性格敏感的孩子来说，画画是个很好的情绪发泄口，对他的成长会很有利的。”

廖维鸣的父母常年不在家，保姆倒是把这番话听了进去。出于好心，她擅作主张，真的把廖维鸣送去学画画了——从小学到初中，再到高中。

直到某一天，忙碌的廖父突然回家。在看到廖维鸣在别墅里辟出来的画室时，他勃然大怒：“一天天的，就不能培养点正经的爱好？画、画、画，能挣几个钱？”

他把投诉电话打到美术老师那里去，对方在努力解释：“廖总，您不能这么说。我教了这么多学生，能看出维鸣这孩子特别有天赋……”

“天赋有什么用？你也不看看有多少搞艺术的最后都饿死了，他要是能挣回本来，我就继续供他读。”

让廖父没想到的是，廖维鸣的那幅画后来真的卖出去了，成交价两万元整。

于是他的斥责变成赞扬：“画得好，多画点，爸爸给你开展览，一直开到学校门口去！”

仿佛在他眼里，什么都是生意，什么都是钱，生活里就只有这两件事，根本没有艺术和理想容身的空间。

也许，这并不能完全怪廖维鸣的父亲。毕竟他是从工地上一块砖一块砖干起来的，早些年跑工程、拉关系，陪客户喝酒，能喝到胃出血住院。输液针才从血管上拔下来，他转头又要去工地上监管，一干就是一整天。他实在是受够了这样的苦日子，才会害怕儿子以后过得不富足。

廖维鸣能理解，也能共情，所以他从来不抱怨。只是他觉得，他好像生错了家庭。在这样一个家庭里，他和其他人都太不一样。他的天赋、他敏锐的直觉、他对情感的所有渴望和诉求，都成了父母眼中最无足轻重的事物。

“不够花就从保险柜里拿。”父母总是这样说，“想要多少拿多少，密码你知道。”

这就是父母用来代替陪伴孩子成长的方式：简单、粗暴，还有点冰冷。

既然家里没有自己想要的东西，就去外面找吧，他是这么认为的。

上学的时候，廖维鸣书包侧兜永远装着几百元现金，银行卡里有几万元余额。不论是请同学们去网吧通宵打游戏还是去吃芝士比萨，要不就是随手借出自己最新款的iPhone，他都不会犹豫，也不会感到舍不得，只要有人愿意陪着他就行，只要有人愿意喜欢他就行。钱对廖维鸣来说，反倒是最不重要的。

但是再热闹的聚会也有散场的时候。朋友们各有各的家，总不可能陪着他过夜。廖维鸣依旧要一个人回到别墅，走进画室，打开一盏台灯。灯光垂下来，落在画布上。他看着看着，突然觉得自己也不是全然孤独的。因为有个穿着校服的少女正坐在画里微笑地看着他，给昏暗的空间照出一抹亮色。她叫温梦。

这个名字还是廖维鸣经历了不少曲折才知道的。

温梦的朋友不多，她更不会参加学生会这样复杂的社团场。所以，想要知道她的名字，是一件很困难的事情。这么低调的一个人，又怎么会和廖维鸣认识呢?

那还是很久以前，高一的春季运动会。

虽然是春天，但北京的4月有时也热得很。燥热的气温挡不住附中操场上热火朝天的加油声，主席台上的解说更是热情高涨："迎面向我们跑来的是高一的运动健儿们……"

廖维鸣掂了一下手里的纸箱，信步往前走。

彼时的他刚结束一个比赛项目，自告奋勇地帮忙给班里搬运矿泉水。他路过跑道边的时候，一个疲惫的身影刚好从他身旁经过。

那是个模样清秀的女生。她在跑最后一圈，体力似乎快要耗尽，粗重的呼吸声和脚步声交错，一下接着一下，身体变得有些不大稳当了。而在她背后，最前面领跑的人已经冲了过来，眼瞅是要套圈。

如果是廖维鸣遇到这种情况，也许他压根儿就弃跑了，因为再跑下去也没有意义，是不可能拿到名次的。

但那个女生还在坚持，丝毫没有要停下来的念头。

风分明是随性的，没有自己的根骨，此刻它却又因为少女的坚定，变得绵长而持久。它吹动她的头发，美正在发生。就好像维纳斯从海中徐徐升起，那是廖维鸣才在《西方美术史》上看到的画作。短暂的灵感在这一刻涌现，如果手头有笔有纸，他很想把眼前的一切都记录下来。

"维鸣，这里——"

就在廖维鸣看得入神的时候，同班同学隔着半个操场喊他，看来是急需用水。于是廖维鸣把手里的纸箱往上提了提，朝操场的休息区走过去。

他以为这不过是一场小小的偶遇，如同很快就退去的灵感一样，再没有后续。然而十分钟后，在回教室取横幅的路上，他又见到了那个女生。

这次是在体育馆的台阶前。她已经成功完成了自己的项目，身上的号码牌已被解了下来，她正坐着休息。

矿泉水从她握着的瓶口流下来，沾湿了她的嘴唇。整幅画面明明极具诱惑性，可那个女生的神态是自然而不张扬的，看上去只是让人觉得恬淡，好像空气都变得安静。也许是注意到了廖维鸣的存在，也许只是无意间的动作，她侧脸看过来，对着他所在的方向微微笑了一下。

这一笑，让廖维鸣的心脏蓦然紧缩。有个淘气的光屁股小天使拿出金箭，嗖地射中了他的胸口。维纳斯是爱与美的象征，而缪斯能带给人无限灵感，如同眼前的这个笑容。很多以前没有过的创作思路都像约好了似的，同时在廖维鸣的脑海中浮现。而这一次，它们不肯再轻易离开了。他看到了含苞待放的睡莲，看到了金黄的麦田，看到了宝石项链上的祖母绿挂件。他要画、他应该画、他必须画，这种冲动几乎占据了他的全部思绪，就好像宿命一般。

你相信一见钟情吗？

廖维鸣不相信。因为他是在第二次见到温梦的时候爱上她的。

没人能解释得清是什么带来了最初的心动。越是模糊不清的东西，往往越具有神性。缪斯雕像露出若有若无的微笑，让人挣脱不开。

而在廖维鸣慌乱的心跳声中，那个女生已经休息好了，起身往教学楼走去。他晚了一步，没能和她说上话，也没能问到她的姓名。

不过廖维鸣朋友多，有的是办法。他扭头就去找学生会的体育部长："刚才跑800米的学生名单，你那里有吗？"

"有。"

名单到了他手里，是长长的一串。他刚才没有看清那个女生身上的号码牌，这会儿对着密密麻麻的陌生名字，一下子有点发蒙。

这条路既然走不通，那么只能在上课间操的时候继续寻找。

只是附中一个年级有六百多人，这项浩大的工程无异于大海捞针。廖维鸣一度要放弃，直到期末奖学金名单公布，很多人围在公告栏前，他才突然再次见到那个女生。

当时她正仰着头看，像是在名单上找自己的名字。身旁的同学比她先一步找到了，激动地喊道："温梦，快看，你在第五个！"

她含蓄地笑了笑，没说什么，眼光柔和。

原来她叫温梦。

廖维鸣揣着这个新得来的名字，一走进教室就憋不住要和朋友分享这个喜讯："你猜我刚刚知道了什么……"

李彦诺等了一会儿，见他不再说下去，于是从练习册上抬头："什么？"

“没什么。”廖维鸣突然改变了主意，把嘴闭上了。他把松散的书包拉开，掏出速写本，眼睛里是掩饰不住的得意。

这是属于他自己的秘密，是一个对着最好的朋友也不舍得分享的秘密。

人如果陷入这样的执念，就会觉得一切都不公平。明明是他先喜欢温梦的，远在李彦诺之前，可在三个人的故事里，他依旧不配拥有姓名。

“人跟人之间，就是做生意。”他父亲是这么说的。

如果是生意就好了，他给温梦很多很多的爱，温梦也会相应地爱他很多，如同一加一等于二，这样交易才会成立。但是这个世界明明不是这样运作的。它只会冷眼旁观廖维鸣，看着他最好的朋友和最亲密的恋人携手离开，把他一个人丢在这间画室里。他们会在洛杉矶开始他们新的生活。

而廖维鸣能做的只是坐在这张沙发上对着满屋不会开口的油画，陷入沉默。

在他思考的时间里，天黑了，月亮不肯冒出头，四下里夜雾翻涌，蒙在廖维鸣眼前，成了白茫茫的一片。

在这个时候，画室里突然响起脚步声。

廖维鸣疑惑地抬起头，惊讶地看见水彩画上的温梦走了出来。她俯下身，嘴唇触感微凉，像冰镇过的樱桃，内里却是火热的。廖维鸣愣了一下，抬起胳膊，紧紧地搂住她，把她压下来。

沙发狭窄，几乎容不下两个人交叠的身体。他用力地吻她，攫取她所有的呼吸。而她牢牢搂住他的臂膀，随着激烈的动作起伏，发出欢欣的、汗淋淋的喟叹声。

一切结束之后，廖维鸣探身亲了亲温梦的额头，小声问：“你怎么回来了？不是要跟李彦诺走吗？”

温梦闭上眼睛，嘴里嘟囔着：“我不走，我们还有一场婚礼要办呢。”

是啊，婚礼。那场盛大的海岛婚礼。她会穿着雪浪一样洁白的婚纱，站在明媚的阳光里，冲他扬起笑容，温柔且坚定。而他会走上前，挽住她的臂弯，在她唇上留下一个小小的吻。

他们会有一个漂亮的孩子——一个男孩，或者一个女孩，无论怎样都好，模样像温梦，性格也像她。小小的温梦跌跌撞撞地抱着毛绒小熊跑过来，一本正经地学大人讲话，该是多么可爱啊。

他们会不断地争吵。她会抱怨他的异想天开，他会不满于她的谨小慎微。但在争吵过后，他们依旧很快和好。

她会是他的缪斯，如同克拉拉之于勃拉姆斯、卡米尔之于莫奈。他会把所有炙热的爱意记录到画中，每一笔都有她的影子——开心的、悲伤的、沮丧的、恼怒的温梦。

他会在早上出门前吻她，晚上入睡前吻她。他们会在垂垂老矣前，走过世界的许多角落。

对有些人来说，相守一生太长，太过枯燥，但对他们来说，一辈子太短，不够挥霍。

因为就像夏加尔画中那样，只要一推开窗，她就在这里，带来无尽的晴空、暖阳和鲜花锦簇。

…………

雾在廖维鸣的想象中逐渐散去，天亮了。

这短暂的一夜发生了太多，就好像他和温梦已经走过漫长的一生。廖维鸣静静地坐着，感受自己的呼吸被时间浸泡，在日升月落中辗转迁移。

日出的第一缕阳光涌进来，透过没有拉严实的窗帘，在雪白的画布上拉出一条金丝，刺穿廖维鸣的灵魂。他不能再忍受了——他必须离开北京，离开这间孤独的画室，出去走一走。

可去哪里好呢？

他想到了昨晚看见的那场婚礼。他要到马尔代夫去。

离开的脚步是果断的，只是在关上画室的门之前，廖维鸣还是忍不住回头看了一眼。

温梦重新回到了水彩画上，她对着他微笑——柔和、坚定。

“我们的飞机即将抵达马尔代夫瑚湖尔岛机场，当地时间与北京时间相差三个小时，地面温度36摄氏度……”

机舱内广播声响起，预示着一段崭新旅行即将开始。

廖维鸣从回忆中睁开眼睛，失重的感觉比困意先一步袭来。飞机缓缓下降，起落架震动，在跑道上滑行过一段距离之后，最终停了下来。

马尔代夫的首府马累是一座热闹的城市。汽车喇叭一刻不停地响着，赤脚的孩童在街道上奔跑，打闹声喧嚣。中午才下过一场雨，经过几个小时的烘烤，空气中水汽蒸腾，有一种雾蒙蒙的湿润。

要上五星岛，须得先从马累坐水上飞机，之后再转快艇。如此折腾到廖维鸣预订好的酒店，又花了一个多小时。

此时已是夜里。

“天黑了海里危险，最好别下水。”接待廖维鸣的酒店管家是个皮肤黝黑的本地人，一边拎过廖维鸣的行李箱，一边热情地讲解，“白天的话会好些，可以去浮潜，这个季节的珊瑚礁很美。”

“是不是雨季还没过？”

“对，不过都是阵雨，白天多半会下上一两场，停了也就停了，不影响潜水。”

两人絮絮地交谈，沿着酒店园区的小径，一路向前。

白日里沉闷的热已经退去，茂密而油绿的灌木浸在夜里间或传出点点虫鸣。此地没什么重工业，更谈不上污染。天空垂得很低，好像一抬手就能摸到闪烁的繁星。

“先生，我们到了。”管家停下脚步，示意廖维鸣，“就是这里。”

眼前是一排点着夜灯的水屋。水屋紧邻印度洋，建造得颇有些海岛风情——混凝土屋顶外面特意盖上稻草，房间内部是一水儿的雪白装饰。白的墙、白的被单，白的吊椅微微摇晃，等待着旅人到来。

床边有一面透明落地门，透过玻璃，能看到外面亮着的无边泳池，水蔚蓝而平静，像一块凝固的翡翠。从这片水域再往外去，就到真正的海了。和人工泳池里的宁静不一样，此刻疾风掀起波涛，浪花拍打在礁石上，轰隆作响，是一种躁动的力量。

管家贴心地把客人的行李箱放在床边，拿了小费，留下一句“Have a good night，Sir”就转身离开了。

廖维鸣推开玻璃门，让新鲜的海风吹进来。他隔着泳池看了好大一会儿暗涌的海，才回到屋里，在床边坐了下来。

手机开机，屏幕亮起，有几个未接来电。有策展中心的，有美院老师的，有助理小赵的。而让他意外的是，竟然还有来自温梦的。

廖维鸣下意识就要拨回去，指头滑到那个名字上时又停了下来。他想了想，转而点开李彦诺的朋友圈。

在那条有关老街酸奶的状态后面，李彦诺就再也没有发过朋友圈，里面只剩下一条横线。他没有分享自己和温梦复合的喜讯，也没有分享回洛杉矶行程的打算。这人一向含蓄，这么多年一直没变。

从李彦诺那里探索无果，也许该去看看温梦的朋友圈。可廖维鸣没有这么做。他把手机扔到床上，然后躺了下去。辗转到后半夜，他才陷进无知无觉的睡梦中。

管家说得没错，此地虽然雨季漫长，但早上云彩散开，到了中午地上就干了。

水果是新鲜的，汁水丰沛，果肉细腻、甘甜，吃上几个就能填饱肚子。不论是椰子还是杧果，都不像北京市场上卖的那样干瘪。

除了食物可口，岛上的生活节奏更是缓慢。清早起来晒晒太阳，再去自助餐厅吃上一顿，就再没有其他安排。

而廖维鸣能做的，似乎只剩下休息。

但理想和现实总是隔着一道无法跨越的鸿沟，得不到的爱恋缠着他，让他从睡梦中惊醒，然后睁眼到天亮，心情谈不上多么好。

既然这样，就去潜水吧——在无垠的大海面前，个人的喜怒哀乐显得无比渺小，自然总归会给出答案。

一天，二天，三天。

鱼群在廖维鸣的身边游过，色彩斑斓，完全不惧怕人类。除非偶尔有快艇从远处经过，发动机的声响一下子扰乱水面，鱼群才会受到惊吓，四散逃开。

廖维鸣从水中抬起头，抹了一把湿淋淋的发梢，向远处望去。

又有游客上岛了。快艇上坐着四五个白人，其中倒是有一个亚洲人的身影，看着有几分眼熟。只是船开得太快，那个影子一闪而过，就从廖维鸣的视线里消失了。

那个人好像温梦。微小的希望在廖维鸣脑海中冒出头，又被他按了下去。

怎么可能呢？温梦应该已经和李彦诺在一起，准备前往美国。毕竟他想不到任何一个能让她留下来的理由。即便如此，他还是变得有些心绪不宁。又潜了十分钟，他干脆从水里出来了，当天的行程草草结束。

从浮潜的白沙滩到水屋，步行大概需要五分钟。太阳很大，迅速蒸发掉留在廖维鸣身上的海水。雪白的海盐凝结，让他裸露的皮肤都变得紧绷。他走着走着，竭力压制那些没有意义却依旧在翻涌的幻想。水屋终于近在他眼前，门意外地没有关死，敞开一道小缝。他离开前明明关好门了。

廖维鸣屏住呼吸，把门推得大开。接着他看清了屋内的情形，随即愣住了。

画中的人真的出现在他眼前。她穿着一件纯白吊带裙，就坐在落地窗边的吊椅上，借着日光读一本书。凉鞋挂在她的脚背上，随着吊椅摆动的节奏微微晃动。如果不是天太热，让她面颊有些发红，她几乎要和背景的白融为一体了。

“温梦？”廖维鸣难以置信地叫出那个名字，声音很轻，生怕一旦惊动她，那道人影就又立刻回到画上。

但这不是幻觉，也不是梦，因为被叫到名字的人抬起头，把书放在膝盖上，顿了下，轻声说：“对，是我。”

温梦说出这句话的时候，心里其实是有些忐忑的。

人在十七八岁的时候，冲动和勇气还远没有被消磨过，可以为了懵懂的爱情在一念之间说走就走，甚至横跨整个太平洋，到一个完全陌生的国度生活。但年龄越大，经历得越多，顾忌也就越多。成年人被规矩和现实牢牢束缚，放不开手脚，想要做出一些出格的举动，需要更多的勇气和更坚定的自我。

如果不是在机缘巧合之下看到画室里的那些画，温梦也许并不能下定决心和刘主任请一个礼拜的假，主动来马尔代夫寻找廖维鸣。即便到了现在，只要想起那天的情形，温梦依旧会觉得眼眶有点酸涩，轻易就能哭出声。复杂的情绪感染了她，击中了她，剖开她最坚硬的外壳。

从小赵手里拿到廖维鸣的行程单，温梦几乎没有做出什么理智的思考，就在冲动之下订了机票。

从北京直飞马尔代夫的航班一周只有两趟，她先转机去了香港，在机场熬过一夜，才来到印度洋上的这座小岛。

而隔了十来天再次看到廖维鸣，除了单薄的面孔更瘦削了，他似乎还是老样子，浅棕色瞳仁被日光晒得通透，像猫眼石。他像在思考什么，一直没有出声。

此刻落地窗边的纱帘被暧昧的海风缓缓吹起来，又落了下去。

温梦蓦地想起一些有必要解释的问题，于是从吊椅上站起来，轻声道："我不是要趁你不在故意偷偷进你房间的。我和那个管家在大堂里讲过几句话，他说外面太热，容易中暑，就直接帮我把门打开了，让我到屋子里休息。"

细说起来，这还是个误会。

因为登岛的那天廖维鸣和管家随意闲聊过几句。在被问及怎么会在淡季来马尔代夫的时候，廖维鸣犹豫了一下，含糊地回答："和爱人闹了一点不愉快。"

而岛上只有他这一个亚洲人。

所以，当温梦拎着行李箱出现在大堂，一脸歉意地询问廖维鸣的下落时，管家简单的小脑瓜里啪地亮起一盏灯，脑补了一出千里追夫的狗血戏码，突然就灵感源源不断了。他带着温梦来到廖维鸣的房间，打开门，请她落座，之后美滋滋地离开，觉得自己做了一件好事。

这整个流程就没有一点符合规定的地方，要是在北京的酒店，这位管家估计会被客人投诉到失去工作。但在这座热情又单纯的海岛上，对于这样的好心之举，人们是没办法责怪的。

至少此时在房间里的两个人都没有去找那位管家问责的意思。

海浪冲刷着无边的泳池，在烈日下不停地翻涌，发出巨大的声响。

廖维鸣听了温梦的讲述，喉结滑动了一下，大脑处理这些信息需要一点时间。片刻后，他说："我想先去洗个澡。"

才从海里出来，他的皮肤上糊了一层海盐，皱巴巴的，不大舒服。

"好。"温梦马上答应了。她重新坐回吊椅上，神情有些局促。

淋浴间是半敞开式的，喷头扭动，温热的水兜头浇下来，一时间哗哗作响。水温融化了意外重逢带来的震惊，细密的泡沫从廖维鸣的头发上滑下，落在瓷砖上，渐渐消失。

廖维鸣冲得差不多，随手拿起浴巾。在擦头发的瞬间，所有信息点突然被连成线，他一下子明白过来。温梦是真的来了，此时此刻，她就在几米之外的套间里面。她没有跟李彦诺一起去美国，而是不远万里地来到这座小岛。只是为了找他。

擦拭的动作停了下来，让位给难以抑制的惊喜与爱恋。下一秒，喷头被关上，急促的脚步声响起。

温梦听见动静抬头，惊讶地发现廖维鸣湿着头发就从浴室出来了，水珠顺着他的脖儿颈往下滑，一路顺着紧实的腰线打湿雪白浴巾的边缘。

他看向她，她也正看着他。

屋外的雨虽然停了，雨季却并没有过去。爱与欲被裹挟在潮气里，凝成一颗颗饱满的水珠。水珠是厚重的、圆润的，坠在绿油油的树叶上，如同此时男人和女人的视线。它们在彼此身上纠缠，燃起最原始、最细小的光与热。

一步，两步，三步。

廖维鸣朝温梦走过来，握住了她的手腕。他不再沉默，而是低声开口："现在不走，以后就不能走了，你要想清楚。"

有那么一瞬间的安静，温梦的喉咙莫名发紧，她第一次认真审视自己冲动前来的理由。她说不出话来，隔了很久，只是轻轻地点了一下头。

转眼间，她就被廖维鸣从吊椅上拉起来，推到蓬松的被子上。廖维鸣的动作热切而急迫，谈不上多么温柔。他的吻太烫了，让她心尖和脚趾同时绷紧，再也无法放松。

织物从来都是多余的，如同波提切利画的那样，雪白的维纳斯自泡沫中诞生，赤裸地立在贝壳上，浓密的发披散着。她理应被艳羡、被赞叹，因为美是这个世界赠予人类最好的礼物，是不生不灭的永恒。

急促的呼吸、起伏的曲线，在此时全都成了画作的一部分。

廖维鸣用指尖、用吻去描摹，从温梦唇边艳艳的痣开始，一点点、一寸寸，缓慢但坚定地向下移动。浴巾滑落，分别以来的不安与空洞都被平息与填补了。

雪白的被单、雪白的墙壁、雪白的灵魂。密闭的空间里极度缺乏色彩，于是所有的颜色都涌向了偾张的血脉，红得纯正，红得刺目，不含一点杂质。

时间被感官扭曲，蜷缩在一刻不停的刺激里。也许是十分钟，也许是一个小时，也许是一天，浓重的红终于退去，时间继续流动，一切缓缓舒展开，成了松软的一团。

温梦从廖维鸣的拥抱中滑落，仰面倒在枕头上，剧烈地喘息起来，整个人因为缺氧而眼前发黑，特别狼狈。

廖维鸣到底潜了几天水，比一直坐在办公桌前的温梦运动量大，在体力上显得游刃有余。他欠起身，从床头柜上拿起一瓶矿泉水，侧脸问她："渴吗？"

温梦心里憋着一股气，干脆摇了摇头——渴也是他害的。

廖维鸣了然地点了下头，随手拧开瓶盖，假意要一口喝光："好吧，那我可全喝了，一滴都不给你留。"

几天不见，这人还是这么可恨。温梦不再废话，赶忙把那瓶水抢过来，咕咚咕咚灌下去。

廖维鸣在一旁看着，忍不住嘴角扬起。那是一个接近透明的笑容，漂亮的眼睛弯起来，甜得往外淌蜜："你这几天是不是特别想我，觉得没我不行？"

一旦恢复正常，廖维鸣这人属实有点厚脸皮。

温梦听到这句话，突然顿住了。手里的那瓶水被她不知不觉地喝光，清凉的液体顺着食道流进胃里，令她的身体凉下来。重逢时涌起的冲动正在退去，这几天一直困着她的各种心绪浮了起来，把她朝水下拖去。也许是时候该聊一聊，交交心。

一两分钟后。

"维鸣。"

"怎么了？"

温梦轻声说："你之前问我的那个问题……我想了很久，也想了很多天。"

廖维鸣曾经问温梦，她爱不爱他——恋人之间的那种。

周围因为温梦的这句话静了下来。笑容从廖维鸣脸上滑落。他坐直了一些，认真地看过来，眼神严肃且专注，是沟通的姿态。

而温梦深吸了一口气，鼓足勇气又说："我觉得我好像是爱你的，但又不是那么完全。”

经年的感情缠在一起，有责任，有爱恋，有包容，有关怀，其中种种早就不是一天两天能够解开的。而这一次，她是真的想要更诚实一些，不再欺骗廖维鸣，也不再欺骗自己。

见廖维鸣不作声，温梦侧过脸，声音很低：“我是个很坏的人，对吗？”

片刻后。

“嗯，你是一个很坏的人。”廖维鸣点了点头。

温梦顿时沮丧起来，很想问出一句“那该怎么办”。可是还没开口，她却突然看见廖维鸣重新笑了起来。

廖维鸣一边笑，一边抬起手在她脑门上弹了一个清脆的脑瓜嘣：“怎么我说什么你都当真，是不是傻？”

这一下怪疼的。温梦捂住额头，委屈地问：“我才不傻，你弹我干什么？”

这下廖维鸣笑得更大声了，气得温梦开始挠他痒痒，非要逼问出一二三来。可哪怕眼泪都要被她放肆地挠出来，廖维鸣依旧不肯开口解释他高兴的理由。因为有些事永远是旁观者清、当局者迷，在这个时候和温梦讲道理，她是不会懂的。

也许在这一秒，温梦依旧在质疑她的心意，纠结于爱的定义，但她想要往前看、要往前走，已经努力迈出胆怯的第一步。不然，此时此刻，她不会出现在这里。这个言行不一的傻子。

在温梦不满的抱怨声里，廖维鸣的笑声终于停了下来。他揉了一把眼睛，想了想，探身把床头柜上的钱包拿了过来。

“我们来做个约定吧。”他说。

温梦有些疑惑：“什么约定？”

马尔代夫的酒店按照惯例收取小费，需要用美元现钞，所以廖维鸣随身带了不少。钱包里有整张带着富兰克林头像的绿色百元钞票，也有些零散的硬币。他抽出一枚二十五美分的硬币，对温梦说：“把手摊开。”

温梦愣了一下，乖乖地摊开掌心。

那枚硬币落进她的左手。

廖维鸣从温梦的右手接过那个空了的矿泉水瓶，指尖包裹着她拿着硬币的那只手，轻轻抬起。

哗啦，那枚硬币从温梦掌心笔直坠落，掉进矿泉水瓶里。

“你不是一直都想不明白吗？”廖维鸣转过脸，目光温柔，“我之前问你的那个问题。”

“嗯……可这是在做什么？”温梦不解。

“我来帮你。从今天开始，只要每一次你觉得廖维鸣这人怎么这么帅、怎么这么让人心动的时候，你就往瓶子里扔一枚硬币。”廖维鸣自卖自夸，很起劲，“当然，我知道我很完美——但是你一次只能放一枚。”

温梦一边听，一边不自觉地看向那枚硬币。它正在透明的塑料瓶底一圈圈打转，过了好半天才渐渐躺平，成了静止但稳定的风景。

“然后呢？”她问。

这个时候，廖维鸣再次开口，态度肯定：“等这个瓶子装满的时候，就算是你真的爱上我了。你觉得如何？”

廖维鸣的提议像太阳，像火焰，像世上一切炽热又明亮的东西。

温梦摇晃了一下塑料瓶，一边听着里面细小的撞击声，一边觉得自己湿漉漉的心变得干燥起来。她思考着……最后决定接受廖维鸣的提议。

“行。”温梦说。

既然都是大人，就不用勾手指了，说出来的话就能落地成钉，一个字就是约定。

廖维鸣听到她的回应，一下子笑了，严肃的神态消失。他伸了个懒腰，放松又懒洋洋地问：“有点饿了，要不我们去吃饭吧？”

回答是“好的”。

这家酒店提供海边晚餐。

退潮的海岸上支起一张木桌，桌上摆着徐徐亮起的烛火。两个人落座，脚下是灿白的沙滩。沙子被烘烤了整整一天，此时热气从凉鞋的缝隙漏进来，踩上去有些细密的暖。

风里夹杂着浪声，有海鸥鸣叫，飞了又走。

在不断回荡的声响中，温梦抬起头。

天色已经渐渐暗了下来，却又是明亮的。因为身处赤道，在这里能看到地球上最多的星座。北斗七星会不断旋转落下，顺着它们指引的方向望过去，是无尽的星海。再高超的摄影技术、再逼真的绘画，都不足以描绘出大自然万分之一的美。

廖维鸣说得没错，确实应该出来走走。这是城市里看不到的风景。

“饭要凉了。”这句提醒让温梦回过神来。她把目光投向桌上的餐点。面前的龙虾被剥了壳、淋了黄油，香气激活了味蕾，整块肉新鲜到好像一下没被叉住，就会从盘子里溜走。

刚刚的运动让两人饿极了，一餐饭吃得尽兴，气氛无比融洽、温和，直到结束的时候，温梦看到那张价格不菲的账单——三百美元。这么一顿餐，足够她点两个礼拜的外卖。

现实被从浪漫中剥离——虽然在结账这方面，温梦抢不过廖维鸣，不过这张单子倒是让她想起了一件事。

“婚礼临时取消，你是不是付了不少违约金？”

前几天温梦过得太混乱，一度忽视了这个问题。预定好的场地和人工估计都要赔付一定费用，她想承担这部分损失。

而廖维鸣掏信用卡的动作顿了一下，他回道：“又没多少钱，都是小意思。”

“那怎么行……”温梦话到一半，抬起眼睛。然后她惊讶地发现廖维鸣侧过脸，似乎是在有意避开她的视线。好像有哪里不对劲，因为她见过廖维鸣露出这样的表情。

那还是两个人从私房菜馆回来，他坐在沙发上帮她擦头发，在被问及“我们之间是没有秘密的，对吗？”的时候，他就是用这副姿态回避的。

于是，几秒后，温梦一针见血地问：“维鸣，你是不是没有说实话？”

廖维鸣不吭声了。

直到服务员收走账单，看温梦还没有要放过这件事的意思，他才清了清嗓子，慢慢地应了一声：“嗯，我没有去联系婚庆公司，也没有取消婚礼。”

“为什么？”

“策划了那么久，我舍不得。再说，万一……你看到婚礼办不成，突然就后悔了呢，这样也省得再订。”

道理一大堆，只是随着肚子里那点曲折的小心思全被抖搂出来，廖维鸣的声音也变得越来越小，他越讲越心虚。

“好吧，我是在微信里骗了你。”最后，他这样收尾，低声说，“对不起。”

温梦沉默不语，单单是表情肃穆，看上去是真的生气了。

气氛顿时紧张起来，滑向不可控的未知。

廖维鸣想要解释，想要道歉，可他想说的话太多，反而被卡在喉咙里，一个字也吐不出来。最后他的眼皮垂下去，不再多辩解什么，只是发自肺腑地感到沮丧和难过，等待来自温梦的审判。

而这个时候，哗啦，清脆的声音突然响了起来。

廖维鸣愣了一下，抬起头，发现温梦拿起放在桌子上的矿泉水瓶，把那枚才掉进水瓶里的硬币倒了出来。

在察觉到他的视线之后，温梦认真回道：“以后只要说谎话，就扣一枚硬币。”

廖维鸣简直出离震惊了：“怎么还能这样逆向操作？”

“为什么不能？瓶子在我手里，当然是我做主。”温梦说得严肃，“还有，要是有一天瓶子里的硬币被扣成负数，我就再也不理你了。”

明明是威胁的语气，廖维鸣却从这里面听出了温梦真实的含义。他长舒了一口气，不自觉微笑起来，轻声说：“我以后不会再撒谎了。”

“最好是。”温梦想要努力表现得气愤一些，可她微微弯起的眼睛又暴露了她的心意。

风重新流动，缓缓吹动桌布，坦诚地、温和地，带走所有秘密。

哗啦，一枚找零的二十五美分硬币从机器的收费口落了下去。长长的清单从打印口里吐出来，伴着一句机械音：“您已成功缴费，请收好您的票据。”

李彦诺把收据撕下来，折了几下，整齐地塞进西裤口袋。

从收费站走到露天停车场的时候，他眯了一下眼睛——西海岸日照充足，晃得人连马路都快看不清了。

隔了几周，从北京回到洛杉矶，除了停在机场的轿车上落了一层灰，一切都还是老样子。

李彦诺坐进车里，按下启动键，发动机轰鸣。

广播里突然开始唱起来——他离开得太过匆忙，忘记关闭按钮，以至车子一打火，音乐声就又重新响起。

电台在播《加州旅馆》，大概周日午间是经典老歌重放时段，类似于怀旧节目。

Welcome to the hotel California

（欢迎来到加州旅馆）

李彦诺准备打转向灯的手抖了一下，不小心触动了雨刷按钮。

南加州其实很少下雨。但此刻雨刷一下接着一下摆动，让整个世界仿佛都浸泡在水里。

李彦诺愣了很久，反应过来之后，把轿车的方向盘朝右打，车辆平稳地滑动，停在路边。他俯身伏在方向盘上，变得很安静。这没什么奇怪的，因为他一向安静，就连从北京离开的时候也是这样。

李彦诺没有要麻烦老同学们送机的意思，等坐进首都国际机场的VIP候机大厅，才发了一条朋友圈：“有缘再聚。”配图是机场的长椅和落地窗。

这下“北京小聚”的群里彻底炸了窝。

曲哲：“彦诺，你怎么一声不吭就要走了，都不和我们说一声，我还想去送送你呢。”

乔婕：“就是！你这走得也太仓促了，是不是不把我们当朋友？”

李彦诺想了想，一板一眼地回复道：“如果案子办得不顺利，我还会再回北京的，所以这次不想麻烦大家了。”

曲哲：“哇，那必须办得不顺利！我下个月就要再见到你！”

乔婕：“……曲哲，你是不是缺心眼儿，怎么还咒人家呢？？？”

曲哲：“呵呵。”

乔婕：“呵呵。”

一阵嬉闹过去，群里渐渐安静下来。

李彦诺在等候的间隙打开过几次微信，一直没有看到他想要的消息。直到商务舱检票的声音响起，他被迫收起手机，迈步前去。

快走上廊桥的时候，手机终于再次振动起来，李彦诺忙把护照和机票夹在臂弯，腾出手来查看。

廖维鸣："老李，不管工作顺不顺利，都经常回来看看。"

后面是温梦的嘱托："一路平安。"

李彦诺曾经是相信命运的。

是命运让人们分离，是命运让人们误会，是命运让人们走到一起。所以，当命运再给他一次机会的时候，他愿意伸出手，愿意去尝试，哪怕被拒绝，也都是命运的安排。

此时坐在车里，他的额头靠在方向盘上，眼睛闭了起来。在一片黑暗中，他突然不那么确信了。他好像看到一艘船，还有船上的金发女人。

高一刚结束的那个暑假，廖维鸣非要拖着李彦诺这个新认识的朋友一起去国家展览馆看英国新古典主义的画展。无论李彦诺怎么解释自己要上辅导班，自己没有时间，他就是不肯松口，态度过于坚决，以至连李彦诺这样的人都被说服了。

那天展厅里人很多，玻璃罩前水泄不通。

李彦诺看不懂画，心里又惦记着没写完的暑假作业，干脆离开廖维鸣所在的位置，往人少的拐角处走去，想要透一透气。

那里其实也在展览一幅画。兴许是那幅画名声不够大的缘故，参观的人并不多。

画面上，一个金发女人坐在一叶枯舟里，望向远方，眼神悲戚，水草和被荆棘刺伤的飞鸟围绕着她。船上挂着黑色十字架，而舷板上那几只照亮前方的蜡烛眼瞅着就要熄灭，似乎预示着悲剧即将发生。

展示牌上说，这是约翰·沃特豪斯于1888年创作的《夏洛特夫人》，布面油画。

李彦诺原本只是简单地扫过一眼，却在不经意间被画里的情绪抓住，脚步停下，彻底陷进去了。

很久后，廖维鸣好不容易找了过来，疑惑地拍了拍他的肩膀："你怎么跑到这里来了？”

李彦诺没回答，只是指着画面，低声对朋友说：“她看上去不大高兴。”

廖维鸣仔细看过那幅画，嗯了一声，说：“她是不太高兴，应该说是特别不高兴。因为她马上就要死去了，在见到她的爱人之前。”

李彦诺怔住，扭头看向廖维鸣，难得暴露了一回自己知识上的短板。

廖维鸣得意起来，决定向他科普一些艺术史知识：“你读过丁尼生的 *The Lady of Shalott* 吗？沃特豪斯就是根据那首诗创作了这幅画。”

那首诗里说，美丽的夏洛特受到神的诅咒，被困于孤塔。她只能靠着日复一日地纺纱来消磨时光。世界与她是隔绝的，唯一沟通的方式，就是透过镜子的反射去看远方。

夏洛特原本屈服于命运，直到有一天，她的镜中出现了骑士兰斯洛特的身影。只一眼，她就爱上了他。

“于是她决定放下纺锤，走出高塔，但这也意味着死亡的诅咒很快就会降临到她身上。”

李彦诺听完廖维鸣的讲述，似乎有些触动。片刻后，他说：“如果夏洛特不去的话，也许更好。”

“为什么？”

“骑士也许根本就不想见到她，他很可能早就已经有恋人了。夏洛特这么做，不过是白白丢掉性命。”李彦诺回答。理智占据了上风，让他又补上一句：“越是爱对方，就越要克制。”

廖维鸣撑住画前的不锈钢扶手，脸上写满不认同：“我觉得夏洛特做得没错。”

李彦诺侧脸，看向他。

廖维鸣在聊起感兴趣的作品时，脸颊上露出热烈的红：“爱本来就是奉献，是牺牲。如果是我，我也会和她一样，哪怕死了也要去见兰斯洛特。”

关于爱的观点，不分对错，都是生长在性格上的花朵，只是基于不同的观点，不同的人会做出不一样的选择。

去回避，去争抢，去放弃，去重新迈出第一步。青春的血液都曾在他们的身体里鼓胀着。那些鲜绿的枝芽、馨香的玫瑰花瓣、柔软的嘴唇，所有的一切都是新的、生机勃勃的、充满希望的。风浪在暗处聚集，船只倾覆之前，没有人知道是哪个节点出现了错误。

嗡，放在中控台上的手机开始振动，惊醒了李彦诺。

律所的同事：“Lee，你是今天的飞机吗？我已经帮忙理好了王宁德的赠予协议，如果你下午来所里，可以一起看一下。”

工作与现实一起回来了。

李彦诺直起身子，重新点着车辆的发动机，往大道上开去。只是一些思考并没有离开，一直跟着在车后面，拉出一道漫长的影子。

啪，啪，啪……

耳旁噪声不断，让温梦被迫中断思路，从电脑前抬起头。

声源很明确，来自厨房。这是廖维鸣最新的爱好——做饭。

从马尔代夫回来之后，廖维鸣的画展办得很成功，除了非卖品《奇迹》和《未来》，剩下的油画基本都售出了。

温梦依旧在饮食上实行军事化管理，于是廖大师决定借着难得的几天休息时间，自己动手丰衣足食，去探索未知领域，游走在炸掉厨房的边缘。

今天又是这样的一天。

明明只是煎个鸡蛋，但是听他弄出的动静和规模，倒是跟研究迫击炮差不多。

饶是折腾了十来分钟，廖维鸣依旧搞不定，只能大喊：“温梦，你快过来看看，怎么鸡蛋边上黑了啊，在冒烟。”

温梦无奈地摇了摇头，回了一句：“马上就来，等一下——我还有两句话没有写完，要来不及了。”

回复完廖维鸣，她的指尖继续在电脑键盘上移动，在Word里打下关于王宁德专题的最后一段文字：

他是诚恳的老师，是善良的邻居，也是宋春娥最忠实的友人。在生命的最后几年里，王宁德创作出《夏归》，试图用艺术的表现方式去探索命运的本源。

可命运是否真的存在呢？

如果存在，又该如何去定义？

是一点运气，是一点巧合，还是一次又一次的选择和不放弃？

王宁德直到去世之前，也没能得出答案。

但也许他的探索本身就已经是答案了。

保存文档、导出成PDF格式的文件，温梦终于赶在截稿时间之前成功把稿子发送给了刘主任。然后，她合上笔记本电脑，起身往厨房去。

在路上，她突然到了一股煳味，一下子想到了什么，赶忙冲着厨房里的廖维鸣大喊："千万不能往油锅里倒水！！！"

唰。

晚了。

几秒后，廖维鸣拎着已然黑成一团的锅出现在厨房门口，一脸无辜："能不能不要再扣我的硬币了？"

未来和奇迹究竟哪个会先来，没有人知道，甚至悲观一点说，终其一生，哪个也不会出现。

但鸟终将振翅前飞，雪白的翅膀大张着，明黄的嘴在歌唱，它渴望爱与自由，如同那艘满载着夏洛特希望的孤舟一样，愿意承受一切代价，只为朝着未知的彼岸驶去。或许这就是命运存在的意义。

番外

不论好天气还是坏天气，不论好脾气还是坏脾气，
我都在这里，不会离去。因为我也爱你。

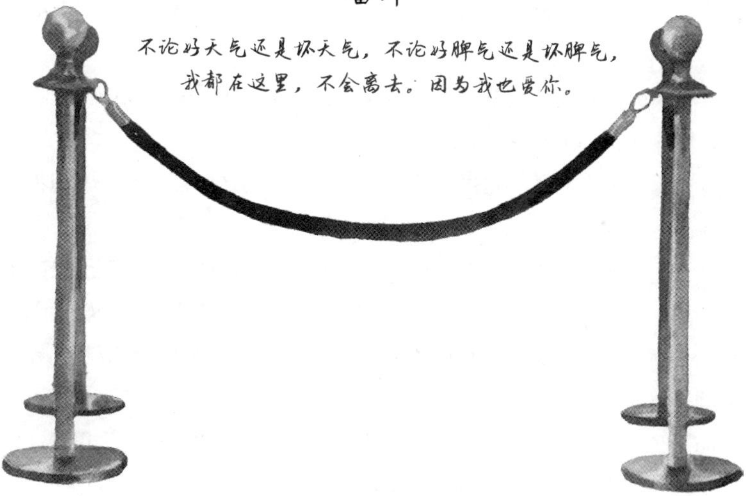

番外1 硬币的约定

温梦记住了那个雨天，也记住了她和李彦诺的初遇，
但却忘了那一天其实也属于她和廖维鸣。

第一枚硬币 马尔代夫日常

太阳要落山了。

廖维鸣撑在泳池的边缘，从水里探出身子，看了一眼昏沉的日光。然后，他从水里出来，扯来搭在沙滩椅上的浴巾，潦草地擦起头发，决定回酒店房间。

推开那扇透明玻璃门就能看见温梦了。她或许在看书，或许在听歌，不管是在做什么，一定都是怡然自得的。

可当廖维鸣真的举步走进房间时，看到眼前的这一幕，他停下脚步，微微愣住。

马尔代夫的热带水果很多。此时正赶上杧果丰收的季节，筐子里的果子沉甸甸的，个头儿简直比人的手掌还要大，皮薄到几乎没有，轻轻一剥，金灿灿的果肉就露了出来。杧果的味道当然是极甜的，咬下去从喉咙到牙齿都会被糖浆裹住。

而温梦此时正坐在落地窗边的吊椅上吃这样的杧果。她吃得很慢、很仔细，洁白的牙齿叼住果肉，咬下一小口。

透进房间的光线忽明忽暗，灰尘在空气中跳动着，让人鼻子微微发痒。

阿嚏，温梦鼻尖皱起，打了个小小的喷嚏，手一抖，汁水从果肉上溢出来，顺着指尖淌到她的手腕上。她不自觉地凑过去，想要吮净皮肤上的果汁。

红而饱满的唇、雪白而纤细的手腕，这两样不论是从色彩还是从轮廓来说都是极其鲜明的，落在廖维鸣眼里，又具有一种暧昧的冲击力，让他觉得口渴，本能地想要走近些去一亲芳泽，去掠夺，去占有，去攫取。欲望因为温梦的一个动作而变得具象化，不再是抽象的概念，而成了此时此刻坐在吊椅上的女人。

廖维鸣果真如他想的那样，走过去，俯下身。杧果甜腻的汁液很快在他的舌尖化开。

温梦不满地推了一下他——他身上还带着泳池的水，挨得太近，快要打湿她新买的裙子了。只不过她这一下力道太小，不仅没有推开廖维鸣，反倒被他抱得更紧，几乎要被勒到他骨头里去。于是她所有的抱怨都变成了低声的呜咽，连同密集的吻一起，都被廖维鸣吞进肚里了。皮肤在接触中升温，上面的水分蒸发了。

吊椅剧烈晃动起来。在绳索的咿呀声中，凉鞋啪地落在地面上，扬起一点灰尘。

太阳犹豫着向前挪动，一点点、一寸寸，最后不大情愿地躲到云后面，房间就此暗下来，却没有人起身点灯，任凭黑暗降临。

吊椅是藤条编织的，表面不大平滑，硌着光洁的背，又疼又痒。可温梦已经顾不上这么多了。她觉得自己从内到外都要被熔化了，就化在这张椅子上。廖维鸣的热情来得急而猛，烧穿了紧绷的绳索，他的每一寸肌肉都是紧绷的，搅碎了她的理智。整个过程像在猎食。

直到月光透过窗子透进来，廖维鸣借着皎洁的光，才发现温梦的肩膀已经被藤椅磨得发红，而且划出了两道浅浅的痕迹。他急忙停下，惊讶地问：“疼吗？”

温梦嘶哑地应了一声：“有点。”

“都破皮了，怎么不说？”

温梦摇摇头，有点迷糊，只想喝水。

下一秒，她被廖维鸣拉起来，扶着走向柔软的被褥。她一躺下，水瓶就被塞进她的手里。

廖维鸣披了件浴衣，起身在房间里寻觅了一圈都没能找到擦伤药，于是赶忙给前台打了个电话。

五分钟后，药膏被送进来了。浅绿色的一小盒，兴许是成分里含有薄荷，又或许是男人指尖粗粝，涂上去有点刺痛。温梦的知觉也是在这个时候才缓慢归位，一张脸皱起来，她不轻不重地瞄了廖维鸣一眼，有点提点他的意思。

“罪魁祸首”十分自责，立刻垂下头，脸上讪讪的，一副小可怜的样子。

对着这么一张脸，还怎么骂得下去呢？况且温梦本来也没有生气。她看到廖维鸣皱着脸的模样，忍不住笑了，抬手拍了他的脑袋一下：“戏精。”

不管廖维鸣是不是戏精，从那天开始，他真的不敢让温梦再下水了，万一伤口感染，那可会闹出大问题。明明只是两道浅浅的痕迹，五分钟就能痊愈。

温梦叹了口气，终究没和廖维鸣犟下去，毕竟他也是好心。

可在这个与世隔绝的小岛上，除了浮潜，还有什么事情可以做呢？

只剩下天亮的时候去白沙滩上散散步，捡一两只海螺，等入夜之后再把它们贴在耳朵旁，倾听里面的声音。

“你听到了什么？”廖维鸣侧过脸问。

温梦认真回道：“好像消防车在鸣笛。”

“……你再听听我这只。”廖维鸣探身过来，死活要把自己手里的海螺塞到温梦耳朵边，非得逼出点她身上的艺术感受，“是塞壬躲在里面唱歌呢，虽然哀怨，但是很动听。”

温梦一听就听了很久，她是真的听进去了。她觉得这响动既不是歌唱，也不再像发动机的轰鸣，而是一首绵长悠远的催眠曲，让人光是靠着床头就能不知不觉地坠入梦境，一睁眼就是天亮，从未有过地放松。

廖维鸣看她的眼神有点恨铁不成钢。

如此吃了睡，睡了吃，无所事事到第三天，温梦终于扛不住了。倒不是她不愿意继续放假，而是工作群里炸了窝，微信和邮件一封接一封，让她没办法再休息。

“梦姐，你最近睡得好吗？”小常可怜兮兮地试探道。

随着文字一起发来的，还有一张他坐在工位上的自拍，黑眼圈眼瞅着快要耷拉到地板上，很明显是新布置下来的专题完不成，不管温梦睡眠质量如何，他是睡不着了。

温梦顿时内疚起来，合上电脑，诚挚地向廖维鸣建议：“我们早点回北京去吧？”

廖维鸣想了想，点头答应了。反正婚礼的时候还要再来，他也有画展的事需要忙碌，不可能无限期地在这个小岛上住下去。尽管这里的气氛是如此宁静、温馨，让人舍不得离去。

好心肠的管家拎着行李箱，一路把温梦和廖维鸣从酒店送到转乘快艇的码头边。然后，快艇劈开翠绿的水面，朝前开去。

两人回到马尔代夫机场，花了一个多小时的时间。

“现在还有点早。”廖维鸣抬手看了一眼表，询问温梦的意见，“要不找个地方先吃午饭？”

温梦同意了，环顾机场，大都是些奇异的南亚菜。

“那家怎么样？”最后她选了一家边角的小店铺。那家招牌上面画着一只肥嘟嘟的烤鸡，看上去有几分像中餐。

在异国他乡盲选餐厅，就跟开盲盒差不多，可能会抽到隐藏的美食，但更大的可能是抽到难以下咽款。

“没事，来都来了。”廖维鸣祭出旅游最大的撒手锏。

两个人达成共识，挑了张桌子坐了下来。点单之后，烤鸡倒是很快就上了，看着金黄油亮。只是盖子一掀，没闻到肉香，反而是一股柠檬洗发水味扑鼻而来，很可疑，很微妙。

温梦握着叉子，颇有些迟疑要不要吃。她还没来得及开动，突然听到——

嗡，放在桌面上的手机振了一下。

“有人找你。”廖维鸣随口说。

“估计是老刘。”温梦没打算去查看，“马上就要回北京了，等到了再回消息吧，也不着急。”

话虽如此，可手机有自己的想法。嗡，嗡，嗡……它开始不断地振动，看起来是有人在微信群狂轰滥炸，不停地发送消息。而几乎与此同时，廖维鸣放在包里的手机也跟着响了起来。

“看来不是找你的，是在找我们？”廖维鸣翻出手机，一边解锁，一边疑惑地问道。

而温梦坐在他的对面，已经先一步查看了消息。此时她的目光看向屏幕，表情有些凝滞。

“怎么了？”廖维鸣低下头。很快，他也知道了答案。

“北京小聚”群里，李彦诺说他已经到达首都国际机场，不用朋友们来送机了。而曲哲和乔婕在欢送李彦诺离开，并且询问他什么时候再回北京。

这一切让两人瞬间安静下来，气氛变得有些耐人寻味。

廖维鸣放下手机，没有看向温梦——尽管他很想这么做。停了一会儿，他只是低声建议：“快吃饭吧，再不吃就凉了。”

像是为了验证自己的说法，廖维鸣从盘子上叉了一块鸡肉塞进嘴里，只是还没嚼上两口，他突然重重地咳嗽起来。

温梦愣了一下，把微信的事情放下，顺手端起盛满水的杯子递了过去。

廖维鸣接过杯子，一口气灌了个底朝天。

“怎么咳嗽起来了？”温梦问。

廖维鸣的眼睛眉毛都皱了起来，他缓了老半天，才非常老实地回答一句：“有点酸。”这话听着有点一语双关。

温梦一下子哽住，不知道该怎么回答。

而让她没有想到的是，廖维鸣用叉子叉起一块鸡肉，比出一个张大嘴巴的样子，示意温梦也尝尝看。

这是在干什么？温梦不解地张开嘴，就这么一口咬下去，她的眉眼瞬间跟着皱在一起。

这家烤鸡店大概是调味不在行，干脆决定以量取胜，一只鸡里放了足足四颗柠檬，酸得人面目模糊，简直是一口就要吃到驾崩的程度。

温梦慌张地抓起桌面上的水壶，急着往嘴里倒水，咕咚咕咚灌到泪花要流出来。

廖维鸣一下子笑了，声音很大。

空气重新开始流动，热闹，幸灾乐祸，大抵消除沉默和忌妒的最好方式就是坦诚的笑声。

温梦终于压住嘴里那股酸味，气鼓鼓地抬起头：“你太坏了。”

廖维鸣挑起一边的眉毛，很是理直气壮：“怎么坏了？好东西当然要一起分享，不是吗？”

温梦实在说不过他，憋了半天，也忍不住笑了。只是笑过之后，她犹豫了一下，决定还是把话题扯到大家都在意的地方去：“那个微信群……我要祝彦诺一路平安。你呢？”

廖维鸣没回答，而是拿起手机，噼里啪啦打起字来。按下发送的标识之后，他才回答温梦：“我让老李想我们的时候就回来看看，千万别忍着。”

温梦愣了下，轻轻点了点头。

而廖维鸣说完，兴致勃勃地又叉起一块鸡肉，朝她递过去：“要不要再来两口？”

“大可不必，谢谢了。”温梦吓得连连摇头，恨不得拎起包立刻抱头逃跑，“我看快要到登机时间了，我们赶紧走吧？”

一个小时后。

飞机终于起飞，穿越层层云海。

马尔代夫那一条岛链缩得很小，从高处看，成了散落在蔚蓝的印度洋上的一串珍珠项链。

短暂的休息告一段落，该如何评价这次旅行呢？

起初是缘于没头没脑的冲动，接着损失了小一个礼拜的工资，最后傻吃傻睡几天，足足长胖了三四斤，还栽在廖维鸣手里，怎么算，这都应该是一笔很不划算的生意。可温梦也看到了无数美景：珊瑚丛中那些来回穿梭的斑斓鱼群，赤道清澈见底的海水，夜空里闪耀的北斗星。当然，还有无数热切的爱抚、滚烫的吻，还有一个约定、一只空矿泉水瓶。

温梦想到这里，侧脸看向廖维鸣。他就倚在她身旁的座椅上，紧闭着眼睛。明媚的日光洒在他的睫毛上，生生把棕褐色照成一片浅金。他睡着了，像个孩子。只不过兴许梦里有什么让他感到不安的东西，他的手指抽动了两下，无意识地微微收拢，像是要握住一些他舍不得放弃的东西。从过去到现在，他一直如此。

这个动作很轻微，落在温梦这个旁观者眼里，她感受到了不同的滋味，像是柔软的猫尾巴扫过来，又轻又痒，却又叫她的心脏跟着一起蜷起。

温梦看久了，觉得自己也被倦意感染，变得昏昏欲睡，意识变得模糊。直到飞机下降，舷窗外开始现出首都国际机场的航站楼标志，她才醒过来。

也是在这个时候，她耳旁突然传来一声："天哪，是你放的吗？"

咣啷啷。

廖维鸣早就醒了，此时手里正摇晃着矿泉水瓶，惊喜地询问温梦。

离开马尔代夫之前，那只瓶子里面原本空空如也，眼下却有一枚硬币在瓶底打转，旋出一道幸福、闪亮的弧线。

温梦咳嗽了一声，努力装得若无其事。

廖维鸣怎么可能放过这样的机会，狐狸尾巴立刻支棱起来了，他的手握成话筒状，伸到温梦鼻子底下，进行采访三连问。

"请问温女士，干吗趁我睡着的时候偷偷放一枚硬币？"

"温女士，你是不是不好意思了，怎么不说话？"

"哎呀，这有什么可不好意思的？嗯，你一定是被我英俊的睡姿迷倒了。承认吧，这又不丢脸，爱美之心人皆有之嘛。"

一次小小的心动，就被人家抓了个现形。温梦的脸顿时涨得通红，最后她恼羞成怒起来："快还我瓶子。"

廖维鸣摇了摇头，笑得无比得意。

第二枚硬币　家庭新成员

从马尔代夫回来之后的第五天，廖维鸣突然说："我们给家里添个新成员吧。"

兴许是最近这段日子实在是得意过头，他竟然连这样的话都说得出了。

而让人意外的是，温梦听到如此不靠谱的提议，非但没有拒绝，反倒扭头看向他："这可是个很重大的决定，我们得想清楚。如果定下来，是要一直负责的。"

廖维鸣一脸严肃地回道："当然会一直负责的，我已经考虑很久了。你觉得呢？”

温梦点了点头：“其实我也想了好几天了。”

廖维鸣笑了：“我就说嘛，伟大的头脑总是不谋而合。”

“可光是咱们两个在这里拿主意，还不知道它愿不愿意呢。”

“如果不愿意的话，它也不会一直跟着我们吧？这都已经是第三天了。”廖维鸣说完，往后看去，“你瞧，它现在还在呢。”

温梦跟着廖维鸣一起回头。

小区绿化很好，人行道边上全是树丛。此时正值夏末，花团锦簇，绣球花瓣太重，从枝子上弯了下来，沉甸甸的，刚巧压住路面。

一个小黄脑袋此刻正从花中间冒出头，脑壳圆滚滚的，小黑眼珠水汪汪地盯着两个人看。是一只中华田园犬，年纪不大，毛茸茸的一小团。

大概三天前，这只小黄狗第一次在小区里出现。当时廖维鸣和温梦吃过晚饭，惯例去散步，意外和它偶遇。而这只小狗像是一眼就相中了这两个人，之后每次见到就跟在他们后面，直到他们到了公寓楼门口才恋恋不舍地离开。

眼下廖维鸣蹲了下来，笑着问它：“你刚才是不是偷听我们说话了？”

嘤。小黄狗奶声奶气地叫了一声，人心都要被融化了，它像是在说“是”。这个嘤嘤怪。

“你的妈妈呢？”温梦轻声问。

小黄狗没回答。花丛里没有母狗的身影，不知道是遭遇了不测，还是出于其他原因遗弃了这只小黄狗。

廖维鸣环顾四周，接着朝它伸出手：“找不到妈妈的话，要不要跟我们回家？”

这回小黄狗似乎听懂了，它小心翼翼地试探着，一点点往前走。而廖维鸣等它到了离自己一步左右的距离，果断俯身把它抱了起来。

小黄狗刚四脚离地的时候还张牙舞爪了两下，吓得温梦连忙叮嘱廖维鸣：“小心一点，别弄疼它。”

“放心，我心里有数。”

廖维鸣的手很灵巧。他一手固定小黄狗，一手在它背上轻轻抚摩。没一会儿，小黄狗就彻底老实下来，最后甚至倚在廖维鸣怀里，闭上眼睛享受按摩，颇有点没羞没臊的意思。

“它的心可真大。”温梦忍不住笑了，“怎么跟你似的？”

廖维鸣眉毛挑起来，刚要反驳，又被温梦接下来的问题问住了：“你说它是弟弟还是妹妹？”

对于当年生物课全靠朋友外援的廖大师来说，这个问题属实有点超纲，得靠专业人士解答。

好在国贸这种大商圈是最不缺乏宠物医院的，在网上随便点开一家，评分都是五颗星，开车十五分钟就到。给小黄狗定的体检套餐已约好，剩下的就只有检查。

“是只公狗，三个月大。”宠物医院的大夫戴好一次性乳胶手套，“你们帮忙抓住它，我来给它测肛温。”

小黄狗哪见过这阵仗，一通量体温和几针疫苗下去，它嗷呜嗷呜地惨叫，一番鸡飞狗跳。等被抱回家的时候，它还眼眶含泪，一副委屈样。

廖维鸣要拆狗粮，于是安抚的工作落在温梦身上。

“男子汉要坚强一点，不要怕。你说，对吗？”哄到这里时，温梦突然意识到一件事，把视线投向忙碌中的男人：“维鸣。”

“怎么了？”

“我们还没给它起名字呢。”

廖维鸣拆袋子的动作停了下来，他认真想了好大一会儿，才开口：“它胆子那么小，不如给它起个神气一点的名字壮壮胆？这样和其他狗玩的时候，也很威风。”

“好啊。比如？”

“比如刻耳柏洛斯，地狱三头犬那种。”

“刻什么斯？”温梦疑惑地问。虽然廖维鸣的出发点是好的，但这名字未免太复杂，太脱离人民群众的审美趣味了。

“刻耳柏——”廖维鸣重复到一半，决定放弃了，“算了，还是你来起吧。”

温梦低头，摸了一把小黄狗圆圆的小脑袋：“要不就叫他‘圆脑壳’吧，你觉得怎么样？”

说实话，这个名字有点土，但一人一狗对视着，嘤，小黄狗满意地叫了一声，尾巴摇得像风火轮一样，自己认领了。它的名字就这么定了下来。

圆脑壳是个好孩子——如果不是才入住新家两天，就成功从围栏越狱到衣帽间六次，顺带咬坏了廖维鸣两双昂贵的皮鞋的话。

赶上星期六，温梦不用上班，有的是时间教育它："不是给你买了咬咬胶吗？不可以咬鞋子的哦，听到没有？"

圆脑壳似懂非懂，小脑瓜一歪，耳朵耷拉下来，站得倒很乖。

廖维鸣要出门去监督《神迹》的最后布展，路过时看到这幅训子图，忍不住停了下来："医生不是说了嘛，它还没换完牙呢，估计是牙痒痒。爱咬就咬吧，也不差这两双鞋。"

虽然鞋子主人谅解了它，但温梦想的是另外一件事："我早上遛它的时候，刚好遇到一个养苏格兰牧羊犬的人。那个人和我聊了好久，说狗狗得从小就开始管，不然长大之后好多行为模式不好纠正，到时候更受罪。"

"所以呢？"

"那个人推荐了一家宠物学校，说他家的苏牧犬就是在那里上课的。我们是不是也应该送圆脑壳去上上课？"

廖维鸣拿起车钥匙，眼睛眯了一下表示怀疑："圆脑壳？上学？"这两件事听着完全不搭界。

可温梦再抬起头的时候，显然已经下定决心："那个人话里话外有点看不上咱们家圆脑壳的意思，估计是觉得土狗不够聪明。圆脑壳怎么可能不聪明呢？你看它的头多大多圆呀，它只是缺少学习的机会。"

对于这番话，廖维鸣没办法持反对意见，因为圆脑壳的脑袋确实像用圆规画出来的。于是，等他从展馆回来的时候，温梦已经火速把宠物学校报好了。

这两年不光是职场"内卷"，京城的宠物培训领域明显也"卷"了起来，周一到周五是日托，周六周日是亲子时间。而且宠物学的内容五花八门，从素质训练到社会化相处，一路初级班、中级班、高级班上过来，三个月一发结课证书，不知道的还以为这是在训练人类幼崽。

"高级班毕业之后，圆脑壳是不是还要继续考研？"廖维鸣一页页地翻阅宣传手册，顺便讲起冷笑话，"专业和学校看好了吗？"

温梦白了廖维鸣一眼，决心向他展示一下今天试听课的成果。她右手握着零食，举过圆脑壳的头顶，左手拍了拍它的屁股，做出示意的手势："坐。"

圆脑壳哼唧了一声，绕着圈想要从她手里抢零食，但每次一靠近就被温梦轻轻弹回去了。一人一狗拉锯战了足足持续了三分钟，也不知道是圆脑壳转圈转得累了还是果真听懂了指令，最后真的一屁股坐了下去。

“你快看！”温梦高兴得一把抱住廖维鸣，自豪之情溢于言表。

廖维鸣也震惊了，马上拿起零食袋子：“快快快，再奖励它两个。”

两个人类激动得热泪盈眶，留下一只狗有点蒙。

培训计划刚进行了一个礼拜，险些中道刹车，原因无他，温梦新接手的项目需要出差，得去广州三天。原本时间节点卡得刚好，她可以赶在婚礼之前把手头的事情收收尾。但眼下她有了新的操心对象和新的挂念。

“你放心去出差吧，正好这两天画展也没什么事了，我带着圆脑壳去上课就行。”那天晚上入睡之前，廖维鸣是这么说的。

可温梦在床上翻了几次身，听着客厅狗窝里的哗啦啦响动，竟然失眠了。

床垫震动，睡眠一向很浅的廖维鸣动了动眼皮：“怎么了？”

温梦轻轻地叹了一口气：“没什么。”

廖维鸣干脆坐起来，啪地打开台灯，明晃晃的光线照得人睁不开眼：“说吧，坦白从宽，抗拒从严。”

温梦过了半分钟才适应光亮，把手从脸上放下，拍了他的肩膀一下：“快关上，大晚上的，净费电。”

廖维鸣摇了摇头：“你已经被我包围，请速速放弃抵抗。”

一通胡闹下来，倒是让温梦紧绷的情绪放松不少。她轻声开口：“我不在的话，有点怕它在学校受欺负。而且就你们两个在家，我挺不放心的。”

廖维鸣笑了。他信心满满地打包票：“有亲爹在，圆脑壳还能受欺负？你就放一万个心吧——至于我俩，保证都活得好好的，茁壮成长。我会每天给你发视频的，到时候别嫌烦就成。”

见温梦还是一脸犹疑，廖维鸣就搂住她，甜津津地吻上去，吞掉了她的所有丧气话。

台灯被关上了。

隔天温梦拉着箱子去了广州。

刚进9月，潮气很重。温梦白天采访一天，晚上回酒店房间的时候，衬衫都是湿的。得赶快洗个澡才行。

只是温梦的衣裳脱到一半，廖维鸣的微信通话就打了过来。她掩上衣领，接通了视频。

画面里出现的并不是廖维鸣，而是一只毛茸茸的狗头。

“妈妈，你好，我是圆脑壳，我想向你汇报今日行程。”圆脑壳当然不会说话，是廖维鸣躲在它后面，捏着鼻子模仿麦兜的声音。

温梦愣了一下，反应过来之后立刻就笑了：“好，你说。”

“今天我去上学了，和其他小朋友玩得很好。老师说我很聪明，初级班毕业要给我小红花。我在爸爸的训练下，已经坚持一天没有咬鞋了。”

“圆脑壳做得真棒。那你的爸爸呢，他今天吃了什么？”

“爸爸吃了外卖，但是没有点辛辣的，医生开的药也都好好吃了。”廖维鸣说到这里，眨了下眼睛，“我们表现得这么好，是不是值得小小表扬一下？”

眼巴巴地专门打来视频电话，原来是在这里等着呢。

“你想要什么？你爸爸想要什么？”

“我想要洁牙棒，不过，这个爸爸已经在回家的路上给我买了。至于爸爸……”

“？”

“他说他想要一枚硬币。”小狗的眼珠水汪汪的，无辜得跟葡萄似的，“硬币是什么？我可不懂，妈妈，你懂吗？”

温梦这回是真的笑出声了——廖维鸣好像有这样的能力，总是能够散发爱意和快乐。

“好，爸爸要是这几天都好好照顾你的话，我回去会给他很多硬币。”

“真的吗？爸爸说中国人不骗中国人，妈妈，你不能骗我哦。”

“……廖维鸣，你想要演到什么时候？”

廖大师自知理亏，视频电话被挂断了。

温梦微笑着摇了摇头，把衬衫解开，走进浴室。她脸上的笑容一直挂着，直到热水淋下来，盖住她的眼睛。

在一片黑暗中，她突然想起了那个她从未谋面的父亲。他活在她母亲的讲述里，是个浪子，也是个坏人。在母亲的口中，父亲当初就住在钢厂附近。他上过大学，模样清秀，会吹口琴，也会写诗，靠着文艺的气质迷倒了无数少女。母亲就是其中之一。

“我以为他注意不到我，毕竟我太普通了。”母亲坐在台灯下面，一边织毛衣，一边这样对温梦说，“但是有一天春天，他折了一枝迎春花，就放在路边，上面有一封信，写着我的名字。”

多么浪漫的开始。

也是从那天开始，他们一起逛公园，一起看电影，手拉手聊天，聊理想、聊诗歌。他成了她枯燥工作里唯一的解脱。

再后来，母亲就怀上了温梦。

“他说，现在这份工作挣得太少了，不够养孩子，他要去南方做生意，挣到钱就寄给我。”

“然后呢？”

其实不用问，后来的事情，温梦也知道。自从去了广州，她那个所谓的父亲就再也没有回来过。可能对于一个“诗人”来说，家庭和孩子都太沉重，配不上他轻盈的“理想”吧。

靠着男人残存的一点良心，他给温梦的母亲寄来了这样一封信：“我们的爱情已经坠入深渊，万劫不复了。随信附赠二十元，希望大家各自安好，此生勿念。”

温梦的母亲尝试去广州找过爱人。但是偌大一个城市，人生地不熟，怎么可能找得到？肚子一天天大起来，她犹豫再三，最后决定还是先回北京把孩子生下来。

“你当时已经会动了，小脚丫每天在我的肚子里乱蹬。孩子总是没有错的，我舍不得，所以就把你留下来了。”

每个人都有选择的权利，但也必须要为此付出代价。

在20世纪90年代，未婚先孕不是一件多么光彩的事情。温梦的外公外婆很不理解女儿这样的行为，甚至后来彻底断掉了与她的联系，跟着儿子去欧洲生活了。

温梦的母亲不肯认输，愣是一个人咬牙拼命工作，独自把温梦拉扯大了。

温梦争气，在学习上从来不让母亲费心。只是在爱情上面，也许连她自己都没有意识到，她早就默默树立了一个理想型，要沉稳的、务实的、可靠的、话不多的。这完全是她父亲的反面。

这是爱情的本能，也是温梦从母亲辛苦的一生汲取的教训。

但此刻热水湿淋淋地浇下来，温梦想到了很多事情。她想到了被照顾得很好的圆脑壳，想到了和廖维鸣不论是作为朋友还是作为恋人一起度过的这些年，想到了那些分别的日子。她突然产生了新的体会。也许错误的并不是浪漫与理想，它们本是最美好的东西。错误的应该是那些不负责任的人。而她不应该因为别人的错误而惩罚自己。

飞机遇到暴雨，从白云机场起飞的时候，比预计时间晚了足足六个多小时。等温梦回到北京的家时，已经快要午夜两点，万籁俱寂。

客厅亮着一盏小灯，迎接旅人归来，让空气里浮着一层柔软和温馨。

温梦进门一看，廖维鸣躺在沙发上，已经睡着了。虽然她在微信里说了不要等她，但是很明显，他没有好好听话。圆脑壳被他抱在怀里，也跟着迷迷糊糊地打盹儿。

狗耳朵到底是比人的好使一些，在听见温梦的脚步声之后，圆脑壳迷迷糊糊地睁开眼，脑壳上一小撮呆毛立了起来，尾巴疯狂地摇摆。

“嘘，别把你爸爸吵醒了。”温梦小心翼翼地探身，想把它从廖维鸣怀里抱起来。

没想到廖维鸣睡得太浅，这下还是把他惊动了。他揉了揉眼睛，低声问：“你回来了？”

“对，你快回床上去睡觉吧。”

廖维鸣从沙发上坐了起来，没有回答，应该还处于大脑重启的阶段，整个人有点蒙。

而温梦看着他愣神的模样，突然记起了什么。她走到电视机柜前，蹲了下来，把抽屉拉开。

柜子的最底层藏着一个小矿泉水瓶，瓶底躺着一枚硬币。

温梦从背包里拿出钱包，仔细翻找了一通。微信、支付宝交易用得太多，基本没什么现金，更别说硬币了，里面只有小小的三枚。她一口气把这三枚硬币全都倒了进去。

哗啦啦，这动静像回魂曲，一下子让廖维鸣清醒过来。他浅棕色的眼睛亮了起来，笑容生动。只一两步，他就从沙发边直接跨到电视机柜前面。

“你在干什么呢？”他从温梦身后探头，明知故问。

然后呢？

温梦整个人被他扛了起来，直往卧室里去，小别胜新婚。

留下圆脑壳一只狗，独自站在突然变得空荡荡的客厅里，有点愣神——它才吃过晚饭不久，还不饿呢，爸妈为什么又要喂它狗粮？嘤，太过分。

第五枚硬币　吃一些闲醋

温梦做了一个梦。四下是黑的，一片坦途，她摸索着往前走去，意外走进了一场瓢泼大雨。空气中、地面上、呼吸里全是弥散的水雾，伸手不见五指，辨不清东西。明明雨那么大，可她身上又是干爽的。也许她走进的根本不是雨里，而是另外一个人的心情。

丁零零，闹钟狂响。

雨在这一瞬间停了，温梦睁开眼，眼前是漆黑的卧室。睡意渐渐退去，她把手伸到自己枕头下面。摸索了好半天都没能找到手机，于是她欠起身，打开台灯。

啪。

手机就躺在另外一边的床头柜上，应该是廖维鸣昨天晚上嫌碍事扔在那里的。温梦拿着手机从床上爬了起来。

“爬”这个动词不夸张，她真的觉得自己的关节随时要散架。

昨天从广州出差回来，两个人小别胜新婚，折腾到后半夜。此时此刻温梦从膝盖到胳膊，每一处都像是被人拆散了，得再重新拼好。

不仅走路别扭，她洗漱弯腰的时候都觉得骨头疼。对着镜子一看，脖子上也红了一块，她用遮瑕膏涂了三四层，还是能看见轮廓。温梦不得不换了件高领衬衫，这才从卧室里出来。

客厅里亮着灯，满是烘焙的香气，气味微微发苦，又有些干涩的甜。

是廖维鸣在煮咖啡。

圆脑壳鼻子灵，闻到香味，围着他脚边打转，急得摇起尾巴。

廖维鸣弯腰弹了一下它的额头："这个你不能喝，等我忙完就给你开罐头。"

这边安顿好小狗，那边听见温梦的脚步声，廖维鸣又满是笑意地回过头："早啊，昨天晚上睡得怎么样？"

罪魁祸首一脸神清气爽，受害者心里窝火。

"不怎么样。"温梦干巴巴地说，"腰疼。"

"是我的错。"廖维鸣嘴上在道歉，表情却有些得意。像是为了表达歉意，他把咖啡壶放下，朝她走过来。

"你别动！"温梦马上往后退了一步，警惕起来，"我一会儿还要去单位呢，你不要有其他想法。"

廖维鸣果真马上停下，举起双手，一脸无辜："你不是腰疼嘛，我就是打算帮你捶捶背，这有什么图谋不轨的？"接着他笑了，眼睛弯起来，"还是你在想什么不该想的？"

温梦被倒打一耙，恨恨地瞪了他一眼。

这下廖维鸣更高兴了："哎呀，温梦，真不是我说你，你一天到晚都在想些什么，外面天还亮着呢，听得我都害羞了。"

这人怎么这么坏啊？温梦嘴笨，说不过他，一张脸涨得通红。最后，她干脆灌了一杯黑咖啡，又从吐司袋子里叼起一块面包："我快迟到了，才不要和你聊天呢。"

理由很充足，只是脚步越来越快，就差跑上了。

"亲爱的，慢点走，不是腰疼吗？"大门关上，身后是廖维鸣的笑声。

虽然已经是夏末，天还是有点热。一路从家走到单位，温梦出了不少汗，几乎要把衬衫浸透。

一进新文媒的办公室，她就听见小常疑惑地问："梦姐，今天36摄氏度啊，你怎么穿了件高领，这么正式？"

温梦总不好说是自作自受，准备糊弄过去，把话题扯到广州之行上面。还没等她开口，小常倒是抢先一步，自行领悟了："是不是因为今天有上级单位来视察工作？"

早上被廖维鸣那么一闹，温梦差点忘了还有这件事。她连忙顺着小常的话头往下说："对，你说得没错。"

小常竖起大拇指："还是梦姐高瞻远瞩。"

温梦心想，这都能赶上凑巧，也是够可以的。

刘主任把这次视察看得很重，一整天带着大家又是挂条幅，又是整理报告，结果宣传口的领导下午才到。一行七八个人，其中就有之前在刘主任进修的时候给他上课的那位专家。

"这位就是讲'如何在非虚构文学中深挖人物调性'的那位副教授，余孔振老师。"刘主任热情地向大家介绍着，"大家一定要抓住这次面对面学习的机会，多跟专家请教。"

余孔振看上去刚过三十，戴金丝边框眼镜，模样斯文。他耐心地听完刘主任的吹捧，谦虚地摆了摆手："您太过奖了，我们是相互学习。"

客套话和会议总是无比冗长。

温梦坐在会议室的边角，先是听同事汇报，接下来听领导发言，最后听专家点评，一路下来，有点昏昏欲睡。她掐了自己一把，努力保持清醒，目光在领导席上扫了一圈，倒是有了新的发现。她觉得余孔振看上去有点眼熟，好像在哪里见过。想来想去，直到会议结束，她突然想起来了。余孔振是她大学时的同院师兄，只不过她上大一时，他上大四。所以，两人只在迎新的时候见过几次，之后就再没联系过。

兴许是温梦探究的视线有点直接，余孔振发现了。

散会之后，余孔振径直朝她走过来："我们是不是一个学校的？"

温梦笑了笑，礼貌地点了下头，解释了缘由。

"你变化好大。"余孔振温声说，"我还记得你刚入学的时候拎着个大箱子找不到路，看着还是小孩子。"他的眼神在温梦身上停了几秒，"现在完全不一样了。"

老校友相见，总是格外亲切。

温梦没有多想，随口道："是吗？我都记不清了。"

这时，不远处的刘主任开口打断了老同学之间简短的寒暄。按他的意思，是想请余孔振一起吃顿晚饭。

"你也一起来吧？"余孔振看向温梦，笑着问。

这次温梦犹豫了一下，没有直接回答，而是看了一眼手机。果然，在刚刚开会静音的时候，廖维鸣发来了几条信息。

“腰还疼吗？”

“是我不好，我主动承认错误。”

还有一段圆脑壳的视频：“妈妈什么时候下班回家？我和爸爸好想你呀。”小黑眼睛水汪汪的，可爱到让人心融化，只想抱着它的狗头一顿猛亲。

“回家”，这两个字变得暖洋洋的，不再是简单地走路、坐车、进一套公寓。活生生的家人，让回家这件事变得具有不一样的意义。

温梦抬起头，笑了笑：“师兄，实在不好意思。我还有点事情，以后有机会再聚吧。”

“好。”对方没有继续坚持，而是跟在她后面一起往电梯间走，应该是要到停车场去。

3，2，1。显示屏上的数字逐渐变小，电梯门开了。

两个人快到大楼正门的时候，余孔振突然问道：“是不是很严重？”

温梦侧过脸，没太明白他的意思：“什么？”

“你刚才说不能来吃饭，是因为有事情。”余孔振解释道，“情况严重吗，需不需要师兄帮忙？”

行为是友善的，态度是好心的，只是温梦刚才的说辞不过是找个社交上的借口罢了，余孔振不可能听不懂，况且他就站在温梦身边，应该看到了廖维鸣发的微信。他这么刨根问底，顿时让气氛变得有些微妙。

温梦停了下来。她思考了一下，刚要开口，却被第三个人的声音打断：“有我在，就不用师兄帮忙了。”

温梦和余孔振同时转过身去。

说这话的是廖维鸣。他就靠在大门边上，应该是自觉昨天太过分，专门来接温梦下班，结果把刚才的对话听了个完全。此时他漂亮的脸上带着薄薄一层微笑，话讲得礼貌，眼神却阴沉着，像随时要刺中入侵者的刀。很显然，这个不知从哪里冒出来的师兄激怒他了。

空气僵持，冲突几乎一触即发。

余孔振愣了一下，察觉出不对劲，立刻退缩了。他往后撤了撤，转向温梦：“这位是……”

“我爱人。”温梦自然而然地接道。

余孔振挤出一个微笑：“我看你没戴婚戒，还以为你没结婚。”

“是早上洗脸的时候忘戴了。”温梦顿了下，认真解释起来，“不好意思，让师兄误解了。”

余孔振有点尴尬地回道：“没事，我也就是单纯想帮个忙，没有别的意思。”

鬼才信。不过好歹他知难而退了，场面恢复了一些礼貌与和气。

廖维鸣走过来，牵住温梦的手，低声说：“走吧？”

温梦和余孔振挥手，说了声：“师兄，再见。”接着转向廖维鸣：“走，回家。”

啪，奔驰车门关上。

廖维鸣打着发动机，一边转动方向盘，一边学着温梦刚才告别时的语气，颇有点酸溜溜地问：“师兄，再见——这又是哪里冒出来的师兄啊？还有，‘再见’是什么意思，是还要再见面吗？”

“他是我大学的师兄，根本不熟，今天在单位碰见的。我就是客气一下，不会和他再见面了。”

廖维鸣听了，单薄的唇依旧抿着，情绪都挂在脸上：“哦。”

温梦扯了扯他的衬衫下摆：“对不起，我明天一定记得戴戒指。”

其实从马尔代夫回来之后，她一直好好戴着婚戒的。要不是今天早上为了遮掩脖子上的遮瑕膏，怕把首饰弄脏才摘下来，她真不至于忘记。

想到这里，温梦的腰又隐隐疼起来。她把手从廖维鸣那里收回来，捶了捶后背。

廖维鸣扫了她一眼，板着脸问：“还疼呢？”

“有点。”

隔了半晌。

“回去给你揉揉。”廖维鸣闷声闷气地开口。

温梦一听，马上侧过脸：“不生气了？”

“生气。”廖维鸣顿了下，又干巴巴地说，“除非你把刚才的介绍再说一遍。”

“什么介绍？”温梦有点蒙。

廖维鸣没回答，只是含糊地反问：“我是你的什么？”

“老同学？男朋友？”温梦一边看着他的表情，一边慢慢地说，“……未婚夫？”

很明显，这些都不是廖维鸣要的答案。

再然后。

温梦突然领悟了。

“我爱人。”

这三个字一出来，廖维鸣面上依旧一副“我很不爽”的表情，耳尖却逐渐变红。光是看着也知道，摸上去一定无比滚烫。

温梦忍不住笑了，故意又说了一遍：“我爱人。”

咳咳咳。一阵咳嗽过后，廖维鸣的脸也跟着红起来，再绷不住严肃的表情：“行了，休战了，进入停火期。你不要再用甜言蜜语进行攻击了，不然我会反击的。”

温梦见好就收——在讲情话这方面，她可说不过廖维鸣。

气氛松弛下来，而汽车在和平到来的瞬间掉转了方向，朝南驶去。

“我们不是要回家吗？”温梦看着窗外不同的风景，疑惑起来。

“先去商场，再回家。”

“啊？要买什么？”

廖维鸣哼了一声，说：“之前的婚戒，你也别戴了，就一个圈，太简单。我们去买个大钻戒，晃瞎那些师兄师弟的眼睛，省得他们装瞎子，故意看不见。”

人和乌鸦好像天生都会被闪闪发亮的东西吸引，这大概是生物的某种共通性。

从商场回来后，温梦抱着电脑在客厅处理工作邮件的时候，目光总是时不时瞟自己的无名指几眼，如同视线不受她的控制。因为此时此刻她的无名指上戴着一枚钻石戒指，很亮，很美，像一颗会发光的水滴，无论从哪个角度看都洁净、纯粹，漂亮得让人想要屏住呼吸。

她欣赏到一半时，沙发突然沉了一下，是廖维鸣在她身边坐了下来。他瞅了一眼温梦手上的戒指，颇为遗憾地嘟囔了一句：“还是不够显眼。”

按廖维鸣的初衷，刚才应该定珠宝店里最大的那颗钻石才对，明明有一枚3.5克拉的现货，颜色和净度都很好，射灯的光一打，简直像个小灯泡，绝对可以闪瞎余孔振之流的眼。

但温梦没有选那颗，而是选了一款六爪镶嵌的1.2克拉钻戒。这款钻石算不得很大，切割得却很好，火头很足，设计典雅大方。

“我还要上班呢，戴太夸张的，同事们看见了影响不好。”温梦觉得自己指头偏细，那么大的钻石一套上去，显得比例失调，买东西还是得切合实际。更重要的是，那枚戒指很沉，给她一种要抬不起手的错觉。这让她想起廖维鸣的母亲——那个指头被蓝宝石坠住的漂亮女人。她不想做那样的人。

一番争论之后，廖维鸣看着是被说服了。但在开车回家的一路上，他还是时不时抱怨几句，一直持续到客厅里。

此刻温梦听到了廖维鸣的不满，把电脑放在沙发上，对着灯光抬起手，对他笑了笑：“我更喜欢我手上的。”

廖维鸣从木地板上抱起圆脑壳，下巴抵在狗头上，阴阳怪气地哼哼了两声。

有的人后劲太大，到现在都还没有过去。只是那些酸溜溜的话还没冒出头，就再也说不出来了——廖维鸣突然觉得唇上一热，一个非常轻的吻落了下来，截断了他所有的抱怨。百合香水味汹涌而来，又像潮水一样缓缓退去。

廖维鸣条件反射般地想要去加深这个吻，才凑过去，始作俑者已经咳嗽了一声，从沙发上跳了起来。

“不闹了，都六点了，该吃饭了。”温梦脸上带着红晕，回头问廖维鸣，“家里应该还有西红柿，我煮个面条？”

一听到做饭，廖维鸣蓦地忘记争论，眼睛亮了起来：“我来做吧，我昨天才看过下厨教程。”

廖维鸣一下手，那就不是下厨房了，是炸厨房。

温梦打了个哆嗦，一手按在他肩上：“你就老老实实坐在这里，哪儿也不许去，等吃饭了我喊你。”

见廖维鸣点了下头，温梦才从沙发边上离开。她走出两步，又不放心地回头：“不要跟着我。”

“汪。”圆脑壳和廖维鸣一起给出回复，乖巧又听话，眼睛水汪汪的。

厨房的门被关上了，却困不住里面响起的丰富响动。

啪，这一定是燃气灶在点火，蓝色的火苗蹿起来，舔着平底锅，白色的蒸气一股接一股升上来，卷在一起，又被抽油烟机迫不及待地抽走。

咕噜噜，这应该是凉油被倒进热锅里。温梦在做饭上很有经验——黄澄澄的油是滋润的，绕着锅底走一圈，搅拌好的蛋液就不会再粘锅。

刺啦，这是葱花和鸡蛋滑进油锅里的声音。蛋液冒泡、凝固、被打散成一块块，金黄又蓬松。鸡蛋被盛出来，借着锅里残余的热度，被切碎的西红柿下锅，爆炒出丰沛的汁水。

不单是厨房热闹，客厅的电视里也在播着新闻。

廖维鸣坐在沙发上，看得有些心不在焉。他的注意力全在听到的声音和闻到的味道上面。西红柿炒鸡蛋这道简单的菜，怎么能散发出如此浓的香气呢？真是不可思议。但是再仔细想想，可能根本不是菜的缘故，而是他想起了和温梦第一次真正意义上的约会。

那时也是这样的场景。

那天从花坛分别之后，廖维鸣原本是和温梦约好周末再一起去看电影的。可临到那天，天公偏偏不作美，正好赶上北京春末最常见的沙尘暴。

从北方荒漠刮来的风让城市里扬起黄沙，整个天空都是灰蒙蒙的，更别提呼吸间让人窒息的土腥气。这种天气根本就不应该出门，何况只是为了看一场电影。

“我们下周再见面吧？”温梦在电话里是这么和廖维鸣说的。

廖维鸣不置可否地应了一句。

温梦以为他这是答应的意思，但是四十分钟之后，职工宿舍的门铃响了。廖维鸣灰头土脸地站在门外，头发已被风吹得不成样子。从停车的地方跑过来，不过区区百米，就让他的外套上蒙了尘。

“天啊，这么大的风，你还出来干什么？”温梦拉他进来。

砰，防盗门被楼道里的大风刮得关上了，刚好盖住廖维鸣那句很小声的“我想你了”。

这句话，温梦也许听到了，也许没有。她只是有点慌乱地清了下嗓子，指了指沙发："那个……你坐吧。"

"我是不是应该先换鞋？"廖维鸣问。

"哦，对。"温梦弯腰，想从鞋柜里拿拖鞋递给他。恰巧廖维鸣也伸出手，彼此指尖碰到的瞬间，又都火速收了回去。

"我自己来吧。"廖维鸣说这话的时候，嗓子莫名有点哑。

明明亲都亲过了，也做了这么多年朋友，可两个刚刚成为情侣的人此刻面对面站着，突然都有点害羞，是脸上发烫、呼吸加速、心脏怦怦作响的害羞，是最真实、最本能的那种。

温梦觉得玄关的空气都收紧了，她逃也似的往客厅走："要看电视吗？"

"好啊。"廖维鸣跟在后面，马上表示赞同。

温梦打开电视，随手调了个台："看这个？"

"行啊。"

中央台正在播《法治进行时》，一个嫌疑人跑到深山老林里，刑警们正对他实施抓捕。

"你已经被包围了！放下武器！停止抵抗！"

谁会在第一次约会的时候看这个啊？不过温梦根本没有注意到这个问题。此刻她有点放空，眼神飘忽不定，不知道在想些什么。

廖维鸣也没有看电视。他在看温梦，看她红润的唇、丰腴的胸、瘦削的肩膀。他的视线融化在她起伏的呼吸里，有了自己的想法。他想要吻她，又或者不仅仅是吻而已。他想要填满她。这个念头越来越强烈，下一秒，他真的拥住了温梦。如同面对花坛边的那个吻一样，温梦身体轻轻颤抖了一下，却没有推开他。

他们在沙发上消磨了很多时光。

等到肚子咕噜噜叫起来，他们才惊觉已经到了吃晚饭的时间。

"家里没什么菜了，面条可以吗？"温梦有点不好意思地理了理头发，觉得这么招待男朋友有点说不过去。

但廖维鸣兴许是饿极了，连简单的西红柿鸡蛋面也吃得很香。他一口咽下去，含糊地称赞道："你真应该去开饭馆，太好吃了。"

看他那要把碗舔干净的样子，不像是在说谎，温梦笑了，多给他盛了一勺卤："快吃吧，这都堵不上你的嘴。"

"是真的！"廖维鸣见她不信，认真地回道。

倒不是菜有多么不一样，而是因为这是家的味道，是让他眼眶发热的味道。

此时客厅里响着电视机的声音，腿上是热乎乎的小狗，骨瓷餐具放在桌面上，爱人在餐厅喊他："饭好了，来吃吧。"

廖维鸣膝盖一震，回忆被打断了——圆脑壳听到了温梦的呼唤，立刻从他身上跳了下去，火速投奔妈妈了。

廖维鸣却没有跟着起身。

温梦在餐厅里等了一会儿，始终不见他出来，于是又喊道："维鸣，你快点，面条该坨了。"

"来了。"廖维鸣清了清发紧的嗓子，关上电视，这次站起来了。

雪白的面条已经被从锅里挑了出来，放进碗里，上面盖着厚厚一层卤。面条有点烫，但廖维鸣吃得很急。

"味道怎么样？"温梦问。

廖维鸣抬头，额头上冒出点汗，孩子气十足："特别香。"

温梦笑了，挑起一筷子："那就好，慢点吃。"

等面条变凉的时候，她突然想起了什么，又抬头对廖维鸣说："我手头没有硬币了，你回头给我点吧。"

温梦没有用"借"这个字，用的是"给"。

廖维鸣没说什么，点了下头，眼眶发热的同时，再也掩饰不住脸上的笑意。

温梦觉得他的笑容莫名其妙："你在高兴什么呢？"

廖维鸣把碗端起来，喝干净最后一口汤，好像是故意装作听不见她的问题，又好像是故意不让她看到自己发红的眼睛。

当然，温梦随口一说的话，他落实了。

隔天温梦下班进家，发现客厅的茶几上多了一个很大的纸包。纸包外面缠着银行专用的胶带，看着应该是廖维鸣白天才去银行换的。打开来，里面全是一元硬币，足够把两三个矿泉水瓶填满。

温梦当然没有把这些硬币都倒进去——她可不想让廖维鸣得意忘形。她谨慎地挑了一些，往瓶子里扔。

细碎的金属撞击声响起来，噼啪、噼啪，动静不大，一个接一个，动作连续着，这声音让她舒服得忍不住眯起眼睛，就好像心也被填得很满似的。

很多枚硬币　婚礼

“真的不用我陪你去？”温梦问出这句话的时候，正试着把婚纱收进行李箱。明天下午坐飞机重返马尔代夫，此刻再不收拾行李，时间真就来不及了。

婚纱裙摆太蓬松，雪白的珠纱又总是不安分，这头才塞进去，那边又弹起来。这项浩大的工程耗时耗力，热得温梦两颊发红，出了一身汗。

廖维鸣找到他需要的东西，刚刚从卧室里出来。他听见了她的问题，回了一句：“不用，我自己去就行。”说完，他放下手里的纸张，走过来扶住行李箱，然后用力往下一压，示意温梦拉上拉链。

刺啦，拉链被一寸寸合上，行李箱被廖维鸣随手立了起来。内容物填充得饱满，行李箱看着随时都要裂开，像个鼓鼓囊囊的大肚汉。

圆脑壳这只狗有点窝里横。刚才它一点忙帮不上，这会儿倒是要起威风了，看见行李箱被拉好，就绕着圈地叫唤。汪汪汪，它誓要把这个怪物从家里赶出去。瞧瞧，它多勇敢。

廖维鸣教育了圆脑壳几句，它依旧不肯听。他只好抬起手，摁住圆脑壳头顶的小黄毛，一通疯狂揉搓，这下才让它彻底败下阵来，闭嘴不叫了——圆脑壳自觉是一只美丽的小狗，而美丽的小狗是头可断、血可流，发型坚决不可乱的。

温梦看着他们一大一小没正形的样子，不禁笑起来：“维鸣，你别光顾着跟狗玩了。快点走吧，省得错过预约的时间。”

廖维鸣探身过来，在她额头上亲了一下，留下一个灼热的吻：“晚不了，放心。”

温梦继续嘱咐他：“看完了一定记得给我打电话，告诉我复查结果。”

“知道了知道了——你就不能信任我一回？”廖维鸣故意拉长声，走到玄关换了鞋，大咧咧地准备出门。单看他那副胸有成竹的样子，就很有几分靠谱的样子。而温梦刚刚嘱咐那一通，属实是她瞎操心。她摇了摇头，站起身。目光扫过地面的时候，她突然发现了什么——廖维鸣刚刚光顾着拉行李箱，随手遗落了一小沓纸。

“廖维鸣，你忘带病例了！”

半个小时后。

靠谱不过三秒钟的廖维鸣接受完温梦的批评教育，拿着那份失而复得的病例，老老实实地坐在三院一间诊室的木板凳上。

田大夫看过检测结果，又瞅了一眼气色红润的患者，重新把老花镜戴好：“最近不怎么头疼了？”

“好多了。”

廖维鸣说的是实话。压在心上这么多年的石头被搬开，诚然留下了些印子，但他确实松快很多，最近头痛不大发作了。

这兴许就是做一个实诚人的好处，心肝脾胃都是通透的，好也好得明白，坏也坏得明白。他那些小心思、小诡计，再不用藏着掖着，怕温梦知道真相后离他而去。温梦是不会走的，这是她亲口说的。她宽恕了他的罪。

越是美丽的诺言，听上去就越不可信，但是想一想北京离马尔代夫有多远，想一想温梦这样的性格能做出请假一周的决定，能拒绝李彦诺的邀请——她是真的下了决心。

“抗焦虑的药可以试着停两个礼拜看看。”诊室里，田大夫说，“要是感觉不好，就再来看门诊。”

廖维鸣点了下头，起身帮忙拍了一下依旧不那么听话的打印机。他觉得自己快要好了，虽然心理偶尔还是会有黑影。

比如画展开幕前一晚，廖维鸣因为第二天早上三点就要起床，就没有在家里过夜，而是直接住在画室。逼仄的空间、陈旧的回忆，令一些聒噪不安的情绪翻滚起来，他迟迟无法入睡。

廖维鸣在沙发上翻过身，面冲向林立的画布。在黑暗中，他看到了《奇迹》和《未来》在发光，看见一切在马尔代夫的蔚蓝海面上展开。

那里就是福地，是流淌着奶与蜜的土地。遥远之地的海风徐徐刮过三环路上的画室，带来硬币撞击的清脆响动，焦虑被安抚，逐渐平息下来。

廖维鸣打开手机，调出地图软件，仔细查看万里航程，如同看见那场即将到来的婚礼。手机屏幕熄灭的瞬间，他的心也跟着静下来，坠入沉睡。

“带上瓶子去吧。”再次出发去五星岛之前，廖维鸣回头望了一眼餐桌上装了一半硬币的矿泉水瓶，可怜巴巴地建议道。

温梦摇头：“不带了，太沉。”

兴许是看他有点沮丧，她补充了一句：“要是遇到想加硬币的时候，我会记在手机上的。”

“万一漏了呢？”廖维鸣嘟囔着。

“怎么，你就不能信任我一回？”温梦学着廖维鸣的样子，挑起一边的眉毛，故意拿他看病时的原话堵他。

廖维鸣长长叹了一口气，道：“温梦同志，我觉得你学坏了。”

“那也是你教的。”温梦笑了。

圆脑壳看着爸爸妈妈打情骂俏，这回倒是不酸了，只顾着在温梦怀里摇尾巴。

温梦以为它是心里不安，忍不住安慰它：“乖，委屈你在寄宿学校待一周，妈妈回来就去接你。”

圆脑壳其实根本就不想去马尔代夫。实际上，它正眼巴巴地等着爸爸妈妈送它去寄送学校。前段时间它在课上新认识了一条马尔济斯，对人家朝思暮想，去学校相当于去约会。和漂亮狗狗在空调屋里一起玩皮球，可比在海边被太阳烤着强——拜托，那可是9月中旬的马尔代夫，想想都要晒死了。

婚礼当天确实很热，气温得有38摄氏度，四下里烫得不合时宜。

细密的汗珠顺着温梦的发际线往下淌，让她的精神和腰线一样绷得很紧。耳旁是弦乐队的伴奏，*Salut d' Amour*曲调绵延、悠长。朋友们和着拍子鼓掌，相机的闪光灯咔嚓咔嚓地亮起来，照得人脸上发烫。

温梦抱着捧花往前走去，没有心思欣赏音乐，也没有心思聆听身旁人的祝福，满脑子都在胡思乱想——千万不能弄花粉底液，千万不能跌倒，千万不能踩到自己的婚纱，千万不能忘记微笑。她太紧张了，整个人像被绑在木架子上，端得僵硬。杂乱的念头纷至沓来，也是在这个时候，她抬起眼皮，看到了花道尽头的廖维鸣。

在这样特别的日子里，他穿着套剪裁合体的高定西装，一身簇新的黑，平时松散的刘海儿被梳了上去，看着成熟稳重了不少，都显得有些陌生了。但他浅棕色的眼睛在微笑，一双桃花眼弯着，蜜意与爱恋像水一样流淌。他朝她伸出手，是一个丈夫在等待他的妻子。

这笑容是熟悉的，就像很久以前，在那辆熏香浓烈的路虎车上，他从后排拎过书包时露出的。

“我叫廖维鸣。我们之前见过的，你记不记得？”雨滴顺着车窗滑落，那个少年这样对她说，态度笃定。

在之后的很多年里，温梦记住了那个雨天，也记住了她和李彦诺的初遇，但却忘了那一天其实也属于她和廖维鸣。

耳旁不再是悠扬的弦乐，而是金属的撞击声，硬币不断地滚落、堆积，升到瓶口快要溢出来，涨得她整颗心都沉甸甸的。

而这时，有人在她腰上轻轻掐了一下。

温梦回过神来，这才发现自己已经走到廖维鸣身边。他冲她眨了下眼睛，模样有些淘气。

温梦终于笑了起来。她抬起手，握住了廖维鸣的掌心。

啪！花筒喷开，彩条和新鲜的花瓣往下坠落。诚挚的吻降落在心上，被封在幸福的日子里。

困，这是婚礼过去之后，温梦唯一的念头。

紧张的情绪变得放松，疲惫感延迟到来。温梦拒绝了乔婕去浮潜的请求，也不想和曲哲去摘杧果，更不想做廖维鸣的速写模特，她只想把自己裹进被子里，睡个昏天暗地。每天睁开眼吃上两口就能躺十四个小时，温梦如此迷迷糊糊到第三个晚上，廖维鸣开始觉出不对劲。

“你是不是生病了？”他担心地摸了摸温梦的额头，温度并不高，没有发烧。

温梦不流鼻涕也不咳嗽，只是觉得累。暖洋洋的困倦从骨头缝里溢出来，把她整个人包裹，她连动都不想动。

“既然这么累，就别去外面吃了，我叫客房服务吧。”最后廖维鸣决定。

菜肴丰盛，色香味俱全，都是温梦爱吃的菜。上次来这家酒店的时候，她对龙虾夸过几句，廖维鸣记住了，主菜专门点了这道。

可软嫩的肉到了温梦嘴里全都变了味。她浅尝过几口就不想再动叉子，隐隐觉得恶心。

“怎么不吃了？”

“有点腥。”

廖维鸣听了温梦的评价，专门从她盘子里夹了一块尝。他觉得味道好极了，不光不腥，还弥漫着一股迷人的黄油香气。

嗜睡、没有胃口、看上去情绪很恶劣，到了第五天，温梦身上那些怪异的表现似乎有了答案。她靠在床边，对着手机上的日历数日子，然后看向廖维鸣：“我的例假好像晚了一个礼拜。”

正在速写本上勾勾画画的男人迅速抬起头。

几秒后。

“你确定？”

温梦点了下头，心情有点奇异。她摸了摸自己的肚子——这两天吃得少，此刻小腹看着特别平坦，里面估计连剩菜剩饭都没有，难不成还能有个孩子？

小岛上没有验孕物品。廖维鸣多疑的毛病冒出头，他不放心委托其他人，非得亲力亲为，自己坐船去了一趟马累。回来的时候他包里揣着一盒验孕棒，有四五个牌子的。

“都试试，万一哪个不准呢？”廖维鸣把盒子交给温梦，声音不大平稳，克制不住紧张和激动。

温梦看上去倒是平静了一些。在廖维鸣离开的时间里，她摸着自己的肚子坐了几个小时，渐渐适应了这种可能性。她拿着盒子进了洗手间，关上门。

廖维鸣在卧室里焦急地踱步，像每个待产的爸爸一样，这是本能的反应。

一分钟过去了，洗手间没有动静。他着急，忍不住隔着门问道：“怎么样了？”

“等一下。”温梦说。

这一等，就是五分钟。

然后，门开了。

"维鸣。"

"有结果了？"

"我怀孕了。"

最后一枚硬币　家宅有喜

温梦怀孕的消息传到了上海。快两个月后，廖维鸣的父母终于能够在百忙之中抽出空当，来看望一趟儿媳——当然，多半原因是他们要去天津谈生意，顺路经过北京。

温梦把他们二人迎进客厅的时候，心里是有点不好意思的："我本来打算等三个月过了就坐飞机去上海看您二老的，没想着麻烦爸妈过来。"

"这有什么，特殊时期嘛，你就别乱跑了，还是要多多休息。"廖维鸣的父亲笑起来，"我们也折腾惯了，一年到头总在天上飞，就没有闲着的时候。"

彼此在态度上都有意拿捏地热情，一来一往不算冷落，但毕竟之前交流得不多，相当于半个陌生人。面子上的积极都是浮在水面上的，掀开一看，底下只有尴尬和生疏。

眼见着寒暄快要进行不下去，廖母想起了什么，打开爱马仕包，从钱夹里抽出一张银行卡："梦梦，你提早点订月子中心，建档也找个贵的医院，这钱，妈妈出。"

温梦愣了一下，一时不知道该不该收。她感到肩上微微一沉，是廖维鸣从身后拍了她一下。温梦明白了他的意思，这才和廖维鸣的母亲道谢，小心翼翼地把卡收好了。

"谢什么，都是一家人。"廖维鸣的父亲笑得开朗。

是这么个道理，可大家根本就不熟。

温梦扭过头，求救似的看了一眼廖维鸣。他接到了这个眼神，把话头捡了起来："爸妈，咱们回头再聊吧。我定了饭店，再不走就赶不上预约的时间了。"

廖维鸣出手解围，总算结束了这场干枯的对话。

一行人分两辆车走，廖维鸣父母那辆有司机，温梦上了廖维鸣的车。她在副驾驶位上坐定，系好安全带，想了想还是觉得不妥："咱们既然都经济独立了，就别再花爸妈的钱了，还是把银行卡还回去吧，你说呢？"

廖维鸣转动方向盘，温声回道："你现在要是不收，他们反而会觉得不舒服。等我爸新楼开盘，我买尊金貔貅送过去就成。在这件事上，你信我一回，真的。"

每家人都有自己的相处模式，是河床上经久磨圆的小石子。温梦犹豫了一下，也就没有再多说什么。

饭馆离家不算远，不过十分钟车程。短短的一路，温梦拿出储物格里的塑料袋干呕了两回。没办法，孕早期就是这么遭罪。原先喜欢的菜全都变了味道，鸡蛋白泛着鱼腥气，海参、燕窝那些就更别提了，温梦光是看一眼就觉得恶心。她吃不下正经饭，倒是意外觉得饭店送的碧根果不错，尝起来甜津津的。

廖维鸣看在眼里，拿起小钳子，啪地夹碎硬壳。而温梦成了松鼠，从碎掉的壳子里拣果仁吃。两个人打起配合战，相当默契。

这顿饭吃得潦草，四人也没聊出什么。饭后，廖维鸣父母的车驶上高速，又从他们的世界中消失了。

刚才还是四个人的饭局，现在突然只剩下自己和廖维鸣，温梦觉得哪里像是空了一些。廖维鸣对此倒是表现得习以为常，心思全在另外一件事上。

进家之后，他打了个电话，然后扭头对温梦说："我咨询了一下营养科的大夫，他说，要是吃得进去碧根果，可以试试五谷粉。"

温梦露出怀疑的眼神。

廖维鸣这人一向是想到就会去做，说话的工夫已经拿起车钥匙，再次出了门。不大一会儿，他就拎回来一桶碧根果和几袋五谷粉。

热乎乎的米粉冲起来，满屋子都是香甜的核桃味。

廖维鸣在温梦身边坐下，专注地看着她一口一口喝下去。

过了五分钟，温梦没吐。两个人顿时都松了一口气。

廖维鸣心里一舒坦，立刻开始嘴欠："啧啧，你瞧你喝的，满嘴白胡子。"

这人时不时就得收拾一下，不然就皮痒痒。温梦也不啰唆了，用指头在嘴唇边上一抹，二话不说就全蹭他脸上了。这招儿叫同归于尽。

"欸——你干什么！"

笑声响起来，一点点占满空着的角落。

三个月后，温梦站在体重秤上，看了一眼脚下的数字——60.7kg。

孕早期的不适过去之后，她的胃口变得出奇地好，体重开始稳步上升。

身体浮肿不是什么大事，行动迟缓也可以接受，目前最让她烦恼的反倒是挥之不去的困倦——她最近简直一直处于睡不醒的状态。

昨天晚上坐在沙发上，才听了两首胎教曲，她整个人就已经迷糊着了。她睡得太香、太沉，连廖维鸣是怎么把她抱回床上去的都不知道。一天天憨吃酣睡，待产生活过得有点过分安逸。

相比之下，老同学们的生活就精彩得多了。

曲哲从原单位辞职，入股乔婕的体育用品生意。两个人合伙开了家网店，小半年下来，流水还算可以。乔婕手上有了点余钱，就打算出去嘚瑟一把。为此，她专门给温梦打了个电话，约她逛街："奥特莱斯在打折呢，咱们一起去啊，我埋单。"

比起占便宜，温梦显然更想睡觉，拒绝得有理有据："你好好逛吧，我就不去了。这几天上班太累了，肚子发沉。"

"肚子沉？"乔婕愣了一下，突然顿悟了，在电话里叫起来，"哇，你怀孕了！！！怎么都不告诉我！！！"

喊声过大，震得温梦把手机拿远了一些："不是不想告诉你，这不是前三个月不让说嘛，后面就一直没找到机会——"

"你等着，我马上就来！"乔婕听了，说什么也坐不住了，转头就带着一大袋子婴儿用品直奔温梦家里。

一见面，她的第一个问题是："男孩还是女孩？"

温梦打了个小小的哈欠："不知道，现在都不让查性别。"

乔婕上下打量了一番，看着温梦昏昏欲睡的样子，发表了一通自信的言论："你怀的绝对是女孩。"

"为什么？"温梦有点蒙。她自己都搞不清楚的事情，乔婕怎么能这么确定？

"你一天到晚这么困，肯定是因为肚子里有个睡美人。"

她就多余问这么一句。温梦无奈地笑了，干脆另起话头，要从沙发上起身："吃水果吗？家里有橘子。"

"不了，你快别折腾了。"乔婕按住她，顺手翻动起茶几上的育儿书，好奇地问，"不是还有好几个月才生嘛，这就看上书了？你这是打算从肚子里卷起啊。"

"不是我看的，是维鸣在学习。"

乔婕眼睛都瞪圆了，简直比听到温梦怀孕的消息还吃惊："廖维鸣？学习？"

也不怪旁人惊讶，上一回"廖维鸣"和"学习"这两个词挨在一起，还是在高二的晚自习。

当时廖大师趴在温梦课桌边，一笔一画地做练习册。他立志要考上好大学，至少不能被李彦诺比下去。

后来他考上大学了，连太太也娶到了，一晃这么多年过去，别人就再也没见他怎么认真学习过。

眼下茶几上这么厚一摞育儿书，有《西尔斯怀孕百科》《儿科学会育儿指南》《睡前胎教一天一页》，谁能相信是廖维鸣看的书啊。

但这些还真就是廖维鸣看的。

温梦最近比较虚，随便上个班吃个饭就觉得累，经常连动都不想动。而廖维鸣初为人父，又满脑子都是激情，精力多到没处使。原本记录创作灵感用的iPad被他当成笔记本，草稿和速写替换成了读书心得，写得那叫一个详细。不光他自己要学习，还要做读书分享会，每天遛狗回来，他都要花十五分钟和温梦复习。

"我今天看了拉玛泽呼吸法，这个对顺产很有用，要早点开始练习。"

温梦靠在床边上，点了点头："你说吧。"

"一共分为五个阶段。第一是轮廓式呼吸……"

今天的小课堂开讲了。

只是廖维鸣这边才说了三分钟，就突然被温梦打断："停一停。"她说话时眉头紧紧蹙起，应该是有事发生。

廖维鸣一愣，连忙把笔记放下："怎么了，感觉不舒服？"

温梦顿了下，摇了摇头。她把手放在隆起的肚子上，像在小心翼翼地感受着什么。过了很久，她似乎确定，又似乎不确定，于是拉起了廖维鸣的手："你也摸一下。"

掌心下的触感是硬的。廖维鸣疑惑地看向温梦，刚要开口，紧接着——咕嘟咕嘟，一阵很微小的振动，像金鱼在水里吐泡泡。

"宝宝好像动了。"温梦轻声说。

不同于之前只有在做B超时才能观测到心跳，这是第一次可以被触摸到的胎动。宝宝在妈妈肚子里翻了个身，懒洋洋地伸了伸脚丫，撅起圆乎乎的小屁股。

咕嘟咕嘟，掌心颤抖。廖维鸣愣住，久久不能言语，感受着掌心下轻微的起伏。

隔了一两分钟，振动停了下来。

温梦松开廖维鸣的手，笑着说："他不动了，是不是睡着了？"

廖维鸣没有办法回答这个问题。他站起身，低声对温梦道："我先去趟洗手间。"

很快，洗手间里哗啦啦的水声响起来。出来时，廖维鸣脸上带着未干的水滴，眼睛有点发红。

温梦诧异地问："你洗脸了？"

"嗯，眼睛有点干。"廖维鸣淡定地回道，好像无事发生。

他不想解释原因，温梦看出来了。她默契地把话题扯回正轨："好吧……你刚刚讲到哪里了？哦，对，拉玛泽呼吸法。快继续讲吧，我听着呢。"她边说边坐直了身子，一副认真受教的模样。

廖维鸣果真讲了起来："第一部分说完了，下面是第二部分。收紧与放松运动——"讲着讲着，他突然卡住，再也讲不下去了

温梦扭过头，惊讶地发现廖维鸣正用手捂住脸，指缝间有泪水淌出来。他哭了。

廖维鸣看着情感细腻，但其实很少哭泣，每次遇见再大的事，总是笑笑就过去了。偶尔有那么几次流泪，大多也是因为感冒，是纯粹生理性的泪水。

所以温梦看到眼前这幅场景时，吓了一大跳："发生什么事了？"

廖维鸣只管摇头，不肯回答她，好像这是一道无解题。

寂静蔓延，让人焦躁。

直到几秒后，小小的躁动在卧室里蓦地响起来，打破了这些无声的泪水。

扑通，扑通，扑通。

是心跳的声音。不单是她的，也是他的，更是那个由她和他共同缔造的崭新的生命的。

温梦侧耳倾听。她听到了冥冥之中那道无解的题的答案，听到了灵魂联结在一起时发出的共鸣。这一刻，温梦从未有过地贴近了廖维鸣。她伸出胳膊揽住他的肩膀，她的怀抱是滚烫的，远比言语上的安慰更有力量。

很久后，廖维鸣开口，声音里饱含着热泪："我真的好高兴。"

又过了很久，温梦轻声回道："我也是。"

宝宝是在6月底出生的。

抛去生产过程的艰辛不谈，助产士剪断脐带，把孩子抱过来的时候，温梦是被吓了一跳的。

宝宝在羊水里泡久了，皮肤红通通、皱巴巴的，手指脚趾细细的，怎么看都和睡美人扯不上关系，更像只小猴子。

助产士见多了新生儿，很确信地告诉温梦："长一长就会长开了，肯定是个帅小伙。你看他的眼睛多漂亮，模样俊着呢。"

宝宝非常应景地哼唧一声，然后依偎在温梦胸前，吧嗒了一下嘴。

从那一刻起，漂亮与否这件事就显得无足轻重了，温梦脑海里只剩下一个念头：孩子平安快乐就好，好不好看，又有什么关系呢？这大概就是初为人母的心情。

助产士到底有经验，说的话没错。这只小猴子能吃能睡，出了满月已然大变样，五官舒展开来，脸蛋白里透红，肥嘟嘟的，成了一个人见人爱的奶娃娃。

模样越长越像温梦的同时，小家伙的脾气完全随了廖维鸣，打小就黏人，对感情的需求度特别高，一秒钟看不见妈妈就要号啕大哭。他一哭，圆脑壳也跟着叫，家里简直鸡飞狗跳，弄得一对新手爸妈焦头烂额，无从下手。

最难的是晚上。

天一黑，气氛立刻进入十级戒备。本宅第一件大事已然从"今天吃什么”变成了每天晚上如何哄宝宝睡觉。

理论知识看了一大堆，实际应用起来全都不奏效。什么拍睡、奶睡，一点用都没有，只能抱着。廖维鸣拿出打持久战的架势，揣着宝宝从卧室走到客厅，又从客厅溜达回卧室。他走了足足快有一万步，才勉强把孩子给忽悠睡着。

往婴儿床上放的姿势尤其要小心，如同放炸药包，一个没拿捏好让小恶魔醒过来，就会前功尽弃，又迎来一顿哭号。

今天晚上运气不错，炸药包平稳着陆。小猴子躺在柔棉被单上，没有被惊动，睡得很熟，五官被脸上的奶膘挤得整体圆乎乎，长长的睫毛上下扇动，完全没有了醒着的恶魔模样，更像油画里圣母怀中抱着的孩童。

廖大师已然忘记自己一连一个多月都是朋友圈微信运动量第一名的悲惨现状。此刻他只顾着趴在婴儿床边的围栏上，一动不动地看了好久。然后他扭过头，轻声问了温梦一个问题："亲爱的，你说我们的孩子是不是全世界最可爱的宝宝？"

嗯，这大概就是初为人父的滤镜。

新手爸妈在取名上没什么天赋，一直"小猴子""小猴子"这样顺口叫着，等到必须要给孩子上户口了，他们才开始为孩子的大名发愁。

客厅里，灯光融融。

温梦和廖维鸣趁着孩子睡着的空当，把《诗经》《楚辞》《新华词典》全都搬到了茶几上，一页页翻看着。面前摊开几张A4纸，写了又画掉，满满当当，似乎哪个名字都不足以表达父母对孩子的期许——短短两三个字，怎么承得下那么多爱意呢？

两个人耗了太久，连水都没顾得上喝。这边努力思考，那边还得关注婴儿房的动静，呼吸间都冒火，又赶上这年夏天雨水少，处处天干物燥。

最后温梦提议道："要不叫廖泽？"

湿润、温柔，是世界带来的雨，是一场奇异恩典。

廖维鸣眼睛亮起来，全票通过。

被寄予无数期待的廖泽同学就这样一天天长大。他抬头，翻身，坐起来，开始吃米粉、鸡蛋黄和一切辅食。

以及长牙。

哦，多么糟糕的长牙过程。

新生的牙床又痒又胀，廖泽非要磨一磨才冒出尖尖的乳牙才舒服。只要是出现在视线里的东西，他都想放进嘴里咬一下，有时候是咬咬乳胶玩具，有时候是廖维鸣还没来得及摘下来的手表，有时候是温梦的衬衫一角。

对于这件事，老前辈圆脑壳有话要说："汪汪汪。不要乱啃东西，那样是要被送去上学的！"

圆脑壳不知道，人类幼崽要等到三岁才能上幼儿园，在那之前，他们有的是时间玩耍。

当然，当务之急，是要先学会说话。

一般十个多月大，不少小朋友就已经学会叫爸爸妈妈了。可无论温梦和廖维鸣怎么教廖泽，他就是不肯开口，黑眼睛水汪汪的，嘴严实地抿着，模样无辜极了。

温梦越瞧越发愁："小区里别的孩子都能说话了，我不放心，是不是应该带他去看一看？"

做母亲的本能压住了对医院的恐惧。她恨不得立刻就挂号，下一分钟就能从医生嘴里听到"孩子没事"这四个字。

廖维鸣安慰她："别担心，我们一起去儿童医院。"

说去就去，门诊就预约在第二天中午。

小廖泽像是知道了什么，在医院里表现得出奇地老实，不哭不闹，对所有检查都配合得很。他这副温良的模样，成功骗到了护士小姐姐。她一边夸奖他"真是天使宝宝"，一边给了他一只奶酪棒吃。

零食下肚，检查也做完了。

拿到结果之后，温梦松了口气，又有点哭笑不得——廖泽竟然什么事也没有。

"每个孩子说话的时间都不一样，只要在一个合理区间，某些功能发育得或早或晚都是正常的。"医生解释道，"平时要多跟孩子交流，加强语言输入。"

这句话被温梦和廖维鸣当成了圣旨。只要是廖泽醒着的时候，一定有人和他说话，不管是温梦、廖维鸣、保姆阿姨，还是那个絮絮叨叨的故事机。

“从前有一片森林，住着三只小熊。熊爸爸、熊妈妈和熊宝宝……”

语言输入没完没了，到了每个大人都能把故事倒背如流的程度。

终于有一天，廖泽坐在爬行垫上摆弄小汽车，突然冒出一句：“妈妈。”

温梦听到之后愣了一下，拿着玩具的手顿住：“你刚才说什么？”

“妈——妈。”

温梦一下子激动起来，从爬行垫上站起来，扬声喊道：“维鸣，你快过来！”

次卧的门被推开。

这段时间廖维鸣为了能多在家里工作，干脆把那间没人住的屋子改成了小画室。他边回微信边问：“怎么了？”

“快快快，走快点。”温梦催促完廖维鸣，就迫不及待地展示起孩子学会的最新技能，回过头对廖泽说：“宝宝乖，再叫一遍。”

“妈妈。”

啪，廖维鸣拿着的手机掉在地板上。

廖泽同学年纪太小，不懂的事情有很多。比如此时此刻，他就不明白他的爸爸妈妈为什么会突然拥抱在一起，激动得快要哭出来了。不管懂不懂，都不影响廖泽觉得这场面很好玩，于是他美滋滋地又喊了好几遍：“妈妈，妈妈，妈妈。”

廖维鸣俯身去捡手机，手有点抖：“不行，我现在就要拍个视频发朋友圈。”

温梦马上回道：“你发吧，我去点赞。”

先锋派艺术让位给孩子稚嫩的呼唤，他们突然变成了生活里一对最普通、最平常的父母，热衷于和亲朋好友分享一切微小的感动。

这算不算变得平庸？廖维鸣不知道。他只知道他现在很幸福。

三年后，刘主任退休。温梦的职称顺利往上升了一级，因此变得更加忙碌，平时需要加班就算了，有时候赶上周末也不能休息。

更糟糕的是，她这边好不容易从客厅逃出来，刚在书桌前坐下，打开电脑，那头就听见书房外稀里哗啦，一片狼藉声。

温梦默默叹了口气。当初她有多急着让廖泽开口，现在就有多头疼。

因为：

“妈妈！！我的鞋少了一只。”

“妈妈！！我想吃饼干。”

“妈妈！！爸爸为什么亲你呀，我也想亲你一下。”

“妈妈——”

温梦觉得自己生了一条长长的尾巴。她走到哪里，小廖泽就要跟到哪里。他小嘴叭叭的，一天能喊上一万次妈妈。就算有廖维鸣陪着，他也非要跑去找她。

眼下书房的门把手就在转动，一颗小脑袋从外面探进来：“妈妈。”

温梦从屏幕上移开视线，严肃地说：“妈妈在工作，有什么事情可以去和爸爸说。”

小朋友才不理这一套。他眨巴了一下眼睛，只管趴在桌子前面奶声奶气地开口：“可是我好想妈妈呀。”

有其父必有其子，廖维鸣爱撒娇这点也被孩子完美地遗传了。

话到这份儿上，温梦还能说什么呢？她只好合上电脑，蹲下来抱一抱廖泽，顺便喊廖维鸣过来营救。

几秒钟后，书房门开了。铁面无私的廖维鸣走进来，使出一招倒拔垂杨柳，把廖泽提起来抱走了。

“妈妈——”廖泽小脚乱蹬，鞋都要踢掉了。

温梦一阵心疼，正犹豫着要不要跟上去算了，突然发现孩子的号叫声小了一点。

她再仔细一听，是廖维鸣在和儿子商量：“我给你画只大老虎，你不要哭了，行吗？”

过了一会儿，抽嗒声果然停了：“我不要老虎，我要一只小狗。”

“没问题，你想要什么样的狗，圆脑壳那种？”

小孩的脸说变就变，好也是他，坏也是他。

廖泽一听要画圆脑壳，马上忘记刚刚被廖维鸣抱走这件事了，兴致勃勃地问：“真的吗？爸爸真的会画吗？”

“那当然。你爸爸是画家，什么都会。”

“爸爸，你好厉害呀，我长大也要做画家。”

“爸爸教你，你这么聪明，将来一定能做毕加索。”

“毕加索是谁？”

一大一小絮叨着往外走，有来有往，相互吹捧，彼此欣赏到一块儿去了。

温梦无奈地摇摇头，险些笑出声。

临到吃晚饭的时候，她顺利完成工作，心情极佳，为此特意给廖维鸣碗里夹了一块炖牛肉，夸奖道：“你这个办法真不错。”

廖维鸣得意地回道：“我这是爱的教育。你儿子已经完全被我迷住了，我俩感情好着呢，千万别羡慕我。”

廖泽坐在宝宝椅上，一口一个肉丸子吃得正香，没有要反驳的意思，看上去父子关系确实甚笃。

廖维鸣一瞧，更嘚瑟了，恨不得尾巴翘到天上去。

直到隔天带着廖泽遛狗，他遇到小区里的一个好事者，那个老大爷看见廖泽可爱，非要逗小朋友：“你家里几口人呀？”

“四口。爸爸、妈妈、我和圆脑壳。”

“那你最喜欢家里的谁呀？”

廖泽扒拉着指头思考了很久，开口时把辛辛苦苦画了一下午圆脑壳的老父亲抛在脑后，坦坦荡荡地回道：“我最喜欢妈妈，然后是圆脑壳，然后是爸爸。”

不愧是亲生的，家庭地位安排得明明白白的。

廖维鸣狠狠地揉了一把小白眼儿狼的头发——爱的教育，道阻且长。

廖维鸣最近有点反常。

温梦发微信问他：“晚饭想吃什么？”

他回道：“都行。”

“鸡肉咖喱可以吗？我提前把肉化上。”

“行。”

虽然态度不错，有问必答，但没有多余的表情，也没有甜言蜜语，在廖维鸣这里已经属于极端异常行为了，值得拉响警报。

温梦立刻察觉到，他这是在闹小脾气。

相处这么多年，温梦不是没有和廖维鸣吵过架，大多数的时候都是话赶话，彼此嚷嚷一阵也就过去了，不会像这两天，有点冷战的意思。

“你怎么了？”温梦在枕头上凑得近些，有意哄他，“不高兴？”

“没有。”廖维鸣嘴硬。

“是不是我做错了什么事？”

温梦不提还好，一提“做错”两个字，廖维鸣马上用被子一裹，翻了个身，用后背冲着她。

看来问题就出在这里。

温梦把最近发生过的事情全都复盘一遍，百思不得其解。最后她想了想，伸出胳膊，从背后搂住廖维鸣。

“我做错了什么，你要告诉我。我们说了要诚实，对吗？”温热的呼吸打在他耳旁，带着氤氲的暧昧。

廖维鸣的身体瞬间绷直了，却压着冲动没有回头吻她，而是轻轻哼了一声，故意不理。

“你确定不理我？”温梦轻声问。

今晚可是个很特殊的时机。

平时这个时候，小廖泽一定要跑到爸爸妈妈床上哼唧一阵，赖着听很多故事才肯回他自己的房间。但今天这位小朋友想到第二天要去春游，激动到不行，才过晚上八点，就跑到自己的小床上躺好了。所以这是一个难得不被打扰的夜，可以做一些大人的事。

温梦的手顺着廖维鸣紧实的腰线往下滑，亲了一下他的耳尖。她掌心下的皮肤在升温，廖维鸣的耳根也明显发红，但他依旧不动如山。

温梦叹了口气，只能松开他，躺回自己的枕头上：“那我可真的睡了。”

顿了下，她又说：“你别后悔。”

怎么可能不后悔？没过多久，廖维鸣终于耐不住，恨恨地欠起身，拥了过来。

温梦故意推开他：“太晚了，我还要睡觉呢——唔。”

没说完的话被热烈的吻封住，床垫振动，汗珠滴落。热烘烘的皮肉贴在一起，痒，却痒得人心里快活。

屋子亮得有点不合时宜，温梦伸手，摸索着台灯按钮：“把灯关了吧。”

廖维鸣却把她的手拉回来：“不要关。”

“？”

“看着我。”

温梦是最听话的，真的下意识抬头。从她的角度往上看，廖维鸣瞳孔边缘颜色很特别，像咖啡店里卖的巧克力，热烈、甜蜜，而他的眼神又是如此专注，几乎要把她吞噬。

被人注视的羞耻感涌上来，却也隐隐夹杂着一种别样的快乐，温梦试图挡住廖维鸣的眼睛，断断续续地说：“别……看。”

这句话还不如不说，她一说，廖维鸣的动作变得更激烈了。

温梦抓着廖维鸣的肩膀，整个人像被抛到云上，又被一根极细的线勒住，拽回床上。灵魂在呐喊，在尖叫，落在实处却化成一声又一声的喘息。

很久之后，两个人分开。

廖维鸣的表情变得满足，他指着肩膀上被挠出的红道子，终于露出灿烂的笑模样：“你下手可真重。”

他倒是得意了，受害人温女士已经浑身散架，这一波属实是舍己为人。

她一开口，嗓子很哑：“现在能说了吗？让你不高兴的事情。”

廖维鸣吭哧了一会儿，总算是吞吞吐吐地交代了：“也不是什么大事。就是……那个……硬币。”

他的情绪源头其实很简单。

那天廖维鸣要找一份合同，前几年签的。工作室里意外没有备份，他打电话给温梦，她在上班，也没能接通。于是他决定自己返回家，好好翻箱倒柜搜寻一番。

一路从床头柜找到保险柜，再从保险柜找到被早教书和毛绒玩具淹没的电视柜，最后，合同是找到了，他也发现了一个被放了几年的矿泉水瓶。

都过去这么久了，那里面的硬币只装了八九成满，还差几枚才能装满。

温梦恍然大悟，赶紧解释：“啊，是我忘记了。”

怀孕已经足够让人头疼，小恶魔出生之后，事情更是一件接着一件，好多风花雪月和小浪漫都被扔到了脑后，连同那个约定。

廖维鸣闷声闷气地回道：“我知道。”

实际上，他一度也把这件事忘了个干净，是亲眼看到那只颇有年代感的瓶子的时候才想起来。即便如此，他心里还是有点不是滋味，好像一些心意没有被验证过，悬在半空里。这件事说出来吧，相当于吃一些陈年老醋，显得他十分小肚鸡肠。可不说吧，廖维鸣还真不是那样的人。一拉一扯间，他终于人生中第一回理解了什么叫自己跟自己较劲——原来温梦从前就是这样的心情。

如今一口气讲完，面子虽然丢光了，廖维鸣心里倒是舒服了，人果真不能憋着。

卧室台灯明亮，只等爱人的一个回应。

廖维鸣小心翼翼地瞅了一眼温梦，不知道自己在期待什么。

一句道歉？一个吻？可能都不是。他不知道自己想要什么，只知道在看到温梦起身往客厅去的时候，心里突然空落落的，又有点发紧。瞧瞧，多大一点事情，他非得小题大做，让温梦生气了，何必呢？

想到这里，廖维鸣披了件衣服坐起来，准备追上去。

而这时，吱呀，卧室的门被重新推开，温梦光脚走了回来，怀里竟然抱着那只矿泉水瓶。她重新坐回床边，拧开瓶盖。哗啦啦，里面的硬币被一股脑儿地全倒在床头柜上。

“你这是干什么？”廖维鸣一下子急了，伸手就要阻止她，如同阻止那会消失的爱意。

但温梦的下一句话让他停下了动作。

“维鸣，我们不需要这个了。”

廖维鸣愣了一下：“为什么？”

温梦看着他，眼光是温柔的、坚定的。

须臾后，她说：“因为我爱你。”

不是心血来潮的一句许诺，更不需要用硬币去证明，这是一件自然而然、正在发生的事情，是无法改变的事实。

廖维鸣怔住，从温梦眼中看到一口甜水井，那里正源源不断地涌出清澈的爱意，让他感到从未有过的满足。干瘪的心吸满水，涨得鼓鼓的。

他屏住呼吸，生怕戳破满是爱的水球。再次开口时，他的声音混在吻里，很轻、很浅，叫人有些听不清。

廖维鸣说了什么，也许并不重要。重要的是，北方的春天会飘柳絮，夏天会下雨，秋天会落叶，冬天会飘雪，一年四季鲜明。而不论好天气还是坏天气，不论好脾气还是坏脾气，我都在这里，不会离去，因为我也爱你。

番外2　李彦诺if线

他走过许多地方，终于斩断了长久以来跟着他的影子，
找到了命运的答案——她就是答案。

雨

又下雨了。

雨水绵密不断，顺着玻璃窗流下来，打湿窗沿。

“刚才阿姨说你要去美国了，下周六的飞机？”客厅里，这个问题来得突然，瞬间打破了沉寂。

李彦诺把视线从被水打湿的玻璃窗上收回来，挪向眼前的习题册，平静地点了一下头。

“好突然啊。”曾可欣感慨，“我看班上其他同学还不知道这件事呢，你准备什么时候通知大家？”

李彦诺沉默了。

“你这是不打算说了？”

“嗯。”这将是一场单方面的不告而别。

曾可欣有些不解：“我原本还想告诉曲哲，让他组织咱们班一起吃顿饭，好好送一送你呢。”

这个提议被斩钉截铁地拒绝了：“不用了，谢谢。”

“就连廖维鸣和温梦，你也不告诉吗？”

李彦诺只是说：“我希望你能保密。”

之后，他又礼貌地问了一句：“你还有其他不会的题吗？”言下之意是，今天的补习应该到此为止。

曾可欣噘起嘴：“我是好心才建议的，你再凶我，我真的走啦。”

只可惜撒娇在李彦诺这里不好用，他是个冰山似的人：“好的，路上小心。”

曾可欣被话头噎住，收拾书包，果真气鼓鼓地走了。

防盗门被关上，同学离开，客厅安静下来。

李彦诺把茶几上散乱的作业和习题册收拾好，起身去了自己的卧室。在书桌前坐下之后，他从抽屉最里面拿出几个本子。

曾可欣走得早，周六上午还有些闲散时间，要抓紧把留给朋友们的考试笔记写好，不然下周还要收拾行李，可能会来不及。

“朋友们”，这三个字如同窗外的雨一样，痴缠、湿漉漉的，让人心脏微微蜷起。

李彦诺很少明确地感知自己讨厌什么。他的意愿是模糊的一团，除了必要的几项，剩下的都无所谓，什么都可以。但他讨厌雨天，毋庸置疑。水汽里夹杂着太多的爱恋与不舍，或许还有他自己也不想承认的忌妒和自卑。

就好像那一天他明明正在和温梦交谈，犹豫着要不要说出自己即将离开的消息。可她却急着从身旁的椅子上起身，朝门口喊着：“你要去哪里？”

李彦诺顺着温梦喊话的方向看过去，发现视线的尽头是廖维鸣。

“去趟小卖部。”廖维鸣倚在教室门边，懒洋洋地回道。

“等我一下。”温梦一路小跑，追着往外面去。她临到少年跟前的时候，那少年眼睛弯起来，亲昵地拍了一下她的头。温梦把廖维鸣的手拨开了，笑得却很甜。

两个人肩并肩下楼，一边聊天，一边走过漫长的操场。他们周围像被浓雾包裹，连灯都照不进去，亲密得没有旁人容身的地方。

李彦诺站在楼上看着，什么也做不了，什么也说不出，因为他们是他的朋友。可忌妒是真实的。如果能够像廖维鸣一样就好了，想做什么都是被允许的，做什么都不会被斥责。

嘭！嘭！嘭！躁动的敲击声响了起来，就在卧室门外。

“你怎么又锁门了，是不是偷着看闲书呢？！”才从单位回来的母亲一边用力砸门，一边严厉地质问，“现阶段不能花心思在别的事情上面，知道不知道？！”

李彦诺起身，打开门，主动交出手里的练习册：“我正在学习。”

母亲一页页检查，发现孩子确实没有偷懒，才硬邦邦地甩下一句：“那也不能抱有侥幸心理，觉得现在做得不错就放松了。”

“嗯。”

“必须得用功，绝对不能停下来，听到了吗？”

逆水行舟，不进则退。

“嗯。”

李彦诺不是在应付母亲。他其实发自肺腑地喜欢学习，因为学习时可以逃避一切暴风雨似的斥责。

有人说一个天才的形成靠的是1%的天分和99%的努力，可李彦诺并不觉得。如果自大一点地说，他承认自己在考试上确实有些特长的话，那也全部都是基于他的努力，百分之百，不含其他成分。

李彦诺自觉没有廖维鸣那样敏锐的洞察力，也没有温梦聪明。他只是更自律一些。学习也是他唯一受欢迎的资本。

也只有在对题和讲题的时候，温梦会离他很近。纤长的睫毛随着呼吸起伏，高一些，再低一些。校服前襟被发育中的身体撑起来，散发出暧昧的热和暖。如果挨得很近的话，甚至会闻到从她发梢间荡漾出来的香味，像蜂蜜。有很多次，李彦诺想要问一问温梦她用的是什么洗发水，怎么会闻起来这么甜。他犹豫了很久，最后没能说出口。

认识一年以来，她和他变得熟悉不少，终于不再那么局促，这让他更不敢随意迈出一步，生怕打破好不容易维持的现状。

李彦诺很容易退缩、逃避，总是在克制自己。可他又是真心实意地喜欢温梦。他从来没有遇见过和自己这么像的人，惺惺相惜，理解与心怀善意。这一切构成了从未有过的心动，而对温梦的喜欢来得朦胧，没有一个明确的开始。也许是那天温梦伏在桌子上，看上去需要开导与关怀，也许仅仅是某天一个倔强的眼神，融化了他关着悸动的小笼子。

爱与欲打开了新世界的大门，让上学成了李彦诺生活里最有意思的事情，能学习新的知识，能躲开家人的看管，能在路过112路的站台时看见温梦，摇一摇车铃。

丁零零，短促的两三声，是他说不出口的心事。

快乐总是短暂的，而李彦诺沉溺其中，竟然有些忽略周围人的反应。直到廖维鸣生日那天，他才惊觉好朋友竟然和自己有一样的心意。而他根本比不过廖维鸣，甚至就没什么能比的——自己努力到头的终点，不过是对方人生的起点。

李彦诺没有钱，没有自由，甚至没有选择和拒绝的权利。他得做到最好，不能让已经很辛劳的父母失望，也不能违背他们的意思。扭曲的责任感、要灼伤自己的自卑、微小的渴望，这些凝成了一道障碍，卡住了所有要坦白的可能性。

这场雨下得没完没了，从三个人的教室一路无限蔓延，直到即将起飞的飞机。雨水打湿了舷窗，拉出细而长的泪，一滴滴，一丝丝。

离开也许不是一个恰当的词，更合适的形容是逃离。他几乎是慌不择路地逃离北京，逃离这个可能会在情感上受到伤害的地方。

此时终于坐到飞机座椅上，李彦诺却并没有得到他想象中的解脱。他朝窗外望去，停机坪上空荡荡的，连最后一架飞机都已经起飞。首都国际机场这么大的一个交通枢纽，怎么可能会出现这样的场景？

所以，这只是回忆，是他的心情。

果然，不久后，耳旁响起一声："Holy Shit，这鬼天气。"

同事刷开律所的门禁，给被打湿的雨伞套上塑料套，边走边抱怨。他路过李彦诺的办公室时，惊讶地问道："Lee，你不是昨天才回洛杉矶嘛，今天就来上班了？"

李彦诺回过神来，点了下头——他想早点把王宁德的事情处理好，一方面是了结自己的心愿，另一方面，温梦的专题也不能拖得太久。

有了专业人士的参与，赠予协议很快就签署完毕。难就难在那个胡搅蛮缠的远房侄子上面，他甚至在受赠人徐静秋的公司楼下静坐示威，拉出横幅，痛斥对方是小偷。

按李彦诺的建议，徐静秋没有出面应对，而是直接走了诉讼。一收到传票，那个侄子果然㞞了。叫得越凶的人，往往越是欺软怕硬。

《夏归》被照常拍卖，这笔钱，徐静秋没要，而是全都捐给了希望小学，是以王宁德和宋春娥的名义捐的。

一件案子顺利尘埃落定，明明应该感到高兴才对。

不是所有人都如此。

曲哲在听到这个消息后，就表现得无比失望："案子就这么结了，那你岂不是不用回国了？"

"对，近期不回。"李彦诺回复得很严谨。

王宁德的事情解决，确实也没有什么能说服自己回北京的借口了，如同他被斩断的命运。

命运，这两个字浮了起来，就再也没能沉下去，拖在李彦诺身后，成了一道长长的影子。

他去监狱，和新的委托人交谈；去庭审现场，提交案件陈述与抗辩；和同事去街头的意大利餐馆吃饭，结账的是那个红头发服务员。

无论走到哪里，那道影子一直都在。

"Lee，你看上去有心事。"同事说，"有一种——嗯，怎么形容呢？失恋的味道。"

李彦诺笑了笑，没作声。不是失恋，是根本没有开始过。

温梦倒是在之后的某一天清晨特意发来微信："彦诺，这次真的要谢谢你。没有你，就没有王宁德的故事。"后面附着一个网站链接，应该是她写的专题。

李彦诺没有点开看，只是回复了一句"不用客气"——不断地思考，像气球，胀满，再禁不起一点额外的刺激。

又过了几周，某一个傍晚开始，洛杉矶在下雨，天气糟糕透顶。

李彦诺洗过澡，手机上弹出一条待办事项。他看过，关闭提醒，打开了朋友圈。

曲哲和乔婕正在那里刷屏，难得有出国玩的机会，这俩人几乎是在直播他们看到的每一个场景。

"到马尔代夫了，你们瞧瞧这海，多大、多蓝。"

"哇，飞机还能从水上起飞！刺激。"

"酒店杧果不要钱！不行，得多吃几个回回本。"

前面几天的内容，李彦诺都是粗略翻过去的。看到今天的九宫格时，他的呼吸才微微停滞。

照片上是一场盛大的婚礼。花瓣铺在细密的沙滩上，一路直通海边。那里竖立着锦簇的花架，颜色丰富到让人目眩。而温梦就站在花架下面。她从繁复的颜色中跳脱出来，是纯然的白。层叠的婚纱像雪，像奶油，像是一切晶莹剔透又甜蜜的东西。她在笑，廖维鸣也是。他们相互注视，交换戒指，接吻，充满爱意。

更多的花瓣撒下来，让照片变得模糊，应该是旁观者都替新人感到幸福，他们激动地鼓掌，拍照片拍得手抖。

屏幕暗下去了，连同那条名为"婚礼"的待办提醒一起。手机变得很沉，沉到李彦诺握不住，需要放在腿上一段时间。再拿起来时，他重新打开了朋友圈，先是看了一遍廖维鸣的，然后是温梦的。让人意外的是，他们都没有分享这次婚礼的照片。可能是因为真正的幸福根本不需要记录。

沉思几秒，李彦诺给这对新婚夫妇发送了红包。但他们两个都没有收，两万块钱又都被退了回来。

"老李，咱们之间真的没必要这么客气。经常回来看看，就是最好的礼物了。"这是廖维鸣的回复。

温梦回复："我们都挺想你的。"

隔了很久，李彦诺回道："新婚快乐。"

嘀，是床头的报时器响了起来。

不用加班的日子里，李彦诺一般会要求自己十二点前入睡，自律是他刻在骨子里的习惯。但眼下他不想这么做。在他看来，今天是个特殊的日子——外面在下雨。多么讨人厌的天气，潮气蔓延，憋得人喘不过气来。

李彦诺抻了一下被子，把和温梦的聊天记录一路往上翻。从最开始的"好久不见""你好"开始看，一路看到中间对方的迟疑、自己的悔恨，最后停在王宁德的报道那里。往事一幕幕浮现——那些写不完的作业、教室里明亮的灯、侧头就能看到的少女的脸，还有他错过的爱恋。

心脏开始绞着疼的瞬间，李彦诺尝试去深呼吸。一下，两下，三下，往常这样就很快能压下情绪，但今天是个特别的日子。片刻后，他纵容自己点开了报道的链接，一个字一个字地读了下去。

“什么是命运呢？……王宁德直到去世之前，也没能得出答案。但也许他的探索本身就已经是答案了。”

李彦诺看着这些话，想了很久很久。他很少质疑选择，只是觉得命运不公——为什么两个人的感情里要出现第三个人？为什么那个人偏偏又是他的朋友？可回过头来想一想，在每个命运转折的节点，他又做了什么呢？他和王宁德一样，什么也没有做，只是一次又一次地犹豫。

这个世界确实是不公平的，有些人天生就赢在起跑线上。可他从来都没有输给廖维鸣，他输给的是自己的不确信。

在他思考的时间里，窗外的雨在不知不觉间停了。太阳冒出头，烤干了地面。

六点过五分，闹钟响起来，被李彦诺随手按掉了。他从床上起身，一晚上没怎么动，关节都有点僵硬。笔记本电脑在书房里，他输入密码，登录邮箱。

李彦诺发出了这么多年来的第一封请假邮件。他积攒的假期太多，林林总总算下来，有差不多一个月的时间，足够他坐船去一趟南极，或者到马丘比丘看一看。从北美出发，这两个地方都不算远。

困在过去，困在一个地方，纠结于命运的意义，是永远也不可能得到答案的。如果探索可以给出新的思路，那么就像温梦写的那样，他也应该出去走一走，去看一看。

少年心愿

一个人的旅行虽然略显枯燥，但因为不用协调同行者的行程，安排起来倒是容易，尤其是对凡事极其讲究效率的李彦诺来说。

半个小时之后，洛杉矶到乌斯怀亚的机票已经定好。乌斯怀亚地处美洲大陆最南端，是阿根廷火地省的首府，也是前往南极的必经之所。

临时预定的酒店条件谈不上多豪华，胜在干净，床单是雪白的，推窗就能看到乌斯怀亚的老集市，景色不错。

在住宿的地方简单休整一夜之后，李彦诺不想浪费太多时间，准备第二天直接前往码头。

“坐大巴好过乘出租车。”酒店前台操着口音极重的英语，手里比比画画，顺带冲远道而来的东方客人挤了下眼睛——大概此地民风算不得多么淳朴，外国人坐计程车的话，很有被司机绕路的可能。

李彦诺点头，决定听从这个善意的忠告。

清晨五六点钟，四处雾气弥漫。他拎着行李箱站在路边，等候起那辆不知什么时候会来的车。寒冷的空气让思绪都放空，那些连日缠绕着他的困惑似乎也跟着淡了。

不知过了多久，远处终于亮起光。一辆大巴车的前灯刺破朝雾，徐徐停下来。车外涂着夸张的广告，司机用西班牙语说了一句什么，见李彦诺没有听懂，于是指了指驾驶座边上的小铁箱。

原来是要投币。

李彦诺付了钱，穿过狭窄的过道，把行李放在置物架上，随便找了个靠窗的空座位坐下来。

车内乘客寥寥无几，安静至极，很适合闭眼小憩。

但偏偏在这个时候前排有人用英语发问：“你也是去看许愿池的吗？我刚刚问过司机了，六点之前应该能到，下一站就是。”

说话的是一个看上去二十岁出头的年轻人，一头金发在暗淡的车厢里格外显眼。他打量起李彦诺，满脸止不住地好奇，很明显，他觉得李彦诺和他一样都是去许愿的游客。

李彦诺被迫睁开眼睛：“不，我去码头。”

“可是许愿池很灵啊，不看看吗？”

“不了。”

“我没有撒谎。早上六点的时候只要对着圣母像祈祷，什么愿望都能实现呢。”

这种小孩也不会信的鬼话从一个成年人嘴里说出来，给人一种微妙的荒诞感。但大约说的人抱着百分百的信心，让场面莫名有几分庄重。

于是李彦诺简短又礼貌地回答："那祝你愿望成真。"

对方察觉出他没有继续交谈的意愿，沮丧地把头转了回去。

十多分钟后，如前排乘客所说的那样，大巴车停靠在路边。

"到了！"那个年轻人激动地说。

李彦诺朝窗外看去，果真不远处有一个注满水的许愿池。池子中央矗立着一尊用大理石雕刻出的圣母像，栩栩如生。清晨的第一缕光照在圣母像身上，莹润、圣洁，仿佛能够包容一切错误。

不过，没必要下车。因为当"我想回到过去"这样的愿望抑制不住地冒出来时，连李彦诺自己都忍不住自嘲地笑了笑。怎么可能呢？这样的心愿，绝对不可能发生。

大巴车的发动机再次启动，轰鸣声骤响，连带座椅也跟着乱颤。

李彦诺抬手看了一眼表。六点整。

仅有的几个乘客基本都在许愿池那站离开了，车厢里越发空荡。空气中弥漫着一股老式装潢才会有的塑胶味，面前的椅背上套着白棉椅套，布料绷得很紧，一切看上去都很熟悉。

上一次坐这样的大巴，大概还是在很多年前的北京。具体是哪一年哪一月？李彦诺有点记不清，只是眼皮开始发沉。大概是早上起得太早，舟车劳顿，倦意在不知不觉间涌上来，他几乎抵挡不住。

半睡半醒间，李彦诺恍惚觉得那是2009年的6月。

耳旁电波声响起，是附中的年级主任在广播里说："明天早上七点半在小北门外集合，八点准时出发前往八达岭景区。"

通知一结束，高二整个年级都沸腾起来。有的人为了能出去放放风而高兴不已，自然也有人为了明天38摄氏度的气温而不满。

曾可欣噘起嘴，小声嘟囔着："我才不要去爬长城呢，天这么热，晒死了。"

乔婕一脸无语地扭过头："您老人家可真娇气。"

"你不娇气你去，我反正是要请假的。"

咚咚咚。

"大家都安静一下，先听我说。"马老师用板擦敲了敲黑板，粉尘雪花似的往下落，“这是一个凝聚集体精神的好机会，身体没有特殊情况的同学明天尽量都参加，班长和体育委员做好人员统计工作。”

夏天不适合出游，老师们当然也清楚。只是那年附中被市里征做高考考点，高二的教室要被占用两天。与其让这帮学生在假期前松散地放假，还不如组织一次户外活动。

教室里很热闹，李彦诺没有参与同学们的讨论，而是放下笔，微微偏过脸。视线在不经意间看进一对漆黑的眼眸，让他心跳蓦地加速。

温梦也在看他。

这让他心念一动，刚要开口，突然听见廖维鸣的声音在身后响起：“明天你去八达岭吗？”

温梦像是豁然惊醒一样，立刻转过脸去，回答廖维鸣：“要去的。你呢？”

廖维鸣附和道：“当然去啊，我怎么可能缺勤？你看我最近学习多认真。”

自夸的好话从当事人嘴里讲出来，一下子少了很多说服力。不过，廖维鸣倒是没有撒谎，自从在楼梯间立下“好好学习”的志向，他连一次晚自习都没有逃过。

温梦被他的自吹自擂逗得微笑起来：“那我们一起吧。”

廖维鸣火速点头，声音都软了八度：“好啊。”说完，他瞅了一眼默不作声的李彦诺。

教室里的电扇呼啦啦地转着，风在吹，可一点也不管用，还是热。

李彦诺发间有汗意冒出来，带来不堪的黏腻感。他克制着收回目光，努力保持平静，拉上放在课桌上的笔袋，就好像什么也没有听到一样。

上课、放学、吃晚饭、写作业，一切如常。

当晚终于能够躺倒在卧室床上时，累了一天的李彦诺却丝毫没有睡意，眼前全都是廖维鸣和温梦亲昵交谈的场景，而他连一句话都插不进去。

李彦诺不禁陷入了思考：要不要也像曾可欣一样装病，逃掉明天的集体活动？这个念头很可笑，但他是真心犹豫了。偶尔他也想任性一次。只可惜自律的习惯被刻进骨子里，根本改不掉。一晚上翻来覆去睡不着，第二天李彦诺还是骑自行车去了学校。至于背后的原因，他不愿意多想。也许只是为了当一个守规矩的好学生，也许只是为了在去美国前多和朋友们见几次。

前往八达岭的大巴车早就已经在校门口排成一溜，十班的那辆车快要满座，乔婕和曲哲占了最靠前的位置，开始清点人数。

李彦诺锁好自行车，上了大巴车，扯着书包背带往里走。视线在嘈杂的车厢里徘徊，一路经过几个空座位，他的脚步并没有停顿。

直到他看见温梦。

她坐在最后一排，身旁的座椅上面放着书包。廖维鸣在她左手边，与她挨得很近，两人正嘀嘀咕咕些什么。

李彦诺走近两步，两个人的谈话声变得更清晰了。

"你来得好早。"温梦对廖维鸣说。

"我都说我已经洗心革面了，现在是纯纯的好学生。"廖维鸣一边解释，一边拉开书包拉链，"哦，对了，我带了点吃的。"

好家伙，他拿出来的可不是一点吃的，有三明治、养乐多、薯片，甚至有便利店的三文鱼饭团。廖维鸣的书包好像成了机器猫的口袋，取之不尽，用之不竭。

温梦都蒙了："你没吃早饭？"

"吃了。"

"那你带这么多零食干什么？"

廖维鸣被温梦的不解风情哽了一下，磨了磨牙："给需要的人吃，不行吗？"

正说着，哗啦，他手里的薯片袋子被人拎了起来。

需要的人真的来了。

"多谢，我今天正好起晚了，还没吃早饭。"李彦诺平静地感谢过廖维鸣，之后指了指温梦边上的座位，"这里有人坐吗？"

温梦扬起脸，表情有一瞬间的慌乱。她顿了下，把书包挪开："没有，你坐吧。"

座椅沉了一下，李彦诺坐了下来。他刚刚说了自己很饿，此时却只是捏着薯片袋子，丝毫没有要撕开的意思，安静得像块石头。

原本还算松快的最后一排一下子挤了三个人，不仅空间变得逼仄，气氛也陷入莫名的胶着。

温梦思前想后，觉得之所以谁也不说话，大概是有个人没有来的缘故。她试着问李彦诺："我没看到曾可欣，她今天请假了吗？"

这个问题为什么要问自己呢？当时的李彦诺并不明白其中缘由，只是一板一眼地答道："我不清楚。"

"哦。"温梦被堵了回来，只能扭向廖维鸣："那你觉得……"

廖大师正在闭目养神，纤长的睫毛垂着，像没听见似的。

得了，一连碰了两个软钉子，温梦干脆不吭声了。

另一边，乔婕和曲哲已经把参加活动的人数清点完毕，大巴车终于开动。

窗外景色一晃而过，很快到了路口。

经过减速带时，司机一个疏忽没有刹车，让后排的同学们遭了殃。座位像被装上弹簧，忽悠悠地向上弹去。

旁边的人都狠狠地摇晃了一下，可几秒过去，温梦依旧稳稳坐着——李彦诺和廖维鸣一人伸出一只手，按住她的肩膀，把她牢牢稳在座位上。

车辆在同学们的抱怨声中恢复平稳，继续往前开去，压着温梦的力道却没有撤下。男生掌心的热度穿透她的校服，让她的皮肤一点点开始升温，不安和羞赧也渐渐膨胀。

温梦忍不住轻轻咳嗽了一声。

李彦诺和廖维鸣对视了一下，这才把手收了回去。两个好心人又成了老样子，假寐的假寐，默不作声的默不作声。

温梦看了看左边，又看了看右边，着实有点如坐针毡：还没到过年放鞭炮的时候，空气里怎么好像飘起了一股火药味？好像哪里怪怪的。

好在这个世界上总是有很多善良的围观群众特别愿意化解尴尬和局促。

前排一个叫宋晓峰的男生听见动静，回过头来，轻声问了温梦一句："刚刚过减速带有点颠，你没事吧？"他成绩中等，平时话也不多，在班上坐得又特别远。做了一年的同学，他和温梦还处在一种熟与不熟的状态。

温梦没想到他会主动关心自己，连忙回道："我没事。"

宋晓峰望着她，神情突然变得不那么自然了。他吭哧了一阵，从书包里拿出个方方正正的东西："昨天听说要坐一个多小时的车，我就带了游戏机来。"是任天堂的NDS。

如果温梦能够观察得再仔细一点，也许会发现宋晓峰展示游戏机的模样和刚刚廖维鸣献宝一般拿出零食的架势差不多。

花花绿绿的显示屏吸引了温梦的注意力，她好奇起来："这个能打太鼓达人吗？”

“能，你要试试吗？”宋晓峰主动问。

两人一来一往，越发热络。

李彦诺听不下去了。他朝廖维鸣的方向看过去，发现这个刚刚还在装睡的人睁开了眼睛。两个好朋友视线相对，电光石火间突然点燃了一点兄弟之间的默契。

“温梦，我练习册上有道题不懂……”廖维鸣说。

“温梦，你吃薯片吗？”李彦诺问。

两个人同时开口，内容差了十万八千里。明显李彦诺问得更高明些，毕竟在大巴车上谈学习，这个借口粗糙得简直是“姜太公钓鱼，愿者上钩”。

但温梦偏偏先听到了廖维鸣的话，瞬间一脸迷惑：“车上这么晃，你还要做题？”

廖维鸣咬了咬牙：“对，我现在学习特别上瘾，根本控制不住。”

温梦妥协了：“那好吧，练习册呢？我给你讲。”

一句话问倒了廖维鸣。

谁爬长城还带着教辅？再说，那么多零食早就把他的书包塞得满满当当的了。这下完了。

就在廖维鸣心里抓狂的时候，一句老话灵验了——天无绝人之路。李彦诺适时地给了他一个台阶，拉开随身的背包：“维鸣的书在我这里。”

不愧是李彦诺，出来玩居然也要带着练习册。廖大师这会儿也顾不上吐槽了，心里默默念了几句“阿弥陀佛”，赶紧顺杆爬地把书接了过来：“多谢，我就说怎么找不着了。”

而李彦诺抬起头，对宋晓峰说：“不好意思，你自己打游戏吧。”

示威幼稚，但是管用。宋晓峰悻悻地戴上耳机，把身子扳正，不再吭声。

警报解除，李彦诺侧过脸。

温梦拿着笔正心无旁骛地在草稿纸上勾画着。车厢摇晃，牵动她散落的发丝，每一次晃动都像柔软地扫过李彦诺的心脏。

李彦诺留恋似的看着，浑身像浸在暖洋洋的水里，无比放松。困意席卷，眼皮变得沉重，不断往下垂。眼睛合上的一瞬间，李彦诺就睡着了，几乎立刻就坠入一场奇怪又漫长的梦。他梦见自己去了美国，念了法学院，也挣了足够多的钱，但却和他爱的人之间产生了无法挽回的隔阂和误会，他遗失了自己最珍贵的东西。他弄丢了温梦。悔恨灼烧着他，折磨着他，让他夜不能寐。直到很多年后他路过乌斯怀亚的许愿池，留下了一个仓皇的愿望——他想回到过去。

然后，李彦诺醒了。

再睁开眼时，李彦诺的心脏疯狂跳动，嘴里又干又涩，额头上有冷汗冒了出来。他心急地环顾四周，发现自己坐的并不是去往码头的车，而是开往长城的。

大巴车是停着的，身旁除了温梦，再没有旁人。

他真的回到了2009年。

温梦把李彦诺猛然直起身子的动作看在眼里，解释道："老师说还有半个小时才能到八达岭，先在服务区休息一下。其他人去洗手间了，你刚刚怎么突然就睡着了？"

李彦诺没有回答温梦的问题，只是一动不动地看着她。

活生生的、十八岁的温梦。

李彦诺不知道这算不算是许愿池的魔力，让人能够从乌斯怀亚回到北京，抑或是眼前这一切才是梦境？

但他顾不了这么多。他已经有了足够多的勇气，可以不再犹豫，不再踟蹰。

李彦诺深吸了一口气，郑重地唤出那个名字，嗓音沙哑，像是吞过石子："温梦。"

"怎么？"

"我有件事想告诉你。"

他要把即将出国的安排告诉她，告诉她，即便分隔两地，彼此之间也不会断了联系。他要把再也无法掩饰的心意告诉她，倾诉那些沉默的爱恋。他还要告诉她，他走过许多地方，终于斩断了长久以来跟着他的影子，找到了命运的答案——她就是答案。

面对李彦诺不同寻常的激动，温梦起初是迷惑的。但很快，她就从他的眼神里读出了什么，玫瑰色的面颊变得滚烫，逐渐涨红。因为误会而产生的抗拒和生疏在一点点软化，成了隐隐的期待。

温梦开口，声音很轻：“你想说什么？”

李彦诺用目光描摹她脸庞的轮廓，声音有点抖：“可能会是一个很啰唆的故事。”

温梦笑了，唇边的小痣红艳艳的：“没事，我在听呢，又不着急。”

是啊，夏日正长，所有遗憾尚未发生。还有时间，还来得及，在这灿烂的阳光下。

图书在版编目（CIP）数据

鸟与荆棘 / 一只小火腿著. -- 北京 : 北京联合出版公司, 2023.6

ISBN 978-7-5596-6677-2

Ⅰ. ①鸟… Ⅱ. ①一… Ⅲ. ①长篇小说－中国－当代 Ⅳ. ①I247.5

中国国家版本馆CIP数据核字(2023)第031465号

鸟与荆棘

作　　者：一只小火腿
出 品 人：赵红仕
责任编辑：高霁月
特约监制：穆　晨
封面设计：商块三
出版监制：辛海峰　陈　江
特约编辑：丛龙艳
产品经理：张梦璇　陈隽萱
美术编辑：任尚洁

北京联合出版公司出版
（北京市西城区德外大街83号楼9层　100088）
北京联合天畅文化传播公司发行
天津中印联印务有限公司印刷　新华书店经销
字数 304千字　880毫米 × 1230毫米　1/32　10印张
2023年6月第1版　2023年6月第1次印刷
ISBN 978-7-5596-6677-2
定价：49.80元